歷代小説話

九

黄霖 編著

鳳凰出版社

小說雜論

葉小鳳　撰

載於一九一九年新民圖書館出版的《小鳳雜著》。作者葉小鳳，即葉楚傖（一八八六—一九四六），初名卓書，以字楚傖行，別署之子、小鳳、老鳳、葉葉等，江蘇吴縣人，同盟會會員。他曾參加過南社、國學商兑會、鷗社、春音社，歷主《民立報》、汕頭《中華新報》、《大鳳報》、《太平洋報》、《民國日報》筆政，作小説《金昌三月記》、《如此京華》等。一九二六年去廣州任國民黨中央黨部秘書長起，歷任中央宣傳部長、江蘇省主席、立法院副院長等職，至一九四六年病逝。此篇小説話，并非著意品評具體作品，而是旨在闡述若干小説問題，故頗具理論色彩，且略有系統性。至於間及評價個别作品處，也多獨到見解，如談讀《石頭記》，强調『當以小説讀之』，反對『尋章索義，穿鑿附會，乃如漢儒之治經』。至於論賈寶玉『乃一梟獍』，林黛玉『非幽嫻貞静之女子』，則暴露其思想中尚有害怕『瀆亂綱常』之封建意識，非能歸結於酒後偏激之論。

小説勢力，與教育有驂靳之功。而隴畝耕織之流，置身不及於庠序，時論不與乎壇坫，瓜棚豆架，皆教忠教孝之言，酒後茶餘，繫世道人心之運，故普遍之力，爲教育所弗及。遒人振鐸，太史採風，古之聖帝賢王，有深知其故者矣。而謂許猥薄少年，下流文士，操是以爲衣食之借箸哉！

一代盛衰，可求於小説者多矣。《宣和遺事》汴京燈火之盛，即帝後行酒之徵。《板橋雜記》河房文會之豪，是黨禍亡國之史。子曰：『禮失而求諸野。』柱下之書不可見，其所以窺察今古，引繩作準者，惟此而已。至於《金瓶梅》、《石頭記》等文人附會之説，猶其末焉者耳。雖然，此治史者之言，而未及於移風易俗之説者也。

文字之道，吾略識其徑矣。以文爲文，而能以文傳者，代不過數人，如韓、歐、蘇、柳，屈指可數，則其難盡於善可知已，而况以語爲文乎！余嘗曰：施耐庵、王實甫之才，使治縱横便散之文，必不許前有古人，而其終爲施耐庵、王實甫者，性也，命也，非文之罪也。由是以觀，小説豈猥薄少年之事哉！雖然，此治文者之言，而亦未及於移風易俗之説者也。

至於小説與風俗關係，則吾願長言之矣。《三國》亦一割據之局耳。正統閏運之説，爲史家争論之資，而非讀演義者所問也。然惟其有演義故，習鑿齒所畢生經營而僅得與陳壽對峙者，毛氏以俚俗之語，奪幟而登，其力百倍於習。小説入人之深，觀於此而知矣。然《三國演義》之獨有千秋，絶不在俚俗易解也。其一爲融貫史册，不由杜撰，採典籍之真珠，出穿扎之妙技，與滿紙荒唐，迥然有别，其一長也。文情之茂，不假做作，如赤壁之戰，武侯曰『看今夜周郎成大功也』一語，如曹丕南下，寫江上霧合一段，如武侯將亡時，『西風吹面，徹骨生寒』八字，『再不能臨陣討賊矣』一語，皆天聲人語，絶妙好辭，令文人詞客，農夫牧童，一齊閉目神馳者，其二長也。書中於一人之死，一事之末，每綴以一詩。其詩絶非詩人之詩，而堂皇冠冕，淵然有雅頌之聲，褒貶之義極嚴，村婦野叟不待解而自知，其三長也。雖然此特舉其最著者而言之耳。其膚理停匀，舉止明暢，輕重疾徐，動必有則，則觸處皆是，不勝言也。《水滸》之妙，在辭微義嚴；《三國演義》之妙，在辭義俱嚴。辭微義嚴者，必待善讀者之探索；辭義俱嚴者，則無待於是。此宋江之所以猶或幸免於人口，而曹操之終爲元奸大惡乎！

《金瓶梅》群許爲名著，實淫書也。辨之者謂其能曲寫宋時口諺及下流社會賤鄙之行，雖極寫錦衣玉食之華，而骨格神態之間自然市俗。然此文章之事，未審此書行世之影響也。鄉間父老有言：老不看《三國》。以其好行計謀，棄本依末，將盡驅世人爲陰謀欺詐之流。又曰：少不看《水滸》。以其好勇鬥狠，棄本依末，將盡驅世人以入於緑林、赤眉之列也。由是而《金瓶梅》之流毒，其誤盡人間年少可知矣。然此固不諱其爲淫書者，被導淫之名，有父母師長示戒於子弟，故爲害猶小。若不居淫書之名，假西國愛情之説，以導一般少年於逾規越矩之境者，則其罪爲尤大矣。而今之所流行者，大抵如此也：以燈下一夕之誘惑，足毁父兄師長累年教育，此誠吾族之大劫也。

今有倡文學改良之説，而主張以《紅樓夢》、《水滸》等爲學校中國文課本者，此人殆酒酣耳熱，故發笑談乎？不然，吾真不解其是何心腸也？自周以下，捨諸子詞賦，有不盡易解者外，其餘多言近意遠，循守規矩，不尚奇字之文。彼《紅樓夢》、《水滸》等，抱觸犯忌諱之懷，爲曲屈隱微之語，苟欲得其精髓，實較唐宋大家爲難，如爲取其糟粕，則又曷弗用《落金扇》、《金臺傳》等鄙俚不堪之小説，猶爲一見即解哉！此不通者一也。就小説歷史言，中國只有能作佳小説者，絶少能讀佳小説者。金聖歎而後，能發潛德幽光者幾人哉？吾嘗見士流抱《金瓶梅》爲狎褻規矩者矣，未見一般看小説之沉浸穠鬱於文字之間也。今以先賢堂皇冠冕之文授弟子，猶不能令全校爲正人，而謂以《紅樓夢》、《水滸》授弟子，不至令全校少年爲賈寶玉、黑旋風耶？此不通者二也。授課以講解爲要，講解以辨析字義爲要。假令此説實行，試問講《紅樓夢》，於賈璉與多姑娘一場如何講法？講《水滸》，於潘巧雲看佛牙一場如何講法？此不通者三也。如曰因古文深邃，不適實用，則擇淺顯明暢之作，以及函牘記述之範可也。彼《紅樓夢》、《水滸》豈淺顯明暢之作哉？豈函牘記述之範哉？既不如是，則揣主張者之心理，自以文學的眼光檢定其書者矣。夫小説固亦文學之科也，而人類之需文學以發揮國華者，决不止小説一科。應世之文，絶對不取益於小説無論矣。即上下應答賓主周旋之間，又何嘗必賴小説之蜕化哉！習誦各種文體、各家文章，凡有待於文者，無所不有，咀嚼融化以後，自無施不可。若小説則結構體裁，遣語運辭，皆别有機杼，絶不許運用之於他種文字者。而曰『捨小説以外無文學也』，『研究文學之得小説而已足也』，是誰欺乎？此不通者四也。或曰小説多白話體，不若古文之拗折難讀，望文生義，爲功較易。不知小説之負盛名於世者，必能一貫其白話之口氣，即以《水滸》論，宋時山東之諺，無頁無之，如『遮奢』也、『剪拂』也、『火併』也、『油水』也。楊雄奇字，猶有源流可尋。若此俚俗之言，而欲於數百年而後爲之箋解，恐非主此説者之所能矣，此不通者五也。

小説爲文章之一固也，因是有以文言短篇效傳記體裁者，此大不可也。列傳之法，無逾龍門，輕重詳略，皆藏史筆。如《高祖本記》，不詳世系。彼豈不能遠徵前代，如班彪《王命論》之所言哉？而龍門不爲也。《項羽本紀》，開宗明義，即言世爲楚將。及項燕之死，雖無玄圭流火之徵，而世系井然。龍門猶懼人之未識也，於《秦楚之際月表》中，又一再言之，自爲劉項兩本紀之箋解。其法度之謹嚴爲何如？是豈爲文言短篇者所得而規橅哉？且亦絶弗用其規橅也！列傳之言貴微，小説之言貴顯。列傳之言貴有徵，小説之言可放誕。列傳之言主柢一人，小説之言宜掩映有致。列傳之格律，嚴於他體，小説則求有神韻，不以規矩。列傳備載一生，小説不詳生死。此相異之大較也。蒲留仙作《聊齋志異》，諷讀遍於士林。每篇之首，亦欲自比於列傳之裁，然其茂美處全不在是。是雖蒲之乖覺，亦足徵文言短篇與列傳之不容强合矣。僕初爲癡婆子説所誤，見其開首一段，格律謹嚴，辭氣峭拔，謂得龍門之遺，乃苦苦學之，以致無一篇可以終局者。半年力不能逮固也，然畫虎類犬之失，吾亦自此悟矣。

其次則爲紀事之文矣。紀事徵實，而文言短篇小説不盡有實可徵也。惟其無實可徵，而欲勉撫紀事之文，此大難事也。今試假一例言之。《資治通鑒》紀淝水之戰，累數千言無一非實。就其實以布置之，而成敗之徵不待戰而已分。其首段述苻堅之語，以晋元帝爲中書令，謝安爲右僕射，紀其驕也，正著其敗也。其次以姚萇爲龍驤將軍，紀其疏也，側著其敗也。又其次述三路進兵之容，旌旗萬道，貔虎千軍，紀其盛也，反著其敗也。此專以濃重之筆出之，以深著其戰之罪也。其紀晋軍焉，則游山睹墅，鎮都下之人心，回書却兵，全上游之士氣，專以名俊之筆出之，以極寫其閒雅，且存江左人物輕裘緩帶之神。至於勝敗所分，則僅以劉牢之一戰，朱序一呼了之。此所謂蟠雲舞風，鷙鳥之志在一擊，極紀事之工者矣。紀事之文，至於如此，其難至於如何。然是已有事實，僅勞布置耳。若并事實而無之，試問天地間有幾許巧人，幾許巧思，而能以架空之筆，奪故人之席哉！此又愚意以爲不可者也。

曲摹一人之儀容性情，爲小説家第一難事。今之作者，如《官場現形記》，可謂極官場之醜態矣，然亦只有一副面目也。大抵古人於此，亦自知其難，故每擇人以爲言。如施耐庵之《水滸傳》爲摹撫畢肖者，魯達之爽快，武松之雄俊，楊志之鬱勃，石秀之精靈，李逵之嫵媚等等，皆出人頭地處，而其道則一也。何謂其道則一？即聖人所謂壯者散而之四方耳。其一肚皮不快意事一也，其鋌而走險一也，其懷才不遇、一任其性以行之一也，其爲强盗一也，故苟能立强盗爲萬方同赴之的，而相其才，度其性，别其遇，以體貼揣摹之，吾人乃見其爲爽快强盗也，雄俊强盗也，鬱勃精靈嫵媚之强盗也。

同爲强盜，而儀容性情之不同如此，遂翕然贊嘆其揣摹之精，而不知施之乖覺絶世也。施以爲人性之異，因業而殊，盜特爲千百業中之一，舉是以實吾筆，其爲力焉易矣。苟令施而不自量力，欲盡舉世人以羅諸一網者，則亦難乎免於精氣一散，無一出色矣。然而竭施之精神，亦不過畢肖六七人而止耳。其揣摹之難，於此可知矣。

昔司馬遷作《史記》，在登泰岱，歷禹穴，漫汗壯游而後，所以攬天下之奇，以窮造物之化，以厚其氣也。文以氣充。小説亦文也。彼刻畫兒女，排比閨情者，亦自有其氣也。是其人焉，無待羅河山關塞於胸，而一室之間，一顰一笑之微，亦自有其襟帶開闔之道。千古英雄，無一不爲情種，而緑窗調脂，晶簾評鬢之流，未必即横劍磨盾之豪。此徵諸歷史，足信余言之非誣者。作小説亦然。苟能胸羅萬里，足遍九州，爲指陳形勢，體會人文，經營一局之小説可也，爲閨房兒女之小説亦無不可也，且無一不得其妙也。何則？其取也精，則其用也宏，宜無所施而不可也。若曲廊洞房之才，握翠攜紅之手，則雖妙緒如花，清才若水，亦限於所至而止而已。即不然，亦必能讀古人書，揣摩簡練，以咫尺之目，代臨陟之蹤者也。是故小説之道，能以真山真水，驚波險浪以養其上也。讀書明事，多識古人，其次也。捨是而欲爲小説，雖有聰明，亦無異巧匠摶泥，眉目雖美，恨無生氣矣。

作文之道，首重布局。局勢既定，運氣一呵而成，每得佳作。且既成而後，不許竄改一字，此慣見之事也。小説則非一改再改，以至於十七八改不可。金聖歎《西廂總評》中，謂『偶觸靈機，須當場捉住。一經放手，便以後再得妙文，已另是一篇妙文，絶非當時之妙文矣。』此誠不刊之名論。然以爲此在各體文字則然，而非可論於洋洋大觀之章回小説也。試以天地之文喻之。『山雨欲來風滿樓』，一天地間奇境也。『江上波花鬧不徹』，一天地間奇境也。『坐倚紅墻看北斗』，此天地間一奇境也。『兩三燈火是瓜洲』，又天地間一奇境也。但此種奇境，皆於偶然得之，故偶然捉得，即成妙文。其妙如屏角一釵，黄山一角，殊未盡林木蔚蒼，眉黛畢真之奇。若欲盡攬諸懷，則如天時然，僅見其晴而遂以晴爲天不可也，僅見其雨而遂以雨爲天不可也，僅見月華雲彩而遂以月華雲彩爲天亦不可也，欲知天之全，則必仰測三光之位，俯通四時之運，而乃可以得也。知乎此，而可以言小説之道矣。

章回小説，博而長。博則有待於搜採，長則勾心鬥角，非一氣所能呵成。一書之中，有堯舜也，有盗跖也，有貞女也，有淫婦也，書不一人，人不一事，譬諸國家，有朝庭以容才智忠貞之士，亦有市獄以納奸宄桀悍之魁，而綱之紀者，則有章法也，有句法也，夫如是而可以一氣呵成，如五七百言之文云乎哉！何謂章法？一書之有悲歡離合，猶天之有雨晴寒暖也。雨矣，其晴也，必先有微雲之漸霽，小鳥之相呼。晴矣，其雨也，必有四山欲暝之氣，三秋凄咽之悲風。重裘不温，必先春服而後絺葛也；輕羅未除，必先秋袷而後御綿也。若一亂其序，則疫癘繼作，水旱不時，而天道失矣。章回小説之布局相機，有不如是者哉！何謂句法？如一書之有褒貶輕重，猶畫師之曲肖草木鳥獸也。其枝葉不同也，翎毛不同也，姿態不同也，色澤不同也，而畫師之筆則一耳，緑者以黛，赤者以朱，白者以鉛，青者以藍，芥之穎，羽之末，纖微之神不衰，而栩栩之工全矣。由是觀之，天不能以瞬成四時，畫師不能以一日畢一花，而謂小説可以不假删改而克稱盡善哉？

今世之談《石頭記》者，尋章索義，穿鑿附會，乃如漢儒之治經，真足令人絶倒席上也。是小説，則當以小説讀之，此亦一天經地義也。能讀小説，而又好爲奇論者，宜莫如金聖歎矣。然金之發奇摘異，僅在文章，不摭故實，其於崔張之里族事實，絶未嘗贅一辭。金猶如此，則其人之不如金者，文之不如《西厢》者，而必捨文以附會諸史，抑亦末矣。吾非以金爲讀小説曠古無二之人而抹殺後人也，不過後人無論有何聖賢學問、神仙手段，亦只宜由作小説者自作小説去，不宜强派作小説者爲太史公牛馬走司馬遷，而登諸史官之席。便令作《石頭記》者，言言有則，事事有據，我亦只替曹雪芹可惜，責其何以不安本分，終不願説曹雪芹有史才，而况所可據可則者，皆由好事者穿鑿附會而出哉！夫小説之有寄託固也，然不過大旨如此而已。若曰人人有隱名，事事有暗謎，則雖白盡孔夫子頭髮，亦未必能成。畢竟曹雪芹非聖人，如何有此本領？而今之人評《石頭記》者，於穿鑿之中，又儼然分洛蜀之黨，囂囂終日，意若甚得，不知非特絶倒席上者有人，即曹雪芹有靈，亦將撫掌大笑，謂吾始願不及此矣。我讀《石頭記》，只當作平常小説讀。惟其只作小説讀，乃見其有較他小説精妙處。苟能見得有精妙處，我已不負古人矣，復何求哉！何謂只作小説讀也？譬如晴雯之死，吾只爲懷才不遇，中讒遠謫，抑鬱以死者，灑一掬傷心之淚。至於其爲林黛玉之影子與否，我不欲問也。妙玉之入魔，吾只撫掌稱快，謂千古心盗跖而貌夷齊者，其半生矯情立異，欺人盗世之工，到頭總歸自誤。至於爲寶玉出家之影子與否，我亦不欲問也。一部《石頭記》，我只認定是一部《石頭記》，不是十三經、二十四史。《石頭記》中一人，我只認定是一人，不是别人。既省無數冤枉精神，得無數小説樂趣，而又安分守己，不負古人，是何樂而不爲？而必鞠躬盡瘁，造無中生有之文，作强派古人之孽哉！猶有好談人閨閫之齷齪下流，手執《石頭記》，便大放厥屁，指探春贈鞋，曰兄妹通奸矣，鳳姐寫賬，曰叔嫂通奸矣。法未尚禁，阿叔替阿嫂寫賬，妹妹替哥哥做鞋，而必扳起士師面孔，定爲爰書，此何可哉？若必如是也，則元妃之殷勤，寶玉又何逃於瀆亂宮闈之罪耶？三寸舌根，造福作孽之端，其加於烏有子虛之賈寶玉者，猶如此，平日之口德可知矣。《石頭記》於寶玉，人皆稱之爲情種，論之曰意淫。其實此乃皮膚之言，全未得作者真意。蓋賈寶玉乃一梟獍也。何以言之？賈政非他，寶玉之父也。王夫人非他，寶玉之母也。王夫人搜檢大觀園，不失爲慈母。賈政之痛下鞭笞，不失爲嚴父。平情而論，人皆有父母，苟爲父者聞其子之狎伶逼婢，有不由愛生怒者乎？爲母者見繡香囊之妖怪打架，有不由愛生疑者乎？不怒何以成其嚴？不疑何以成其慈？不慈不嚴，何以爲愛？不愛何以爲父母？故敢斷言賈政、王夫人者，不失其爲父母者也。而寶玉之視賈政、王夫人何如乎？其視政老也，如淫主之於諍臣，充其所願，最好一生一世不與父相見。夫君之於臣，猶不可如此，而況子之於父乎！此寶玉梟獍之證一也。其尤殺不可誅者，子之於父，猶下民之於日月，一日不見，即若不可終日，一夕不見，即若不可終夕，當賈政奉詔南行，預告歸期時，衆人皆聞之欣然，寶玉苟不失人子之心者，宜如何歡喜，而乃大不高興。然則，必賈政輿屍以歸，然後永遠高興耶？此種處乃作者敦篤人倫，維持綱紀之苦心，而讀《石頭記》者，未嘗一置意也。此非人心世道之大憂哉！《石頭記》開宗明義即曰：『滿紙荒唐語，一把辛酸淚。』明白告訴後人，是以荒唐之筆，記荒唐之人，演荒唐之事，不特絶無考據可言，且所稱之人，皆荒唐無理，名教不容之人。賈寶玉固梟獍也，即林黛玉亦豈幽嫻貞静之女子哉？十六七歲小女兒，丁父母早喪寄食外家之時，苟真讀書識字，應該作何主意？此立身孝親大問題也，而乃纏住寶玉，至死不悟。若以貞自守，則木石姻緣，僅藏私願，未成納彩問名之禮。若以禮自持，則夢回并枕，暖玉生香，先啓感帨龎吠之端。父兮生我，母兮鞠我，其爲恩也，與寶玉孰多？而絳珠之債，獨還神瑛，是得謂幽嫻貞静、孝於其親之女子哉！讀《石頭記》者，但見黛玉之猶未至如王熙鳳、花襲人也，遂奉之若神明，尊之如仙子。然則女子必情思纏綿，愁紅怨緑，以至於死，然後得謂正規哉？自《石頭記》成，而女子之道危；自讀《石頭記》者之詖辭出，而女子之禍烈。鮑二家、晴雯嫂子人皆知其淫，爲害尤小。惟林黛玉人皆稱其幽嫻貞静，而爲害乃不可收拾矣。讀《石頭記》者，先以拜佛燒香之腦筋，供奉寶黛二人，於是凡不利於寶黛者，皆若在大逆不道之列。一部《石頭記》，因是一念而顛倒是非，瀆亂綱常者，不知幾許！其含冤負屈以終者，又不知幾許！今姑以一人言。賈赦在《石頭記》中，非天字第一號阿木林耶？其被後人指點笑駡者，豈非因欲收鴛鴦爲妾一事？夫鴛鴦，賈母之婢也。賈母，賈赦之母也。唐人有以妾贈友者，母之婢，庸不許爲子之妾耶？况先之以邢氏之游説，則又絶非寶玉私昵金釧可比，故賈赦之罪，不過不安本分耳。愛之則求之，求之不得則捨之，赦固未可謂狂蕩背謬也。而寶玉之於鴛鴦則如何？擁頸聞香，較諸先之以邢氏者如何？母之婢不可收，祖母之婢獨可私乎？欲收母婢而不得者受盡鄙夷，私祖母婢者獨可謂爲孫兒者應有之事乎？噫！賈赦特頭髮半斑，不爲一般輕薄婦女所喜耳！至於舉家庭規矩以相繩，則猶彼善於此矣。而讀《石頭記》者乃幾視赦若賈氏第一厭物也。然則，是綺年玉貌，然後可以蕩簡逾閑，而不失爲善人耶？於是乎拆白黨無一非賈寶玉矣。

多情好色，人之常情。逾規越矩，禮所不許。司馬相如、李藥師，文才武略，邁越千載於齊衆之中，入艷情之史，不過如投壺天笑，偶然爲太空點綴，非若日月經天，可以定四時正百物者。而中國小說，其尤流行於社會者，幾無一非花前月下，兒女私約之作。此猶其小者也，充其所指，凡逾規越矩者，結果皆非常美滿，且其人又幾無一非忠臣烈女、孝子節婦。其他爲淫奔之綫索，私合之功臣者，則又力獎之，以開誨淫之風。干涉禁阻之者，則又力詆之，以塞守正之路。古人有言曰：『求忠臣必於孝子之門。』今若此種小說所言，則當改之曰：欲求忠臣烈女、孝子節婦必於『月上柳梢頭，人約黄昏後』矣。《石頭記》之文辭固縝密精妙，迥非齷齪不堪如《杏花天》、《第一奇書》等可比；然其事則《杏花天》、《第一奇書》之事也。懼文理粗淺者之不傷風敗俗也，則有《杏花天》等指導之；懼文理較深者之不傷風敗俗也，則有《石頭記》以指導之。此殆中國之普及教育乎！嗚呼！

『不打不成相識』一語，見於《水滸》，此真肺腑相示，咬金嚼鐵之言也。李逵對張順説：『你莫在岸上遇我。』張順説：『我在水裏候你便了。』合兩語觀之，又老實不客氣説自己有本領，又不認別人没本領，嫵媚便嫵媚到十二分，英雄便英雄到十二分。嗟乎！世間豈復有此人哉！吾嘗思之，打者，君子小人之關頭也。先之以良心之决斷；斷之於良心矣，猶未至於打也，必賴神氣之鼓吹；得神氣之鼓吹矣，猶未至於打也，必有本領以助其成功。經此數關，於是乎打矣，於是乎其打皆迴腸蕩氣，磅礴奔放而出，神乎其爲打矣。由是觀之，能詈人者不足與相識也，能讒人者不足與相識也，能揎拳捋臂而不能打者亦不足與相識也。大哉打乎！此君子小人之别也。應對周旋之間吾見其無一而非君子也，朋樽宴集之時吾亦見其無一而非君子也，然而，此君子者，吾莫得信也，必也於患難死生之際，則庶乎見之。而打則輕亦傷，重且至於死，於此而不失其爲君子，斯無慚矣。讀李逵、張順之語，誰爲强盗口頭無至理名言哉！人有謂施耐庵於武、魯、宋、石諸人自寫得出色，但才氣不足，只會單刀陷陣，不能運用大軍，故祝家莊、大名府諸回，乃全書之糟粕。余則以爲不然。强盗打仗，無論千軍萬馬，雲涌風騰，畢竟不脱打家劫舍氣象，絶非王者之師。即以祝家莊論，吊橋之板斧，村外之紅燈，無一非寫强盗之手法，正不必論軍中有宋江，然後知其爲强盗軍隊也。議施氏之短者，大抵即在此種處，遂冤之爲才氣薄弱，不能運用大軍。其實惟其如此，乃見得是《水滸》耳。施氏一片苦心，一枝妙筆，將紅燈板斧及紡車戰等名目，鑄出魑魅魍魎來，吾人宜如何感謝之，而乃疑其才短！然則，必將宋江寫成湯武，《水滸》軍隊寫成七伐五伐王者之師，而後可以稱長才耶？不通極矣！

《水滸》寫景，有老大不可及處。黄泥崗上之烈日，草料場前之雪，蜈蚣嶺上之月色，景陽崗上之斜陽，皆非庸手所能；而鴛鴦樓外之月，孔家莊外之風，尤爲不可幾及。此種寫景處，非特向壁虚造者，代天地造化布置，决無真趣；即身見其景者，亦極難下手。爲詩詞者，得一句半句，神采佳妙之作，人即欲傳諸後世，如『三影郎中』、『微雲學士』以及『鷓鴣黄葉』之流，已可以千秋。以視施耐庵，爲失笑。思之可不將瞠目失色耶？若亦一一舉之稱施，施之名稱，將如清西后之尊號，累累至二三十字矣。

章回體小說之回目，大可研究。今先問作章回體之小說者，先有回目而後有文章乎？抑先有文章而後有回目乎？如先有回目也，則屬筆爲文之時，將引繩正規以求合乎回目，隨地拾得之絶妙文思，將屏絶而弗用，此非作者之所願也。如先有文章也，則一任筆之所至，如水之汪洋泛濫，勢必決堤潰防，此又非作者之所願也。然則此回目者，當於何時定之哉？曰：是必先有回目以著文章，既有文章然後再删訂回目。其一再删訂也，未可知也；其七八删訂也，亦未可知也。不經删訂之回目，吾未見其有佳者也。吾嘗論作詩命題，列舉少陵一字不苟，簡潔有致之妙矣。今試申言之，同一詩也，苟非初學，其別僅在聲調神氣間耳，而智愚賢不肖判若天淵。至於詩題，則既無聲調可按，又非神氣所屬，然則或寥寥如長風，或嗚嗚如鬼泣，或不及花鳥春色滿襟，或小作低徊如聞永嘆，其故何哉？夫曰：不以流俗之見草率如題已耳。題亦一文也，特短耳。然正惟其短，尤難爲好。或五六字，或十數字，咀詩之精，全詩之神，不擇蹊徑，自成仙人衣袂，臨風遐舉之姿，乃可謂善題者。若堆坳文字，剽舉事實，潦草以命之，則直戲目疏頭而已，惡足稱詩題哉！小説之回目，亦猶是耳。今之詩人，湊成四句，便算絶詩，湊成八句，便算律詩，詩尚不知所云，更何論乎題目！即有能詩之士，無慚古人，顧於一詩之題，鮮能賈其餘勇。懷人感事，有憶無題，諸凡寬泛油滑，神采索然之題，比比皆是。譬如人身，潘岳、衛玠豐度固佳，今被以襤褸，污其面目，誰復能識其美哉！近世諸家，王壬秋庶對此無憾。其爲題焉，簡峭古遠，非并世所及。偶見靈楥詞，亦復宜短宜長，風情駘宕，是皆能以獅子搏兔之力，對付題目者也。我有詩題所論者如是，於小説回目亦無不如是。今之爲章回體回目者，最大誤點，爲粉飾艷辭，抛棄本義。金玉珠翠，非不華也，然必有其質，而華乃有所附。如《石頭記》之『黄金鶯巧結梅花絡，白玉釧親嘗蓮葉羹』，何等工致！何等整齊！而工致整齊之中，無一字無來歷，無一字見牽强。有此本領，有此文章，方許作如此艷麗題目。遠姑弗論，即如予作《官僚醜史》之第三回『釵光鈿影，緑暗紅稀』，何嘗不艷？而視『黄金、白玉』爲何如哉？此工力之不容勉强者也。至於文言，長篇之不能不假分章以旋轉氣脈，勢也，但分章之下，加以數字，其事較章回爲尤難。蓋章回通例，一回標舉兩事。而回中事實，有頭有腹有尾，處處可以入目，盡有避重就輕，捨難取易之餘地。且用字較多，即有一二小疵，亦易逃人指摘。若文言分章，則必提綱挈領，舉全章之精采與要義以爲之，此已難矣。乃復限以字數，至多不逾六七。偶然觸及妙機，盡有一二字即抉其神髓者，若遇事態龐雜，或妙緒絡繹，如秋天之雲不易方物者，則文愈妙而題愈難矣。故以嚴格爲繩，即傳奇體之定例兩字，尚多未盡文旨，而况今世之所謂文言，隨便寫數字於其上者哉！傳奇體之目，似有一習慣法，其法即先定目中之賓主，而以主人驅使自語也。如《西厢》之《驚艷》、《借厢》等，皆可舉以爲證。顧亦有不盡然者，如《酬簡》之主人張生也，《拷紅》之主人紅娘也，而此目之主格，則爲鶯鶯、夫人。故先定賓主，而後似尚有一重工夫，是則在作者之善爲之而已。顧雖如此，相定主賓，畢竟是章目正規，苟能確守此法，亦庶幾免於罪矣。

廣東人與蘇州人言語不相通也，而讀白話小説，則廣東人所知者無異於江蘇人。可見，語無不同，所異者特在口齒間耳。今試翻出一本白話小説，令江蘇人看之，令廣東人讀之，讀者與看者皆莫明其妙也，而其實所讀者即其所看者耳。故今若有人昌言統一言文，莫如用白話文字，此不通之論也。中國人民情感隔閡之患，不在文字之淺深，而在言語之不通。余嘗設一笑話曰：韓文公當日祭鰐魚文，不知讀者爲誰？如爲韓自讀者，則鰐魚雖非冥頑，亦無從受教矣。此雖諧語，可見方音之別，大於文字。在讀書識字者，即無白話，亦不至於隔閡。若非讀書識字，即聞白話，亦茫然莫解。不特聽者之不能解，即説者亦不能知聽者之果解與否也。因是吾見好作白話小説而羞言賣文，自解爲謀言文一致，去人民隔閡者，殊笑其多此一語矣。作小説非犯法事也，賣小説亦非犯法事也，有好小説者，則直曰賣好小説，不有好小説，則直曰賣紙張，賣裝釘，何必假言文一致等之大帽子，以造口孽哉！

《野叟曝言》在前清曾入於禁書之例，此真吾欲代爲呼冤者也。此書主義，非常堂皇。超凡頭陀搭膊中之通緝名單，第一名爲衛聖功。全書綱領，實舉於此。寫文素臣之生平，無弗本此旨以暢發之，雖無免於不經之誚，究亦不失爲窮源之論。書中寫淫之事，可謂多矣。毒龍惡蟒，則以獸形容之，所以别於人類也。連成之感過，隨氏之思惠，所以廣聖化於小人也。其餘湖上之拒鸞吹，劉宅之調璇姑，以至於李又全家遍觀醜行，前則嚴十手十指之戒，後則全不磷不淄之功，是皆聖門學問，非呫嗶小儒所識。世無曾子，誰與語一貫哉？作者之目不瞑矣。或言文白者，白文之倒語也。素臣者，素王之臣也。其功德皆王文成之功德也。是固然矣，但此僅得其大處耳。其餘皆作者摭取他書，以粘附於一人一事者。其摭取他書處，顯露破綻甚多，此不必爲作者諱者，且其弱處，猶不在摭取他書已也。第一誤點，在言志一回，先將匡無外、景日京兩人終身斷定。以文論文，此固爲一書綱領，其顯力量處，正在此回。但因是而多十餘回駢枝之書，七八件荒唐之事，致全書有續狗之憾，此作者之咎也。言志一回，預爲匡、景留一地位，固乘桴九夷，聲教迄於四海之意也。然吾嘗思之，四海之大，何奇不有，假令吾而爲支離荒誕之語者，則山海之經、搜神之記已先吾而有之，又何待於吾？假令循規蹈矩，以徵其山川風土人物典章之實，則今世能言者猶未可得，况期諸二百年以前之人，必欲强爲之！適足以爲全書之玷耳。作者不避艱險，孤行直往之精神，殊不可及。但思所以求合乎聖道而後可，而其所造，如乘龍之婿，天外飛來，披髮之馬，裂膚墜女等，實在荒誕不經。據此以論，似異吞刀吐火之番僧，剪紙撒豆之妖道，實鳴鼓可攻之異端，不近人情之邪説。子不語怪力亂神。此得不謂説怪説神之尤，而可以爲聖道之羽葆鼓吹耶？或曰蕭韶九成，鳳凰來儀，夔典樂律，百獸式舞，與龍馬效順何異？且孔子不嘗云乎『鳳鳥不至，吾已矣』？夫而《春秋》之筆，絶於獲麟。聖道消長之機，實羽毛鱗介之靈是著，龍馬之奇，正聖道格獸之盛範，又何訾議之有？余嘆曰：此固載諸典墳者，然其間有不同也。鳳鳥不至，斯世之無鳳可知矣。麟獲於野，鱗之無靈可知矣。見斯世之無鳳，而曰『吾已矣』，夫因麟之無靈，而哀聖道之窮，或觸物興懷，或緬思有古，其意全不在麟鳳身上。孔子固嘗曰『久矣吾不復夢見周公』，又曰『夢坐奠於兩楹之間』，是亦可指孔子爲深信夢之可據者耶？ 如其信也，則未能事人，焉能事鬼？ 决非孔子之言矣！ 孔子喪欲速葬，死欲速朽，游夏聚訟紛紜，獨有子知其有爲而發，此正是有子絶大見解，絶亮眼光處。可見孔子之言，盡有假借，爲喪爲死，於人事尚未可盡信爲正面文章，而况泣麟悲鳳，同爲恍惚嗟嘆之辭耶？ 若盡如是，則詩三百篇，皆比興之作，亦可引爲實事，而鎖關雎於洞房，列騶虞於彤庭耶？ 乘龍之婿，披髮之馬，作者苟不自承爲不善讀書，則只有直認爲以吞刀吐火之道，恭維聖人，其爲失辭也幾何耶？ 人每以《水滸》下半部精力已弱，故布置散漫，遠遜上半部單拳短打，精悍非凡，此殊未得其真。若《野叟曝言》之下半部，則真精力已弱，布置散漫矣。 非特布置散漫已也，依上所述，則且前後矛盾，非衛聖功所欲得而與聞矣。

霜來館主來函，言小説與社會關係綦詳，謂懷此寸心垂十餘年矣，世無可語人，言之徒貽章甫入越之譏，兹觸所感聊復陳之云云。 其語可哀，是小鳳所樂得與斟酌之者也。

霜來館主曰： 小説之爲通俗教育，吾知之矣。 教育部通俗教育會之組，其意似若甚善，但一探其内容，則令人嘆息不止。 通俗教育會之主旨，在謀小説及戲曲之改良。 苟守此勿逾，則一年以來，宜必有較善之小説及戲曲傳布於社會，今乃未嘗見也。 據某君言，會中所聘之撰述，不少通才，初亦黽勉從事，冀無背於斯旨，但一稿既成，即東高閣，教育當軸僅以是課授聘者之勤惰，絶不實施於社會。 久而久之，受聘者遂不復認真，平日不成一字，逮每月領薪時之前三四日，拉雜寫數千字以塞責，甚且有盡一夕之力，以敷衍二三月之課者。 主者受之，何嘗一爲檢閲，一邊照例交卷，一邊照例收卷，而通俗教育之局成矣，而通俗教育之報銷賬成矣。嗚呼，如是之爲通俗教育，不亦可以已乎！

愚謂：通俗教育會而至於聘人自編小説戲曲（戲曲亦小説之一，以後僅舉小説，俾免辭費），原已失當。何則？中國今日，不少作小説者。風俗人心所以日見頹敗者，正苦作者之太多；而所多者又爲輕薄少年，導奸誨淫者耳。竭通俗教育會撰著者之力，以與春草怒發，蔓延滿眼之輕薄少年争，自不能相敵，故成立以來，即有所刊，亦爲市坊小説所掩，無一能流行於社會者。以是而求通俗，抑亦末矣。吾以爲既以教育部名義辦此通俗教育會，自不宜專在編撰上着手，設或見國家社會間之癥結，别刊一種，以樹小説之模，自無不可，而大綱要領，則在獎勵提倡四字。今假定由通俗教育會組織一小説審查會（一年發表一次）或小説展覽會（三五年舉行一次），盡徵國中新出刊之小説，以通俗教育之眼光加以褒貶，則風聲所樹，國中自有應聲以起者，十年之後，中國小説或可與教育羽葆。若仍惟編撰爲盡職，則即認真者多，亦不啻與市儈争一日之長耳，是豈通俗教育之道哉！吾故曰：其第一步以編撰而儷於市儈，委教育之權於草莽，先已認錯也。

霜來館主曰：夫以通俗教育之責，委諸執行全國教育行政之官廳，本非至計。何則？風俗民性之不相若，如其面。《無衣》之賦，秦以是霸；《葛藟》之詩，周以是王。其道不相同，義不克强之盡同。此其一也。士君子之讀書，不爲風俗人心計，復將焉計？束帶立朝，自有軍國之責，至於導民人於醇善，立廉懦之志氣，正是君子閒居之事，俗尚美惡，絶不當委諸行政機關者。而今之所謂士君子者何如哉？卑之無甚高論。今日之作小説者，只可稱之曰『小説商』，不宜稱之曰『小説家』。夫所謂小説家者，必於文辭而外，兼抱兩種旨趣者也。何謂兩種旨趣？其一曰教育的，其二曰美術的。教育的小説，主要在一書有盡之主義，及針砭之範圍。美術的小説，主要在文采意義之明麗雋永。教育之小説，因人而施，故文義宜隨所及之範圍以爲升降。例爲針砭下流社會，則取其通俗；針砭上流社會，則取其精是也。美術小説，則全以己之絶妙題目，絶妙文章爲本位，寧令不識者拋棄，不願令天下有一識者指其疏謬。此爲作小説之兩大途徑，捨此無路可通者。而今之作者，但求完稿求主，計字算錢，至於何謂教育，何謂美術，則始終未嘗夢見之也。

霜來館主上節所論，自謂卑之無甚高論。由余視之，以此種議論語眼前之小説商，尚覺陳義太高。上海非小説刊布之中樞乎？今試一觀市上所流行者，除二三較正當者外，其餘有一非男盗女娼之作乎？余前於一般學生所歡迎之《梨娘哀史》、《雪鴻淚史》等，曾力斥其蠱惑少年，及今視之，則此已成極文静之小説矣。人才消乏，致令論世者見朱温、李闖而嘆曹操、司馬懿之不可及。余於小説，真亦有此感喟矣。霜來館主不知上海小説界，自某報作俑而後，全部已陷於黑幕時代。一班黑幕大家，其影憧憧，出入於野田草露間，以流氓拆白黨之資格，寫勾引婦女，奸拐串騙之實録。一班人面獸心，不怕報應之書賈，見其賺錢，較開堂子擺碰和枱子爲穩，復東拉一段，西抄一篇，裝點幾個傷風敗俗，驚世駭俗之回目以發行，察其處心積慮，直欲令上海無乾净男女而後已。此種敗類，閻羅王不打瞌睡，早已吩咐鬼卒抓入阿鼻地獄，而霜來館主猶以小説兩字規之，真大誤特誤也！

霜來館主曰：欲救其弊，是宜設一小説研究會，聚海上作者於一堂，相與敦勵規勉，以求合於至當。若不如此，則流蕩忘反，日趨下流，其禍將不止如洪水猛獸。霜來館主豈以有一小説研究會，遂可以收拾流氓拆白黨之心耶？如必欲以是收拾若輩者，未始無法，不過其事頗不易易。第一須高大洋房，而地址則新世界、大世界等之間，如會樂里、觀盛里等最爲合格。第二須聘新舊劇之旦角，或髦兒戲之名脚數人，爲主會幹事，任招待拆白小説家之職。第三須八〇八撲克牌、總會式麻雀牌、挖花牌牌九、骰子、攤盆應有盡有。第四須辦銅床錦帳，香粉胭脂，鏡臺馬桶，預備會員攜帶女人前來寄宿。第五須辦四季極華麗之衣服，愈多愈妙，俾會員得隨時借用，其他厨子、娘姨、汽車、馬車，亦爲必不可少之物。此種設備既周，拆白黨小説家方惠然肯臨，然後霜來館主以鴇婦頭家之資格，於酒酣頑暢以後，與之研究小説，或可不至才發一言，哄然四散。不然，今日小説研究會成立，明日即登閉會廣告耳。

海上非無純正高尚之小説家，然一聞霜來館主之言，將爲之頭痛腦脹。何則？明知此中必無佳士，就令有之，小説亦無研究之可言也。發於心，出於腕，見於文章，好自好，不好自不好，絶無待研究也。小説之主旨如何，根於作者之道德操守者十之八九，發於辭采者十之一二。其一二可由研究以得也，其八九不可由研究而得也。譬如其人爲一積惡至多之小人，半生歷史，無一不齷齪卑鄙，而忽與言如何而教民成化，如何而獎善罰惡，彼自身且在懲罰之中，如何而可以言皆成理？此研究之無益於小説前途者一也。吾見研究會多矣，政治也，實業也，其名累累，幾不暇數，而所研究者爲何物乎？其成績有一可見者乎？由多數與大體言之，則實全無成績之可言也。總之其人一壞，則無論有何等堂皇名詞，遠到希望，加於其身，决無功效，而小説爲尤甚。何則？作小説者之流氓拆白，固多於純正高尚者也。與此等人研究，捨其輕薄之行徑而外，有何可得！此研究之無益於小説前途者二也。霜來館主但知研究之爲美法，而不知今日之人，其程度去研究兩字尚遠。俗語斥不肖子曰：望其學好，須投過人生。若今之拆白小説家，實非投過人生，不會學好之人也。

作小説而有志於社會，第一宜先審察一般閲者之習慣，投其好以徐徐引導之。然此事甚難，蓋一經審察而後，將見步步荆棘，爲之廢然擱筆也。今試以吾所知者言之。

一、重事跡而輕節脈也。譬如讀《西厢記》者，彼心中横亘一段《酬簡》之事跡在，以爲最好是張珙一跳即入鶯鶯懷中，從此這般那般，算完了讀《西廂》功課。乃揭開後頁一讀，見是『鬧簡』二字，便大不高興。有急色者，且揭過《鬧簡》，即看《酬簡》。不知《鬧簡》而後，輕輕一颺，正是絶妙文章，而一般讀者乃厭棄之不暇也。又如讀《三國志》者，到長板坡一段，興高采烈，看趙雲槍挑曹將，甚且屈指數之曰：『殺一曹將矣。』曰：『又殺一曹將矣，總共計算殺幾許曹將也。勇哉，趙子龍也！』及長板之戰已完，則又心營目注於赤壁鏖兵矣。其餘凡爲小説，讀之者罔弗如是。此重事實而輕節目之證也。由此一點，而欲令讀者精神弗衰，則須先構一奇警之局，如天地之布置山川然，縈洄峥嶸，令讀者如入山陰道上，是固已甚難矣。

二、僅能讀正面文章也。小説作家有專做正面文章者，有專做側面文章者，有正側兼顧者。專做正面文章者，如《三國志》、《岳家傳》等，人以正面讀之，於是關、岳乃幾乎無人不知。做側面文章者，如《西遊記》，而人仍以正面讀之，於是孫行者、猪八戒幾乎真有其人，真有其事。做正側兼顧文章者，如《紅樓夢》，而人棄其側面讀其正面，於是賈寶玉、林黛玉乃成拆白淌白之祖師。今試一一按小説者之心頭，有不知關、岳者乎？有不以孫行者、猪八戒爲真有其人者乎？有不以賈寶玉、林黛玉爲拆白淌白祖師者乎？此讀者僅能讀正面文章之證也。由此一點，而欲令讀者不至誤會，以貽毒於社會，則惟有專就正面下筆。然文章決無專寫正面而可以出色者。《三國》、《岳傳》正惟其不甚出色而能普及。其尤下也者，則普及之範圍尤大，如《白蛇傳》、《三笑》等，在吾人視之，直等於放屁，而其普及之範圍，且至於不識字之婦人女子，其能力正自可驚。然苟强今日有美術觀念之小説家，而亦做此等文章，又誰肯就命耶？此又一難事也。

於讀者方面，尚有一至大之缺點。彼等非不能辨賢奸也，然於賢者則賢之，而不能模範之；奸者則奸之，而不能戒懼之。關羽之一生足爲模範與否，姑置不論，即曰武將中曠世第一人矣，則馨香祭祀以後，自當奉身以學之，而今之社會其視關爲何如乎？有於關聖前求簽擲筶者矣，是視關聖爲拆字先生也。有於關聖前話病求藥者矣，是視關聖爲內外方脈之醫生也。有以五月十三日之雨爲磨刀水，以卜一歲之疫癘者矣（吳諺如此），是視關聖爲斬妖之王法師也。甚而至於剃頭店之伙計，小小剃頭刀與青龍偃月刀同姓不宗，而直認關聖剃頭祖師者矣。更甚而有誤關聖爲月下老人，而請彼爲媒人者矣。其餘如張三爺之三十年一巡科場，顓頊帝爲瘧疾鬼之老子，神荼鬱壘之變爲秦叔寶、尉遲恭，種種離奇不經之談，無一不因迷信腦筋，埋没盡小說本旨，模範之謂何？至於所戒懼者，秦檜可謂小人之尤矣，而岳墳前之鐵像，群以一尿相享。而享之者不曰示奸臣以千秋之罰，而曰求一年之色頭（色頭與濕頭同音），又警戒之謂何？是故作小說即敷陳忠義，鑄鼎象奸，窮工竭力，其結果亦不過替社會添幾個妖廟邪神耳。

由是以言，吾儕不亦可以拆筆擲硯棄墨，不再作孽矣。曰：是又不然。讀小說者固有不是，然亦有是處。前數節所言，特舉其短處者。且此種短處，又何至讀小說者！一部十三經，豈非聖人之書，將以是立教萬世者乎？一部二十一史，豈非賢者之書，將以是昭鑒百代者乎？然而讀之者又如何哉？典謨雅頌，則秀才入場之夾帶也，學究坐館之飯碗也，漢唐宋明，則文人之兔園册子也，經古場之奪命金丹也，何嘗過引爲規範，資爲借鏡來？ 則若因是遂嘆書之無用，則當先請小説家退後，讓古聖古賢上來，撕完燒絶，然後再由小説家來嘆窮氣。 若不然，則當念古聖古賢，正以斯道之將喪，故作經述史，冀挽救於萬一。 作小説者，雖非聖賢，究異化外，人家竭畢生之力以成一書者，猶未與讀者決裂，而況區區吾儕乃敢大動厥氣乎！ 是故宜於既經發見讀者短處以後，平心静氣，求一挽救之方，且讀者亦未斯無特長也。 其可約略述之者，一爲辨是非甚明，二爲終身記之弗忘，三爲傳布之力速。 即此三者，亦可以勉吾儕以好自爲之矣。

黑幕二字，今已成一誨淫誨盗之假名。 當此二字初發見於某報時，小鳳奉之若神明，以爲得此慈悲廣大教主，將地獄現狀一一揭布，必能令衆生目駭心驚，見而自戒。 及見其漸近於淫褻，則喟然嘆曰：洪水之禍，發於此矣。 果也，響應影赴者，春芽怒發，彼亦一黑幕，此一亦黑幕，探其真相，則齷齪至於不可究詰。 不得已而舉數事以比之，則有如小客棧之拉縴，滿嘴人家人原生貨，以誘鄉下老之入圈也。 有如賣淫婦之入紅廟燒香，滿嘴佛天保佑，請神仙招徠嫖客也。 有如强盗上堂，口供是一事，搶劫又是一事也。 又有如毒蛇猛虎，將吮人之血肉以自飽也。 夫開男盗女娼之函授學堂，則直曰開男盗女娼之函授學堂耳，賣淫書則直曰賣淫書耳，而必曰宣布黑幕也。 彼以爲如此，則可以誘惑讀書之學生，可以逃官廳之檢查，其計誠巧不可階，總算一帆風順，無往不利。 學生之黑幕程度繼長增高，進而教之，且將與流氓拆白頡頏，而作俑者於此，亦可告一段落矣。

人皆曰今日中國之人心壞極矣，其實冤哉枉也。 人心何嘗壞哉？ 不過不懂耳。 不懂則宜思所以懂之。法律家思所以懂之，而民國之法律，有如第一次見面之生客，其言莫知所指也。政治家思所以懂之，而今日之政治，汪洋無有涯岸，其言莫知所届也。教育家思所以懂之，而内變迭起中之教育，頽唐斷續，無頭緒可尋，無成績可觀也。於是黑幕小説家乃大笑而起曰：今日之事，非我莫屬矣。於男子見有女子之可弄也，歡然應之；女子見有男子之可弄也，亦歡然應之。紀綱等於草芥，倫常無異敝屣，黑幕小説家之門徒乃遍於天下矣。凡毒之易中於人者，其言必甚俗，其意必甚淺，其求悦於人之術必甚工。顧彼亦何嘗必欲人之變爲奸夫淫婦哉，不過爲自己賺錢計，不得不以道德紀綱爲犧牲耳。依佛家因果之言，吾已爲之憂愁。即無因果，自自身以至家人親戚，烏能脱離此空氣，以别求生活於另一天中，以笑天下人紛紛入獄耶！賺錢之道至廣，必出此途，亦殊非智者之所爲矣。

以一人之生，而求衆人之事備焉，此非至難之事哉！作小説者實有此等苦處。譬如寫一乞兒，吾固見乞兒之衣爲百結之鶉衣矣，乞兒之呼人爲娘娘、太太、善良老班矣，乞兒之食爲殘羹剩炙矣，然未與乞兒同一破廟睡覺，不知其睡時之景况爲若何？亦未與乞兒一窩説話，不知其議論若何也？更進而非其親族兄弟，不知其身世若何也？非乞兒之口腹心臟，不知其痛癢甘苦若何也？以不知之人，而必强寫其未知之事，在富貴人見之，彼固莫明，若爲乞兒見之，不將捫腹大笑，謂全然外行耶！雖然，此特其生活之最簡單者耳，其他生活愈複，則吾所不知之事愈多，而吾之被人笑爲外行也愈甚。就近時小説言，《老殘游記》一佳小説也。而其佳處，只在處處不外行耳。《孽海花》亦一佳小説也，而其佳亦在處處不外行耳。不外行者，只須按部就班，不必求出色，而已足獨樹一幟。亦有明知己之外行，而又不容躲閃者，則每故甚其辭以自掩，此已爲絶頂聰明人之手筆，然已無當於其人其事之精神矣。韓昌黎之《送窮文》，盧雨峰之《鬼趣圖》，人皆稱爲絶世佳作，其實彼等既未嘗爲鬼，又焉知鬼之必如是哉？鬼或笑其爲全然外行矣。

小説之命名，亦可以見作者之心胸。如《西厢》，如《水滸》，如《西遊記》，皆不衫不履，顧盼偉然之名。要知命名之要點，在抉一書之微。若過於纖麗，則雖有佳作，亦將以一眚掩全璧矣。以文言，如《賓戲》、《解嘲》，妙在渾純不露圭角者也，《原道》、《進學解》，妙在一語包舉全局者也。古人於一文之名，必幾經研究以出之。今之定小説名者，非不能研究，病在棄文以昵人，於是擇辭必妍，定名必巧，花草情恨，釵鈿夢淚等字雜見於首頁，千書一律，轉令見者不知其所言何事，所稱何人。此種書名，偶一爲之，猶或可以自存。若人人如此，書書如此，不將等於不有書名耶？晚近小説書名，惟《官場現形記》、《二十年來之怪現狀》等，雖悃愊無華，不失爲標名定旨之義。若《孽海花》，則已漸染惡習矣。何則？凡其人其事，苟以歌場爲範者，固無一弗可稱之爲『孽海花』，非必屬於賽金花一人之身世也。余近頗有志於斯事，初以爲此亦易事，及一再斟酌而後，乃知大難大難，然力求不陷於纖麗，則所敢舉以自勉者也。

以盜跖之心爲天下國家事，或猶改頭换面，不失爲漢武帝、唐太宗、明成祖之倫。蓋其事功苟可煊赫一時，受其害者固多，銘其功者亦復不少，心跡之如何，有時可以逃過太史筆端也。以堯舜湯武之心著書，未必即無害於民心。蓋其意如此，而讀者之心理未必如此也。曹操、王莽、司馬懿等之受禪，何一弗托於堯舜？元世祖、清世祖之入寇，何一弗托於征伐？作史者何嘗夢想到後世有如此之堯舜湯武哉！小説之範圍，較正史爲寬。小人之讀小説者，較讀正史爲多。筆下一字，功罪所判，苟不自飭，將入地獄。是故對此出入善惡之請者，宜先正下筆作書之心術。孔子曰：『知我者其惟《春秋》乎？罪我者其惟《春秋》乎？』聖人猶不敢説盡頭話，而況庸人乎！苟我心而在濟世扶民，結果適得其反，吾猶可告無罪於天地也。若先存一時髦諧俗之心，則其罪較誨淫誨盜爲尤大矣。嗟乎！人生不幸，致以小説爲立身之術，前世必已作孽不小，故被罰以至此矣。若不及早懺悔，自求多福，則作孽益深，懺悔益難，他生不將入畜生道，以千刀萬剮完此公案耶！吾思至此，汗爲之下。不知今之作小説者，其亦有所動否？

既宅心忠厚矣，不可不思其術。其術維何？勘察一般人之心理，而善爲之誘導而已。今一般人民之心理，我可略得而言之。第一，痛恨官僚，而自身爲官僚者，則曰我將先己而後人也。第二，痛恨盜賊，而軟騙强索之有利於己者，則曰我將逆取而順守之也。第三，痛恨淫風之浸漬於社會，因己之不能節欲以自全，以君子期人，而小人律己也。第四，痛恨外貨之充斥，而已以文身之故，必力求新奇以棄國貨也。其五，別社會國家之是非甚明，而自忘其爲社會國家中之一人也；其亦明知非法不足以治國，而以爲法犧牲爲苦也。其七，知官僚之不足與其謀國事，而以去之之不易，遂不敢驅除也。其八，知實業之可以富國，而戀戀於守田疇以自食也。其九，信道德爲立身立國之本，而不能嚴十目十手之戒也。其十，知國之當愛，而自居於被動之地位也。凡此種種，尚不克窮其什一，然國民心理，於此略可知矣。故作小説而有志於移風易俗者，當審察國民之優點在何處，因而鼓舞之，弱點在何處，因而警戒之。然此豈易事哉？不佞敢本所得，定自律作小説方法如下，非敢强當世君子之必從焉。一、於言情小説，則嚴情淫之辨，以正面文章寫男女間之至性，不敢以反面文章垂不可恃之借鏡。二、於社會小説，則多爲無告之人呼冤，少替强盜拐騙寫照。於政治小説，則褒貶并施，竊附於鑄鼎象奸之列，而不厭其形容刻畫。偵探小説，則非特才有所不及，亦心有所不敢。神怪小説亦然。所日學爲之而自苦不足者，冒險小説與科學小説也。此兩種小説，效力至大，且有利無弊，無論如何做法，如何讀法，總不至造孽作惡。但細心度之，冒險小説之境會，科學小説之材料，皆一些勉强不得，時下固亦有以全分外行而作此者矣。試考其實，則只有一個題目：與其間幾句鬼話耳，何科學冒險之有？吾以爲此二種者，非特各有殊資，且互相扶助：無科學知識之冒險小説，決不能切實；無冒險精神之科學小説，決不能有精神。更不僅此也，凡爲小説，苟不願盡出以偏鋒，則普通知識決不可不備。試觀舊小説，其篇幅極長者，有一不包經史星卜醫相等者耶？

學生之看小説，原非逾規越矩事。如謂在授課時間不宜有此；則一課自有一定之課本，即聖經賢傳，亦豈上英算等課時所宜？故此爲妨害功課問題，而非小説之利害問題也。如謂不在授課時間也，則吾曾發一議論曰，與其不准學生看小説，不如從而提倡之。蓋禁之，則勢有所不能。即禁之於校内，何能禁之家中？校内看小説，足以淆其心志，敗其行誼，家中看小説獨不足淆其心志，敗其行詣耶？同一結果也，而勢又不能終禁絶之，則弗如以良好之小説，視其心情所近，或與文學的，如《世説》、《山海記》及唐宋叢書等，或愛國的，如西譯各名著，俾爲課餘消遣。久而久之，將漸覺時下惡劣小説之不足觀，雖强令之讀，亦棄之如挽矣。此非吾之讆言也。今之學生，其心地本極純良，不過於小説上如鄉間農夫，見藜藿而朵頤，儼然以爲天地間捨此而外更無他味，而不知其烹龍炰鳳之大有其人也。苟令其一親八珍，則口有同嗜，焉有不棄藜藿如遺者耶？吾之爲此説，亦知各校主任未肯破例一試。然苟能以禁閲小説之嚴，施之作小説之選擇及時間之限制等等，亦未始無益於學生也。

吾友湘夫言《石頭記》回目之妙，無逾於『情脈脈良宵花解語，意綿綿静日玉生香』。余詰其故，湘夫曰：駡林黛玉至此，可謂刻薄褻狎之至矣。玉生香，此香何香乎？何爲而入於寶玉之目也？平日一句閒話，輕不得，重不得。輕一句，重一句時，便如有三年不白之冤，六月飛霜之痛。如何於春深晝永，不經人見之時，忽然有不辭爲玉於寶玉之側也？余曰：不然。黛玉之鍾情於寶玉，人無不知之。既爲鍾情之人，則雖褻狎亦無害於貞嫻。焉見有妻也而不以玉媚其夫者哉？又焉見有人以妻之能媚其夫爲不貞哉？湘夫曰：暗哉子也！汝以寶黛爲夫婦耶？委禽於何時？納采於何時？廟見謁祖於何時？男女相愛悦，吾見之矣。吾未見一禮未通，而靦然以妻自居者也。黛玉而知夫婦之道也，則此回之事爲逾越規矩。黛玉而不知夫婦之道也，則更成爲踏歌野合之異類矣。余曰：甚哉！子竟以此回之寶黛爲野合乎？湘夫曰：是何不然？夢兆絳雲軒，非黛玉平生快事哉？當彼在窗外偷窺之時，見寶釵做綉兜肚，旁有繩拂一柄，遂引爲寶釵真贓實犯。以繩拂爲真贓實犯，固足令寶釵無從狡展矣。然試問瀟湘館中，自告奮勇去偷林家香芋之耗子精，獨非黛玉之真贓實犯乎？薛寶釵不幸而爲人竊窺，半生假道學遂掃地以盡。林黛玉幸而未爲人所竊窺，竟欲以貞潔欺人。此豈平允之事耶？耗子與繩拂，一而二，二而一者也。千載而後，寶釵之定論何若？黛玉即亦何若？此至公道之論，不可得而改者也。由是以言，黛玉豈得謂之『發乎情，止乎禮』者哉？且黛玉亦何嘗不爲寶釵所窺哉？牙牌一令，天奪其魄，使平日幽懷，無端流露。寶釵見此，實天以黛玉授己者，不受不祥，於是輕輕數語，遂弄顰兒於股掌，挾之使如南人之不敢復反。黛自授釵以柄，以後不能不曲媚於釵，而釵之事成矣。回想當日，絳雲竊窺，引爲贓證之時，能無恨至於刻骨腐心乎？於是乎黛玉死矣！

或謂杜少陵一小說才也，不見彼《北征》及《茅屋爲風雨所破》諸詩，其刻畫入微，皆小說家之神工鬼斧乎！又有謂歸震川一小說才也，不見彼《先妣事略》、《項脊軒記》，其歷落下筆處，無一非人情至境乎！更有謂《檀弓》乃最古最妙之小說也，不見《杜蕢揚觶》、《曾子易簀》諸篇，進退周旋，形容言語之間，出神入化乎！又有謂《論語》中亦不少絶妙之小說也，譬如《子路共而立》、《長沮桀溺耦而耕》及《子路行行如也》、《宰我子貢侃侃如也》、《子樂》一段何等嫵媚，何等靈動，所記諸人，真無不活躍紙上，後之作小說者累累千言，有得其一絲一毫之神妙者乎！凡此諸說，皆不願熟讀死書者之所言，雖以經傳比於小說，有似於不倫，而眼光獨到，實非庸流所及。吾以爲文章公器也，雅頌之獻，公侯之事，《雄狐》、《相鼠》之詩，閭閻所歌，而孔子删詩，先《風》後《雅》，則文章之不以人廢可知，故即謂周孔杜歸，能爲小説，亦未必即得罪聖賢，而况喜怒哀樂，人情所同，啼影笑痕，聖人不廢。小説爲廢乎人情，著於文章之物，有何不平等，而亦效獨夫五等之别哉！因是吾得一自信可存之説，願以白於國中，曰：學爲小説者，其道不在揣摩小説也。然則揣摩之道如何乎？曰：性耳，情耳。吾試以文爲言。天地之至文，皆能頂天立地，不揣摩一家一派之言者也。李義山稱善學杜者，義山之不如杜者在此，而其不失爲學杜者，正惟其自有聰明，不全學杜也。韓昌黎《平淮西頌》，力摹《尚書》，而聲價遠在《原道》、《進學解》之下。李義山《韓碑詩》，力摹《平淮西頌》，而聲又遠在《昨夜星辰》之下。可見作文之道，少一分天性，即減一分精采。戛戛獨造之文，皆傳世不朽之作。倚門旁户則性靈既經汩滅，雖有妙才，亦等於東施之矉而已。况小説爲完全暢發好惡，鈎稽性情之作，全無規矩之可言耶！夫論文尚格，文固有格可依者，而魏文帝論文，獨譬諸樂之於節，雖節律弗異，而氣不能假於父兄，是有格之文，尤不可易人以强氣，而况小説之不拘於格者哉！故苟有人曰，某之小説似某人，乃不通之論也。苟有人曰，我將摹撫某人，亦不通之論也。或曰，然則小鳳即不通者之一矣。何也？以小鳳近來，頗以摹撫唐小説自勉也。唐人自有唐人之小説，文不可假於父兄，而小鳳獨可假諸唐人乎？小鳳曰：是有説也。暢發好惡，鈎稽性情，乃天地造化之功，如我陋劣，何敢以此自期。然俯視斯世，凡作文言小説者，或斜陽畫圖，秋風庭院，爲辭勝於意，臃腫拳曲之文，或碧璃紅瓦，苗歌蠻婦，稗販自西之語，其最高者，則亦拾《聊齋》之唾餘，奉《板橋》爲圭臬而已。竊念取法乎上，僅得其中，取法乎中，斯得其下。彼蒲留仙、余澹心等，不過如小家碧玉，一花一鈿，偶然得態耳。在彼猶在摹撫官樣之中，何足爲吾人之師！直窺虞初、談天之奥，固吾所弗能。特既自附於作者，何能過自菲薄？此小鳳摹撫唐人之所由來，而非即以是爲遂足千古也。唐人小説，頗有太原公子，不衫不履，神采驚人之姿。《虬髯》、《隱娘》諸篇，人皆知之矣。其他如《崔護題詩》、《杜牧求宴》、《李謩吹笛》、《韓翃訪妓》以及人虎之傳、白猿之記，皆精采輝映，神情妍妙之作，其於蒲、余之作，不迥然遠耶？小鳳不過好而讀之，繼復於爲文時，無心得一句兩句神趣略似之作，則竊然以喜，以爲是不甚難，乃一經刻意爲之，遂無復是處，非特全體略似之作不可得，且并自然流露之一句兩句，亦無從搜索矣。是亦作者甘苦之一得也。

同爲文章，此何爲而稱小説乎？是亦可探索之事也。倉卒作文，無能摭舉源流典實，以意度之，則亦有説。小之爲言别於大也，文章亦有小乎？廟堂爲大，則草野爲小；雅頌爲大，則吴歈竹枝爲小；撞鐘擊鼓爲大，則搊筝擫笛爲小；湯武征誅爲大，則曹沫聶政爲小；禮樂爲大，則墟峒謳舞爲小；經史爲大，則小説爲小。是故小説也，别於經史之文也。然一國之大，人民之衆，其能識其大者幾人哉？草野之夫，不足語廟堂之事也。吴歈竹枝之聲，不足以比雅頌之節也。易水擊筑之哀激，不足以繼韶護大武之堂皇也。易地以言，則章甫適越，琴瑟入秦，其能識禮之盛，而翕然從之者，又幾人哉？故小説之道雖小，而人間之不可無此之物，與經史無異。不過一則形而上之，爲邦家之光，一則形而下之，爲人民之鐸耳。吾今見有人讀小説，而諱之曰『筆記』、『雜著』，此大不可也。有人作小説，而諱之曰『游戲』、『消閒』，尤大不可也。其必諱之者，是即不是小説者也。雖然，其視小説也，既若是之重，則其辨之亦必甚嚴。孟子痛斥楊墨，今之小説，其詖辭邪説，寧能比於楊朱耶！

小説中有別創一格如《花月痕》者，其白話中每插入文言，且爲極高古精妙之文言。如韋韓歐洪愉園小飲一段，幾乎無語不典，而神采弈弈，逼真懷才未遇，紆衡當世口吻。余偶一學之，亦不覺其甚難。且苟擇語相稱，自有風流跌宕，顧盼生姿之概。但擇辭之道，殊不易易。譬如説『蒼生憔悴，便要你做個出山謝傅呢』，自然是一句瀏亮雋拔之語。若無東山絲竹一事爲之掩映生輝，則此語有何韻致？此其難一也。此種句法，於名士英雄爲宜。而名士英雄，自有其俯仰低徊之致。若説『你不做個東山謝傅，便不是漢子』，其語氣不幾成一秀才出身之强盜耶？此其難二也。然亦正惟其難，斯有精采可取耳。文言小説亦然。蒲留仙《聊齋志異》中間白話不少，而風致處，亦聲色俱妍，而其引用之難，亦復相若。所謂自操爐錘，則鎔冶之後，皆成精金矣。

余曾發一遐想，謂夢境至幻，有心所感而游於神者，有全未涉意而不知其所自來者。心所感而夢，猶有夢因；若全未涉意，則因既未造，何來夢果？此已至幽渺難言者矣。顧尚有尤幽尤渺者，則以夢感夢是也。余平生有兩常遇之夢境，其一爲一廣闊雄麗之大都，都中有一至高之山，而山乃磊石以爲基者，山腰有華屋，其制殊古，而有平臺，再上則天風排激，不可納足矣。其二則一古刹，若必過刹中諸殿而後至家者，殿中神像皆猙獰可畏，偶視之則又一一變爲友人。凡此二夢境，幾乎每歲必入一二次，而石基平臺以及神像之位置，未嘗稍異。余因念是皆吾身未經之地，亦吾心未構之境，夫何爲有此者？是必於初遇此境而後，偶一默憶，遂成第二次之夢因。由是而第三四十百次，以至於無此身無此心，即所謂以夢感夢之境也。然其第一次之境，固又曷從而造哉？此則尤爲幽渺者矣。因是發一癡想，苟於每夢既醒，即舉其能默憶者，記之於書，一夕不間，十年而後，此一巨册夢紀，豈非一奇書耶？不且特足稱爲奇書而已也。吾人日常所遇之境，其有因而至者十六七，無因而至者十三四，張長史見公孫大娘舞劍，而悟用筆之法，此無因而至者，而巨眼一到，便成大解大悟，即非上智，入世既久，亦無弗於莫明其妙中，得極大學問者，如舊式舟師之看風看水，農夫之候雨候晴，皆有畢真效驗。試問其何從得此？則曰：是猶鼻息窒而知天氣低，脚底濕而知地氣潮，皆不知其然而然者耳。由是觀之，則夢何嘗無經驗哉！苟能日日記之，無日弗間，初固莫知其然，繼又焉知其不莫知然而然哉。或曰：夢已爲不可究詰之事矣，而子乃欲於不可究詰中，求其玄幻無稽之功，不大遠乎！則曰：吾固謂其玄幻無稽也。然苟日日爲之於時無損，而於夢有徵，十年二十年之後，其有所悟也，則豈非爲人間辟一奇境！其無所悟也，則亦不失爲奇書。即不爲奇書，而吾於秋夜始長，春晝欲倦時，間讀一遍，其雋趣永思爲何如耶？余於此事，一思再思，殊願舉以自勖，蓋以爲此事若成，其最低價值，亦不失爲一小説界前無古人之别裁也。

全國教育會慨然念淫書之足以亂人心、敗風俗，而又以報紙廣告實爲媒介，遂以誠摯惻怛之言通函各報勿與登載，是誠能識教育之大本，爲吾人所敬服者矣。顧更有進者：有扈氏之子，其容獰醜，有如鬼眚，父母懼人有見之者，將叢笑於己也，則榜於門曰：『有子獰醜，弗敢以見。』而聞聲來見者如市也。是則拒人以不見，適所以召之耳。今之報界，持正者多，顧亦有循斯智以介紹淫書於國民者，如最近某報之於某新出版之淫書，即其一端。此全國教育會所當知者一也。淫書因有廣告爲介紹，而其禍益烈，固也。然根本上則必令全國無淫書發行而後可。不能於根本上杜絶之，而僅求廣告之不爲介紹，終非良法也。出版自由，固國法所允許，而淫書則無出版自由之權。其著者爲何人，其發行者爲何人，偵之不難，苟能懲一警百，則彼等自漸知所畏而弗爲。鴉片煙之毒，及於人身；淫書之毒，及於人心。凡私販鴉片者，則捕其人，没其産；而於毒及人心之淫書，則一任著者發行者之隳滅紀綱倫常以騙錢，是何心哉？此全國教育會所當知者二也。小鳳十六七歲時，於校中正課而外，日必求新出版之書讀之。校中有一閲書會，每月納費二角，即能讀價值三四十元之新書。會中所置書籍新小説居十之三，雜志居十之三，關於歷史之書居十之二，其餘則擇能通常識而易於讀完者儲之。自修課畢，則以會證領書讀之，津津若有餘味，自度半生幸而不爲外魔所擾者，實賴於此。蓋一書本有一書之趣味，當少年氣盛時，正出入賢不肖之基，苟得一勵志多識之機，自引爲至樂，不復他顧。今之各校，因無辦博採廣之藏書樓之能力，遂并此小結構而無之，夫集數百少年於一堂，而此少年者又各有其習慣嗜好，苟無一漸導諸涉獵正軌之法，自然各從所好，流連忘反，以與不肖之小説家書賈爲緣矣。今中淫靡小説之毒者，以學生爲多。而學生者，又爲將來國家運命所繫，何可不急爲之謀？全國教育會當此政局紛擾之時，大規大模，自無從着手，至於聯合提倡，或加以一種之督察，使如吾母校然（南洋中學），皆有一正當而不失興趣之閲書會，實爲校長者折枝之事，不容諉爲不能。此吾因讀致報界函屬勿登淫書廣告，而願爲之進一解者也。

作小説者每喜以自身加入書中，不知以自身加入書中爲不得不已之舉，而非假裝場面，自附風雅之事也。所謂不得已者，厥有二事：其一，天生彎强壓駿之身，胸羅經緯天人之學，不得志於世，爲天地父母可惜此才，不忍使隱淪不顯，乃一寄於文章，如司馬遷之著《史記》，而有《太史公自序》一篇。其二，以一書有一書之關鍵，苟於關鍵處不可無此一人，則亦竟以此一人爲之關鍵，借我破爛法衣，權作登場鮑老，如《桃花扇》之老贊禮是也。捨此二者以外，决無將自己加入書中之理。即如《花月痕》一書，亦可爲近世之佳作矣。以之解醒，以之遣夢，則亦未始不可。若必曰作者姓魏，乃游幕秦中，懷才不遇之人，其曰韓荷生者，韓魏兄弟也，其曰韋癡珠者，得韓之旁也，故謂韓謂韋，皆魏之自謂也。若作如是説，吾勸魏先生何必辛辛苦苦著此一書。何則？就書論人，韓魏兩人，不過一精致而善於淘氣之狎客耳。以言經濟，殊未殊未。試看韋癡珠，除背幾句杜詩庾賦而外，有何才力？除與狗頭李裁縫鬧意氣而外，有何經濟？一秋痕之不能保，而能保國家乎？一狗頭之不能討，而能討員逆乎？至於韓荷生，尤爲可笑，居明經略幕中，在作者以爲元宵一役，無慚大展經綸，嗟乎！幾個毛賊耳。而張揚戰至此，是真不失爲幕中老夫子，將虚報實，將小報大，鋪張戰功以欺君上之手筆，苟考其實，則一捕廳之事耳，何才之有？何功之有？入後鎮江靖海，全靠尼姑道姑，局面雖大，更不足觀。揣其戰功，其上半段則鄆城縣走好運之黄團練也；其下半段則無神通靠妻子之牛魔王也。此兩人之經濟如此，則所謂懷才不遇者，所懷究爲何才？如曰能讀幾篇杜詩庾賦，做幾首七絶詩之才也，則此才之不遇，算得什麽？是區區者而必欲自附於龍門，夫亦太不自諒矣！至於借己爲全書關鍵，則無論所著之善否，其苦心總足欽佩。特今之以己加入小説者，皆妄想作太史公，而不願爲老贊禮者也。嗚呼，是亦不可以已乎！專述冶游之某小説，當初出版時，余始則讀其書，以爲得此一人，貫串全書，能文能武，亦風亦雅，誠不失爲冶游中有數之著作矣。繼聞全書主人翁者，實有其人，則復景想其人，以爲得此一人，跌宕歌場，誠不失爲今世之清狂人物矣。繼復見其人，則不禁喟然爲此書嘆息也。因是而益信真欲作好小説者，必不以己身加入，即加入亦必爲掮旗打傘之倫。若自居爲全書主人，則其無佳構也必矣。何則？自知之明，人蔑不有？就令已爲聖人，亦何至拳打堯舜，脚踢湯武，必惟我獨尊而後已！吾即爲聖人矣，與其自居爲全書之主，孰若以聖人掮旗打傘，俾其上復有神人至人之龍顔日角，顧盼非凡，而已亦不失其爲聖人耶？願好以己爲書中主人者，一自計也。

『好色而不淫』，詩道也，亦小説之道也。夫男女之愛，人皆有之『微雲淡河漢』，此是天地間何等色相，其艷直在九天之上，豈車輪下嗅女子脚印者所能夢見？王昌齡詩曰『奉帚平明金殿開，自將紈扇共徘徊。玉顔不及烏鴉色，猶帶朝陽日影來』，比『深鎖春光一院愁，悔教夫婿覓封侯』諸詩如何？善讀者當能於此悟毫厘千里之境也。有此一段幽嫻貞静，怨而不怒之心思，然後許作艷體短章。彼紅豆村人之《無題十二首》，直如娼妓袒裼，沿街叫笑，尚得謂之艷體詩耶？作艷情小説，亦復如是。吾人當知名教倫常中，自有穠情艷緒，非必傷風敗俗，替輕薄男女寫照，然後得謂之艷情小説也。且所謂艷者，吾得而比擬之矣：『疏影横斜水清淺，暗香浮動月黄昏。』絶艷之境也。『天寒翠袖，日暮修竹』，絶艷之人也。『妝罷低聲問夫婿，畫眉深淺入時無』，絶艷之事也。『停船暫相問，或恐是同鄉』，絶艷之語也。又奚必『爛嚼紅絨，玉釵枕畔』，然後乃謂之艷者？

昨言名教倫常中自有穠情艷緒，友人仲球斥吾曰：『是猶王安石之囚首垢面而談詩書，不近人情之事，鮮不爲大奸慝。』吾曰：是真冤枉煞吾也。吾今撇開小説，專説穠情艷緒。所爲穠艷者，愛之謂也。愛發於情。馬牛之情，馬牛之愛也。惟同爲馬牛者，則或嘖嘖稱之，苟爲人類，有不見之而掩目疾走者耶？所貴於人之愛者，當以人之性爲衡。人之情固異於馬牛之情也，即馬牛之情，人所弗能知，亦即人所弗能斷。然苟指一人而曰『此馬牛也』，其人不將大怒大恨耶？夫指人爲馬牛，所弗欲。而於情由情萌茁發達之愛，則曰人固無異於馬牛也，可乎？今世輕薄人之所謂，何異於馬牛？得間相遇，即攜手密語，歡若平生。姓氏所不悉也，性質所不詳也，才學事業所不論也，曰『吾愛之則亦愛之而已』，是何異馬牛之愛，轅轍隴畝之嘶應乎？夫人之異於獸者，以有名教倫常耳。名教倫常，如地之有墻垣非以禁人出入，乃以防盗賊耳。盗賊不作，而人之出入乃得安全，是與罪慝不生，而情愛之發展乃得安全，初無少異。如必曰倫常名教非言情之所宜語，則吾何以不見人之毀垣夷墻以雜居於曠野也。

仲球又曰：『淫書之罪，半在作者，半在閲者。蓋舉世皆爲言規行矩之君子，視誨淫小説若仇，則人不敢以是爲媚。今之出入於書肆者，其目灼灼，惟注意於所謂黑幕之書櫃，其他科學出版欄，幾乎無人顧問。一般人之意向如此，即無誨淫者弄筆伸紙以應其求，彼亦何嘗不能求諸舊式之淫書哉？故謂著淫書者爲隨俗貿利則可，謂爲風俗人心之罪魁則少苛矣。』小鳳喟然曰：仲球有斯言，仲球即風俗人心之罪人矣。强盗殺人，其罪當死。若如仲球所言，則强盗可仰首自辯曰：我雖爲强盗，然我即不爲，焉知人之不有代我爲之者？彼不修其墻垣，自當被盗，於我何與？而爲之鞫吏者，亦將責被盗者之不慎，而釋盗不治乎？仲球聞斯語，當亦啞然自笑矣。吾以爲無論何種不通文章，苟經印行，皆有能力，而愈齷齪者，能力亦愈大。街頭巷口，一燈喊賣之《十杯酒》、《十送郎》等，可謂不值一顧矣。然正自有人行吟卧誦，似若經傳，則其能力可知。拳匪之亂，黄天霸、孫行者之謬説，何一不出於小説而幾亡乎中國也！誨盗者如此，誨淫者獨可以不自引咎耶！

美國大學中，有修辭學專科，中列詩歌、戲劇、小説諸學。可見此數種者，皆爲美術的文學，而非下流文人所得而妄冀也。北京大學自蔡鶴庼先生主持後，亦於文學科中列入詞曲一門。而戲曲之範，限於昆曲，是亦提倡美術的文學之一端。吾以爲中國今日作小説者太多，實由於學小説者之太少。不見有盡善盡美之才，斯令齷齪不堪横行無忌，若竟列諸專科，明示矜式，則十年二十年之後，洋場小説家或可漸就淘汰，而小説之將於是乎隆也。蓋天下事物，無不成一起一伏之局。君子在野，斯小人當道，而爲小人者亦益多。政治之隆替，正在此一轉移間耳。不以全力造出幾個真小説家來，令國人識之，而但指一般僞者爲僞，國人自無所取信。若真者巍乎在望，則僞者自不待指斥而自見矣。故吾以爲本北京大學加課詞曲之意旨，擴其範圍，以及於小説，亦一根本改良之道也。或曰：『辦學者今方以禁學生看小説爲要着，而子乃主張加入於正科，是何説之與當世辦學者皆謬也？』則曰：『吾自有説。吾所謂以小説加入正課者，非舉全國大高中小學校一一加入小説也，譬如田徑運動，在國民學校因防身體發育上之障礙，亦在禁止之列。然在中學以上，則皆竭力提倡，可見一事之作有定程，一科之設有定年，其不可者不得而强可，其可者不得而强不可，加入於大學之文學科，禁止於小學，兩者各不相背，無勞吾人之多慮也。』或曰：『自有中國，自有學校庠序以來，未聞有此小説一科者，如何取裁？如何演講？此亦一大難事，偶一不慎，或將一變而成説書先生。』吾又曰：『不然，凡一科之教授，各有其精神與目的。既認小説爲美術的文學之一，自當以美術的文學爲取裁，爲演講。能踐此誼，自然與説書先生不同。若拋棄精神與目的，以言小説，則理化教習不將變爲變戲法耶？歷史教習不將變爲説平話耶？即學校之全部，不將變爲游戲場耶？

跋　言

或問於余曰：小説雜論何爲而作也？余曰：吾亦不自知何爲而作，但覺心頭眼底，有此一段事，不可不有此一篇文，骨鯁在喉，不吐不快，至於吐出以後，後之不再有骨否，可弗問也。此骨之當吐與否，亦可弗問也。我見夫貓矣，彼見吾之吐，未嘗不蹲據坐隅，笑吾之大愚也。何則？彼固視骨爲瑰寶也。或曰：子又吐矣。余笑而不語。久乃徐徐曰：余之笑而不語，獨非吐耶？遂相與大噱。

上之二萬餘言，皆久鯁於喉者。今亦既一吐之矣。然而未吐之骨正無窮也。吾之所欲吐，亦正無窮也。朝積而月累，後此或將更有所言，則將有續論之刊，而此則爲一結束矣。

附　録

海寧朱鳳蔚致小鳳論寶黛書

楚傖先生大鑒：别來四月矣，《塔溪歌》爲個中魁傑，設果有四兒其人者，弟願香花供之矣。《小説雜論》，每多巨眼獨到處，論《紅樓》竟將閒人、護花、山民等成案，根本推翻，尤爲痛快，唯目寶黛爲已成苟且，弟代黛玉呼冤不止。《紅樓》爲譚情之書，叙寶黛爲譚情之主人翁，自不能不將情字略略放縱。寶黛自幼厮混一處，不能禁止其互生愛戀之心，因愛生情，聖賢所許，若以禮義繩之，其咎當在賈母王夫人，不當偏責寶黛。先生既曰：讀《紅樓》，只能作《紅樓》讀，不當《紅樓》以外，妄加索隱。然則曹雪芹果明明白白以告讀者曰：『玉帶林中挂。』又特特於黛玉臨終時加表『我的身體是乾净的』一句。則曹之叙黛玉，實具有情而不淫，膩而不污之苦心。評者宜體此意以開脱之，至黛玉據寶玉爲禁臠一節，亦不可爲黛玉罪。蓋寶之對黛，口口聲聲以未來夫婿自居，情之所鍾，烏能自已！非比今日女學生見異思遷，主見靡定，故黛聞釵嫁寶，則以死報之，彼黛玉者，貫一情癡薄命最可憐之女子也。

小鳳覆朱鳳蔚書

小鳳曰：讀鳳蔚書，吾知罪矣。吾惟深恨大痛於今之以寶黛自居，而放蕩淫浪破裂綱常者。故歸罪作俑，而作俑者又非真有其人，犧牲無何有之兩人，以絶《紅樓夢》之禍根，功罪之間或可相當。惟以操論過激，遂適（讀《紅樓》只能作《紅樓》讀）之範，鳳蔚君其諒我矣，且亦願寶黛之諒于也，我性日近褊急，而於酒後爲尤甚。《小説雜論》，十九爲酒後高興所作，有醒時所不及者，有不及醒時者，鳳蔚君能贊其醒時所不及，當必能諒其不及醒時者矣。抑我尚有不止冤及寶黛者，是亦足博鳳蔚君之一笑也，我嘗曰：堯舜禹湯文武，爲千古人民之罪人。假令彼等而皆爲桀紂幽厲，國人早悟君主是國家之蟊賊，何至令漢武帝、唐太宗以殺人能手，稱英明之君！更何至晋元宋高，以割地喪權，稱保家之主義！如累十世而皆爲殘暴者，中國之民主政體，早建立於一千年以前矣。惟以有堯舜禹湯文武在前，遂令國人認君主中亦有善人。逢一夏桀，而冀後之有湯也。逢一商紂，而冀後之有武也。於是仰治於人之習慣成，而專制政體之革，乃必待西學東漸而後矣，此亦我所謂歸罪作俑之説也，而較寶黛爲尤大矣，鳳蔚君其亦諒之乎？

（一九一九年新民圖書館《小鳳雜著》本）

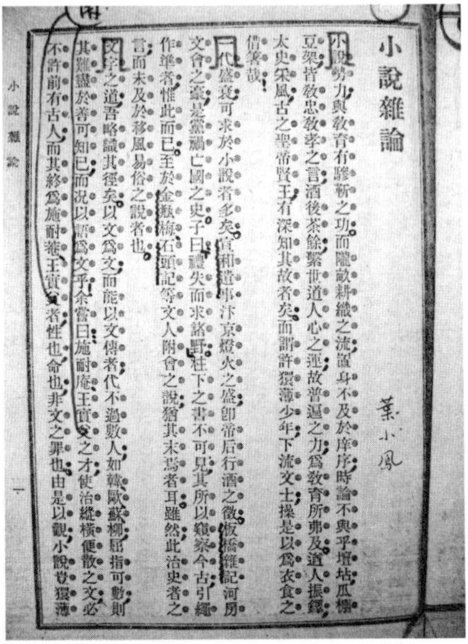

小說雜論

葉小鳳

小說勞力與教育有膠靳之功而隴畝耕織之流置身不及於庠序時論不與乎壇坫瓜棚豆架皆敎忠敎孝之言酒後茶餘繫世道人心之運故普遍之力爲教育所弗及道人振鐸太史采風古之聖帝賢王有深知其故者矣而謂許猥薄少年下流文士操是以爲衣食之借箸哉

一代盛衰可求於小說者多矣宣和遺事汴京燈火之盛𨚫帝后行酒之微板橋雜記河房文會之歡是黨禍亡國之史子曰禮失而求諸野柱下之書不可見其所以窺察今古引繩作準者惟此而已至於金瓶梅石頭記等文人附會之說猶其末焉者耳雖然此治史者之言而未及於移風易俗之說者也

文字之道吾略識其徑矣以文爲文而能以文傳者代不過數人如韓歐蘇柳屈指可數則其難蓋於書可知已而況以語爲文乎余嘗曰施耐庵王實甫之才使治縱橫駢散之文必不許前有古人而其終爲施耐菴王實甫者性也命也非文之罪也由是以觀小說豈猥薄

小說雜論 一

葉楚傖

小説管見

胡寄塵　撰

胡寄塵的《小説管見》分别發表在四個時間、三家報刊上。先有部分連載於一九一八年十二月的《民國日報》上，署名胡寄塵。至一九一九年二月，《民國日報》繼續連載後面部分，署名胡季人。一九二一年，施濟群創刊《新聲雜志》時，又在第一期上重發前面數則，署名胡寄塵。至一九二七年，上海儉德儲蓄會發行《新儉德》月刊時，又以胡寄塵名重發《民國日報》上兩年所發的全部内容，惟删去了發於《民國日報》一九一九年二月十一日『中國人道德，本比歐美爲高』一則，個别文字略有修改。胡寄塵、胡季人，即胡懷琛（一八八六—一九三八），字季仁、季人，又字季塵，號寄塵，室名百瓶花齋、波羅奢館。安徽涇縣人。南社社員。辛亥革命後，助柳亞子編《警報》，結爲金蘭。曾任《神州日報》、《太平洋報》、《小說世界》編輯，又任南方大學、上海大學、愛國女校教授，又供職上海通志館。著有《中國小說的起源及其演變》、《中國小說研究》、《中國小說概論》等小說史著作及《清季野史》、《虞初近志》等小說著作。本文在討論中西關係及翻譯問題上頗多精見，如云：『一國有一國之人情風俗，斷不可强取他人之良法美意，以爲用之於我而無不宜也。』、『中國之舊小說固然有壞處，但須以中國之法補救之，不可以完全外國之法補救之。中國之新小說也有壞處，但須以新法補救之，不可以完全舊法補救之。』在當時西風甚烈的情勢下，反對『一例抹殺』中國的小說創作，而當大力頌揚『不乏駕過西人之作』。在語言運用方面，他主張『文言之中，不妨雜入白話；京話之中，不妨雜入方言；中國話之中，不妨雜入外國話，惟在於用之得當而已』。特别在翻譯外國小說的風俗，遇到『諱之非實録，書之難措詞』的情况時，當仔細擇詞，以求文意與雅馴相統一。最後他强調了小說當也有自己的理論，但不可結黨派，具有一定的針對性。惟有時說得過於絶對，如在比較中西人事，道德、文學時說『中國人之道德，本比歐美爲優』，『中國文學，又比歐美爲優』，又說『道德高尚者多不屑爲小說，爲小說者道德又未必高尚』云云，後來恐怕自己也覺得片面而將此段文字删掉了。

小説有爲己而作者，有爲人而作者。其在歐美：如美之歐文，傷今吊古。感慨唏嘘，多爲己作；如俄之托爾斯泰，矜農憫苦，用意獨深，多爲人作。而冒險教育等類，尤在記無有先生，爲少年模範，其爲人作更可知矣。無論爲己爲人，終必有所爲而作。今吾國號稱作者，爲人乎？爲己乎？殊不多覯已。

中國事事尚文，歐美事事尚質。維尚文也，故陷虚；維尚質也，故着實。一切美術文學，莫不如是。此東西洋文明根本之差異也。即論小説亦莫不有虚實之别。中國小説所有之人，多爲世上所必無之人；所有之事，又多爲世上所必無之事也。（如《包公案》中之包孝肅，世上必無此等人也。）歐美小説書中所説之人，所叙之事，繪聲繪影，求與真人無差。（除神怪小説不計外，即理想小説亦必本之科學真理演繹而成；不肯作一荒唐無稽之談。）自表面觀之，陷虚似不及着實；殊不知着實者，只能引人入於現在之世界；陷虚者却能引人入於未來之世界。知此意者，何其少也！

一國有一國之人情風俗，斷不可强取他人良法美意，以爲用之於我而無不宜也。即以冒險小説而論，在彼作者。在養成少年冒險之精神。而其所志之的有二：一爲開闢新地，一爲推廣商務。彼海國也，故所述多航海事；彼商國也，故所述多通商事。故能行之國中，而收實效。今吾國徒見其行之收效，乃亦譯而行焉。用意非不佳，其如與人情風俗不相宜何。夫吾國大陸之國也，而與言航海之事；（我國亦有沿海之省，下文當另論之。）吾國農國也，而與言通商之事。則漠不相涉矣。

以言闢地，則南洋群島本爲吾華人所開闢，而今則轉入於他人之手。是我閩粤之人，本能冒險，但知開闢而不知管理。此其過不如無冒險之精神，而在於無管轄殖民地之能力。且不僅在於人民，亦在於政府無保護之力也。今僅僅提倡冒險，雖能再尋得新地而不能管轄，又何益乎。以言通商，則今但求外貨不入，斯已足矣。又何望國貨之輸出乎。夫吾國本以農立國，而西北各省曠地極多。（如張家口一帶。現方招人開墾。）苟能師歐洲冒險小説之意，改航海爲墾荒，改通商爲畜牧，處處本之我國之人情風俗，而成一種冒險小説，以行於世。則較諸繙譯西籍，獲益必多。僕懷此心久矣，顧才力不逮，不敢率爾操觚。爰述所見，質諸同志者，以爲何如？

聞者猶疑吾言乎？吾更有説。即如《魯演孫飄流記》、《舟人辛白傳》，各書均出於英國，而不出於德國。何也？一爲大陸之國，一爲海國。人情風俗，各有不同故。我可決言，此書德國亦必不宜，而况能行於吾國耶。又如冒險小説中，往往有宗教思想，處處不離上帝。繙譯時略而去之，則有時失其精神；如仍而存之，又不適用於我國。蓋其結果，不過爲耶穌教推廣勢力範圍而已也。

余昨言小説著實者，其能引人入於現在之世界；陷虛者，却能引人入於未來之世界。意猶未明。與其謂之引人入於未來之世界，不如云引人入於世界外之世界。蓋即所謂能令人生遺世獨立之想也。前所引小説中人爲世上必無之人，固已。即如《花月痕》中之採秋痕亦爲世上所必無之人何也？此二人者不過妓女而已，而居然能聯句，能和韻，能行酒令，且文章更典麗可觀。世上果有此等妓女乎？唐之薛濤耶？明之柳如是耶？吾恐其均不及已。此吾所以謂爲世上所必無之人也，此吾所謂讀其書者便有遺世獨立之想也，即引人入於世界外之世界也。

小説所叙之事，世上之事也。小説所記之人，世上之人也。故未有不知人情世故而能爲小説者。然亦斷未僅知人情世故，而能稱善爲小説者也。此理吾可以畫喻之。吾人讀畫，或則斷橋疏柳，一筆兩筆，而風韻横生；或則層巒叠嶂，千重萬重，而氣息雄厚。此其佳處，多自真山真水得來，然將真山真水收入畫圖，則莫如照相若矣。風景照片，吾亦嘗得而見之。東嶽之尊，西湖之秀，匡廬雁岩之奇險，吾皆得而見之。真則真矣！而要求畫圖中之一筆二筆，風韻横生，千重萬重，氣息雄厚，則不可得也。豈非以山水只是山水，而風韻氣息乃在山水之外者乎？知畫之理者，可以知小説矣。

或謂余曰：『今日之作小説，大抵可分爲兩種：一爲小説家，一爲小説匠。』余聞之不覺失笑。旋問如何謂之小説家，如何謂之小説匠。客乃縷縷爲我言之，余不欲轉述也。何哉？蓋以我之程度，欲爲匠，而不可得耳。

同是一齣戲，留聲機器唱的，終不如人唱的好。同是一幅字，玻璃板印的，終不如人寫的好。何者？一有精神，一没精神故也。雖曰腔調板眼，點畫鈎勒，一分不差。但差一點兒精神，便不同矣。繙譯他國小説，最易患此病。

短篇小説有二：一爲長篇之縮本，一爲長篇之節本。縮本者，能將爲長篇之材料以簡括之言出之，而首尾完備者是也。節本者，能將爲長篇之材料截取其最有精采之一段，而成一短篇是也。二者體裁不同，優劣自異。但人各有好，不可一例而論。如以愚見所及，縮本不如節本。何也？縮本事多而文短，難於發揮而盡致；節本文短而事亦少，易於描寫入微也。

惜抱論文，曰神理氣味，曰聲色格律。余謂神理氣味，文章之内容也；聲色格律，文章之外表。小説亦爲文章之一種，故亦莫能逃此公例。是故或以内容勝，或以外表勝。是在作者性之所近。如以長篇短篇而論，則氣獨宜於長篇，而不宜於短篇；尤便於以格取勝。神與理次之，聲與色不足恃矣。

作小説如果欲改良積習，天然不可迎合社會心理。蓋迎合社會心理者，乃完全爲謀利之性質，不可攔入著作，相提并論。吾不必再言。然苟不深知社會心理。則雖抱有高尚之思想，宏遠之志願，亦爲無益。何也？蓋我行我志，我作我文；而不顧及他人之喜讀與否，而不顧及他人之能讀與否。一編出版，徒置自家書架上，做成績品而已。於他人何預哉！如是則讀舊小説者，只管讀舊小説；永永不知我之新小説。讀不良之小説者，只管讀不良之小説；永永不知我之良小説。各走各路，永不接觸。作者亦徒自苦耳。是故果有此思想，抱此宏願者；不當據一已之見，隨筆作文。必在在考察各方面之情形，務使我書一出，不脛而走。又使凡閲我書一過者，均有一分實益。又必使凡閲我之小説者，均覺手不忍釋，而能漸移默化。使當年爲舊小説之心理，爲不良小説之心理，皆傾而向我。如是舊小説與不良之小説，不鬪而自敗，不禁而自止。而改良積習之效，乃可以見。然而豈易言哉。

宋人論文有云『韓文如海，柳文如淵泉，蘇文如潮，歐文如瀾』，比擬確當。余竊以爲持此以論小説，則畏廬老人之作，恰如柳文，峻峭巉刻，而傷於氣。如潮如海如瀾者，吾意中無一適當之人以擬也。

文章摹寫人物，使之精神奕奕，活現紙上；往往不在實字，只在一二虚字。如《論語》『鏗爾，捨瑟而作』。又『趨進，翼如也』。《糊塗》赤壁之戰『權勃然曰，吾不能舉全吴之地，十萬之衆，受制於人，吾計決矣』。《糊塗》『肥水之戰』，秦王堅望八公山上草木，皆以爲晋兵，顧融曰『此亦勁敵，何謂弱也。始憮然有懼色』。以上寫曾點，寫孔子，寫孫權，寫苻堅；其事實則捨瑟而作也，趨進也，言也，懼也；即將鏗爾，翼如，勃然，憮然，各字删去。亦何嘗不能成文。然苟將此數字删去，則寫曾點，孔子諸人，畫如木偶矣。故其妙處不在於他字，而只在此『鏗爾』、『翼如』、『勃然』、『憮然』，諸字也。作小説者不可不知此訣。然苟不讀經史，又從何處知此訣哉。

舊小説中有好者，有不好者。大抵莫不全部相稱。未有半部好，半部不好，如《花月痕》者也。《花月痕》一自痴珠秋痕死後，便無可觀。叙韓荷生後半段之戰功，不特荒謬，抑且齷齪；不特可笑，抑且可鄙。吾不知作者當時何以下筆也。

張氏山來叙《虞初新志》有云：『古今小説家言，指不勝僂；大都餖飣人物，補綴欣戚，累綴連篇，非不詳贍。然優孟叔敖，徒得似而未傳其真。强笑不懽，强哭不戚。』云云。山來真知言哉！今日新小説，汗牛充庫，大抵皆笑非真笑，哭非真哭，如山來所謂强笑强哭是也。山來此八字，不啻爲今日之小説家道着病根。

市上最流行之長篇小説，可屈指而數焉。較早爲《官場現形記》，爲《二十年目睹之怪現狀》。其次爲《繁華夢》，爲《九尾龜》。最近爲《廣陵潮》，爲《新華春夢記》。譯本爲《空谷蘭》，爲《茶花女》，爲《不如歸》，爲《魯濱孫飄流記》。以余所見佳作不僅此數。然在社會上銷行最廣者，莫如此數種。而其中譯本數種，勢力範圍猶僅僅及於學生及一般新人物，絶不能行於内地及舊社會。若其他自撰之數種，則新舊社會上海及内地皆甚歡迎。此非余揣度之言，乃就書賈調查而得者也。觀此亦見一般讀小説者之心理矣。（其中《官場現形記》、《怪現狀》、《茶花女》三種，在今日已不盛行。蓋銷場之時期，已爲過去之時代矣。）

（一九一八年十二月四、五、六、七、九、十一、十三、十四、十六、二十六日《民國日報》）

《閒齋筆記》云：小説家無稽之語，往往誤人。《岳傳》載張浚陷害岳忠武，後爲諸將毆死，於是吴俗遂有毆死人不償命之説。同治壬申，蘇城有飛金一案，先是業金箔者以所業微細，自立規約，每人須三年，乃授一徒，蓋以事此者多，則恐失業者衆也。其時有無賴某者，以辦黄爲名，呈請多授學徒，用赴工作，既得批准，即廣招徒衆。來從學者，人贄六百文。一時師之者雲集。同業大忿，於是據毆死不償命一言，遂群往持其人而毆之。人各一口，頃刻而死。吴縣命前往檢驗，計毆傷處，共一百二十三口，然何人毆何地，人多口雜，不特生者不知，即起死者問之，恐亦不能知也。乃取始謀先𠡠者一人論捆云云。余按：此事甚奇甚趣，小説害人，誠如所言。《岳傳》并非壞書，愚民誤會，猶至如此。然則其他壞書害人於不知不覺者，不知幾許矣。惜無人一考究之耳。

余四年前，曾作趣的小説評論數十則，中有一則，雖係諧言，却有深意。重録於此，以供閲者一笑可也。讀哀情小説，能暫舒胸中鬱結，然讀愈多，鬱結愈甚，譬之吸煙片以治病，吸愈多病愈深也；讀滑稽小説，能一解胸中煩悶，然毫無餘味，譬一飲荷蘭水以避暑，終不若飲茶以清心也。

中國之舊小説固然有壞處，但須以中國之法補救之，不可以完全外國之法補救之。中國之新小説也有壞處，但須以新法補救之，不可以完全舊法補救之。

今日之寫情小説，爲大雅所鄙棄也久矣。然謂中國人所著之寫情小説，多數不好則可也。苟謂但出自中國人之筆，即爲不好，不可也。謂歐美寫情小説多數皆好則可也。苟謂但出自歐美人之筆，即無不好，不可也。今日之崇拜西人者，無論西國拆白黨之言，亦且奉爲《聖經》賢德，於中國人自著之篇，不加細察，但以之爲中國人著也，即一例抹殺曰：此誨淫之書也，此誨淫之書也。此種見解，抑何可笑？

今日批評中國寫情小説無佳作者，試問之於近日出版之品，其一一讀過而無遺乎？長篇短什，何止數千百種？此數千百種中，遂無一二種可比擬西人者乎？遂無一二種或駕過西人者乎？吾不信也。以理而論，固應如此，即證諸事實，吾所見者，亦不乏駕過西人之作。此等佳篇，在批評者正宜提倡，而今反一例抹殺之，非特是非失當，亦且非自尊其國之道也。

中國人之道德，本比歐美爲高，歷史上忠臣孝子、義夫烈婦，何可勝數？恐歐美無此盛也。中國文學，又比歐美爲優，世人已有公論，不俟吾言。真愛情者，道德之一種也；小説者，文學之一種也。夫既有高尚之道德，優美之文學，獨不能有一真正之寫情小説，此何故哉？蓋自今以前，道德高者多不屑爲小説，爲小説者，道德又未必高尚。自今以後，二者并合，宜乎有傑作出矣。吾不勝拭目望之。

宋胡旦少有俊才，晚年目疾閒居，一日某館共議作一貴侯傳。其人少時屠豕，以爲諱之非實録，書之難措詞。問旦，旦曰：『何不云某少嘗操刀以割，以示宰天下之志？』聞者嘆服。余按翻譯外國小説，往往有西國風俗，一入中國文字，即不雅馴者，此最爲苦難之事，亦所謂『諱之非實録，書之難措詞』也。然使胡旦復生，當必有以處之。今之翻譯家，宜師此意。

燈下偶讀《明史紀事本末》，至土木之變，英宗既爲瓦剌所得，執見也先。一人欲殺之，伯顔帖木兒不可。原文云：『其中一人名乃公，大言曰，天以仇賜我，不如殺之。伯顔帖木兒大怒，呼也先爲那顔。那顔者，華言大人也。安用此人在旁，摧其面而去。（中略）那顔若遣使告中國，迎返天子，那顔不有萬世好男子名乎？衆皆曰者。胡語云者，然，醉也。』按，那顔即大人，者即然，此處漢文之中，雜入胡語，又復慮人不解，而以華言釋之。於文辭爲不簡，於文體爲不純，而必如此云云。此何故哉？蓋極力描寫伯顔帖木兒之興也。讀其書者，如親聞胡人之語，惟在那顔興者之二言耳。有此二語，便增得無數精神，是善於傳神之爲單於，有時稱之爲可汗，由來甚久，非好奇也。亦那顔之類耳。吾因此悟得作小説之法，文言之中，不妨雜入白話；京話之中，不妨雜入方言；中國話之中，不妨雜入外國話，惟在於用之得當而已。得當則能增精神，不得當則令人莫名其妙，掩卷不欲觀矣。至如周執者流，於如此云云，以譏其文體不純，則徒顯其所見之不廣耳。

小説自是一種文藝，詩有話，文有談，小説亦不妨有論。小説之有評論，始於民國元年之《太平洋報》，但所論多不確當，無足取者，自後六七年來，小説盛行，而評論獨付闕如。今小鳳首先提倡，著《小説雜論》，繼者踵起，《日報》小説欄中，時見有此項言論。《小説新報》且又預告另添論壇一類矣。不可謂不盛也。惟有一事，須預防其流弊者，即不可各分門户，自立黨派是也。不然，則政黨、戲黨而外，行見有小説黨出現，此誠小説界不幸之事也。余草《小説管見》，不敢涉及當世作者之長短，一則所見有限，不敢妄言；一則恐啓黨争之端，以致纏糾不了也。雖然吾甚望吾言之不中耳。

（一九一九年二月六、七、十、十一、十三、十八、二十日《民國日報》）

（本則署名『寄塵』）

胡寄塵

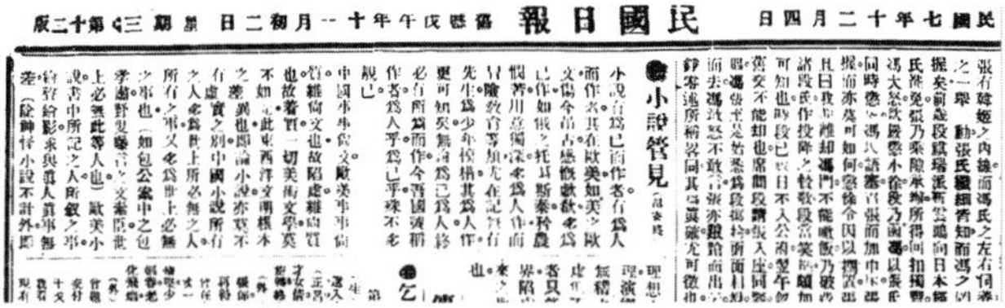

民國七年十二月四日　民國日報　舊曆戊午年十一月初二日　星期三　第十二版

小說管見（胡寄塵）

小說有爲已而作者。有爲人而作者。其在歐美。知美之歐文。僞今昔古感慨欷歔者。爲已作。如俄之托耳斯泰。狄農惘著。川島獨深者。爲人作。而冒險教育等類尤在記載。有先生爲少年慢構其爲人作。更可知矣。無論爲己爲人。終必有所爲而作。今吾國號稱作者。爲人乎。爲己乎。殊不多覯已。

中國小說偏文。歐美小說偏質。雖偏文也。故陷虛。雖偏質也。故著質。一切美術文學。莫不如是。此東西洋文明根本之差異也。即論小說。亦莫不有虛實之別。中國小說所有之人。必爲世上所必無之人。所有之事。又必爲世上必無之事也。（如包公案中之包孝肅。野叟曝言之文素臣。世上必無此等人也）歐美小說。書中所記之人。所敘之事。皆繪聲繪影。求與真人真事無差。（除神怪小說不計外）即

民國八年二月六日　民國日報　舊曆己未

其人圓滑異常。深得迎合之秘

呼黃爲鄂省之長樂老。蓋求之

小說論壇

小說管見（胡季人）

庸閒齋筆記云。小說家無稽之語。往往誤人。如傳載張汶祥害馬忠武。後爲請將所殺死。于是吳俗遂有鬨死人不償命之說。同治壬申。蘇城有齩命一案。先是業金箔者以所業徵細。自立規約。每人須三年。乃授一徒。蓋以事此者多。則恐失業者衆也。其時有無賴某者。以辦貢爲名。呈請多授學徒。用趕工作。旣得批准。即廣爲號衆。來從學者。人贄六百文。一時師之者甚衆。同業大忿。於是援鬨死不償命一言。遂羣往持其人而齩之。人各一口。頃刻而死。吳縣命前往檢驗。計齩傷處。共一百二十三口。然何人齩何口。人多口雜。不特生者不知。即起死者問之。恐亦不能知也。乃取始謀先齩者一人論抵云云。余按此事。甚奇甚趣。小說害人。誠如所言。但傳並非壞書。愚民誤會。猶至如此。然則其他壞書害人於不知不覺者。不知幾許矣。惜無人一考究之耳。

傳奇小說

罵財神（續）笠湖譜兒樓錄

新倫德
許世英
第一卷第三號

新聲
寒雲
第一期
上海新聲雜誌社發行

敬告著小說與讀小說者

貢少芹　撰

載於《小說新報》一九一九年第五卷第三期。作者貢少芹（一八七九—？），名璧，字少芹，號天懺生，江都（今揚州）人。南社社員。與李涵秋、張丹斧并稱爲『揚州三傑』，曾主編或合辦過《中西日報》、《新漢日報》、《風人報》等，著小說有《鴛鴦夢》、《尤泣紅碧夢痕》、《梁秉奇鏡花水月》等多種，又與許指嚴、李定夷合編《分類筆記小說大觀》等。本文首先針對『小說界之道德、之名譽愈趨愈下』的現狀，强調著作者既不能『自墮業障』，亦不能『趨附時會潮流』，以迎合讀者的低俗心理。接著針對作者與讀者分别提出了不同的要求。對於作者，他希望不論創作哪一類小說，都要力求『立意新奇，措語得體』。他批評了翻譯家習慣於『依傍』而不能自創，而著作家憑空結撰，往往假托譯筆，將外國的風俗、習慣及地名等寫得似是而非。他指出，文言與白話的寫作各有難處，『就表面觀之，文言則難，而白話較易。其實作文言固不易，而作白話則尤難』。白話寫作之難在於：『限於方言，不能盡人皆知，一也；狃於俗語，令人殊多費解，二也；過深則不合體裁，過淺則流爲粗鄙，三也。』至於作文言小説，他認爲『亦有數忌』：『堆砌腐爛詞頭，一忌也；幫貼艱深字面，二忌也；篇中慣用四六排偶，三忌也。』另外，他又指出：『作文言小説最忌其中夾雜白話，作白話小説最忌其中間有文言。』至於對讀者，他要求一『須體會著者之心理』，二『須原諒著者之所短』，『苟有大背乎理者，不妨加以訾議。若其前後意境上稍有重複、詞句上偶有疵累，當曲予原諒，更宜略短取長，萬不能見其所短，而并其所長者亦埋没之』。最後他勸告讀者不要看作者的名氣擇書，而是要從作品的實際出發。他的這些意見都比較具體而皆有感而發，因而能切中時弊。

間嘗入五都之市，見夫各書肆中，紛然陳列者，皆書籍也。而其中尤以小説爲夥，所謂政治、社會、家庭、科學、理想、怪異、言情、偵探、冒險、滑稽、寓言、諷世諸作，無一不備，真令人有目不暇給之勢。賅括言之，約分數種類别，於世道人心、風俗有所補救者有之；説理高深、立言淵懿、耐人尋味者有之；描摩盡致、體會入微、隱寓懲奸勸善之旨者有之；情節離奇、詞旨詼詭、增人知識、助人興趣者亦有之。凡此皆可謂之上乘，文字然已不可多得矣。若夫浪語淫聲、醜態百出，在執筆者自以爲郎貪女愛之絶世妙文，無論其内容不足觀也，即使事蹟若何徵實，文筆若何優美，然其如壞人心術，何顧此類著作銷行暢旺，能使萬册立罄，轉非他書所能比儗於萬一。何者？無他，投時會所好之故耳。然則今兹著小説者，必迎合讀小説者之心理，而始從事著作也。明矣！坐是之故，所以小説界之道德、之名譽愈趨愈下也。夫吾初不敢武斷讀小説者盡人皆無純正之心理，與夫遠到之眼光也。特以近頃世界人心日趨淫靡，凡屬穢詞，無不極端表示歡迎，而一切宗旨正大諸書咸棄置弗顧，於是書賈爲營業上競争計，乃羅致各撰述家專著，投時所好之作，或譯或著，各逞伎倆以相取媚於世。彼一般小説家又率皆寒畯，平時依賴筆耕所入之資爲贍足妻孥身家計，不得不就其範圍，彼以是求，此即以是應。而道德與名譽兩者，均所弗計矣。故吾謂今之著小説者，其不顧道德、不恤名譽者，大抵出於自墮業障者半，出於趨附時會潮流者亦半，固不能使一方面獨任其咎也，顧此猶泛言之耳。若從根本上立論，則尤有數點在焉，請爲我著小説與讀小説者一陳之。

（一）種類之分别

今之著小説者，不外上述之政治、社會、家庭、科學、理想、怪異、言情、偵探、冒險、寓言、諷世諸種類，顧諸種類之中，尤以言情小説最受社會歡迎。其實所謂言情之作，未見有纏綿悱惻、沉鬱頓挫之文以餉閱者也。不過多説幾句謔浪笑傲、醜狀不堪話頭而已，甚至滿紙郎呀姐呀、哥兒妹兒，甫經覿面，便爾定情，才通聞訊，即赴幽會密約，在讀者見此類毫無價值之作，方且奉爲枕中秘笈。嘻，不其慎歟？ 若夫社會小説，看去似易作，細按之，則甚難。吾謂執筆作此類説部者，不難在體會入微與形容盡致，而難在舉社會上種種奇形異狀而能言人所不能言，發人所未及發者。且非僅以口舌刻薄爲能事，要必於世道人心有所裨益。能如是，斯可謂之善作社會小説者矣。至若作怪異小説，下語苟無分寸，則近於迷信；著理想小説，推測過於深遠，則鄰於妄誕。偵探最忌千篇一律，科學最忌説出外行話。其餘皆各有難處，各有秘訣，要而言之，務宜立意新奇，措語得體而已，此不可不知也。

（二）迻譯與撰述之分别

迻譯小説，大率根據歐人名著撰述小説，大率以己之所見、所聞事實，參以己意編著成書。質言之，蓋一則有所依傍，一則全恃憑空結撰也。然迻譯過多者，則思想上必爲之汨没殆盡。吾每見有鼎鼎大名之譯述家，往往不能自行撰著，即使勉爲之，而情節脱略，意思重複，較平時譯作，如出兩手。餘非故作此苛論也，蓋確有所見而云然耳。然撰著家或有時憑其思想界之敏捷，假託譯筆製成巨帙，文字雖有可觀，然按之外國風俗習慣及地名，或多似是而非之文，此一望可以即知也。

（三）文言與白話之分別

就表面觀之，文言則難，而白話較易。其實作文言固不易，而作白話則尤難。今試略述數端於左：限於方言，不能盡人皆知，一也；狃於俗語，令人殊多費解，二也；過深則不合體裁，過淺則流爲粗鄙，三也。至若作文言小說，亦有數忌在焉。堆砌腐爛詞頭，一忌也；幫貼艱深字面，二忌也；篇中慣用四六排偶，三忌也；在執筆者以爲不如是不足顯其文字古茂富麗也。其實所謂古茂富麗者，不在運用詞典僻字，而在文氣與文筆。抑更有說者，作文言小說最忌其中夾雜白話，作白話小說最忌其中間有文言，此不可不知也。

以上所述，係對於著小說者而言也。若夫讀小說者，僕不敏，亦有忠告之數語。

（一）須體會著者之心理

凡人讀小說時，先觀其立意，此觀其布局，再次觀其用筆遣詞，方知著者之苦心孤詣，製成一書，絞却許多腦力，費却無量心血也。若稍不經意，不獨是書之優點不能領會，即其劣點亦未必鑒別，甚有誤以優爲劣、以劣爲優者，此最忌也。

（二）須原諒著者之所短

世無有通體無瑕疵可指之文字，即求之古人中，尚不可多得，況今兹著述家按日著稿、按稿售資者乎？簡言之，蓋無全璧之作也。讀者對於此類小説，苟有大背乎理者，不妨加以訾議。若其前後意境上稍有重複、詞句上偶有疵累，當曲予原諒，更宜略短取長，萬不能見其所短，而并其所長者亦埋没之。

（三）名著與非名著之鑒别

近頃讀小説者，有一種習慣，未閲全書，先閲著者之名爲誰。如其人夙負有鼎鼎盛名，則閲者預存尊重之心，以爲若而人者，决不致有漫不經意之作；果其作者素非知名之輩，彼即預存一輕視之心，雖文字大有可觀，彼亦不輕予許可。此種惡習，雖賢者亦所不免，況其他乎？吾謂今兹小説家之通病，其未享盛名時，凡有所作，不敢率爾操觚，及既享名後，關於一切撰述，全恃賣三字大名而已。若叩其所著之内容，或有轉不及未享名者，雖然，余非故作此刻論也。特以余之所見犯此弊者正居多，數度閲者必以余言爲躂乎！

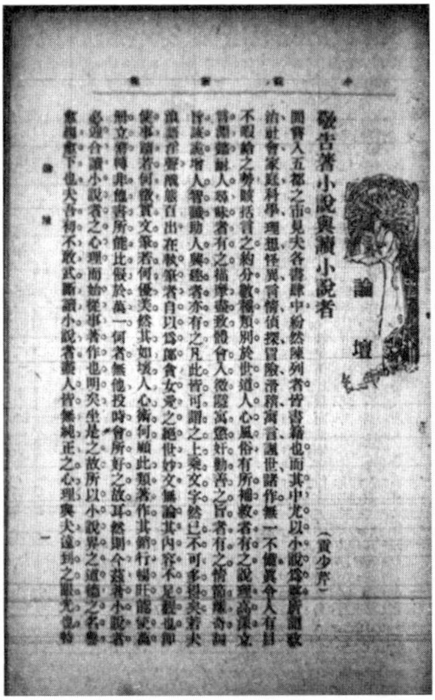

敬告著小說與讀小說者　（黃少芹）

閱實人五都之市見夫各書肆中紛然陳列者皆書籍也而其中尤以小說爲最所謂敎於社會家庭科學理想怪異言情偵探冒險滑稽寓言諷世諸作無一不備異令人有目不暇給之勢賅括言之約分數種類別於世道人心風俗有所補救者有之說理高深文晉簡鍊耐人尋味者有之描摹盡致體會入微隱寓懲奸勸善之旨者有之情節離奇詞旨淺顯增人智識助人興趣者亦有之凡此皆可謂之上乘文字然已不可多得矣若夫浪蕩荏弱層見疊出在秉筆者自以爲郎貪女愛之絕世妙文無論其內容不足觀也即使事蹟若何徵實文筆若何優美然其如壞人心術何耶此類著作其銷行暢旺能使爲獨立書肆非他書所能比擬於萬一何者無他投時會所好之故耳然則今茲著小說者必須合讀小說者之心理而始從事著作也明矣坐是之故所以小說界之道德之名譽掃地下也夫吾初不敢武斷讀小說者讀人皆無純正之心理與夫遠到之眼光也特

論壇　一

中國小説裏的男女問題

仲密 撰

載於《每周評論》一九一九年二月第七號。作者仲密，即周作人，見一九一四年啓明《小説與社會》提要。本文在日本近代文學的影響下，提出了一個『問題小説』的概念。他認爲中國古代多的是『教訓小説』而極少『問題小説』。這兩種小説的區别是：『凡標榜一種教訓，借小説來宣傳他，教人遵行的，是教訓小説；提出一種問題，借小説來研究他，求人解决的，是問題小説。……教訓小説所宣傳的，必是已經成立的、過去的道德。問題小説所提倡的，必尚未成立，却不可不有的將來的道德。一個是重申舊説，一個是特創新例，大不相同。』據此，他以西方的問題小説作爲參照，從《紅樓夢》論到《玉梨魂》，認爲它們儘管用悲劇來散場，也提出了問題，但是還是在舊的道德牢籠之下，不能引導讀者對『社會的錯處』作新的思考。

問題小説，是近代平民文學的出產物。這種著作，照名目所表示，就是論及人生諸問題的小説。所以形式内容上，必須具備兩種條件，才可當得這個名稱。一、必具小説體載。二、必涉及或一問題。中國從來對於人生問題不大關心，又素以小説爲閒書，這種小説自然難以發生。但也不能説全然没有，不過種類不多，意見不甚高明罷了。

中國人向來以道德第一自命，大抵喜歡作教訓小説。那種勸善戒惡的淫書，不必説了。即使真正講教訓的小説，我們也須細心將他分别，使他勿與問題小説相混。凡標榜一種教訓，借小説宣傳他，教人遵行的，是教訓小説。提出一種問題，供小説來研究他，求人解决的，是問題小説。問題小説有時也説出解决的方法，但與教訓小説截然不同。教訓小説所宣傳的，必是已經成立的、過去的道德。問題小説所提倡的，必尚未成立，却不可不有的將來的道德。一個是重申舊説，一個是特創新例，大不相同。譬如《紅樓夢》寫家庭裏種種關係，我們很可研究。至於《兒女英雄傳》所寫安老爺一家，多是世俗的所謂全德全能。入迷的人除極口頌揚、新身則效外，别無可力，還有什麽問題呢？但《紅樓夢》也不是正式的問題小説，他對於男女道德不會提出什麽問題，也未曾特創一種新例。

只有那金玉姻緣，以悲劇終，含有一種意義，無形中成了問題，引起後人許多狗尾續貂的圓夢續夢。所以我承認他是所謂中國問題小説的代表，有研究的價值。本來閒書全以娱樂爲目的，講不着什麽人生大題目，但是無論何種小説，總少不了異性做陪襯，自然發生問題。這問題的如何解决，便只看著者的思想如何。那種抱非人思想的文豪，往往將這問題辦一個團圓大喜，造成一部八美或十美緣，以後更無話可説。此外一種辦法是悲劇的散場，留下那個問題，任我們去解决，《紅樓夢》就是這種辦法。

男女問題範圍很大，現在我們説《紅樓夢》，且限定不自由的結婚這一事説。其中又可分爲未婚的與已婚的兩種。相愛的兩個人，因了家庭或社會上的障礙，不能配合，這原是一個大悲劇，在東方尤爲常見。但要想解决，却還算不甚困難。因爲這問題，是個人與家庭或社會抗争。照理説來，結婚這事，只是當事者兩人的事情，第三者没有干涉的權利。所以抗争的曲直，十分明顯。在個人方面應該竭力抵抗，在家庭或社會方面，應該竭力退讓。在人類的道德上，這正是『天經地義』，更不必多費説話了。在西洋各國幾乎早已没有這問題，所以也少見這樣著作。但在中國，現在的家庭社會，還是頑固胡涂的多，不免仍有悲劇，也便仍有這種問題小説存在的必要。不過這問題乃是對家庭社會而言。只是指示他們反對天經地義的結果的悲劇，教他們自己反省。至於在當事者一面已經不成問題，不必研究了。《紅樓夢》雖是一部古書，在現在社會上，却仍有意義。因爲書中的問題，現在依然存留，可以借鑒不少。作《紅樓夢》的人不將黛玉一并配給寶玉，却任他死了，任寶玉去做和尚，這是他的見識。推他做中國問題小説的代表也正爲這緣故。倘將來文化稍高，大家更懂得道理，曉得結婚只是兩個人的事情，再没有第三者無理取鬧，那時這問題便完全勾消。《紅樓夢》在文學上雖仍是一部好小説，他的社會的意義可是同時撤去了。

關於已婚者的問題，解决却更困難，因爲這是個人與個人的關係，曲直最爲難分。歐洲小説論這問題的很多，現在且舉出幾種做一個例。這問題俗稱『非神聖的三位一體』，是指一夫一婦又一個男子的關係，如基督教的神靈子三位一體一般。一八四七年俄國海爾然作《誰的罪》一書，説克路什佛斯奇的妻留波加愛了貝爾多夫，但二人都很守禮節，貝爾多夫看得不能再留，快快的出發、漂流去了。留波加鬱鬱的不久死了，克路什弗斯奇很是悲傷，只是喝酒，成了一個廢人了，這是誰的罪呢，一時可不容易對答。十六年後，契尼綏夫斯奇作了一部《怎麽好》，解决這問題。醫學生羅普柯夫愛一個叫微拉的女子，娶了過來。其後微拉愛了基沙諾夫，羅普柯林便假作自殺，逃往美洲，讓他們可以結婚。過了幾年，回到本國，仍同他們往來，同親友一樣。這樣解决法，從前法國女小説家喬治珊特也曾説過，表面上似乎不近人情，其實極有道理。因爲愛的心理，對於所愛，必有專有的利己思想，一面却也有獻身的别一種利己思想，所以愛的極致，便可以有自己犧牲的一境地。但這是那一方面的辦法，還有這一方面，須得怎樣才好呢？照理説來，也只有力求自由這一法。否則就只好同貝爾多夫與留波加一樣的散場。一八七三年托爾斯多作《安娜加來尼那》就是中國譯的婀娜小傳，也是論這問題的小説。安娜嫁了加來尼本是無愛情的結婚，後來遇見扶朗斯奇，互相愛戀，便同他逃去。加來尼也饒恕了他們，可是聽了一種迷信的話，不肯的正式離婚，安娜受了社會的排擠，又因家裏的不安，終於投在火車下死了。中國道學家見了，必定説是不貞之報，其實著者的原意，對於安娜的行爲，并不責難。安娜的死，乃因信了社會的話的緣故，這是她的錯處。社會的錯處却更大了，因爲他們没有責難她的權利。托爾斯多在卷頭引述羅馬人書云：『伸冤在我，我必報應。』這并非説『天網恢恢，疏而不漏』，乃是説人不應該判斷别人罪惡，只應互相饒恕，正是他責社會的話。

關於這一問題，中國小説怎麽説呢？據我所曉得的，却不曾有什麽話説過。中國小説喜談人家閨閫，多是報私怨講壞話兩種動機，此外别無意思了。近時流行的《玉梨魂》，雖文章很是肉麻，爲鴛鴦蝴蝶派小説的祖師，所記的事，却可算是一個問題。但這仍是上面所説第一問題的變相，并不是非神聖的三位一體，解决本極容易。他們的結果，却弄到同《誰的罪》一樣，可見中國社會的罪大惡極了。如有多數女子仰慕一個男子，本是一件難處理的問題，中國却可以一把抓來，全配給那一個人，成一段佳話。倘如『有寡婦見鰥夫而欲嫁之』，那便斷乎不可。這種道德真可謂絶無僅有的了。中國有許多人對於這類事實有一種神妙的態度。他悼惜《玉梨魂》中的不幸的人，却又不以造成這不幸的現存社會爲非。發乎情，止乎禮義，終於死了，很足爲他們社會的光榮，供他們咏嘆的材料。這叫作非人情的痛苦的玩賞。做苦情哀情小説的人，每每有這種態度，不知《玉梨魂》著者原意如何？現在原書不在面前，無從曉得了。

（第一號）　中華民國八年二月二日

每週評論

發行所　北京騾馬市大街米市胡同七十九號
代派所　北京中華書局上海四馬路亞東圖書館
The Weekly Review
7

國外大事述評

▲愛爾蘭之獨立

此次英國總選舉、興會黨在愛爾蘭得了最多席位，但是他們是急進派誓不入英國議會的。乃於二十一日在達布林（愛爾蘭首都）市政廳開會宣布獨立爲共和國、命英駐防軍退出。次日又開秘密會議任命首相及閣員共五人、並平和會議代表三人。六十七年以來愛爾蘭是英國政治上最困難的問題，因爲這個問題政治上起了多少風波，現在這個由愛爾蘭人自己解決了。

▲俄國與平和會議

高等平和會議討論對待俄國的辦法，以先法日兩國主張用武力勸誡過激派、英美不贊成，後來威爾遜總統提議通告俄國各政府暫時息兵各遣代表至多三人於二月十五日與協商五國所派定之代表（每國各二人軍人非軍人各半）會於麻米拉海內

（一）協商諸國爲解決世界問題組織國際聯盟以促進國際間之義務、並防止戰爭
（二）國際聯盟爲此次平和條約可信能促進聯盟目的之關
（三）聯盟各員應定時開會、秘書處辦理聯盟事務。
二十六日法英美意四國委員布爾若爲主席。

▲小國家之抗議

十九個小國家因五強國在平張一切事務、小國家代表既少大會內任委員會內直與木偶一這是『汽氣機制度。』這次發的是比塞爾國。比外相提議各按戰爭時犧牲多少爲準。最後代表會議與小國家利害有關係之代表也可出席發表意見。

文藝時評

▲中國小說裏的男女問題（仲密）

問題小說、是近代平民文學的出產物。這種著作、照名目所表示、就是論及人生諸問題的小說。所以形式內容上、必須具備兩種條件、纔可當得這個名稱。一、必具小說體裁。二必涉及或一問題。中國從來對於人生問題、不大關心、又素以小說爲閑書、這種小說、自然難以發生。但也不能說全然沒有、不過種類不多、意見不甚高明罷了。

中國人向來以道德第一自命、大抵喜歡作教訓小說。那種勸善戒淫的淫書、不必說了。即使真正講教訓的小說、我們也須細心將他分別、使他勿與問題小說相混。凡標榜一種教訓、借小說來宣傳他、教人遵行的、是教訓小說。提出一種問題、借小說來研究他、求人解決的、是問題小說。問題小說有時也說出解決的方法、但與教訓小說截然不同。教訓小說所宣傳的、必是已成經立的、過去的道德。問題小說所提倡的、必

民國小說談

民哀　撰

本文連載於《民國日報》一九一九年二、三月間，第二則署名「靈鳳」，亦即民哀。民哀，即姚民哀，見一九一九《息廬小説談》提要。本文三則，主要談及楊塵因、王大覺、葉小鳳等編輯《民國日報》的情况及他們的小説創作。

楊塵因之《新華春夢記》，實爲近年不易多覯之小説。邇徇同人所請，將以其新著社會長篇小説一種，刊之本報，深慶閲報諸君之眼福匪淺。王大覺今年將來滬贊襄編輯，從此小鳳、季人等，不致復生『我道孤窮』之嘆。

（一九一九年二月七日《民國日報》）

楊塵因、王大覺之長篇不來，小鳳之《官僚醜史》，又因事時輟，致民國小説之精彩，較上年爲减，無怪愛讀本報之子，爲之爽然若失。

雖然，愛之箴之，而不肯以佳章補救之，是非真愛本報者，一笑。（本則署名『靈鳳』）

（一九一九年二月十二日《民國日報》）

王大覺如潯陽商婦，千呼萬唤，尚抱琵琶遮面，令小子急煞。

胡寄塵之《太平洋遇險記》，全書六十餘章，寄塵嫌其過長，且社會人士，僅知讀正面文章，故寄塵决計擱筆，將另譯一種教育小説，名曰《錢》，然尚如空山人語，未見其來，令小子盼煞。

葉小鳳事冗病酒，《官僚醜史》，時作時輟，令小子恨煞。

（一九一九年三月九日《民國日報》）

映韻廬讀小説

重遠 撰

本文載於一九一九年三月一日《民國日報》。作者重遠，不明其人。本文介紹了當時一中一西兩位女性所寫的有關清宫的『小説』，認爲是小説界的一段佳話。另述了林譯《金臺春夢録》，也由法、俄兩作者寫了北京的事。這些都是當時小説界中的一種較爲罕見的新鮮事。

裕朗西之女德菱郡主，嫁美人懷德。女曾侍清慈禧太后，居宮中二年，著書二種。《清宮二年記》，已有譯本兩種：一文言，一白話。文言極冗沓，白話亦非純粹京語。書叙事平衍，無小説價值，以爲中國女子能西文者之所著，因名振一時也。此書若以類於《兒女英雄傳》之京話譯之，必稍可觀。近又有法女羅琛，嫁華人，著書一種，名《女博士》，書極庸腐，不逮《清宮二年記》遠甚。然二女一中一西，皆著小説，皆叙中國故事，頗足爲中國小説界添一段佳話。

林譯《金臺春夢録》，叙西人旅居北京故事，其中述及北京社會狀况，頗得幾分之似。著者法人丹米安，俄人華伊爾，文筆冲澹，結穴尤佳，其中不無脱節之失，以著者非專門文家，得此固已不易矣。

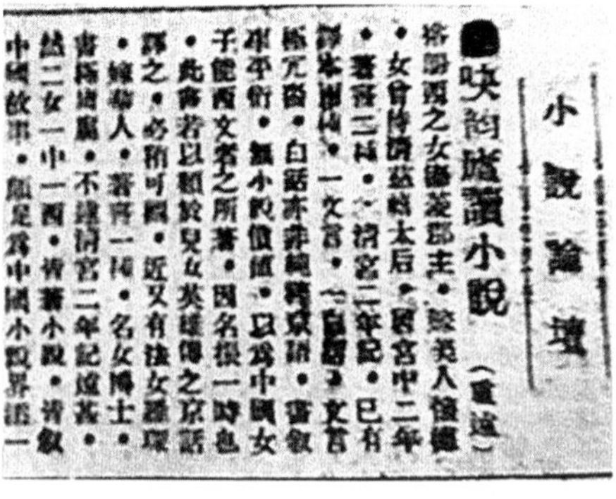

小說論壇

眏菴讀小說（重述）

裕朗西之女德菱郡主。嫁美人懷德。女曾侍清慈禧太后。居宮中二年。著書二種。清宮二年記。已有譯本兩種。一文言。一白話。文言極冗沓。白話亦非純粹京語。書叙事平衍。無小說價值。以爲中國女子能西文者之所著。因名振一時也。此書若以類於兒女英雄傳之京話譯之。必稍可觀。近又有法女羅琛。嫁華人。著書一種。名女博士。書極庸腐。不逮清宮二年記遠甚。然二女一中一西。皆著小說。皆叙中國故事。頗足爲中國小說界添一

稗屑

大覺 撰

本文連載於一九一九年三月至五月《民國日報》。署名『大覺』，最後一則署『小鳳』，從文章中談及創作情況來看，大覺，即王大覺（一八九九——一九二七），名德鍾，字玄穆，號大覺，幻花等，江蘇青浦（今屬上海市）人，後移居於江蘇昆山周莊鎮，南社社員。曾主《民國日報》筆政。著有《鄉居百絶》、《鴛鴦湖即事》、《琅琊碎錦》、《咒紅忆語》等，刊入《風雨閉門齋詩文詞集》。其子王之泰等又編有《南社王大覺詩文集》。本文具有補白性質，雜論古今小説，談及《水滸傳》、《金瓶梅》、《紅樓夢》、《野叟曝言》、《蕩寇志》、《花月痕》及林紓、蘇曼殊等，也接觸到一些理論問題，如有關小説的發憤之作等創作心境問題，又論小説的最高境界不在寫人與叙事，而在虚實相生與回味無窮：『作小説寫一個人，要神氣活現，躍躍紙上，此非難事；叙一件事，頭頭是道，一筆不漏，此亦非難事。所難者，欲虚實相稱，映帶生姿，韻流言外，低徊諷之弗能置，斯非可信筆爲也。』

花煖風香，窗明几净，酒後茶餘，偶拈筆墨，一篇脱手，自成清品，作小説何獨不然。近頗思作小説，則以滿眼塵囂，心緒紛如，尚擬閉門十日，静智凝神，審思下筆，庶乎其可。詩文窮而後工。夫既窮矣，則憂患迫其外，思慮亂其中，不與我上説矛盾乎？然而蓋有説焉，公讌之詩，應、劉難工，感懷之作，嵇、阮擅手，况乎文人發憤之作，尤爲全副心血所貫注乎？作小説尤須假以時日，謀篇布局之間，良屬鉥肝嘔血之事，并世不乏小説名手，而以衣食之故，務求急就，此名小説之所以罕覯也。

涪翁有言，詩文追配古人，不以賢於流俗而自足。此言何等慷慨自負，我自有千秋，固不必與時輩争一日短長也。

小説家言，雖屬無關大雅，然既爲之，亦當獨樹旗鼓，何苦務逆時世之賞，徒耗筆墨，願與時俊交勉之。

林琴南世多傳其小説古義，而詩獨鮮見，偶憶其一律云：『河朔江淮戰骨灰，年年寒食奠餘杯。

前身諸葛誰開府，左肘垂楊幾將才。守令惜身輕報國，史官嗚盛諱言災。狂奴別有傷心地，多謝王郎説莫哀。』詩亦激昂有風骨，殊不類動輒以大清舉人自豪者。

琴南自謂秉性木强偏仄，近與蔡氏書，味其語氣，可知非器宇宏深之士矣。林著小説詆人，蔡謂受者無傷，而施者實爲失德，自是有道之言，然未可以詔世之名士自命者也。

向秀賦之『日薄虞淵，寒冰凄然』，李白詞之『西風殘照，漢家陵闕』，是何等筆致，何等文情，今之小説家，能寫得出一字否？

吾友朱靈光，綺年玉貌，能作小詩，殊具韻致，近言有《玉筝秋韻》之作，以靈光之明慧，此書當不落説部下乘也。

生平最愛讀《水滸傳》，愛其無一語不是作者噙淚嘔血體會出來，竊天之秘，啓龜之靈矣。

風雪寒壚，雕裘换酒，當讀林教頭火燒草料場；葵扇驅炎，一盞解醒，當讀李鐵牛大鬧潯陽江。千載人物，不撫膺一哭，遥酹一觴。

宋江之爲人，固人人所鄙棄者，然而居今之世，欲求一宋江，亦不可得；李大哥絶世嫵媚，人莫不喜之，然而今之學大哥者，大有人在，但只學會得伸起板斧殺人而已。

一百八人中，宋江之不好，在不殺人；李大哥之好，在會殺人。會殺人之人，難覯於中古以下也。

《花月痕》叙幾個落魄才人，對酒當歌，滿肚皮不合適宜之概，實是神氣活現，老大不可及處。姚雄伯《恨海孤舟記》，其中寫趙棲桐發牢騷處，也是一般筆墨。雨窗燈炧，偶一展卷，令人生撫髀肉生探懷刺滅之感。

嘗見某評《花月痕》謂其文氣太重。僕不敢贊同，後半部一涉神怪，則誠無足觀已。《花月痕》作者，良非淺人，必也熟讀六朝文、三唐詩方能下手。

前日《稗屑》中『朱雲光』誤刊爲『朱靈光』，昨日奇情小説《劉一姐》篇中『撫膝衣中』七首句下脱去『自慶計售孫，偕之入綉闥』二句；哀情小説《分飛》篇中『罪盭滋甚』，『盭』誤刊『盩』，否則，『龍泉三尺劍』，『尺』誤刊『屍』，合即更正。

倫理小説《李寶三》一篇，今日告終矣。此篇乃幼時慈母燈前，説與小子聽者，立意至佳，而情節亦妙，良屬淬勵末俗之聖劑，至於綴詞之工拙，則小子所不敢自誇者也。

小鳳爲《儂歌儂解録》，自謂非特邀時俗之賞，且可藉冀身後名矣。予則擬以童幼時所聞村嫗鄉農豆棚瓜架間故説，有助於名教者，一一紀之，非敢邀時俗之賞，冀身後之名，特較之以滿紙情天恨海爲務者，捫心差無疚耳。

鄉間山歌，小子也會唱一闋，詞云：天上星多月糊塗，和尚求籤討家婆，丈母阿媽嫌我無頭髮，阿姨走出來倒説光頭滑面一個好姐夫。嗚呼，厥指所韞，願與普天下慧心人共參之矣。

林琴南小説，當得起縝密醇雅四字，其文雖具桐城義法，有時未免帶小説氣，殆譯著過多，偶犯於不覺耳。

歸震川雜記之文，亦屬瑣屑寫來，入情入理，而無妨文體者，蓋以詞氣醇厚，無一字毗俳也。

老友蘆中許半聾，治陽明學，規規繩墨之士也。嘗謂予言，近世傳紀，多好效小説，文體之淆，不待諸十年以後也。噫！半聾之隱憂深矣。

曼殊小説，幽蒨綿眇，自成馨逸。去歲在武林，嘗撰《人鬼記》一書，後以飢驅，便爾擱筆，示寂逡，此稿不知飄零何所，遂并其一鱗一爪而未獲窺矣。

曼殊詩，獨樹齋主與簫引樓主，均賞其『春雨樓頭尺八簫』一絶，他如『年華風柳共飄簫，酒醒天涯問六朝。猛憶玉人明月下，悄無人處學吹簫』，亦是何等韻致。

曼殊之殉，予嘗吊以四絶，有云：『一尺蒲團萬里潮，擔經渡海雪刁刁。遮門破葉天南寺，寒錫横云夢六朝。』、『也曾跨馬到蘇州，一曲吴娘水閣頭。記取箋愁傳燭夜，箏床墮月捲簾秋。』皆曼殊公實録也。

曼殊簡札，風期散朗，而偶有憂憤之言，如與某公書云：『此時男子，多變爲婦人，衲只得三緘其口。』殊冷雋堪昧。

《花月痕》中，韋癡珠盛贊杜採秋《羽獵賦》，採秋云：『其實算是我們做的，不好也好。若是你們孝廉茂才做的，就也只平常了。』此實確論，近世不少掃眉才子，我未見其能道只字也。大官退居，做一二篇詩文，自然不好也好，不脛而走天下，窮士廬中，雄文滿篋，餓死蟫魚，不值一錢，逸在布衣，斯言良發我嘆。

讀吴梅村《柳敬亭傳》，見雲間莫後光之言曰：『演義雖小技，其以辨性情，考方俗，形容萬類，不與儒者異道，故取之欲其肆，中之欲其徼，促而赴之欲其迅，舒而繹之欲其安，進而止之欲其留，整而歸之欲其潔，非天下之至精，其孰於斯矣。』是論也，願與普天下秉筆爲小説者共佩之。

嘗與人言，賣小説人之小説，求佳已難，何况更以字數律潤資，冗長膚廓，乃獲多金，而説部之精熄矣。近歲各邑修志，當此文武道喪之際，求稿不可多得，乃懸金以徵，嘗見某邑志局簡章有云：凡稿盈數千字以上者，得列名修纂，於是乎稿不患不多，書不患不蕪矣。

舊小説續本，精者至鮮。《蕩寇志》不可謂非洋洋大觀，極光怪陸離之致。而開宗明義，幾句紗帽文章，已令人讀之作惡。以入云龍之術，而受至於陳希真；以小李廣之箭，而受制於陳麗卿。梁山有打虎人，官軍中便有打豹人。梁山上有日行八百里之人，官軍中便有日行千里之人。行文獃板，静思之可爲失笑。况其氣韻，又遠遜《水滸傳》千百倍而未有止乎？

《紅樓夢》續本最多，更不足觀。其形容林黛玉，只會寫其不言不動，便算是黛玉身分高尚處，却猶之近日新劇旦角，圭臬馮春航，却學得如泥美人一般，實令人忍俊不禁。

《紅樓圓夢》一書，荒唐之尤，而恩怨却甚分明。寶釵貶爲小妻，襲人裸體受杖，讀之快甚，而全書於黛玉，不甚出力描寫，而獨抬高晴雯，亦作者眼光獨到處也。

《秋墨分飛》一篇，謂係實事，於言情中寓規箴之意。用筆極靈婉，而無時下側艷浮華之習，可喜也。

《紅樓夢》總是部言情小説，而偏欲指爲清初野史。以百二十回之事，大觀園小姊妹之多，更以數事按一事，數人影一人，固不患無吻合處。然而本書以言情而論，自是絶妙小説，若依近世穿鑿家所言，可謂簡實不成問題。《索隱》之書，寧值一笑乎？

《金瓶梅》不諱爲淫書，乃近日坊間新刊行者，事屬床笫，悉行乙去，刃傷事主而靡顧，若曰有妨風化，則曷若不刊，而復詭爲原本，度其居心，實較著者爲尤可誅矣。

《紅樓夢》作者，世故極深，其寫寶釵，落落大方，若不嫁寶玉，王莽恭儉，實當昭垂青簡耳。今而有寶釵者出，遨游南朔，綽有餘裕，當不似近世鑽營家，拍馬屁拍在馬脚上，以至兩頭不討好，醜態畢露也。

薛獃子説酒令，未説先咳嗽，説一句，又咳嗽，閉目思之，如見其挖耳搔腮，醜態百出，何其形容畢肖也。作者之筆，刻薄甚矣。

寶玉爲姽嫿將軍歌，清客大贊特贊，連寶翁都説出來，閉目思之，如見其掇臀放屁，恭維到十二分，何其形容畢肖也。作者之筆，刻薄甚矣。

簫引樓主，謂不具刻薄之筆，不能作小説，真一拳打在庫門也。

秋墨云，將作一篇小説，命名《文豪》。近日文豪，不可不讀。

鄙人所撰《畢竟靠不住》一篇，讀者或爲興慨，天下固不少如鰲者，曾不自咎，而惟懟漁者之太忍，其咎不尤下於鰲。

《野叟曝言》，寫文素臣，能文能武，可稱爲開天辟地以來，第一個奇男子。人每賞其出力寫文素臣處，然惟其過於出力，便失却文素臣身分矣。作者魄力甚大，後半部却見其才盡處，精彩漸減，而所載詩詞簡札，竟不堪讀，倘小說亦有别才歟？

莘溪淩三，蘆衢許盥孚，皆媚學之士，而予性情之友也。淩三初喜爲小説家言，率芳馨有逸致，近則棄不爲，克意作詩，詩益精進，有時如天女散花，神韻縹緲，天資良不可及。

盥孚不讀稗史，不好作艷體詩，比來頗有意填詞，亦殊蒨麗動人，能者固無不能也。

張獻忠喜聽人説《三國》、《水滸》，及作亂時，其行軍多取法二書，近日男女，爲桑濮之行，何嘗無取法黑幕小説者，或且自命情種，欲爲怡紅、瀟湘後身，静言思之，殊可一嘆。

演戲何必演淫戲，作畫何必作露體美人畫，撰小説何必撰言情小説，曰：『生意好耳。』世道人心，乃江河日下矣。

作小説寫一個人，要神氣活現，躍躍紙上，此非難事；叙一件事，頭頭是道，一筆不漏，此亦非難事。所難者，欲虚實相稱，映帶生姿，韻流言外，低徊諷之弗能置，斯非可信筆爲也。

恨水君小説，傷心人語。良不多覯，倘或以爲劉四駡人耶？則厚負恨水矣。

紀文達公嘗典春官試。第一人劉玉樹，榜發謁公。公詢寓所，以芙蓉庵對。公忽笑不可仰，劉窘甚。後公語人云：『我適獲聯云「劉玉樹小住芙蓉庵，潘金蓮大鬧葡萄架」。』是以軒渠。

《金瓶梅》一書，其穢褻處，幾不堪入目，然非近世誨淫小説家所可夢見。予最賞潘金蓮雪夜弄琵琶一段，韻致綿絶。

有謂《金瓶梅》是部警世小説，西門慶之死，是其明證。噫！果警世也，則滿紙尤雲殢雨何爲者，是殆黑幕小説派之言乎？

久作小説，口齒澀滯，似不能爲輕圓流麗之聲。下筆才數字，即不快己意，撕而去之，退求其故，一半是才華垂盡，一半是心眼漸高，必欲得快心適意之文，而筆尖决無十全十美之作，故回視舊作，顔爲之汗，而自讀近文，又有更不如前之慨矣。

此亦殊足自詡爲閱歷有得之言也。假令假我餘暇，俾稍潤澤枯腸，熟練口齒，或者他日所成，尚不至與庸俗伍也。然此生栗碌，復焉得此佳時暇日哉。（本則署名『小鳳』）

（一九一九年三月二十四—四月九日、十一—十四日、十六日、十八—十九日、二十七日、五月十日《民國日報》）

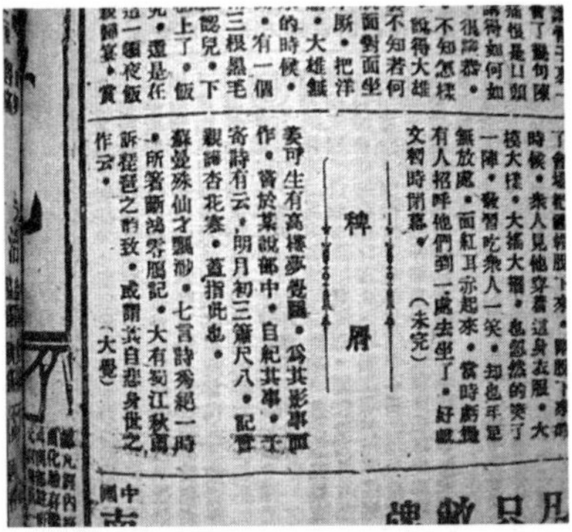

……時候，衆人見他穿着這身衣服，大模大樣，大搖大擺，也忽然的笑了一陣，發習吃衆人一笑，却也年紀無放處，面紅耳赤起來，當時虧得有人招呼他們到一處去坐了，好戲文剛時閉幕。（未完）

稗屑

麦可生有高樓夢覺圖，爲其影事而作。嘗於某說部中，自紀其事。王寄詩有云，明月初三簫尺八，記曾覩譜杏花寒。蓋指此也。蘇曼殊仙才飄渺，七言詩秀絕一時。所著斷鴻零雁記，大有蜀江秋雨訴琵琶之韵致，或謂其自悲身世之作云。（大覺）

王大覺

説小説應列入學校國文課程中及其教授方法

余青心　撰

載於《時事新報》副刊《學燈》一九一九年四月十一、十二日。作者余青心，即程小青（一八九三—一九七六），上海人，晚號蘜翁。偵探小説名家，先後加入過南社、青社、星社等文學團體。一九一五年起用文言譯《福爾摩斯探案》。一九一七年遷居蘇州，執教於東吴大學附中，在從事翻譯的同時，創作《霍桑探案》三十册。一九二三年主編《偵探世界》月刊。編寫了近三十部電影劇本。一九二七年與徐碧波等合資創辦『公園電影院』。一九三〇年用白話重譯《福爾摩斯探案大全集》。抗戰後主編《新偵探》。解放後任教於蘇州市第一中學。中國歷來將小説視爲『邪宗』，認爲是『誨淫』、『誨盗』的淵藪，時至五四時代，還是

『人人都説是會引壞人的東西』，要將它列入學校國文課程中，真并非是易事。本文就力辯學校將小説列入國文課程的必要性，認爲它能使學生『知道外面的人情世故』，增長人生經驗，并可以『增加人的智慧』，『增進人的文理』，『改變人的氣質，激發人的忠義』等等。文章還指出，小説起壞還是好的作用，關鍵在於教師要作正確的引導。假如學校採取『放任主義』，則『那些學生，年紀很輕，不知利害』，就會看小説『專喜歡那愛情的豔情的』，或者是『專務怪癖：或言豪俠；或言仙佛』，這就容易中毒學壞了。反之，假如有『教員去指導他們』，指點文墨的好處，提醒有害的地方，引導學生注意『科學的言論』、『英雄的事蹟』等，就能激發他們的志氣，就『可以使學生變成一個理想中模範的學生了』。而且，小説作爲一種特殊的文體，可以與其他『國文』相互補充，非常適合於作爲學校的教材。在這基礎上，作者又根據不同題材的小説分别闡述了不同的『教授方法』，并開列了從小學到大學不同程度的小説教材。現在看來，這些設想還是十分粗淺的，但在當時，有草創之功，自不可没。

小説這個東西，人人都説是會引壞人的東西。但是我説他們這種意見，同那些老腐敗説學堂會引壞人的意見一樣。你想想，學堂不能説是不會引壞人，但是學堂的引壞人，是因爲聚集了許多青年在一堂，薰蕕同器，故有些學生學壞了，并不是學堂會教人壞；而且就是這個人，不進學堂，終不能不到社會上，他也壞了，所以小説也是這個樣。并且我還要駁他們道：什麼叫着壞？社會上的人情世故，男女的交際愛情是壞麼？況且小説不但不壞，并有種種的益處。這句話并不奇怪，因爲人牢抱了一個小説會引壞人的僻見，所以就想不起他的益處了。

一個從未出世的青年，將他關在學校内，天天只知埋頭在那書堆裏，與外面的空氣接觸很少，所以他一些也不曉得人情世故。後來他畢業了，雖然懷着很大的學問，但是他對於外面的事，一些些也不知道，故一辦事，就失敗了，決不會成功的。要曉得這個不是他的學問缺，是經驗閲歷少，但是人家都誤會他没有學問，反把學校的名譽喪失了。

要使一個學生不出學校，知道外面的人情世故，非依賴小説不可。因爲小説能够將社會上的鬼蜮，歷歷繪出，使閲小説的人，如同身歷其境一樣，自然增了不少的經驗。并且有科學的小説，能增加人的智慧；長文法的小説，能增進人的文理。不但如此，小説又能改變人的氣質，激發人的忠義。例如一個人，膽子很大，後來他看見了一部説鬼的小説，那小説上形容一個鬼如何如何，他腦筋裏就印了一個鬼的影像，夜裏走過黑暗地方，似乎前面有個鬼樣的，所以他的膽就小了。這不是改變氣質的證據嗎？又如人説起曹操、秦檜就恨得不得了，我記得曾看見某報上，載過一段新聞，説一個下等人看劇，見一個小丑妝那秦檜，他忽然跑上臺去，打了那個小丑一頓，這不是小説能激發人的忠義嗎？

但是有一個人説道，學校對於小説取放任主義，不禁止罷了，何必又去教他們呢？我説道，這樣又要蹈從前的積弊,被人家説小説能引壞人了。那些學生,年紀很輕,不知利害,看小説不喜歡那關於社會及科學的,專喜歡那愛情的艷情的,以至一個人自命多情,崇拜賈寶玉、韋癡珠等小説中理想的人,因爲他中了這個毒,乃終身受羈於女子魔力之下,不克出頭,潦倒終身,於是國家少了一個英才;又看小説專重事迹,而不研究其文學,如看六才子而不研究他的詞,看《聊齋》而不研究他的文,則非但虚讀這篇小説,并且中了他的毒了。又有一種小説,專務怪癖:或言豪俠;或言仙佛。致那些少年看了他的書,自命俠義,一味好事,惹禍招灾,皆從此起;或年紀輕輕,就便存了厭世的心,去求仙學佛。你想想他,將來還會發達嗎?

但若有個教員去指導他們,關於文墨好的處所,就指點他;關於一種有害青年的處所,就説出種種壞處,去提醒他們。關於科學的言論,當引起他們的興味,有研究的趣向;説道英雄的事迹,要提起學生的崇拜心,并增進他們的志氣;説道小人的事迹,就要使學生有一種憤恨心,痛加他們以針砭。要用這樣的法則,去教學生看小説,决不會蹈上面説的弊端,并且還可以使學生變成一個理想中模範的學生了。

又有一位先生問道,既然是學校當教授小説,但是爲何要放在國文課程中呢?我答他道,國文有長篇大論的;有文辭典麗的,有傳記的文章,有叙事的文章,但是他的目的,終是發揚國學的精神,説明道德的原理。但是小説是叙事的文章,而内夾有議論,他的文章也有典麗的。不過小説長而國文短,小説虚而國文實,小説虚寫而國文實論,小説多曲折而國文常直書,然而總是異途而同歸，所以小説必定放在國文課程中。在國文課程中，方適當呢！

各種小説之教授方法：

名人傳略：於演講這類小説的時候，應當特别指出名人的美德，細細講解給學生聽，并説他成功的原因，或不成功的理由。再告訴他們這個名人成功與世界的關係，或一國的關係；失敗與世界的關係，或一國的關係。又若已演講過數個名人的小傳，則可以命學生們發表自己的意見，這幾個名人比較上哪個人好？然後評判他們的意見如何。

滑稽小説：這種小説不過是輔助的功課，他的性質是引人快樂的，故所以當發揚他的精神。講演時要使哄堂最好，并且命學生個人説一段，循環説教，以助興致。（學校中飯後上課學生易打瞌銃，如於此時演講這種小説一定可以催醒并且很有益於衛生。）

冒險小説：講演這種小説最好慷慨激昂，使學生奮起勇氣，發生一種遠大志向，并且對於書中言及困難的所在，要説明清楚，以增加學生的忍耐心。

家庭小説：以歐美的家庭習慣，與中國比較，并且指出他的利弊，隨時告訴學生，在家庭内當如何。又誡以孝悌忠信，待人接物的態度，去增加他們的道德心。

偵探小説：於講演這個偵探案已出現後，暫時覆書停講，命學生各述此案之内幕，然後再繼續演講下去，以增進他們的考察能力。并告訴他們外國偵探之精良，所以司法上受了不少的益處；而我國司法界之黑暗，缺少偵探也是其中一大原因呢！

言情小説：當説明用情適當與否，同他的利弊。隨時告訴他們男女交際社會的情形。

歷史小説：對於歷史的變遷，須説明清楚。若演講中國的舊式小説及謬誤的小説時候，當隨時糾正差誤點。

社會小説（諷世小説附）：凡是小説内説到的社會上的交際、人情事故，與種種的黑幕，當細細的講解給學生聽，并且告訴他們擇友的方法、交際的手段、防止鬼蜮的辦法等，使他們明白社會上的情形。這個與學生將來在社會上的關係，非常之大，當十分注意。

文學小説：於演講的時候，當注意他的文章，而略去事實，否則常恐有蹈弊端的事了。

教育小説科學小説：這種小説很没有興趣，且學生也不喜歡聽，所以要振作精神，引起學生的興趣。庶使他們有心聽聆，然後方才有益處了。

各種學校小説課程之分配：

國民小學　　童話

高等小學　　名人傳略（如《少年叢書》等）、冒險小説（如《魯濱孫漂流記》等）、滑稽小説（如《啞旅行》等）

中等學校　　偵探小説（如《福爾摩斯偵探案》等）、社會小説（如《黑幕匯編》等）、歷史小説（如《三國志》等）、言情小説（如《迦茵小傳》等）、滑稽小説（如《穡者傳》等）

大學校　　教育小説（如《孤雛感遇記》等）、文學小説（如《聊齋》等）、科學小説（如《環游月球》等）

禁止的小説　神怪小説（如《西遊記》等）、污穢小説（如《隔墻紅杏記》等）

流弊的革除： 但是要防一件流弊，是什麽呢？就是除功課以外，絕對禁止學生私自閱看小説，以防無人指點，自己誤會，生小説會引壞人的事。

程小青

説林揚觶

許指嚴　撰

載於一九一九年四月《小説新報》第五年第四期。作者許指嚴（一八七五——一九二三），原名許國英，字志毅，亦字指嚴、子年、指岩，號甦庵，别署不才子、硯耕廬主、彈華閣主等。江蘇武進（今常州）人。南社社員。清末曾執教於南洋公學，學生有管際安、趙苕狂、李定夷等。繼任商務印書館編輯，編輯中學國文、歷史教科書。一九一七年在京編輯《説叢》，後回滬上賣文爲生，爲掌故小説名家，著有《許指嚴説集》及《清史野聞》、《近十年之怪現狀》、《新華秘記》、《京塵聞見録》等。本文將『小説』分爲『實寫派』與『美感派』兩派。實寫派主要是指章回白話體小説一類；美感派則包羅『詩、古文辭、筆記、雜著』及『傳奇、詞曲等麗藻文字』，似指文言的叙事性作品。他認爲『實寫派』小説雖常遭鄙夷，然『白話撰述，亦未易從事』，且『能以牢籠萬匯之筆，納於人人能解之文字，而適吻合與社會之心理，以是受社會充分之歡迎』，故是『最合今日吾國之國情及社會心理』的作品。這主要是從小説的白話實寫與社會作用的角度上説的。

不才弄翰三十年，爲制藝、經説、史考、詩、古文辭十之四，爲小説、筆記十之六；而小説中又爲短篇文言者十之八，長篇章回白話者十之二。自客歲息影海上，益復競爲短篇筆記及雜俎。今日思之，始知不才之學殖所以荒落，而志氣所以鬱而不得伸，與社會接觸之影響所以亦日就微且薄也。夫以高古之學説、詩、古文辭鳴於世，尚矣，姑置勿論。自政體學説競尚改革以來，近歲復有文學革命之提倡，於是贊成者有之，非難者有之。不才聞之，用竊自慨。蓋不才十餘年前，所以毅然棄經、史、詩、古文辭，而浸淫小説者，即本斯意。而其時大文豪輩樹幟赫赫，屹然不可摇動。外懾其威，内又未敢自信，是以漸沮隱忍，而不敢以宗旨告人，則競牽朋輩爲逐譯歐美小説，承舌人之餘唾而綫裝之。暇則爲荒唐謬悠之寓言，如唐人，如宋稗，如留仙、隨園、曉嵐、遁叟。恐前輩之見訶，則以爲此亦文人不得志於時者之所爲爾，而終不敢一伸其旨趣。蓋不才獨居深念，有見於世界思想之潮流，日趨於群治的，而即日汰其獨裁的。吾國之單純文字，已病其難普及，而復以簡且古，積嬗遞變之文學束縛之，其多所逃而不能人人普及也固宜。且科舉既廢，一切學術，應歸於科學實用，文字乃益爲荃蹄，使非亟取簡易普及者承其乏，必有他人起而代之者。不才騁此遐想，窮年累月，苦於無術發表。既乃與友人論西文讀本，其中所載文字，强半爲小説家言，足供普通談助。不才乃恍然於西方學業普及之效，實借重小説也，因益信小説之可以立功於社會。顧環視社會中識字者且不多，何論文言。雖嘔心血，其如人之不解何？彼《三國演義》、《水滸傳》、《七俠五義》之類，久已衣被社會，則以白話之效力，比較上不止倍蓰也，乃亦試爲章回白話體。而每一稿出，輒爲前輩所訶，又不敢自伸其説，説亦恐無效。嗚呼！此不才之黯滯。所謂達心而懦，率以自誤，雖悔恨萬狀，無以自解於暴棄之譏，宜爲社會所擯也。由是浮沉涂抹於迻譯綴拾之場者十餘載，精神既益日頹，志氣亦益疲薾，其欲以白話小説啓迪社會，而爲文學界樹一新幟之志願，竟成虚語矣。逮客秋得讀北京大學之《新青年》刊著物，中載諸名流之緒論，始服其肝膽過人，而益棖觸不才之前塵往事，其猶豫狐疑之狀態，可笑亦復可憐也。夫既不能以高古之文學，抱殘守缺，爲國粹前驅。復不敢嶄新壁壘，以白話小説動社會之視聽。而徒肸肸蠁蠁，伈伈俔俔，求生活於迻譯綴拾之文字，如村婦濃妝，自炫其美，不上不下，低昂無所就。今日之不才，乃致進退維谷如此，尚敢伸眉論列，與當世操觚者頡頏馳騁哉。雖然古人有言：『瞽者不忘視，跛者不忘履。』就對己者言此一説也。『前車覆，後車鑒』，『前事不忘，後事之師』，就對人者言，此又一説也。本此二説，不才又有不可不言之責任。孟子曰：『術不可不慎。』以不才之因循畏葸，自誤誤人，揭以詔示青年，知所抉擇，則不才之夙憾，寧不藉以稍彌萬一。

此所以不憚汗顔，贅此楮墨耳。

夫以小説爲街談巷語、道聽途説者之所爲，乃純係獨裁政治，統一學術時代之代表言論，絶對與現今共和群治、學術競争之主旨不同。故歐美之小説，即文學也。一切記載詩文，無不可納之小説中。其範圍殆即曾湘鄉所謂『詞章一門』者是也，而又兼有義理、考據之長。其影響普及，與戲劇相表裏，有風動人心之效。社會之對於小説家，咸崇拜趨奉之，舉國若狂。其態度甚於唐人之繪圖十八學士，明清人之愛慕狀元郎。人人心目中，固以爲文學家與小説家二而一之，未嘗强爲分判而歧視者也。顧所以致此者，理由安在？夫亦曰：『能以文字之力，感化人心而已矣。』舉其文字之體格，大别有二，一曰實寫派，二曰美感派。

實寫派者，以一人一事物之情狀事實，或參以多數人物，而用文字之曲折間架，抒寫伸張之，使首尾完具者也。其文字率普通淺顯，人人易讀。惟情節趣味，因文字之善於摹寫變化，而淵然盎然，引人入勝。故往往一書出版，風行争購，銷數動以萬計。是固由社會進化，識字者多，人人知乞靈於文字，如閲新聞紙者之多，即其明證。而亦因其文學家之趨勢，純注於群治普及一方面，有以利便於普通社會。專就常識上，引其興味，絶無高深困難之點，苦其腦力故也。以是功效。歐美小説家，遂常享盛名，至鑄像勒石，以爲紀念。其位置乃與建國之君相，百戰之雄豪相等。豈果國人之文化突過歟？抑文學家之幸遇歟？要之雙方之求供，適足相濟，而其造端，則文字一方面之傾注點，有以促成其進化之速力，而坐收良效果。韓昌黎所謂：『其所憑依，乃其所自爲也。』此實寫派之有大勢力於社會之由來也。

美感派者，以類於小説之詩歌韻語，或其他艷麗文字，自抒寫其胸臆，而因以得同調於他人者也。其文字或抑揚幽眇，深微奥折，非普通人之所能讀。然多數學生及學業稍高級之工商，無不愛悦傳誦外，尚有劇場之編演，音樂之按譜，間接以灌輸於社會普通人之耳目。則以凡人本性中固有之美感，與之接觸，而生同化作用，其所得之效果，亦甚圓滿。故歐美之詩人及歌劇家，其盛名亦往往與小説家受同等之優異，非僅窮而後工，供少數文學家之哀怨悱惻，驅入於不幸之運命者可比。此美感派之亦有大作用於社會，而能得社會之信從贊同之由來也。

據此二派，以反按我國之慣習，則實寫派純爲章回白話體小説之原質，或其他彈詞、平話等類於章回白話體小説者。而其美感派，則入於詩、古文辭、筆記、雜著之體裁，及其他傳奇、詞曲等麗藻文字。如近年通行之短篇長篇各文言小説，皆其倫也。以論理之主觀言，則美感派動人之效力，自當突過寫實派，且其精神興味之激發，在可知不可知之間。如吾國文人所稱痛飲讀《離騷》，愈頭風病，擊碎唾壺之類。苟具真賞，其契合自非尋常可比。然非得寢饋於是，及知識程度相等，篤好之成癖者，不能概責之凡人。太史公所謂『可與知者道，難與俗人言』也。况在吾國之習慣上，恒以美感派文字，屬之高尚名貴著作家言。『辟町畦，立崖岸。』自謂『大雅方聞』而鄙夷小説家語，不使稍稍闌入。因之犂然與小説分途，而生高下貴賤之判。故雖文人餘技，或亦以凄艷之筆，自道其胸中塊壘。然偶爾游戲，附庸風雅則可，若以之馳騁文場，與一代作者上下議論，其必遭呵斥詬尤可决也。當二千年前，設有謂美感派文字，當屬之小説家操牛耳者，則其人非得喪心病狂之名，亦必不爲人齒於正士。上之則李卓吾，金聖歎之類，下之且比於淫朋狎友，聞其聲影而唾棄之，縱有大力，莫能違也。近數年間，開始有文學名家，出其典麗之筆，從事迻譯小説，蜚聲藝苑。顧其感應力，得少數之文人而止耳。蓋吾國美感派文字，爲高尚名貴之著作家所佔有者，千百年以來，稍涉淺顯，即以爲無美感之可言，而不知詩人比興之辭，與鄉僻山歌、童謡之即景生情。歐美人之言情小説及詩歌，皆絶妙之美感派文字，初不必高尚名貴之著作家大費腦力也。因是異點，非將此等成見破除，則美感派之小説，永無發達之希望。而破除成見，談何容易？欲持一時會之新論，打破數千百年之窠臼，其爲效果可知。則躑躅依違於此涂抹綴拾之文字，掇著作家之殘杯冷炙以求生活，幾何不蹈不才所語低昂無所就之覆轍也。以應用之主觀言，則實寫派之能事，直接於凡能識字之普通人類，在今日尤爲中西一致之趨勢。夫吾中國之小説前輩，如《三國演義》、《水滸傳》，以逮《七俠五義》、《施公案》之流，社會男女，間接直接或閲讀，或講説，幾無一人不略知其梗概。其思想知識，强半以是爲基礎，雖參加以其他新知識，新言論，而此中堅見地，牢不可拔，則實寫派小説之力，於吾國習慣上尤爲效也。惜此等老舊小説，其迷誤之點甚多，後之文人，爲高尚名貴之著作家所排斥，訖無抵抗力。以其新思想、新撰述博社會之信仰，而於是此最有效力之實寫派小説界，尚局於舊天地見，不獲見新思想、新知識之一綫光明。此固爲社會文化不進之羞，實亦操翰文人不思盡力於啓導社會之謬誤也。蓋昔之所謂文人者，狃於高尚名貴著作家之赫赫流傳，乃妄思啜其羹而嚌其胾，日爲宗派别裁之迷夢，轉以啓導社會之實際文字，謂小道不屑爲。其爲之者，則皆才力不逮之下駟荒傖，誨盗誨淫之穢書，無足比較，而使實寫派小説，至今尚屬晦茫黯滯，不能自樹一幟。此吾國小說界，所以終古奄奄，不見辟一新紀元也。夫美感派文字，既不克突然打破窠臼，强途人而贊同之。則惟實寫派文字，可以取老前輩所造之基礎，而代以新建築。所賴操觚者一轉移間，稍煩鳩工庀材之勞耳。若其圖樣款式，尚可參用西法，則其事亦不甚難。苟有數十百能文而精神飽健，思力敏鋭之青年，盡出其新思想、新知識，構成白話章回小說，或類於小說之彈詞、平話，淺顯明白，婦孺易解，以簡單之印刷物遍布於社會。不逾十年，可奪《三國演義》、《水滸傳》之壇席，而祧其廟矣。此其功豈在大教育家下哉！夫迭更司、囂俄、托爾斯泰輩之享盛名，非必赫赫有文學革命之功也。惟其能以牢籠萬匯之筆，納於人人能解之文字，而適吻合與社會之心理，以是乃受社會充分之歡迎耳。世之青年，不欲以文字自見則已，苟欲以文字自見，其擇術之點，必在實寫派之小說無疑也。不才就小說論小說，折衷於實寫派，以爲最合今日吾國之國情及社會心理。而欲一般青年能文者擇定是點，以發揮其愛國之精神，救國之熱忱，先覺覺後之學識。業具前説，而更有最要之結論，不容不表而出之者，即必有高尚名貴之胸襟，而後有淺顯普及之文字是也。夫不才前説，謂高尚名貴之著作家言，不適於社會，乃就其文字决之耳。若其學養深純，蘊蓄無際，自有精神光氣，歷千百載而不刊，如韓、歐大家，其獨到處，豈後人所可貌襲？有志青年，欲爲正確之實寫派小說家，苟不具此等胸襟，則無根木，無源水。而爲白話撰述，是誠與下駟荒傖等，所謂『餅師輿佁』，其間相去不能以寸也。而况白話撰述，亦未易從事者耶。而况老前輩之《三國演義》、《水滸傳》等，作者糜畢生精力，不知幾經磨折，乃僅僅得是者耶。嗚呼！小說與社會之關係豈易言哉？

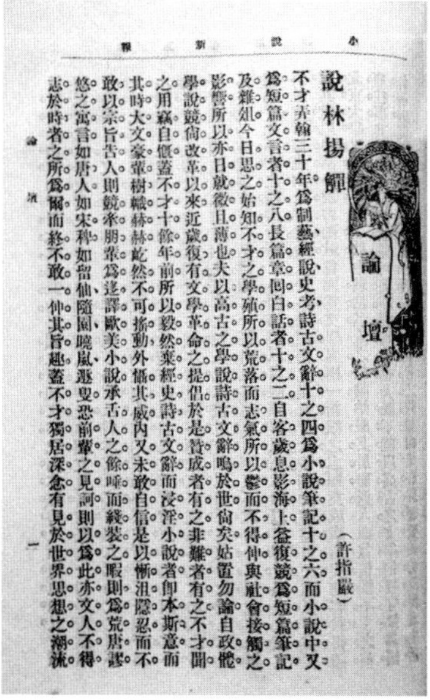

小說新報

論壇

說林揚觶 （許指嚴）

不才弄翰三十年爲制藝、經說、史考、詩古文辭十之四爲小說筆記十之六而小說中又爲短篇文言者十之八長篇章回白話者十之二自客歲息影海上益復競爲短篇筆記及雜俎今日思之始知不才之學殖所以荒落而志氣所以鬱而不得伸與社會接觸之影響所以亦日就微且薄也夫以高古之學說詩古文辭鳴於世倘奐姑置勿論自政體學說競尚改革以來近歲復有文學革命之提倡於是贊成者有之非難者有之不才聞之用竊自慨蓋不才十餘年前所以毅然棄經史詩古文辭而浸淫小說者即本斯意而其時大文豪輩樹幟赫赫屹然不可搖動外懾其威內又未敢自信是以慚沮隱忍而不敢以宗旨告人則競約朋輩爲迻譯歐美小說承古人之餘唾而綫裝之暇則爲荒唐謬悠之寓言如唐人如宋稗如留仙、隨園、曉嵐、遯叟恐前輩之見訶則以爲此亦文人不得志於時者之所爲儞而終不敢一伸其旨趣蓋不才獨居深念有見於世界思想之潮流

論壇 一

許指嚴

我之閒談

馬二先生　撰

載於《時事新報》一九一九年四月二十日的副刊《學燈》。《時事新報》是一九〇九年合并《時事報》(一九〇七)和《輿論日報》(一九〇八)而創刊於上海的，原名《輿論時事報》。一九一一年改名爲《時事新報》，一九一八年三月四日創辦副刊『學燈』，爲五四時期的名副刊之一。馬二先生，即馮叔鸞(一八八三—?)，名遠翔，字叔鸞，以字行，自署馬二先生、嘯虹軒主人，深縣人。幼居北京，一九一二年秋來上海，先以評劇見知於社會，一九一三年出版《嘯虹軒劇談》，後又從事小說創作與評論，文章散見於各報章雜志，曾爲《神州報》、《中華新報》、《圖畫劇報》等編輯，又創辦主編過《俳優雜志》。一九三六年《大公報》上海版創刊，爲副刊『大衆俱樂部』主編。撰有言情小説多種。本文尖鋭地批評了『小説界出版之濫，於今爲極』，指出『其知識稍高者，多已不閲小説』，其問題的關鍵是『佳者極少，百難獲一也』。因報紙上刊發的多爲短篇小説，所以他繼包天笑、胡適等人關注與辨析『短篇小説』之後，特別指出『短篇小説，爲最新輸入之文體，一般文人，尚不多諳也』。他認爲短篇小説的基本特點是『第一要立定一個主義，絶非專寫一段事實』，因而不能『以一種筆記體裁之小説當之』。言簡意賅，擊中時弊。他對陳冷與包天笑作品的肯定也頗具眼力；對當時流行小報『偏於風雅』而缺乏普及性而提出的批評也頗中肯。然其人於敵僞時期附逆，曾任如皋縣縣長，後病死。

文人之筆，最不可信，然在今日之新聞界，則宜無此弊，蓋新聞界以確實爲貴者也。顧徵之事實，又殊不然。大者、遠者、有作用者，無論已；乃至極瑣細之消息，亦非事實。某日，《小申報》之《小電報》中謂『寒雲公子在小花園艷冰處宴客，座有兩封疆兩方伯，及馬二先生』云云。實則宴客雖有其事，而并非艷冰之寓，且賓主共只三人，并無所謂封疆方伯者在座。足徵訪此消息者，并請客票而未及見，不過聽了『某人請客』一句，便無中生有的，造了許多枝葉。然而此人必不知寒雲之爲人，且并不知此次宴客是何用意，只知道寒云爲項城之哲嗣，便想到在座必當有所謂封疆所謂方伯者，於是振筆直書，以爲使閲者，可以信爲詳確。獨不思，此等眼前之事，其人現在，觀此消息，能無啞然失笑哉！此真所謂弄巧成拙，自暴其短者也。

花界消息，刊登報紙，余極反對。蓋今之青年，以及一般軍人政客等，正不慮其不悉此中境況，又何必再從而揚其波而鼓其興耶。

小説界出版之濫，於今爲極。其知識稍高者，多已不閲小説，以佳者極少，百難獲一也。報紙所刊之短篇，曩推『冷』、『笑』兩君所著爲有精彩，然近已不作。其他，則多以一種筆記體裁之小説當之，殊非。蓋短篇小説，爲最新輸入之文體，一般文人，尚不多諳也。

短篇小説，第一要立定一個主義，絶非專寫一段事實，或專用幾個滑稽的假人名駡駡人所能濫竽者，不可不知也。

近時上海的小報，頗形發展，《晶報》、《小日報》其俊俊者也。文字優美，印刷亦精良，惜其文字偏於風雅，每爲一般傖夫所不解。若爲營業計，爲社會普及計，則不可不謀所以救濟之。蓋上海一埠，商人最多，文人最少。外此，則紈綺子弟、洋行小開、車夫、流氓，以及庸俗婦女，皆僅略識之無而已。普通敘述之文，猶虞其費解，矧再引力求典雅，其能不棄而弗顧耶！

嘯虹軒劇談

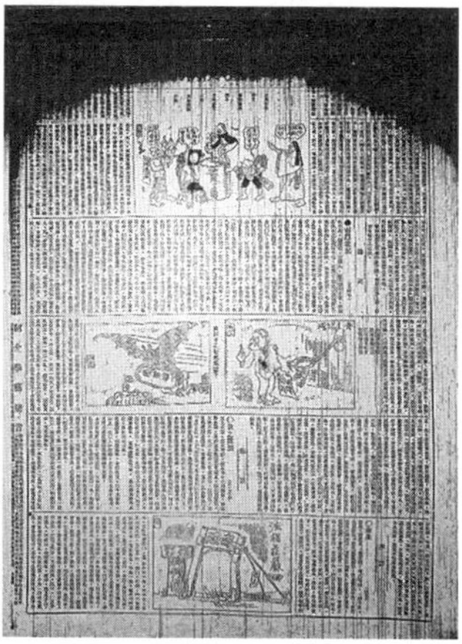

小説雜談

瘦鵑 撰

連載於一九一九年五月至十二月《申報·自由談》。作者瘦鵑，即周瘦鵑（一八九四—一九六八），名國賢，瘦鵑爲筆名，别號有紫羅蘭主人等。一九一六年任中華書局編輯，譯《歐美名家短篇小説叢刊》。後任《申報》、《新聞報》編輯，主編《禮拜六》、《紫羅蘭》、《半月》等雜志。解放後任全國政協委員等。有《拈花集》、《新秋海棠》等。本文主要述評了當時流行的一些歐美小説，間或與中國的《紅樓夢》等小説加以比較，從中可見他强調小説要『情文兼茂』，對小説的體裁、題名等問題也有所討論，并大致梳理了西方小説中『能描寫社會者爲工』的一類，并給予較高的評價。文中比較詳細地介紹了他自己的『警世小説』《亡國奴之日記》，對瞭解作者不無益處。其中部分內容收入了一九二六年由他與駱無涯編集的、由大東書局出版的《小說叢談》的《說觚》中。

春雲殘矣，鶯聲已老，煙梧壓窗，風柳攀擔，索居寡樂，無以忘憂，遂有《小說雜談》之作。憶雲詞人有言：『不爲無益之事，何以遣有涯之生。』自遣而已，固不必問事之有益無益也。

小說一道，由來已久，在吾國發軔於漢魏，代有述作。在歐洲則猶濫觴於耶穌基督降生以前，迄十八、十九世紀而益精。晚近歐美諸邦，競以小說相炫異，光怪陸離，不可方物。凡有文字之國，殆無不知有小說矣。吾國小說，在漢魏六朝唐宋時，多短篇，作筆記體，名亦不甚著。迨施耐庵《水滸傳》、曹雪芹《石頭記》出，斯稱大觀。傳至勝清末葉，乃益復膾炙人口。外此雖有名者，然終遠在此二書下也。以言小說界人材，則英國最多，法國美國次之，俄、德又次之。其他意大利、西班牙、瑞典、日本諸國，雖有名家，不過一、二人而已。以言文字，則一般人多推法國爲最，英美次之。法之作者，文字多極纖麗，有非英國作家所能及者。而黃鐘大呂之音，則終推英國。蓋英國如中闈命婦，儀態端重，示人以不可犯。法國則如十八九好女兒，回眸送笑，作㜲人嬌態也。美國以清新雋逸見長，如裘馬少年，翩翩顧影。俄德亦極質實，悃愊無華，如老名士。然其他諸國，各有所長，各有所短，而小說之盛，亦殊不逮英、法、美、俄諸國也。

小説家以英國爲多，就中名者，殆遠過孔子門下七十子之數，其尤著者，則如彭揚(J. BunYan)、譚福(D. Defoe)、古爾斯密(O. Goldsmith)、菲爾亭(H. Fielding)、施各德(W. Scott)、蘭姆(C. Lamb)、哀立哇(G. Eliot)、山格萊(WM. Thackeray)、狄根司(C. Dickens)、李特(Reade)、史蒂文遜(L. Stevenson)、哈葛德(B. Haggard)、柯南道爾(A. Conan Doyle)諸家。法國名家，則有伏爾泰(Voltaire)、囂俄(V. Hugo)、喬治山德(George Sand)、白爾石克(H. Balzac)、大仲馬(A. Dumas Pere)、小仲馬(A. Dumas Fils)、陶苔(A. Daudet)、查拉(E. Zola)、毛柏桑(G. De MauPassant)、梅立末(P. Merimee)諸家。美則有歐文(W. Irving)、霍桑(N. Hawthorne)、波(E. A Poe)、施士活夫人(Mrs. Stowe)、馬克吐温(Mark Twain)、哈脱(B. Harte)諸家。俄有托爾斯泰(L. Tolstoi)、杜瑾納夫(I. Turgenieff)、盎崛利夫(L. Andreef)。德有貴推(J. W. Goethe)、歐白克(B. Auerbach)、施柏海根(F. Spielhagen)。意大利有法利那(S. Farina)。西班牙有山爾文沓(Cervantes)。瑞典有史屈恩白(A. Strindberg)。日本有德富健次郎。凡此諸子，均與一代文化有莫大之關係，心血所凝，發爲文章，每一編出，足以陶鑄國民新腦。今日歐美諸邦之所以日進於文明者，未始非小説家功也。

《石頭記》允爲吾國舊小説中第一傑作，其描寫細膩處，匪特繪影繪聲而已，直繪及其一毫一髮。每寫一人，必兼寫其聲光氣，筆筆有神，故幽怨如黛玉，癡頑如寶玉，富麗如寶釵，粗豪如焦大，古拙如劉老老，吾人每讀一過，即覺諸人憧憧往來於腦府心坎中，不能或忘，一若真有其人，而吾曾與之把晤款接者，真神筆也。世之愛是書者，殆不下數百萬人，爲之纏綿顛倒而不自覺。吾友朱玄子，其封翁年六十餘矣，頭髮皆白，居恒好讀《石頭記》，好觀《石頭記》劇（如《黛玉葬花》、《黛玉焚稿》等），往往爲之雪涕。嘗自謂數十年來，自少而壯而老，於書無所不窺，而獨嗜《石頭記》。把誦數十百次，下淚亦數十百次，迄於今，遂能背其回目，不累黍爽云。據友人言，此書英國曾有譯本，出彼國通人手，憶五六年前，予嘗於別發西書肆之玻窗中見有一書。顏曰 *The Dream of The Red Chamber*（譯言《紅樓之夢》）。未識是否此書，果爾，則歐美人讀之，當亦嘆中土作家描寫家庭、描寫情愛之細，正不讓狄根司氏之描寫社會也。

英國近世名小說家，捨柯南道爾、哈葛德二氏外，端推威廉勒苟氏。William Le Queux 氏以奇情小說見長，極酣暢淋漓之致，旁及外交奇案、間諜逸史，亦復俶詭可誦。予尤賞其《入寇》Invation 一書，足令人驚心動魄，幾疑其爲實情實事也。書爲理想小說，略謂某年德國入寇英倫，全國糜爛，世界第一名城之倫敦，竟淪爲德意志兵牧馬之場，其描寫兵燹之慘，歷歷如真，讀者幾若置身影戲場中，觀大戰之影片者。然爾時尚在十年以前，方英國鼓舞承平時也。乃不數年而歐洲大戰起，雖血戰五稔，英倫無恙。而戰中事狀，間有爲氏所言中者，其目光之遠大可知矣。此書本旨，在掊擊陸軍令加改革，并以警惕舉國國民，知所戒備。其意甚盛。英國名將勞勃志貴族 Lord Roberts 嘗爲之序，深加贊嘆，蓋所謂有功世道人心之作者，此書其當之無愧矣。聞氏於著述之先，嘗旅行國中要隘，歷時四月，歷程一萬餘里。其於軍隊之布置，軍港之設備，無不細事研究，而由軍事學家爲之指點，其價值之大，非尋常小説家言所可比擬。書既出，國人無不感奮，銷行至數十萬册。天笑覺我嘗譯之，易其名曰《英德戰爭未來記》，頗明潔可誦。吾國不乏作者，有能師其意草一《中國覆亡記》者乎？則其警覺國人之力，不殊釋迦佛作大獅子吼也。

余曾有警世小説《亡國奴之日記》之作，舉吾理想中亡國奴所感受之痛苦，以日記體記之，而復參考韓、印、越、埃、波、緬亡國之史，俾資印證。深宵走筆，恍聞鬼哭聲，而吾身似亦入於書中，躬被亡國之苦，紙上墨痕，正不辨是淚是血也。書僅萬言，而亡國奴之苦況，已盡一二。開端有二語，頗沉痛，曰：『前此有國之時，弗知愛國。今欲愛國，則國已不爲吾有。』故願吾國人乘此祖國未亡之時，共愛其國，幸勿謂作者之無病而呻吟也。篇末有跋語，録之以見予懷：

周瘦鵑曰：吾草斯篇，吾悄然以思，悄然以悲，慺然以懼。吾心痛如寸劙，吾血冷如飲冰，吾四肢百體亦爲之震震而顫。吾乃自疑，疑吾身已爲亡國之奴，魑魅魍魎，環伺吾側，一一加吾以揶揄。於是吾又自問，問吾祖國其已亡也耶？然而此『中華民國』四字，固猶明明在也。吾祖國其未亡也耶，則一切主權，奚爲操之他人，聽其臠割？吾嘗讀韓、印、越、埃、波、緬亡國史矣，則覺吾國現象竟與彼六國亡時情狀，一一都肖。吾乃不得不佩吾國人摹仿亡國，何若是其工也。於是吾又悄然以思，悄然以悲，慺然以懼。即設身爲亡國之奴，草兹亡國奴之日記，吾豈好爲不祥之言哉？將以警吾醉生夢死之國人，力自振作，俾不應吾不祥之言，陷入奴籍耳。

> 嘗憶十年以前，英國名小説家威廉勒苟氏草《入寇》一書，言德意志人攻入英國，雖出理想，幾同實事。夫以英國之强，苟氏尚發爲危辭，警其國人。今吾祖國之不振如是，則此《亡國奴之日記》，又烏可以不作哉？吾記告成，乃在凄風苦雨之宵，擲筆汍瀾，憂沉沉來襲吾心。惝怳中似聞痛哭之聲，匝於八表，摩眼四顧，則又杳無所見，而冥冥中若有人焉，大聲謂吾曰：「是汝祖國之魂也，方在泥犁中。哀其子孫，加以拯拔耳。」國人乎！汝其諦聽！
>
> 瘦鵑又曰：此日記，理想之日記也。吾亦願此理想終爲理想。

原篇見《瘦鵑短篇小説》，由中華書局出版。此次青島問題既起，予因請於陸費伯鴻先生，別刊單本行世，每册僅五分。據某報言，嘗於一日中銷去四千餘册，然則吾國人心目中，殆亦知亡國之可懼矣。

歐美言情小説中，其芳馨凄感，能令人作十日思者，要以《茶花女》爲第一。《茶花女》出法國名小説家小仲馬(A. Dumas Fils)手，原名 Camille，英人譯本亦曰 *The Lady with the Camilias*，則謂持茶花之女人也。日人譯曰《椿姬》，不知何所取義，殆誤茶花爲椿耳。十餘年前，閩縣林畏廬譯爲漢文，由曉齋主人口述原本，筆固簡練，而細膩纏綿處，則殊不逮原作。侯官嚴幾道見之，至謂支那浪子之魂，將咸爲所蕩，似言之過甚矣。小仲馬所作，可十餘種，以此書享盛名，其博雖不及乃翁大仲馬，而靈心慧想，往往有突過處。其作《茶花女》也，聞曾耗數年心力。描寫之工，幾欲駕大仲馬而上之。寫茶花女，則不特寫其倩影，且寫其芳魂。寫亞猛，則不特寫其淚痕，且寫其哭聲。遂令讀者讀其書，如見一真茶花女真亞猛涌現於行間字裏，一一都活。即寫老公爵之豪，傻伯爵之癡，亞猛老父之頑，女伴配唐之忠，亦各恰到好處。而卷末茶花女病中日記數則，尤極哀感悱惻之致。深夜讀之，恍見個儂骨瘦香桃，呻吟錦衾綉簟間也。或謂小仲馬斯作，實寫自己本事，其卷首有二語曰：『吾將縮吾十年之命，進爲一日淚痕，哭我馬克也。』語至沉痛，即爲作書本旨。所謂亞猛者，特假托其人，用以自諱。亞猛之語，即夫子自道耳。從來作者，固有自寫影事，而假他人之口吻出之者，是殊不足爲怪。然吾謂以小仲馬之多情，固肖亞猛，而亞猛老父之煮鶴焚琴，殊不類大仲馬之爲人。蓋大仲馬亦風流放誕，初非老頑固一流人物，故吾人之讀《茶花女》者，但須賞其文情筆意，與夫全書之精神，正不必膠柱鼓瑟，强指爲小仲馬本事也。小仲馬之死，去今可四十年，《茶花女》一書，已傳遍世界。梨園影戲院中，咸争演之。東西各國，競事迻譯。凡有井水飲處，殆無不知茶花女矣。予嘗讀英本一過，讀林畏廬譯本二三次，誠有如楊蓉裳序《飲水詞》所謂魂銷心死者，七年前香山曼殊上人，由東瀛寓書海上諸友，謂畏廬譯本有删節處，擬發宏願，重爲迻譯，同社吹萬詞人聞而喜之，集定公句寄以兩絶云：『震旦狂禪沸不支，本無一字是吾師。天花豈用靈旛護，下筆情深不自持。回腸蕩氣感精靈，肯向渠儂側耳聽。今日不揮閒涕淚，茶花凝夜吐芳馨。』曼殊生性疏懶，卒一未成，去歲亦下世矣。否則以哀感頑艷之筆，寫哀感頑艷之事，一旦殺青，必能令讀者蕩氣回腸，如入淚江香海有情天也。天梅嘗有《讀茶花女詩》云：『萬種情絲牽不斷，無端我得絶交書。此中總有難言處，何竟粗兒不諒渠。天生骨相是鍾情，死後方知我負卿。縮命十年拼一哭，病中狂囈淚如傾。精鐵鑄闌斷情界，逼來理勢那能堪。乃翁父道應如此，苟諒予心死亦甘。』頗足爲茶花女吐氣。老詩人吳東園亦作《巴黎茶花女行哭之詩》，長不具録，中警句有『宛轉勸郎隨父歸，淚瘢沾袖成紅血』，『回書突遇同心結，抵死猶求一面緣』，『絲兒氣息絲兒命，一夜呼郎五百回』諸語。茶花女在重泉之下，芳靈未昧，當銜感不淺矣。今法都巴黎城中，聞有茶花女墓，即個儂埋香瘞玉之所。每值春秋佳日，士女争往憑吊，墓道之次，茶花山積，故東園詩中有『至今青塚埋香骨，一片山茶濕冷紅』之句。三尺斷墳，殆亦如吾國蘇小、真娘、小青之墓，同足供後人零涕也。

小説家之筆，猶社會中之賢母，往往能產出一二英物，爲世稱頌。吾於歐美小説家中，得數人焉。一曰談輻(D. Defoe)，於其筆端產生一飄流荒島之魯濱生，其寫風濤，寫鳥獸，寫魯濱生，皆有龍驤虎躍之觀。於是後之讀者，咸深信世間有此大冒險家魯濱生，實則談福筆端及理想中之肖子而已。西班牙大家山爾文洛(Cervante)作《堂堪克素傳》(*Don Quixote*)，於其筆端產生一戇俠客堂堪克素，嬉笑怒罵，皆成文章。吾國雖無有知之者，試執歐美人而問之，則類能言堂堪克素事，是又山爾文洛筆端及理想中之肖子也。施各德以小説而得北方雄師之稱，而此雄師亦有肖子曰挨文訶(Ivanhoe)，即所謂撒克遜劫後之英雄也。吾人讀其書，每覺挨文訶之壯慨與劍氣刀光，颯颯動行墨間，是又施各德筆端及理想中之肖子矣。狄根司之《大衛柯伯菲爾》*David Copperfield*，實爲自己寫照，不能目爲彼筆端產生之肖子。然其《二城古事》(*A Tale of Two Cities*)中之俠少年西特奈卡頓(Sidney Carton)柔腸俠骨，并足動天地而驚鬼神。世之讀其書者，咸爲泣下，是非又狄根司筆端及理想中之肖子耶。美國大家波氏(E. A. Poe)於筆端産生一大偵探杜賓(Dupin)，遂爲後來偵探小説之先河，凡言偵探者，胥以杜賓爲法。然則杜賓又波氏筆端及理想中之肖子也。歐文(W Inving)作筆記，風行一世，亦於筆端産生一肖子曰李迫樊温格爾(Rip Van Winkle)，十年一夢，令天下怕婦者咸開笑口，人讀筆記，必嘖嘖稱樊温格爾，是又歐文筆端及理想中之肖子也。近人如柯南道爾，於筆端生子三人，伯曰福爾摩斯，爲大偵探，一言一行，已爲世所共知；仲曰遮那德(Brizadier Geraid)，爲拿破倫麾下一稗將，述其事者短篇二十種，虎虎有生氣；叔曰夏倫傑博士(Prof. Challenger)，爲一探幽討奇之科學家，屢於《失世界》(*The Lost World*)等書中與世相見，名幾與伯埒。之三子者，均柯南道爾筆端及理想中之肖子也。最奇者莫如法人勒勃朗(M. Leblane)，忽於筆端産生一劇盜亞森羅蘋(Arseue Lupin)，叫囂跳踉，俶詭無匹，耗其半身心血，著十餘書，皆爲亞森羅蘋張目，且戰福爾摩斯而敗之。吾人讀其書，精神立奕奕振，是亞森羅蘋亦勒勃朗筆端及理想中之肖子也。其在吾國，則施耐庵之一百零八人，曹雪芹之賈寶玉、林黛玉，亦一一皆肖子也。或曰：『然則子爲小説，亦嘗於筆端産生一二肖子否?』予曰：『吾筆尚在處女時代，生子與否，須俟□□以後，而生子之賢不肖，亦尚在不可知之數耳。』一笑。

小説之作，情節應與文字并重，所謂情文兼茂，斯爲上乘。文字爲表，情節爲裏，二者相得益彰，不可偏廢。如文字雋絶，而無絶佳之情節供其描寫，則文字雖佳，亦復味如嚼蠟，故吾人作小説於文字外，亦當講求情節。如有實事而含小説的意味者，固足資吾人取材，然可作小説之實事，非常有也。於是不得不出於臆造，即腦府中鳩工庀材，造爲空中樓閣。或寫英雄，或寫美人，或寫大奸巨滑，其情景逼真處，亦儼然如實事也。吾人構想情節，各有其時，如其時則得心應手，無不工妙。予之構想情節也，每在清曉夢回時，曙光甫透，宿鳥乍鳴，目光凝注帳頂，若空幻中有圖繪示予者。一時腦思大動，百念雜起，此圖繪中似有種種可歌可泣之事，恣予紬繹而默記之。起而着筆，遂能整整有序，筆下意到，無雜亂枯窘之弊。他時雖亦未嘗不能構想，顧終不若此時之靈活也。歐美小説家，其於床上構想者，殆居十之五六，往往於臨睡時置紙筆於側，睡意見襲，思緒大來，詰旦豁然而醒，廻思如夢，即取筆記之紙上，每一小語，率成於此。亦有人則喜深夜無睡，坐而構想，鐘定人静，萬籟已寂，燈影在窗，爐火將熸，當此時也，絶佳之情節得矣。近代小説家，其特別者，如英國却爾司佳維氏(Charles Garvion)所作言情小説，垂百餘種。其構想情節也，在每晨對鏡薙面時，薙刀動而思緒發，一似個中有天助者，然得意忘形時，或且削其頰肉，此可懼耳。威爾司氏(H. G. Wells)爲科學小説中第一作手，所言多及天地日月，奇詭無倫。其構想情節也，在餐堂中就晨餐時。餐已，即口述其言，令書記録之。霍爾開恩氏(Hall Caine)作小説甚富，名不在柯南道與哈葛德下，近亦以著作襲勛爵矣。其構想情節也，以侵晨五六時興至。格利白堡(Greeba Castle)左近山麓一茆舍中，山光排闥，清思自來，故其小説中之寫景，多如名畫家之山水畫也。史打來惠門氏(Stanley Weyman)，與霍爾開恩齊名，其構想情節也，以近水爲宜，迫曉以扁舟容與溪流中，聽水聲澌澌，恬然自得，鼓槳歸來，則其腦蒂中已得佳妙之情節矣。他若美國克勞福氏(M. Crawford)文名藉甚，小說有奇氣，其構想情節也，在徒步遠行時，如作一長篇小說，則亦作長距離之旅行。每一次恒行四十里云。以上所舉，均足資吾人借鏡者。

十年以還，吾國小說，可謂比較的發達。然迻譯甚多，自撰極少。其發達之程度，持較歐美諸邦，猶如大巫小巫，不能相提并論也。歐美之人，智識開豁，無論僕隸稗販，咸能讀書。故每一新小說出版，人必争購，至少必得數萬册。其名家之作，則數十萬、數百萬不等，以是小說家所獲稿資，恒較常人所入爲豐。一編脱稿，面團團作富家翁矣。吾國爲小說者，其思想魄力，固遠不逮歐美作家，而生計之窘困，與苦力殆無以異。離肝鏤心，曾不足以供温飽，一由於國中識字者太少，一由於書賈之薄視作者。名家如琴南翁，每千字止得六元，吾輩後生小子，碌碌無足稱者，誠不免有臣朔飢欲死之慨。執金筆而冠桂冠，更無望矣。晚近美英諸國，尋常一短篇小說，每千字率可得十元至二十元，刊之雜志，讀者必數萬或數十萬人。不特得銀行中之支票而已。即名譽上之支票，亦大有價值，故黄童白叟，競言著述。即蓬門不識綺羅香之女郎，亦棄其女紅弗治。緑窗燈下，居然爲小說矣。近代小說家之負盛名者，英國有柯南道爾，所作福爾摩斯偵探案，名滿天下，共長篇數種，短篇數十種，前後所獲，殆不下十萬金。其他稿售之美國書肆，每千字竟得六百金元，則一書之成，不猶得一小金礦耶！名少次者，如堪泊林氏(R. Kiplng)所爲小說，多言印度事，文字奇奥，予不之喜，而在英國則每一字可得一先令(每先令作五角計，每千字得墨金五百元)。嘗有人故與之戲，投書寄一先令，購其一字，氏以一『謝』字爲報，英人至今艷稱之。其一代名家，如法國大仲馬氏，每年心血之代價，恒二三十萬法郎，聞其會客室中，平日必陳一巨碗，滿盛金幣，與雪茄紙煙等并列。朋輩來時，聽其自行取用，日必罄一二碗，其豪如此，則其所入之厚，亦可知矣。外此如施各德、狄根司，每年均可得一二十萬。阿白洛福之别業，加士希爾之居邸，赫奕如王家宫闕，是亦拜小説之賜也。如歐文之筆記，（Sketoh Book）一盈握小册耳，吾國莘莘學子，當已見李迫之夢，及睡洞中無頭之鬼矣，而不知李迫一夢，睡洞一鬼，乃爲歐文攫三萬金圓而去。以今日金圓之市價計之，非又番佛五萬餘尊耶！吾國作者，見此無數文字中之富豪，必將艷羡無已。吾草斯篇，姑與諸君共作望梅止渴觀如何？一笑。

凡作一小説，於情節文字外，當注重名稱。名稱之佳者，能令人深鏤腦府中，歷久不忘。歐美小説家，於名稱似頗注重，然大抵以質直爲貴。振筆直書，不加雕琢，如施各德之《挨文訶》，狄根司之《大衛柯伯菲爾》，均以書中主人之名作名稱，乃一經中土譯手，則不得不易其名爲《劫後英雄略》，爲《塊肉餘生述》。苟仍原名，則必不爲讀者所喜也。蓋吾國小説名稱，率以華縟相尚，如《紅樓夢》、《花月痕》等，咸帶脂粉氣。苟能與書中情節相切合，則亦未嘗不佳，較之直用書中人姓名，動目多矣。歐美小説名稱，其質直尚不止此，亦有以一部分之屋爲名者，如狄根司記孝女耐兒，但名其書曰《老骨董肆》（*The Old Curiosity Shop*），施士活夫人（Mrs. Stowe）寫黑奴慘況，但名其書曰《湯姆叔父之小木屋》（*Uncle Tom's Cabin*），範圍甚小，而用以籠罩全書。二書復同負盛名，爲世傳誦，苟吾人試易《紅樓夢》爲《賈氏之園》者，讀者不將譁笑耶！晚近小說，其名稱之佳者，吾數《梅花落》、《空谷蘭》，二者均含詩意。《紅礁畫槳録》亦佳，惜太廓，不足以括全書，蓋不過書中二主人遇合時，在紅礁下一扁舟中而已。《血華鴛鴦枕》頗妙，『鴛鴦枕』三字之上，忽着『血華』二字，大足耐人尋味。《香鈎情眼》，四字失之太艷，幾令人疑爲淫書。五六年前，吾國自撰小說，其言情者，命名每不脱『波』、『影』、『怨』、『魂』、『潮』、『淚』等字，一時蕩爲風氣，且每名必三字，鮮有四字五字者。今長篇小說，人不多作，此風亦少替。短篇小說，命名較易，予之所自鳴得意者，有《花開花落》、《玫瑰有刺》、《良心上之裁判》諸名稱。近頗好用兩字之名稱，如《心照》、《惆悵》、《哀弦》、《桃靨》、《情詮》、《懊儂》等，不一而足。脱川之於長篇小說，即覺不甚適宜，不若歐美長短篇小說，名稱可彼此混合也。海上當小說雜志盛行時，短篇小說，多以昔人詩句爲名稱，而始作俑者予也。時予草一短篇哀情小說，苦思不得佳名，偶憶『恨不相逢未嫁時』句，因以名之，厥後又有《遥指紅樓是妾家》、《無可奈何花落去》、《似曾相識燕歸來》諸作，往往强以情節凑題，可憐亦復可笑，他人效而尤之，以爲新奇，唐詩三百首，幾於搬運以盡，後且惡俗不可耐，讀者嗤之，是所謂學我者死，殊不可以爲訓也。

小說體裁不一，着筆之難易亦不同。鄙意以爲日記一體，似較他種體裁爲難，蓋每記一節，須述一事，數十節即須數十事，不啻作數十篇記事文，數十篇短篇小說。吾國古時小說，未有作日記體者，惟新小說始有斯體，覈其年事，殆與此新造之中華民國在伯仲之間，正如新鶯之出谷，春葩之初綻也。其最先見者，有包天笑《馨兒就學記》，後有徐枕亞《雪鴻淚史》，均日記體之長篇小說，頗膾炙一時人口。歐美小説，斯體亦不多見，往歲曾得一種，曰《失意人之日記》。作者爲一德國女子，不署名，以纏綿悱惻之筆，自述其纏綿悱惻之事。英美文家争稱之。迻譯者十數國，遂成名著。英國諸大報紙，無不撰評稱美，謂爲性靈中有數文字。大小説家霍爾開痕氏，至謂年來讀書萬卷，未嘗有如此書之一唱三嘆，足以拔動其心弦者云。推崇如此，夫亦可見書之價值矣。年來予亦好爲斯體，嘗有《亡國奴日記》、《斷腸日記》二作。一寫亡國之苦，一寫情場之慘，并足令人雪涕。《亡國奴日記》讀者甚夥，《斷腸日記》則見當年《禮拜六周刊》中。北京大學教授吴癯庵（梅）先生題《浪淘沙》詞云：『溝水各西東，莫問芳蹤。斜陽巷陌笑桃紅。早識如今容易别，何事相逢。花草又春風，枉怨吴儂。斷腸多在少年中。拚取傷心留影事，淚墨題對。』一時讀者，咸有如聽子野清歌徒唤奈何之感。蓋亦勞勞歌哭中之文字也。最近有《賣國奴日記》一書，意在警惕國人，俾知賣國奴之不可爲。其楔子中有云：『這「賣國奴」三字，實是世界中一個最耻辱、最難受的名詞。要是駡我牛，駡我馬，駡我烏龜，駡我殺人放火的强盗，倒也罷了。偏偏駡我是賣國奴，從此以後，我額上好似把烙鐵烙着這三字，永遠不能擦去，且還深深的刻在我骨上。將來我死了，肉體都爛完，我這幾根賤骨，留在世界中，依舊磨不了這個賣國奴的惡名。就是我現在不論到那裏，渡過太平洋、大西洋，飛過東半球、西半球，趕到世界的盡頭處去，或是跳出地球，直到八大行星裏，那惡名也好象插了翅似的，跟着我，纏在我身上。憑你用了一萬把鋼刀來劈，也劈他不開，駡更覺難受。况且山中豺狼虎豹，都知道愛他們窟宅，愛他們同類的，倘見我這麽一個賣祖國賣同胞的人，可不要把我生吞活剥麽？』又曰：

『一個人蹋天踏地，不知道把這身體放在那裏才好，抬起眼來望天，仿佛聽得天上怒聲說道：「你這賊，你這没良心的賣國奴，我不願覆你！」低下頭去看地，又仿佛聽得地下怒聲說道：「你這賊，你這没良心的賣國奴，我不願載你！」天既不覆，地又不載。國既亡了，家又破了。想不到一個有作有爲、轟轟烈烈的好男子，却變了個無國無家、天誅地滅的大罪人。至於那亡國後的慘象，說來也傷心。憑着我這一張嘴、一枝筆，怕也說他不完，寫他不盡。唉！淼淼血波，捲去了五千年祖國。荒荒淚海，葬送了四百兆同胞。放眼瞧去，但見那血紅的斜陽，冷照着無數頹井斷垣，做出一派可憐景色。但剩幾頭無家可歸的燕子，還在那裏呢喃上下，似乎相對話興亡的一觳。』屬稿既畢，以示吾友碧君。碧君謂：『此書得二字訣：曰「冷」，曰「辣」。海上名妓某，有外號曰「胡椒水忌廉」，此書亦宛然胡椒水忌廉也。』予笑應之：『特不知曹章陸輩進此胡椒水忌廉時，又當作何感想耳。』

長篇小說，動輒一二十萬言，非有恒心有耐力者，往往不能竟其功。予頗苦之，捨迻譯十餘種外，未嘗自爲。舊有《紅顔知己》之作，亦止二三萬言而已。西方小說家以長篇小說稱者，英有狄根司、施各德，法有囂俄、大仲馬。每一書累二十萬或三十萬言，篇幅雖長，始終不懈，正類蒼頭突起之軍，持大刀闊斧，斬將刈旗，逐北數千里外，非屑屑於立功肘腋間者。吾國作家如曹雪芹、施耐庵，其功力之偉，不亞西方諸賢。而曹氏所作，止一《紅樓》；施氏所作，止一《水滸》，終不如西方諸賢之人各十數書或數十書也。短篇小說着筆較易，然至少須三四千言，始有可觀。若在一千言以內，即不易作。前輩天虛我生，嘗戲爲三十八字之小說，凡二種，一曰寫情小說，《一行書》。其文云：『海麗得情人書，遂赴約，詎爲奸人所紿，鬻爲倡，覓死弗得。後遇情人，卒成眷屬。奸人以誘略受處分。』自謂編爲長篇，可作十四章，化爲三萬八千言云。又社會小説《天網》云：『某令以資得官出宰。盡括脂膏，幕友亦驟富。各置田産，納妻妾，合室而居，恣淫樂。猝遇光復，均被殺。』附注謂演爲長篇，亦可得一二三十章。凡屬《官場現行記》中材料，均可抄襲插入。若編新劇，可保賣座三日，今特大勉强，作成三十八字云云。竊爲三數十字，究不能作小説。友人碧君謂：『欲徵求十字之小説，其事更難。』予戲拈十字云：『某生遇粲者，悦之，弗諧，死。』自視不覺失笑。十字之中，尚安能求情節之曲折？此誠所謂大勉强矣。或謂言情小説，千篇一律，此寥寥十字，亦能抵得他人千言萬語耳，足發一噱。去歲《小説月報》，嘗有小説俱樂部之組。出一題曰『邂逅』。哀情小説，限四百字，凡『辵』部之字，不許闌入篇章。蓋禁體也。主者王子蒓農，敦囑一試，因以四百字應之，其文云：『日之夕矣，鴉影兼兼，馱斜陽，掠碧空而去。綠楊如□，摇暮颭中，似兒女子絮語。石湘舲之第一次見其意中人關明霞也，在陽春三月，方自幼稚園歸，見綠陰下有稚女，撲蝶爲戲，倩影動斜陽中，綽約如仙。湘舲癡視有間，即助女禽蝶，女大悦，睨以眼波，并通姓氏，而二人心坎中情芽茁矣。』

大仲馬善爲長篇小説，所作歷史小説凡三十八種，累百餘卷，可謂洋洋大觀，而短篇小説則未嘗作。蓋亦如關西大漢，抱銅琵琶，執鐵綽板，唱《大江東去》。殊不慣坐水晶簾下，作小紅低唱也。往歲予嘗於美國某雜志中得一哀情短篇曰《莎朗萸》(*Solange*)，云爲大仲馬手筆。篇言法蘭西大革命時，有貴族女郎某，家已破，以浣衣女自□。一夕赴市，爲巡防隊所困，指爲貴族。會有某醫士過，憐其嬌弱，矯爲相識也者，呼之曰『莎朗荑』，力爲女袒。巡防隊長因知某醫士爲共和黨要人，因捨女去。後二人時相見，遂有情。女有老父，賴某力，得安然去國，而女則爲情絲所絆，竟不肯行。尋由某之介，入某女校執教鞭，用以自活。時共和黨人大捕貴族，日必殺多人。某好研醫術，則假一小禮拜堂，索屍體供剖驗，日以爲常。一日陰雨，殺人甚夥，某方獨處，剖驗之屍積數百，忽聞有人呼其名者，聲幽細而清切，細聽之，知發自一革囊中，三呼而□寂。某驚悸萬狀，血幾盡凝爲冰。發囊探手入，斗覺有暖香一縷，似有櫻唇吻其指者。出手於囊，則見囊中所盛者，赫然爲其意中人莎朗荑之螓首，星眸半掩，唇櫻猶未冷。某抱首胸次，若嬰癇疾，僕椅中大呼曰：『莎朗荑！』莎朗荑首忽張眸作微睞，而紅淚兩行，即亦緣此玫瑰色未褪之粉頰而下。微睞者三，雙眸乃漸漸合。某悲且驟蹶地暈絶，詰旦始蘇。迨輾轉探詢，始知莎朗荑之死，實以乃父自英來書，偶泄往事。書忽爲共和黨人所得，因立執莎朗荑去，殺之。美人碧血，竟膏斷頭臺下之草，金鈿委地，紫玉成煙。雖着墨不多，實爲仲馬先生驚心動魄之作。予嘗譯之，易其名曰《美人之頭》，載《歐美名家短篇小說叢刊》，捉筆時適在秋雨蕭條之夜。一燈如穗，寫影於壁。案頭墨壺之側，方置一磁制骷髏，亦幾疑爲篇中血花模糊之美人頭矣。迄今思之，猶有餘慄。

小說之道曲院中事者，頗不易作。作者必曾經滄海，庶伸紙走筆時，能窮形盡相。且不患材料之枯窘，一經著筆，則如黄河之一瀉千里，每不易收縮，累十萬言二十萬言而不能盡。蓋粉白黛緑開，固有許多好文章在也。今之士夫，其走馬章臺者固不乏人，然往往知之而不能道，道之而不能筆之於書，遂致一代鶯花之盛，寂焉無聞。後之人苟欲一考前代女閭狀況，竟不可得，不亦大可慨耶！以描寫女閭名者，前有孫漱石之《海上十年繁華夢》，正續兩集，殆三四十萬言，頗膾炙一時人口。然其所言，皆十年二十年前事也。接武而起者，有漱六山房之《九尾龜》，卷軼亦夥，讀者多賞其文字之佳。然其所言亦十年二十年前事也。二書而後，竟無繼響。前輩劉醉蝶先生，老眼看花，垂二十年，腹笥中多花叢掌故，舉個中一切波譎雲詭之事，無不了然於胸。爰發大願，力著《海上銷金窟》一書，將舉花間十年來事，傾筐倒篋而出之，旨在戒飭後來青年，勿涉迷津。其用意不亦盛哉！茲節録其楔子云：『上海居南吴盡境，富麗繁華，甲於天下。真個是洋場十里，煙火萬家。看不盡的鬟影衣香，賞不盡的燈紅酒緑。有那久居上海稍有把握的，倒也司空見慣，平淡無奇。即偶然目醉神迷，心猿意馬，到底有父兄的約束，妻子的規勸，濡染既淺，不難猛省回頭。獨是那過路的客商，遠來的官長，他未到上海時，先存了一個心，是消受上海的繁華，領略上海的風景。一旦到了，自然是花天酒地，選色徵歌，又誰知紅豆易彈游子淚，黃金難買美人心。一朝金盡囊空，就不免紅顔白眼。到了那時，回頭無岸，懊悔已遲。著者於此中，整整混了二十餘年，親見人家傾家蕩産、害身傷命的着實不少，因將十年來耳聞目見的事實，一一描寫出來，作社會上一個小小殷鑒，就定名爲《海上銷金窟》。著者之意，無非勸讀者諸君未犯者嚴防失足，已犯者及早回頭。前人有言道：「銅山易竭，欲海難填。看如風月無邊，實則荆榛滿布。」這幾句話真個不差。』讀此即可知其旨趣，佛云：『我不入地獄，誰入地獄？』劉先生入地獄而歸，寫地獄中事以示世人，粉黛萬千，皆成羅刹。吴道子畫地獄變相，不是過也。聞是書將由交通出版，謂之曰勸世善書，亦無不可。

小説體裁不一，細析之，可十餘類。在歐在美，以言情偵探兩類爲最夥，汗牛充棟，幾足駭汗僵走一世。英國白薩克萊女士 Bertha Clay 手寫言情小説兩百餘種，皆長篇也。美國尼古拉司卡德氏 Nicholas Carter 獨著偵探小説長短篇三百餘種，魄力均可驚。然愛國小説，則作者良鮮。以予所知，僅法國《阿爾薩司之兒女》，及美國《無國之人》二書，以後者爲較著，美之人無不知之，幾有家弦户誦之概。著者爲海爾氏 E. Hale，本無文名，因此書而名大著。書言美國西部大軍中，有少年軍官拿蘭，因通逆叛國，爲官中所執，就鞫時，法官令自供，而拿蘭如中狂疾，遽發吻大呼曰：『萬惡之合衆國，吾願後此永永不聞其名！』聞者皆駭，以爲痫。後遂放之奥連司。不許復聞合衆國名。拿蘭既行，行止尚自由，惟不復聞祖國事，人亦避之若浼，即衣上亦易以白紐，以其祖國合衆國已不屬之彼，故紐上或有祖國縮書之名及祖國軍中之徽章者，均不欲復爲彼見。舟中讀書自遣，書亦非美國刊印，并無片言只字道及美國，即新聞紙亦先經他人檢視，凡見廣告式新聞，有涉及美國者，則一一剜去之，不令入拿蘭之目。一日，拿蘭當衆讀英國文豪施各德詩集，讀至一節，則愛國詩也，其語云：『彼其人之生於世兮，似僅留其軀殼，雖呼吸之尚存兮，而靈魂早已淹汩，故吾未嘗聞其一言曰，是吾所愛之祖國。』拿蘭讀未畢，心大動，立抛書入海，遁入艙中。後兩月不復出，時聞書聲朗朗然。逗窗出，所讀非聖經，即莎翁集。偶出，亦不與衆伍。日夕輒獨往獨來，敻敻顧影也。後遇海戰，拿蘭忽投袂而起，力與交戰，卒敗敵艦而歸。由是一變而爲愛國家，中心耿耿，常以祖國爲念。嘗語人曰：『爾當愛祖國，并愛爾祖國之徽，有如至寶。苟祖國需爾者，爾必踴躍趨前，雖經地獄千重，毋許少懟。』又曰：『爾必傍祖國而立，誓不他去。一如立於爾慈母之次。』後以病卒，臨終視國旗，歡然呼曰：『吾已有祖國矣』，遂瞑。予於曩年，嘗有《祖國之徽》、《中華民國之魂》、《爲祖國故》諸短篇，亦寓激勵國人愛國之意。《祖國之徽》一篇，實有感於拿蘭語而作。篇言一愛國女子爲國捐軀，裹國旗而殉。平日則專以綉國旗敦勸國人愛國爲事。末言大戰，頗虎虎有生氣。近日人渡邊氏輯《上海公論》報，其創刊號小說，即譯予斯篇，然予所謂大戰者，即隱指彼國而發，不知彼國人讀之，又作何感想也！

西方小說，以能描寫社會者爲工，囂俄爲法蘭西社會小說第一作手，傑作如《哀史》（*Les Miserable*）、《罪史》（*The Last Days of a Condemned Man*）諸書，健筆獨扛，刻意爲社會寫照，悲天憫人之懷，一發而不可自遏，故其達之於文者，亦沈痛刻骨，如聽哀鵑中夜，聲聲作泣血啼也。囂俄所作，類爲長篇鉅著，捨以上二書外，尚有《九十三年》、《噫有情》、《吾夫人廟之駘背人》諸作，俱有名，論其意境，固在大仲馬上，狄根司則《賊史》一書，差足與之抗衡耳。囂俄短篇未多，予求之五年，僅得《格勞德葉安》（*Claude Gneux*）一作。大旨謂人生罪惡，率爲社會逼迫而成，一唱三嘆，不忍卒讀，如入之影戲名片《難堪》中，亦大足令人雪涕也。茲述其本事如下：巴黎有工人格勞德葉安者，未嘗學問，而能敏多智，與尋常工人異。家有妻子，得賴以温飽焉。某年冬，格勞德失業，無以贍妻子，坐困多日，遂去而行竊。事敗，捉將官裏去，判監禁五年，科罰之重，殆與盜劫等矣。既入獄，日爲苦工，格勞德固誠愨，頗能不辭勞瘁，勤於所事。工場中有監督，獷人也，性暴睢，有若虓虎。一日以輕薄語進格勞德，謂其妻貌美，居處有郎矣。格勞德不與較，而疑信亦參半，由是長日緘默，不作一語，似沈沈作深思者，顧其狀貌絶威厲，似能懾伏群囚。人咸以格勞德渠魁，格勞德出一言，無不遵從。如是數月，儼然爲獄中之王矣。工場監督深嫉之，顧亦無如何也。格勞德身至壯碩，健於食。獄中所予面包，常苦弗足，因亦常覺腹餒。會有少年囚徒挨爾平者，與格勞德頗相得，每分其食食之，二人同起同息，有類手足。監督窺其狀，弗善也，故移挨爾平於他獄。於是格勞德復苦飢，中心憤極，則日向監督索挨爾平，監督腹誹之。殊不之應，積日既久，殺機遂動。一夕挾斧於懷，先向群囚演説苦衷，群囚皆泣下，復出其所有分贈之。届時監督至，格勞德仍索挨爾平。不應，遂殺監督。繼出短剪，自揕其胸，被□甚劇，少愈處死刑。格勞德亦不悲，出所蓄五法郎授教士曰：『請以予貧民。』遂就刑，予嘗譯斯篇，名之曰《貧民血》，舉以告人，咸爲感泣云。

哀情小説中之傑作，以《茶花女》、《離恨天》（即《保羅與葳晴》）爲最著，傳誦世界垂百餘年。二書均出法蘭西人手，遂稱法人善言情。晚近英國名家哈葛德氏（R. Haggard）善言神怪，亦善寫人世間無可奈何之情，其《毗亞德麗絲》（*Beatrice*）一書，即寫情之至無可奈何者。美人血淚沁爲辭華，直欲令世界有情之人，咸爲泣下。琴南翁譯之，易名曰《紅礁畫槳録》，哀愴悱惻，工力悉敵，其言毗亞德麗絲女郎之情深一往，殆類忠臣孝子之情。新派梨園中，亦嘗演之紅氍毹上。綉簾揭處，四座滎眦，蓋其感人者深矣。間嘗嘆似此名作，胡獨無詩詞以咏之，每引以爲憾。友人調梅，近以《紅礁曲》見示，云出江陰名士曹穎甫先生手，即爲斯書而作。沈博絶麗，不同凡俗。前繫以序，亦雅練可喜。其序云：

夫以春蠶未化，輒負累於情絲。夕炬凝輝，聽銷沈於血淚。媧皇鍊石，不償離恨之天。月下囊繩，錯綰同心之結。卒至西渡天孫，睠懷營室，南山精衛，銜恨蒼波。此《紅礁畫槳録》所由作也。□其空緑孤照，彩霞欲飛，天光淡沖，人影零亂。魚浮不驚，鳥翔欲下，孤根自沈。當橫流而不轉，一拳何恨。將歷劫以難銷，則有渡江桃葉，蕩舟蔡姬，本西方之美人，異高唐之神女。媚兹瑶草，將呼龍而耕煙。要渺中洲，願駕黿而送目。隔水盈盈，誰問臨皋之珮。御風落落，無俟□仙之裙。藉南洲芳杜，寫厥愁思。訊空谷幽蘭，無其窈窕。始夷猶而孤往，悵日夕以寡儔。於時亂流煙藻，薄曛茫昧。仰睇無垠，顧影若墜。爰有辨才再世，大李名家，出獵滄溟猝焉戾止，本非懷藝大夫，藉博如皋之笑。何至獨居飛燕，傾心射鳥之兒。黄初公子，本無心於洛神。天寶書生，將何求乎龍女。而乃鳴榔過處，析翼飛來，呼將伯以助予，得同舟於其濟，向使昏黄墜景，遽返魯陽之戈。漭滉回瀾，退避錢王之弩。雖復風萍偶聚，湖藕多絲，鏡花寫影，留色相於空虚。雲鳥無心，脱去來之繫着，豈意尾閭傾瀉，若木闇虚，煙冥頻遥，風回槳折，遂令覆舟之下，竟有伯夷。廣漢之波，翻淪游女。既乃握青絲於海底，感白紵於宵分。始爲共□之禽。誤犯春婆之夢，方在使君有婦，遂令秦女無家。重以綢繆□久。倉卒變生，沙叱利之無賴，願護佳人。公孫黑之委禽，但誇盛服。然且薄宵奔之紅拂，憐秋病之相如。紅字緘書，馳皇千里，暗陳息影，勞倦中宵。蓋一償覯面之緣，即是捐軀之日。先施去國，竟蹈鴟夷之沈。蘭芝拒婚，甘作清池之墜。從兹羅襪塵消，悵緑波兮如夢。指環心誓，比金鈿而尤堅。僕本恨人，是多棖觸。

大荒日出，何所尋彭咸之居。恨海花飛，聊以備賈生之吊云耳。

曲尤長，容别録之。

《紅礁畫槳録》文情意境，不愧爲哈葛德得意之筆，其情節固爲一純粹之哀情小説，自不能如偵探小説之奇峰突起，時予人以不可測也。試摭拾其事，縮爲一短篇小説，頗不易爲。而曹穎甫之《紅礁曲》，獨能概括全書，不支不蔓，允爲詩壇健將。調梅嘗謂《孔雀東南飛》爲古今第一大詩。凡一千七八百字，而《紅礁》一曲，乃多至二千餘字，且無一庸沓語，可稱神勇矣！信然，兹備録之，以示琴南翁。想哈葛德知之，當亦感激此東方詩人也。曲云：

紅礁石下水，紅礁石上人。水清照人面，苦心只自塵。水濱與石上，相去不尋丈。云何縹緲間，日夕悲風愴。紅顔不自惜，隔水勞相望。隔水望悠悠，斜陽紅過頭。春風泛瑶草，所在無蹇修。蹇修渺何處，荒煙帶寒渚。回頭見人影，獨共斜陽語。他日母新死，妾身初扶床。今日會幾時，顧影如母長。經年已三七，後顧殊茫茫。委身草莽間，那不增慘傷。慘傷良未已，旁有貴家子。挾彈逐飛鳥，隔此潊潭水。潊潭半昆藻，盈盈復洏洏。遂令紅礁下，瘁鳥銜煙起。煙中下扁舟，飄然争上游。停舟暫借問，願言白所求。所求竟何如，取鳥當佛首。之子大坦易，一笑下層阜。郎心似明月，妾心似湖藕。湖藕固多絲，明月無塵垢。東風約萍絮，相聚不曾久。

天風吹浪浪，日暮風濤吼。暮色下紅礁，漁村路遠遥。大樽慮不得，相約歸漁舠。漁舠蕩心魄，防觸磯頭石。不見打魚人，沙鳥鳴格磔。横流自旋折，石尤故相逆。一朝共命鳥，翻然下空碧。吐納饞龍涎，妾身未足憐。牢握青絲髪，願郎駐長年。相期出澒洞，馮夷走相送。焚輪掀海立，冥冥入大夢。老漁冒纆黄，拯溺來倉皇。村嫗走且唤，海濱相扶將。良醫赴招致，肱以三折强。先議倒倉法，後以續命湯。遂令大夢人，同此燈燭光。門外車轔轔，阿婦來相視。不見驚怛容，落落寡情意。三言出門去，驅車若相避。使君無良匹，所見乃殊異。阿女得聞之，中夜大苦悲。明旦走相從，跣足當路歧。入門呼阿爺，涕泗還交頤。自言背阿母，出門非所知。阿爺慶再生，兒當長相隨。嗟此六歲人，愛日相與期。轉憂乍成喜，驚言阿母至。臨門下車來，入門大詬誶。背母單履出，此行太驕恣。父言女良孝，阿婦無刺刺。明旦日始生，驚魂復瞢瞢。催歸當日中，日中不得行。養疴女郎家，三七當來迎。留女伴阿父，從此赴歸程。養疴得爰繫，舟車道相濟。疑義析芒刃，執業相磨礪。云何池中藕，花開不并蒂。云何鶼鶼鳥，雙翮不相麗。云何無言芳，清淑勝蘭蕙。云何神相洽，究竟益智慧。只此三七期，流光同鳥逝。妾若偶相離，郎心苦難制。郎若暮歸來，又恐秋風戾。爲期亦已促，安知久長計。昨夜鵖鴔鳴，飄風吹樹巔。沙塵揚大道，車駕促門前。回頭視阿女，阿女涕淪漣。女郎忍淚語，阿妹良亦獃。豈不願相留，奈汝隨郎罷。從今還自慎，勿言乾阿嬭。凄惻復凄惻，勞皇泣路側。傾視浮雲飛，白日復寡色。今日送君行，道中苦相憶。他日故人來，惴惴懼臨穴。憂思當告誰，奮飛已無翼。念君苦行役，妾願化安車。

念君病飢渴，妾願化行廚。念君太無聊，妾願化琴書。奈此百不遂，結想皆成虚。使君前致詞，盛意謹相佩。在發願爲澤，在眉願爲黛。勿忘今日言，此會當復再。揮手從此去，慊慊無憑依。凝望久癡立，但見□塵飛。感世凉秋夜，飄燈獨自歸。女郎固有父，生計日蕭索。貧者誰與謀，願□富家托。村中富家兒，阿姊意所度。懼爲阿妹攘，謂是殊索漠。安知急人難，錙銖計囊槖。阿妹新相知，緩急重然諾。此行殆不虚，偕歸勿爽約。阿父聞此言，然疑息不作。逆知明達人，素行異佻薄。旦旦病飢驅，凌晨速戒途。祇以患貧故，爲此將伯呼。到彼求使君，公言方便便。旁午不得息，□牘相綸連。自顧衣衫敝，旁皇不敢前。使君聞彼來，當下大驚疑。相去日以遠，出門悲路歧。阿女死或嫁，消息安可知。男兒不自惜，往往屬蛾眉。亟爲屏諸務，相邀前致詞。老翁前致詞，吾家大虧苦。小女得薪水，賴以支門户。去冬寒無衣，卒卒病風雨。什一滋不利，人事已非古。使君倘垂憫，沾溉及飲鼠。使君聞此言，感嘆良獨深。先施不望□，酬以雙南金。銜恩方次骨，相期明旦發。村墅客小住，瞭覽水雲窟。洧盤沐浴光，扶桑晞散發。日夕樹棲鴉，相邀暫還家。戒旦不成寐，早發從風車。不愁道路遠，薄暮長風沙。登車未幾時，里門倏在望。雲山如雲中，花鳥自相向。契闊未幾時，物物各殊狀。相將入此室，中懷如沸羹。不見意中人，落寞難爲情。微和芳樹榮，落日沙磧明。阿姊與客言，今日天始晴。濱海多莎草，阿妹方閒行。惘惘出門去，散步爲將迎。將迎苦不獲，遥見紅礁石。持此一片心，粉碎成千百。回頭見女郎，相拒不盈尺。相思常依依，相見但脈脈。胸中累萬言，欲發難爲擇。譬彼噤口人，一朝茹黄柏。

愛摯翻滋懼，喜極乍成驚。如夢夜遭魘，欲喚不成聲。又如竊人物，怔怔心不寧。郎疑夢中虛，妾謂夢中確。天地有時盡，此夢何時覺。君家有弱女，宛宛如蘭茝。君當念妻孥，願望各有在。出君萬死中，勝人當幾倍。勿以賤妾故，累君沈苦海。君若念妾時，但謂妾心改。妾終不望君，九死良未悔。既死如有靈，助君發章采。君當事勛名，造極勿中怠。言畢各就寢，恨恨不盡辭。今日相見歡，明日長相思。浹晨使君出，途遇富家兒。自言有心疾，當就使君醫。使君不見允，長夜相與期。窈窕思君子，此事古有之。村中有淑女，旦夕慕光儀。使君有良匹，何用眷眷爲。使君語富兒，此事殊匪夷。容我姑妄言，成否未可知。是日天晴明，微雲出海際。如有天神降，□過班裔裔。使君偕女郎，閒覽出郊陬。爲言富家兒，求凰意良厚。聊以勝貧窶，□□□□□。女郎驟聞此，含怒且良久。斯言何所見，君乃出諸口。君心亦可知，委棄如敝帚。今日淡於水，昨日濃於酒。郎心不久長，倏忽判先後。借如木蘭花，投之□壞中。雙如聞香鳥，喂以蟈螂蟲。豈不願還就，生性自不同。言罷吞聲哭，顏色已窮蹙。君心不可恃，一朝大反覆。□君良不忍，交手相扶持。禮法作大綱，同心而□離。恨不當□潮，雙死紅礁陲。女郎爲擘畫，願得永相隔。豈樂故□遥，君各當愛惜。君名苟自全，妾身常棄捐。動□出人右，含笑歸重泉。無以悵□子，所得惟一死。郎若數惠顧，羞敗郎行止。妾身終屬君，誰能攘奪此。郎如大海蕩，妾如潮汐水。魂魄常飛越，與君當密邇。相思寸寸灰，中夜大風雷。倏如飛鳥墮，白衣破窗來。電光何閃閃，照見女郎腮。相扶返故處，所畏遭忌猜。誰知□離魂，究竟成禍胎。絮絮復絮絮，相愛莫能助。

一朝風雨中，故人從此去。富兒求婚媾，所遭良厚顔。誰容無瑕璧，玷此青蠅斑。阿姊不解事，忌嫉滋謗訕。鷄鳴犬吠聲，交沓庭户間。蠅營復狗苟，寓書使君婦。奪彼倉庚肉，求此馴雉牡。誰知富家兒，此意大不然。匿瑕有瑾瑜，納污在深淵。此姻或不就，陰慝爲播傳。令彼意中人，玉碎不瓦全。女郎大恐怖，僞諾暫相弭。持此永訣心，一死報知己。月黑燈昏夜，遠求使君裏。旁□聊自盡，弗忍禍君子。手裂湘裙裾，留寄使君書。使君得書日，賤妾方□魚。嗟哉淚空咽，此是終天别。投之洪爐中，血痕當不滅。使君一寸心，决意當追尋。但見村墅間，早日掛煙樸。海水自空緑，風波深復深。舉頭見漁舠，斜傍紅礁沈。回日見何晚，今兹去何速。千頭迸萬緒，望洋一痛哭。閩邑有林君，文言善寫真。萬年夫□杵，此情不可淪。使心化冷灰，無思亦無因。一旦飄風至，摇落爲甑塵。使心如槁木，業知不復春。但得生意存，蘖芽終懷新。譜此長恨歌，留語後世人。

滔滔二千餘言，如黄河下瀉。魄力之厚，一時無兩。而淒感愴惻，尤能曲寫薄命女子心事，日斜鐘定時讀之，殊足令人腸回也。

（一九一九年五月三十一日、六月三、八、十六、二十二日、七月二、十七日、八月一、十六、二十九日、九月九、十七日、十月十七、二十八日、十二月一、二十八、二十九日《申報·自由談》）

※雜　錄※

小說雜談（二）

（瘦鵑）

石頭記允爲吾國舊小說中第一傑作。其描寫細膩處。尤特繪影繪聲。而已。直繪及其一笑一顰。每寫一人。必兼寫其聲光氣象。筆有神。故顯然如黛玉。酸頑如寶玉。富麗如寶釵。粗豪如熙大。古拙如劉老老。吾人每讀一過。即覺諸人擁擁往來於腦府心坎中。不能或忘。一若真有其人。而吾曾與之把晤款接者。真神乎神矣。世之愛是書者。殆不下數百萬人。爲之纏綿顛倒而不自覺。吾友朱玄子。其封翁年六十餘矣。鬚髮皆白。皆相好讀石頭記。好觀石頭記劇。（如黛玉葬花黛玉焚稿等）往往爲之帶涕。嘗自謂數十年來。自少而壯而老。於書無所不窺。而獨嗜石頭記。且誦數千百次。下淚亦數十百次。竟於今。遂能背其回目不紊。云據友人言。此書英國曾有譯本。出彼國通人手。憶五六年前。予嘗於別發西書肆之玻璃窗中見有一書。顏曰The Dream of The Red Chamber（譯言紅樓夢一卷）未識是否此書。果爾則歐美人讀之。當亦歎中國作家描寫家庭描寫情愛之細。正不讓狄根司氏之描寫科言也。

勘誤。小說雜談（一）內見二十二號本報。第一行第十

小説商榷談

芷航 撰

載於《文友社第二支部月刊》一九一九年第二十二期。《文友社第二支部月刊》，文藝月刊，主要刊載詩文，由王小逸、張恂子等在上海創辦。芷航，即谷嘉蔭（一八七五—？），其字芷航，吉林省扶餘縣人，清貢生。一九一三年被選爲參議院議員，國會解散後歸里，國會恢復後仍選爲參議院議員。本文的觀點比較保守，認爲讀經是『百無一弊』，讀小説是『害多而益少』，而因小説的描寫生動有趣而『世人每喜閲小説而不喜經傳』。面對着這樣矛盾的局面，他認爲不能一味禁止，而是當採取兩種手法：『一方將誨淫誨盗、有害身心之説部嚴行取締，一方將有益世道人心之説部廣爲刊布』，使人『於消閒遣悶之時，獲涵養陶淑之益』。這一看法無多新意，卻對於治世者來説，頗有經典的意義。

嘗見世人每喜閲小説而不喜讀經傳，豈經傳之益不及小説耶？蓋經傳爲載道之書，理深辭奥，不合流俗人心理，於是多有掩卷而他求者。至小説之描寫事物，獨能曲盡人情世故，繪影繪聲，隨筆演出，適合普通人之心理。閲之自覺悠然神往，於是竟有寢饋其中而不忍釋者。由是觀之，經傳之感人也難，小説之動人也易。然讀經傳者可百無一弊，而讀小説者吾恐害多而益少也。何言之？凡世人所喜閲之小説，十九哀豔、言情之作。作者愈欲引起閲者興味，立説必趨淫麗。其連篇累牘，娓娓不倦者大抵皆誨淫之辭。在世故老練、閲歷深者閲之尚無大礙。若在情竇初開之青年學子見之，其患何堪設想。因之廢學失業者有之，喪生辱身者有之，裂名敗譽者亦有之。噫！小説之感人也深，小説之害人也烈。今之以小説家自命者亦曾憂慮及此乎？夫小説既具社會上絶大勢力，必不能禁人之不瀏覽，今有一法足以杜絶其弊而利用其機。一方將誨淫誨盗、有害身心之説部嚴行取締，一方將有益世道人心之説部廣爲刊布，俾世人於消閒遣悶之時，獲涵養陶淑之益，則卑污之性不難轉爲高尚，澆瀉之風行見易爲淳厚，其功效當不亞於經傳也。

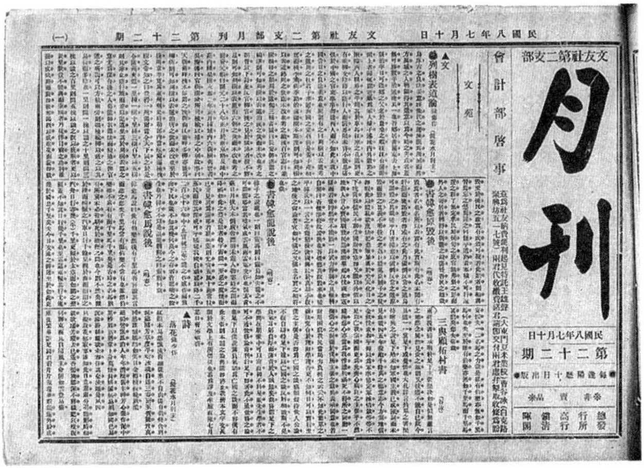
民國八年七月十日 文友社第二支部月刊 第二十二期 (一)

文友社第二支部

月刊

民國八年七月十日

第二十二期

會計部啓事

文苑

晶報小説話

鵷雛等 撰

本編所收一九一九年至一九二六年散見於《晶報》上的小説話文字。所見作者有鵷雛、馬二先生、臞蝯、求幸福齋主人、寒雲、紅燕、一笑、老嫖客、林屋、星星、寄塵、敲鑼阿四、我亦隱者、愛虹生、白蝶、饒舌、生J. C、神獅等。鵷雛，即姚鵷雛，見一九一六年《稗乘譚雋》提要。寒雲，即袁克文（一八九〇—一九三一），字豹，又字豹岑，抱存，號寒雲，河南項城人，袁世凱次子，十八歲以蔭生授法部員外郎。袁世凱死後，賣文鬻書爲生，曾爲《晶報》主筆，撰有《洹上私乘》、《辛丙秘苑》等。馬二先生，即馮叔鸞，見一九一九年馬二先生《我之閒談》提要。臞蝯，即孫臞蝯（？—一九三三），一名臒蝯，別號、筆名有肅塵、嘯廎、好春簃主等，在《安徽白話報》、《小説新報》、《晶報》、《半月》等報章雜志上發表多種詩話、筆記。寄塵，見一九一九年胡季人《小説管見》介紹。另有署名紅燕、白蝶、饒舌、神獅、西湖人、生J. C、星星等，不詳。其中姚鵷雛的《小説摭談》散論了《水滸傳》、《紅樓夢》、《儒林外史》、《花月痕》、《二十年目睹之怪現狀》至林紓譯作及葉小鳳的創作，多能客觀地指出各自的成敗得失，特别指出《儒林外史》爲『社會小説之初祖』，『妙有藴蓄』，而《怪現狀》則『稍奔放』，兩書在『説盡與不説盡』之别。他認爲『十年來所作説部近百萬言，而無一佳者』，主要是由於『草率出之』，猶如《儒林外史》中匡超人所論當時流行的『選本』。袁寒雲的《辟創作》，對『新小説』提出了要求：『有新思想、新學理，或是科學的、或是理想的、總要有實在的學問、有益於人、用極通順流利的文法做出來，才够得上。』以此爲標準，他批評了當時一些『新的創作』，只是『用外國的文法』，『加上外國的圈點，作外國的款式』，弄得『疙裏疙瘩』，『一句通順的句子也没有』。寄塵的《小説短論》舉了兩個具體事例來表明對於將小説家分爲新舊兩派的不滿。馮叔鸞的兩篇有關《金瓶梅》的文章，强調了這部小説的暴露意義，值得注意。他説：『蓋今之居高位挾重權者，跡其行爲，不爲淫婦，必爲小人，固皆不失其潘金蓮與西門慶之資格者也。余故認《金瓶梅》爲舊小説支配現社會之最有勢力者。』基於此，他直接將王士珍比作李嬌兒，段祺瑞比作孟玉樓，馮國璋比作李瓶兒等，很有現實意義。這一觀點，也正如後來鄭振鐸所説的：『《金瓶梅》的社會是并不曾僵死的；《金瓶梅》的人物們是至今還活躍於人間的，《金瓶梅》的時代，是至今還頑强的在生存著。』

另外，其中《東文的中國小説》、《日本小説千字百銀圓》等提供的一些海外的中國小説研究與稿酬等資料，也有可觀之處。至於瞿蝯所作的《紅樓佚話》，皆録一些有關曹雪芹及《紅樓夢》中一些人物原型的傳聞，均無出處。林屋的《三國造英雄》記述了當代軍閥靳雲鵬、吴佩孚二人的『生平戰術，皆從《三國演義》出也』，因而『少年有志者，不可以《三國演義》爲小説家言而蔑視之也』。紅燕的《風起雲涌的小説雜志》、《小雜志的大潮流》、一笑的《南北統一的小説家》、馬二先生的《無信用的〈小説世界〉》、《宣傳宗教之小説家》、敲鑼阿四的《〈小説世界〉責野人頭》等，都從不同角度批評了當時一哄而上的小説雜志。我亦隱者的《〈人間地獄〉索隱之索隱》、愛虹生的《〈人間地獄〉忽來春藥》、白蝶的《告索隱者》等批評了當時小説界的『索隱』之風。

新考證　雄

△《水滸傳》石將軍村店寄書一回中，宋江回到本鄉時，宋太公才和東村裏王社長在村口張社長店裏吃酒回來，今人之紛紛稱社長者，殆即本此。

△《水滸傳》戴宗二取公孫勝一回中，戴宗在素麵店遇着一個老人説，公孫勝此時喚做公孫一清，人都只叫他清道人。今人有自稱清道人者，殆即本此。

△《三國演義》孫伯符大戰嚴白虎一回回末，袁術暗有稱帝之心，乃急聚長史楊大將，都督張勛、紀靈等三十餘人商議。今之張勛殆即羨慕昔之張勛，故取此名。

（一九一九年五月二十七日《晶報》）

東文的中國小説　佚名

這幾年來，日本人很注意我國風俗。單説上海一地，從前只有滬上槎客幾個人，會吃花酒叫堂差，現在穿中國衣服逛堂子的人就很多了，還有一個井上紅梅，把漱六山房做的《九尾龜》小説翻成東文，登在上海《日日新聞》，又出一種雜志，叫做《支那風俗》，帶着教人吃着嫖賭聽戲。近日又有一個池田桃川，把李涵秋做的《廣陵潮》，翻成東文，從本月十八日起，登在上洋《日日新聞》上面。照這樣看來，日本人實在很有進步。我國人民，只曉得一鼓作氣的鬧，連一本研究日本的書，都還没有，説來真真慚愧。

（一九一九年六月二十一日《晶報》）

社會一斑・荒誕淫穢之小説　記者

小説一道，於通俗教育至有關係，近年荒誕之作層見迭出，大爲人心風俗之害。教育部通俗教育研究會曾擇其尤甚者，呈請教育部咨禁。逮至近日，書坊既無羅列，新著亦未出版，此種曾列禁會之書似已一掃而空。然據確實調查，則私明售猶不乏人也。茲列其書名如左，以明社會黑暗之一斑。

書名	**著者**
國色天香	吴所敬
馬屁世界	睡獅
官眷風流史	古邗鐵冷
野草花	竹溪樂天生
瑶華傳	丁秉仁
苦盡甘來	許嘯天
風流皇帝	傅幼圃
株林野史	艷春居士
鴛鴦夢	貢少芹

女學生秘密日記	喻血輪
隔墻紅杏記	虬道人
簾外桃花記	周桂笙
留東外史	不肖生
小姊妹秘密史	冷眼人
三國還魂記	雄辨士
武則天外史	不奇生
龜生涯	天夢夢天生
眉語	高劍華
説腋	許嘯天
龍鳳配	齊東野人
新鴛鴦譜	蒲塘退士
玉樓春	白雲道人
姨太太之秘密	鬟仙女史

此外尚有《家庭黑幕大觀》、《牛鬼蛇神之情場》、《桃花庵鼓詞》等書，著者未詳。又有《全屋夢》、《浪史奇觀》、《綉榻野史》等舊小説十餘種，皆係前清嚴禁之書。近年市儈刻成石印小説販

與書攤小商分至輪船、客棧、茶館等處售賣，代價不一，視人而定。所刻發行書店如孟端書莊、香港書局等皆係假造。有指導社會之責者，宜嚴查印刻此種書籍之店，懲一儆百，而後可望鏟除一般無恥惡魔也。

（一九一九年七月十五日《晶報》）

商務印書館之男女裸體畫　拈花

商務印書館新出的《小説月報》第十二卷第七號，開卷的第一頁畫着一個裸體的男子摟着一個裸體的女子，裸體的男子一手搭在裸體女子腰胯之間，表示十分相愛之意，下注『亞當與夏娃出樂園』八個字。商務印書館向不注重那種裸體畫的出品，現在忽然有男女裸體畫，發現於雜志，這也可算得破天荒了。有人説商務印書館印刷鮮明，倘然多印些外國式、中國式的男女裸體畫，營業必然發達，因爲現在中國人，不但美術家歡迎那種裸體畫，便是普通人也歡迎那種裸體畫。倘然是男女裸體畫，也不管他亞當夏娃老祖宗的行樂圖，也一概歡迎的。可是商務印書館不肯爲此，大家不無遺憾。近來商務印書館爲新文化所鼓蕩，開通得多了，我想便是這幅亞當與夏娃出樂園的裸體畫，放大彩印發售，歡迎的人一定很多呢。

（一九二一年七月二十一日《晶報》）

海上雜志評

寒雲

海上雜志之刊，時盛時微，邇日忽有復興之象，然佳構實罕。兹就已刊行者，或將刊而已寓目者，略爲評第如次：

一、《半月》。爲瘦鵑周子獨力所創，選稿最精，排印絶美，且用彩色銅版印爲封面，首期之光畫美人，示予樣張，愛不忍釋，較《東方雜志》及《小説月報》中所插彩色銅版畫，高出萬萬，尤非其他雜志所曾有。即此一端，已足見其精神之特異矣。

二、《禮拜六》。此爲鈍根、瘦鵑二子主之，已膾炙人口，每期銷售頗廣。

三、《游戲世界》。編輯者，趙子苕狂與瘦鵑也，已刊至四期，愈見精富，評劇之作，推此刊爲獨衆。

以上三種，届時而刊，决無延期中輟之虞，故首列焉。

四、《新聲》。雖止四期，而佳作如林，如能續刊，亦藝林之幸焉。

五、《消閒月刊》。爲蘇州鄭逸梅諸子所輯，例仿《禮拜六》，取材亦佳，近已刊有三册。

右二種，亦屬佳品，一則已輟，一則遠處，故退於後。尚有一《影戲雜志》，一《影戲叢刊》，雖皆只一册，然各有意趣。又有周子劍雲主纂之《解放畫報》，爲談新文化之上乘。孫子雪泥之《世界畫報》，圖畫多一時名作。以上所舉，皆有長可取，其餘除舊刊外，或抄襲舊報，或俚鄙無聊，都無一顧之值焉爾。

草此方竟，忽得上當人斥奇文之作，可見徒以怪名及恃告白自炫者，終必敗焉。劍雲作《春聲停刊辭》，慨乎言之，彼妄以文字舞弄者，讀之能毋汗下乎？灾鉛禍槧，可以止矣。

（一九二一年九月九日《晶報》）

《半月》之半月經過　不群

周瘦鵑出版的小説雜志《半月》出版以後，忽忽已經半月了。那知這半月内鬥起一個絶大風潮，昨經友人傳述，可以算得小説家軼事，我就把他記出來，以博一笑。

一、天笑的不注意

《半月》第一期的第一篇，就是天笑所撰的短篇小説《再會》。這小説中有一節説：『近來世界進化，新潮澎漲，教育界日新月異……有個愛群女學校，傳播新思想，研究新文化……』在做小説的人，原是假定這個學校名稱，却不曾仔細調查。誰知上海却真有個愛群女學校，是袁希濤的妹妹袁希皓所開，見了這篇小説，心不甘服，説怎麼把吾們學校都做在小説裏頭去了，非給他辦交涉不可。

二、愛群女學校之起訴

那時他們學校裏，立刻召集了許多職教員，開了一個職員會，大家説這件事非嚴重交涉不可。聽説那天已經是晚上十一點鐘了，他們去敲開了縣公署的門，請那第三科教育科長出來，告訴他如周瘦鵑才可了事。他們目的，除非要封禁半月社、懲罰此長短，説現已繕進稟詞，《半月》雜志上有毀壞學校名譽情事。

三、嚇瘦了瘦鵑

縣公署的教育科長，收了他們的呈詞，覺得這事未免題目太小，不好驚師動衆，而且這篇小説中，并没有毀壞名譽之處。當時便請一位在道尹署做過道視學的餘芷江出來調停，因他認得周瘦鵑，并告訴他已經要起訴、愛群女學校不肯干休的話，把個周瘦鵑，嚇得人都嚇瘦了。

四、家庭的惶惑

這時候，瘦鵑的家裏，人心惶惶，好像立刻警署要來封門的一般。他的《半月》編輯所，就在他的家裏。諸位不見那第一期裏的插畫，有一副《半月産生之地紫羅蘭庵》的銅版嗎？這紫羅蘭庵，就是他夫人的香閨。他住在西門黄家闕路，是個中國地界警權達到的區域，余芷江先生還勸他把門前這塊瘦鵑寄廬的門牌卸去，而且瘦鵑那天歸家很遲，他的太夫人和他那位夫人，急得要命，只怕瘦鵑已經捉將官裏去了。

五、更名與道歉

當時調停的結果，半月社對於愛群女學校，説是登一個特別啓事，就是更正和道歉的意思。周瘦鵑還寫了一封信，給愛群女學校，説這是無心錯誤。那個特別啓事，也送給他們瞧，大致説『第一期小説《再會》，本係空中樓閣，篇中人名校名，均由臆造。出版後，有人告城中實有愛群女學校，恐有誤會，茲將愛群二字，改爲「維新」，除專函聲明外，并志歉忱』云云。

六、維新歟？守舊歟？

愛群改爲維新，這何嘗不可，但是就有人說，先調查調查上海有没有這個女校名稱，不然，再跑出一個維新女學校來，真要把瘦鵑急煞了。有人說，不如索性改爲守舊女學校。當然不至有人取這兩個字做校名的了，也可以放心些，但是只怕天笑不答應，和他的那篇寫實小説不對。可是這封信去後，就得着『愛群』裏的回信，説是這件事還要開教職員會後再行答覆。

七、諒解

過了兩天後，聽得一個消息，説是愛群女學校還是進了呈詞，説不但是縣公署、警察署，連那道尹省長公署裏都進了呈詞。這話確不確，我却没有清楚了。也有人説，愛群女學校早已諒解這件事，没有起訴的必要，雖然進了呈詞，以後也就不問了。一場風雨，化作雲煙，這件事漸漸兒無形消滅了。

八、天笑之抱歉語

那時天笑還在天津，有人寫信告訴他這件事，天笑説：『很對不住瘦鵑，叫他代人受過，但是確没有知道上海有個愛群女學校，而且七月裏，由浦口到天津，在津浦車裏，和袁觀瀾先生同車，鎮日談天，只問起他女公子的近狀，因爲是從前教過的學生，却没有問起他令妹的近况，要是一問了，就不至於鬧出這個亂子來咧。并且這件事，給做小説的人一個小教訓，幸虧没有描摹一個腐敗的女學校，也加上愛群兩字，這可不更糟了嗎？』這便是《半月》的半月經過了，以後怎様，再報告罷。

（一九二一年十月六、十日《晶報》）

説部摭談

鵷雛

《儒林外史》，社會小説之初祖也。描畫曲到，而含毫渺然，妙有藴蓄，我佛山人學之，便稍奔放矣。然尚耐咀嚼，以辭無支蔓也。比如《外史》中，嚴貢生闢猪一段，妙在不著斷語，而反正瞭然，使人自悟。設在《怪現狀》中必略加議論，自明用意矣。文氣厚薄之分，蓋在説盡與不説盡之間也。然體物瀏亮，《怪現狀》一書足以當之，故已不可多得，生平不敢爲此種，誠以珠玉在前也。

林譯小説有極口譽之者，亦有拼命罵之者。我意當以公平之眼光略爲平議。第一，不必與原書對照。林先生不懂西文，全憑口述，容有與原本出入之處，而其佳處，在用筆縟麗，寫事曲達，自不可没。第二，出書太多，成之亦易，間非精心結撰之作。或者原本非佳，其精者轉爲所掩，以余個人之嗜好而言，當以譯却而司迭更司諸作爲第一。迭更司擅長描畫社會情狀，謔浪風生，微辭偶見，與林先生筆情爲近。中國近時小説濫觴於宋仁宗時之辭頭，本以詼諧爲主。林先生深於舊學，亦明此意也。而世多取其言情之書。我意言情小説工在纏綿，終以白話小説爲正宗。林先生一出以古文，雖復辭達，或有未盡，宜曼殊大師爲重譯《茶花女遺事》之意也。

葉小鳳新撰之《生》，可謂新奇之至，小鳳小説當無過此者。小鳳之《壬癸風花夢》、《蒙邊鳴筞記》等，咸長篇大著，氣魄自不可一世，而微有恨者，筆意不免近雜。此則零星撰録以供日報之用者之通病，固非小鳳之咎也。稍删潤之，其視古人，不復多讓。

嘗語小鳳君作，無論如何神通狡獪，終不能離施耐庵家數，而余自視則長篇未離《花月痕》，短篇不脱林畏廬，取法益近，我滋愧矣。野鶴小説當看其筆情典重，點染不凡處，然固不甚經意，君所致力不在此也。近人多喜鋪張而情思不足，轉成蔗梢，不可觀矣。

十年來所作説部近百萬言，而無一佳者，略可觀者，《小説月報》中數短篇而已，然亦未離前人户限。《小説畫報》之《恨海孤舟》，可二十萬言，以一月之力成之，謬誤支離，觸處皆是，甚恨輕付梓人，自念苟得少從容，當不至此。然思力學問所限，則無可勉强者也。

用意不落凡近，已下一層，當思極凡近處出之，而成之也精選。

長篇大著，往往用一極細小事、細小人發端，此亦已成習套，然乃有并此而不及知者，是可怪也。《儒林外史》之楔子并非發端，特如陪客，此則宋元小説之通例。如《今古奇觀》，猶存此意，又當别論。

《石頭記》窮數名人畢生之力，《水滸傳》窮一名人畢生之力，他若《鏡花緣》、《花月痕》、《野叟曝言》、《北部煙花録》，觀其搜討撰述之勤，殆亦十年數十年，此類吾人常見之書，論其品第，非皆無上，顧已專精如此。今以數十年之心力，草率出之，無論聰明不及古人，即使遠過亦已難矣。《儒林外史》匡超人之言曰：『目今選本但要行，不行，書坊中便要賠本。』近世小説但要行而已矣。則咸恭傳匡先生之衣鉢者也。雖然，勿論他人，即下走何嘗不是，誰爲爲之，孰令成之。不得不嘆息於多文爲富之言矣。

（一九一九年十一月二十七日《晶報》）

《金瓶梅》與近代政局　馬二先生

我説近代中國底政局大似《金瓶梅》，袁項城豪奪巧取，卒不免於家破身亡，好似西門慶。

某巨公老成持家，竟不能防患未然，好似吴月娘。

王士珍名位俱尊，却碌碌無所見，似李嬌兒。

段祺瑞廉介自持，不免於譏議，似孟玉樓。

馮國璋懷財先亡，大似李瓶兒。

梁士詒歷仕數朝，聲名狼藉，而刁鑽特甚，恰似潘金蓮。

葉恭綽與梁爲伍，而自成一軍，有似春梅。

江朝宗專爲人作粗活，直似孫雪娥。

宋教仁才調無雙，卒受牢籠以死，則似宋蕙蓮。

清攝政王弄得家破業亡，有似花子虚。

梁任公以術餌袁氏，卒致袁氏之死命，有似韓國道。

洪憲時代籌安會諸公，則不過似應伯爵、謝希大、常峙節一流人也。

（一九二一年四月三日《晶報》）

臨時小説 寒雲

當民國初年，時局混沌的時候，因爲維持秩序，設立臨時政府，推選臨時大總統，等到正式的一成立，那臨時二字，就取消了。這是就臨時最大的而言；還有那些臨時的商家，臨時的學生，臨時的孝子，臨時的倡伎，一時也説不盡許多。今天忽然見報上，載了一篇臨時的小説，真是開小説界未有的奇局，大約著這小説的人，因爲不大合意，所以標上臨時二字，表明不能算數的意思，等到再稿三稿，修正好了，就變成正式的啦。我可學了個乖，將來駡起人來，把稿上標明臨時二字，等到所駡的人來詰問，我就説我是臨時的，不能作準，他就没有法子來責難啦。或者錯用了典故，記錯了事實，抄襲了别人的著作，都可以拿臨時二字來推托。就是做詩，也可以標臨時二字，比方出了韻，失了拈，别人也就笑話不得啦。這臨時二字，經這位小説家一提倡，真做了投稿家的救命王菩薩了。

（一九二一年四月十八日《晶報》）

紅樓佚話 朦媛

近人多謂《紅樓夢》一書，爲記清相明珠家事而作。至於書中人物，各有所指，則又言人人殊，大抵以納蘭容若爲全書主人翁賈寶玉者近是。頃見某氏筆記一則，其説乃至可異，略曰：『曹雪芹館明珠家，珠有寡嫂，絶色也，偶與雪芹逅於園中，夜即遣婢招之。雪芹逾垣往，忽聞空中語曰：「狀元騎墻人。」悚然而退，然終情不自禁，復往，神語如初。雪芹弗顧曰：「狀元三年一個，美人千載難得也。」遂與歡狎。旋以事敗見逐，故作《紅樓夢》以泄忿。書中婦女之清白者，惟李宫裁一人，即指其所歡也。』按此説似未經人道，存之以備參考。

又有一説，謂是書爲雪芹寫恨而作。雪芹有中表妹，名紅紅，能詩工琴，即書中之黛玉也，與雪芹誓爲伉儷，未果，賫恨以殁。雪芹引爲奇痛，因作是書以記之，書名曰《紅樓》，寶玉所居曰『怡紅院』，皆隱女名也。雪芹居南京時，嘗築一小樓名『悼紅軒』。後歸燕京，辟一小園，園中有樓，亦名『悼紅軒』。在内城東，今已荒廢，而樓中『悼紅軒』匾額猶存，雪芹手筆也，書作隸體，筆力頗健，左方有印章二：一陽文，雪芹二字；一陰文，已模糊不可辨，仿佛一爲曹字，餘一字左偏從火，右旁則多方辨認，終莫能識。按今《紅樓夢》刊本，皆有『悼紅軒』原本字樣。玩『悼紅』兩字之義，此説或不爲無因也。

雪芹爲漢軍旗人，其父練亭，嘗官江寧織造。雪芹幼時，有僧見之，許爲異器。少長好揮霍，千金一擲無所吝，父怪之甚。一日，以二千金畀雪芹，曰：『若能以一餐之費盡吾金，則爲奇慧人矣。』雪芹曰：『此易易耳。』乃呼僕至，以二千金盡買鸚鵡，割其舌而炙之，舉箸立盡。父乃嘆曰：『真吾家異器也！』以祖傳玉章一方賜之。嘉慶間，林清教案作，曹勛以貧故入教，牽連被僇，覆其宗。勛即雪芹之孫也。或謂雪芹撰《紅樓夢》以誨淫，宜有是報。然歟，否歟？

《紅樓夢》八十回以後，皆經後人竄易，世多知之。某筆記言：有人曾見舊時真本，後數十回文字，皆與今本絶異：榮寧籍没以後，備極蕭條，寶釵已早卒；寶玉無以爲家，至淪爲擊柝之役；史湘雲則爲乞丐，後乃與寶玉爲婚。又據濮君某言：其祖少時居京師，曾親見書中所謂焙茗者，時年已八十許，白鬚滿頰，與人談舊日興廢事，猶泣下如雨；且謂書中諸女子，最美者爲探春，釵黛皆莫能及，次則秦可卿，亦甚艷，而最陋者爲襲人，寶玉乃特眷之，殊不可解。又有人謂秦可卿之死，實以與賈珍私通，爲二婢窺破，故羞憤自縊，書中言可卿死後，一婢殉之，一婢披麻作孝女，即此二婢也。又言鴛鴦死時，見可卿作縊鬼狀，亦其一證。凡此種種之佚話，皆足以資紅學家之談助也。

（一九二一年五月十八日《晶報》）

説部中人物之小影

丹翁

一個政府，當中若没有幾個出色的人物，這個政府就没有精神了。一部小説，當中若没有幾個出色人物，這部小説也就没有意味了。小説的好處，不要捏造，要寫實。寫實自然是社會小説最好了。最近有三部頂好的社會小説，一部名叫《九尾龜》，一部名叫《廣陵潮》，這兩部也就教人看了起勁了；還有一部《孽海花》，他説的這種社會總算是上流社會了。上流社會的人物，在俗眼看來，總以爲要比下流社會高點。其實社會雖然不同，書裏的人物，總是萬萬不能少的。我們看《三國演義》的，閉了眼睛，就看見諸葛先生；看《水滸傳》的，閉了眼睛，就看見宋三哥。何況這三部書上的人，有的還活在世上，我們那裏有不想看看他本來面目的道理！無奈他活在世上的身分也闊了，那容易看得見，何況那些死名士呢？幸虧這班名士，各人皆有一個兒子在社會上出着風頭，這便是他們的小影。例如江學使的兒子小鶼先生，畫一幅標致女人，都要值得幾百只洋鈿，不是名士，能生出這樣的美術大家來嗎？繆太史的兒子也不弱，子彬先生開了口，宋小坡的皮黄就啞住了，不是名士，能生出這樣的音樂大家來嗎？張殿撰的兒子孝若先生，字寫得好不算，外國的財政學一到就學會了，所以我們江蘇的人民代表，拼命的要舉他做議長，不是名士，能生出這樣的實業大家政治大家來嗎？袁太常的兒子太虛先生，講教育不算，就在報界裏，也是一個酌古準今的大主筆，不像我們這樣没出息的滑稽記者，不是名士，能生出這樣新聞大家嗎？况且他們都是面如冠玉、相貌堂堂，你説他們幾位阿爹，在書中竪起臺柱子來，够多麽有聲有色！談到章秋谷和雲麟，一個賽過文素臣，一個賽過賈寶玉，看書的諸君，如果要想看着二位的尊相，現在都算有緣，俗語説得好：『遠在天邊，近在眼前。』只要看書的人自己有眼福，總可以拿來對證古本的。啊呀，這種是書中的人物，看書的不要忽略過去呀！

（一九二一年十二月十五日《晶報》）

重賞之下底小説家

清波

阿要肉麻　上海的書賈，看見小説雜志又風起雲涌，便也含着投機的意味，來創辦小説雜志。昨天我看見一家什麽書局裏登着告白，他也要辦一種小説周刊，名叫《快活》。他那徵求小説稿件告白内有幾句話，叫什麽『重賞之下，必有勇夫』。哈哈，我瞧了，未免有些替小説家慚愧。你想文人賣文，原是一種最神聖最清貴的貿易，原不配書賈説什麽賞不賞，所以從前買文的人，也不敢説一聲價錢，還客氣説『潤筆』，就是如今各大報每日致送投稿家的稿費，也還謙虚着説『略備薄酬』。不想這位《快活》雜志諸人，竟老實不客氣，高喊着『重賞』兩字，倘若没氣節的小説家投稿給他，那領取稿費時，恐怕簡直是去『領賞』了，既領了賞，免不得要去謝恩了。咳！他的《快活》雜志還没出版，那告白叫人看見了，第一先不快活，不知道這段告白稿子，是那一位文豪替他擬的，想來一定是第一個身受重賞的好筆墨了。

（一九二二年二月二十一日《晶報》）

林琴南之流水桃花觀

妙英

林琴南近來做了一篇小説，他是反對女子參政權的，他裏面有幾句話，他説：『果使女權能昌，居然參與議員之席，當辯論沉酣之時，天臺之流水桃花，忽逐人而至，則猩紅殷於座上矣，又將如何？』云云。林先生可也算想得周到了，但是我想照林先生這樣説法，我們做女子的，只好永遠在自己屋子裏等那流水桃花逐人而至。倘然赴宴會，流水桃花忽逐人而至，又將如何辦法？再如出游旅行，流水桃花忽逐人而至，又將如何辦法？我再要問問林先生：林先生譯外國小説很多，外國女子也有流水桃花没有？外國女子當流水桃花逐人而至時，不知如何辦法？外國女子常開跳舞會，當跳舞時，流水桃花忽逐人而至，倒没有聽得落紅滿地，這是怎麽辦法？想林先生必能教我們一個辦法。

（一九二二年四月六日《晶報》）

小説界之兩個『大少爺』　小少

我們做小説的人，對於辦雜志的老板，委實和堂子裏的倌人一樣，總希望碰着幾個『大少爺』，做做撑頭，綳綳場面，要是遇着了又嗇刻、又有脾氣的客人，可就倒竈了。

李涵秋先生究竟是個紅倌人，花運亨通，這一節裏，已碰着了兩位『大少爺』：一位是辦《小説時報》的狄平子『狄大少』，一位是辦《快活旬刊》的沈知方『沈大少』。狄大少肯在暗裏幫忙，很肯用錢，而且不曾發過脾氣，所以《小説時報》的内容怎樣、印刷裝訂得怎樣，他都不問，他都模模糊糊的，聽説第一期的編輯費，出了四百五十元呢，阿要闊氣啊！

沈大少錢是揮霍慣的，雖然有些脾氣，但是知道涵秋先生是紅倌人，非但不敢發脾氣，而且巴結非常，做起花頭來，總是交交關，很綳場面。在報上登了許多大廣告，給紅倌人出風頭，房間裏阿姐面上，也肯用小銅錢，所以許多小説家，都情願跟涵秋先生，出沈大少的堂差。他的下脚也出得多，大家都是迷迷笑，沈大少長、沈大少短，在先生面前説好話。

沈大少還喜歡給人取芳名，不管人同意不同意，所以《快活旬刊》裏的小説題目，篇篇都給他改過了，有些改得非常有趣。狄大少是喜歡念佛的，他知道了説道：『阿彌陀佛！』

（一九二二年四月十二日《晶報》）

小説話

求幸福齋主人

我如今忽然大做起小説來，固然是做得不好，但我很肯向好的地方去努力，或者尚不十分平庸，就從立意上講，也不是茫無所指。昨天在一處宴會上，聽見一位做《春之循環》的嶄新朋友，在那裏發議論，説上海一般少爺式的中學生，都在電車上看《禮拜六》和《星期》，這不惟該駡，而且該打。大概是這兩種雜志上的小説太壞了，或者簡直就因爲他們没有用新式圈點和西歐文體。

《禮拜六》我未曾多留心看，姑且不替他辯護。但是《星期》裏面，却脱不了我的干係，不見得就這樣該駡該打罷。

又有一位朋友曾看見過我的那篇《老琴師》，他還説好，但他是新符號上的新文豪，怎麽會亦看起來？於是又説是偶然看見，或者我那篇尚屬不壞的小説，也是偶然的事。宗旨，他們新得利害，除了《小説月報》以外，是萬萬看不起什麽《星期》、《禮拜六》的，并且不必看，就一口咬定這滿是壞東西。

我想了想，《老琴師》之類，如也加上些新符號圈點，或者也可以在新的方面出風頭。那新的玩藝，除了《落華生》幾件文字，其他幾篇若是把新符號圈點去掉，登在《禮拜六》、《星期》上，恐怕也是照舊令人看了莫名其妙。

那位做《春之循環》的朋友，一口咬定《禮拜六》都是吊膀術的文字。我想這些吊膀術，若是换上新的符號圈點，或者就是戀愛哲學，也未可知。

我除了不贊成新符號以外，就是《小説月報》，我也很愛去看。因爲他上面很肯介紹世界各有名小説家的著作和文壇消息，這是很可以供研究和參考的。但很可惜一篇很好的外國小説，裏面含着很好的精義，被那幾位譯者譯得太不明顯，碰着一句話，有一兩行之長，三四十個字之多，而什麽、之什麽、底什麽，轉了又轉，説是直譯的妙法。我想我這個人或者尚不十分笨，但要我去看這種直譯的文字，總得看了又看，連猜帶想的，費上好幾秒鐘，才得看明白那一句又長又啰嗦的句子。若是碰着比我更笨的人，豈不是更費事嗎？看小説如此費事，這或者太不經濟罷。

周作人評他們自己《小説月報》的創作，説未免不食人間煙火。我想，小説是平民的文學，群衆的文學，又要説什麽寫實和印象，若是絲毫没有得人間煙火氣，那究竟説的是人話，還是神話咧？若説是神話，要叫凡人去看，這人們又那裏看得懂。

我很不服這口氣，所以我很肯努力做小説去刊在不用新符號圈點的小説雜志上，我決不肯信不用新符號圈點就没有好文字。

瘦鵑説，描寫娼妓疾苦的作品，以我爲佳，此外没第二個人了。此言是他過譽，但我的小説描寫娼妓的很多。我深夜握筆作小説時，宛如有許多娼妓冤魂，奔赴腕底；又好像是有許多娼妓的淚血，化成墨汗，在我筆上滴瀝下來。這也是一種被壓抑的人類呼聲，和黑奴籲天一樣，只要我這支拙筆能寫得出萬分之一，我却也不辭勞苦的。

上海開書局子的老板，如嫌出小説雜志出得膩了，何不辦一種小説年鑒，每年出一大册，專批評或介紹上一年的小説出品。此外更請幾位有名小説家每人做一短篇，代表他們各人的作風。……有願意干這個的麽，我願幫他的忙，或者也來做個主任玩玩。哦……還有世界書局快活雜志社的張先生，曾寫過信來，要我做兩篇短品。我向來不拿名士架子，有人請總肯做的，但是《快活》從前曾刊登過廣告，説什麽重賞之下，必有勇夫。咱小子脱却征衫，倘徉燈畔，勇氣是没有的了，那裏敢賣苦力來討這門重賞？ 請您再登個廣告，取消那件重賞的榜文，我白送您一篇，准行。……張先生……恕我無禮，這就是我的回信了。還有個笑話，我做小説做得高興的時候，必得用舊劇老譚念白的調調兒念幾下，若是不像，還得改成那個調調，這又是新的老爺們所討厭的。咳，我今年還不過三十二歲，爲何這般頑固？（完）

（一九二二年四月十五、十八日《晶報》）

送他一個未婚妻　愛嬌

徐卓呆在某雜志上，做了一篇小説，唤做《愛情之試驗》。某雜志的主任先生，給他把題目改了，改作《余之未婚妻》。和卓呆做朋友的人，見了都大奇怪，説徐卓呆四十幾歲，已經討了夫人，兒女繞膝了，而且他這位夫人，是個體育家湯劍我女士，前幾期的《星期》上，曾經登出他的照片來。怎麽這一下，又有什麽未婚妻來呢？而且上面寫的《余之未婚妻》，下面署名的，又的確是卓呆兩字。果然如此，不怕他湯夫人提出重婚訴訟嗎？也有人寫信去質問卓呆先生的，卓呆先生説：『我這個未婚妻，是某小説雜志的主任，給我做的媒。幸虧我年紀也四十多了，我的夫人，也還能諒解我，不然，娘子軍興起問罪之師來，某小説雜志主任，這個爛污簡直拆得不小啊！』

（一九二二年五月六日《晶報》）

倚虹小説話　寒雲

近今小説家，日進月益，不知其幾千百也，而著作能涵蓄深味者，則百不一覯。不必論其他，即如不佞，亦蠢材之一也，幸不佞尚不敢以小説家自命，差足自解嘲耳。其能追美耐庵、比妙雪芹者，今有一人焉：畢君倚虹，濁世佳公子也。昔撰《十年回首》一書，刊諸《小説畫報》，讀者無不贊嘆稱述，惜僅十餘回，而《畫報》中輟，群焉惜之，予尤致憾致憾，雖不獲全豹而反復披讀，已閲數四，猶津津回甘，未或厭也。繼於《小説大觀》中，得讀《猩紅》一篇，益見情文真摯、意味淵醇，洵寫實妙手、小説上乘也。予每以不得獲交其人爲恨，復以不得常讀其作爲悵。近《星期》出世，又獲時親其佳構，如《雪窖騎兵語》、《崔將軍妾》諸篇，咸無上妙品也。昨出第十期，又有其所作之《捕馬記》，述俠盗之被縛，生氣虎虎，躍然紙上，雖著墨無多，而悲壯激昂、慷慨奮發，兼而有之，足令人低徊感嘆，百斯讀而不倦焉。予前推之爲神品，爲無敵，豈妄譽哉！

（一九二二年五月九日《晶報》）

小説枷

清波

看小説的，把小説當一件消遣東西，做小説的，也把小説當一件消遣東西，既然是消遣，看的和做的兩方面，總要有點愉快的意思，自由的興味才好。如今的小説，可算得風行一時，東也一雜志，西也一雜志，花花樣樣，大大小小，迷得人發昏，但是我忽然發生了一個『小説枷』的感想，什麽道理呢？一種是某雜志，他那小説，生澀艱晦、佶倔聱牙，人家花了錢瞧了，没覺着一些興味，讀了半日，連呼難過難過。我説這不是買小説雜志來消遣，簡直是買了一面小説枷，來套在腦子上自尋苦惱了。

一種是辦小説的老板們，專門喜歡出題目給小説家，遵題制藝，你想小説是應該由小説家發抒他的情感和經驗，觸機遇境成篇，那末文境思想，方臻高妙。今小説家貪圖小説老板兩三塊錢一千字的金錢，便實行『就題扒』的主義，簡直把做小説當從前考書院、做八股的辦法來做，你想怎麼會有好貨色，我説這分明是小説老板給小説家的一面『枷』。這種小説枷的刑具，雖不是家家老板皆有，可是這個風氣，漸漸兒發達起來，我想替小説家，向小説老板討個人情，可否按照『人道主義』，將出題制藝的小説枷取消了罷，不但小説家要感激，便是文藝上也似乎容易進步些。

（一九二二年五月十五日《晶報》）

風起雲涌的小説雜志

紅燕

可笑中國人的作事，終是一哄而起。就像去年的交易所，大家好像世界上發財的事，無過於交易所了，到今年瞧瞧，投黄浦死的多少人？一根繩吊死的多少人？吞生鴉片煙而死的多少人？這都是人家知道的，還有無形之中死的：因爲嫖得太高興，發毒致死的，其實也受着交易所的影響呢！如今開書局的一部分人，對於辦小説雜志，也是發狂。你也出一本小説周刊，我也出一本小説旬刊，弄得中國看小説的人，精神也來不及，經濟也來不及。裏面的小説呢？笑話鬧得一塌糊塗。過了幾天，又各各停版。辦小説雜志，雖然是件小事，也是要靠着人材、經濟、精神去辦的。書坊店老板們啊，現在對於出版物的需要很多，何必定要做預備將來蝕本的生意呢？

（一九二二年五月十八日《晶報》）

抄來的小説

胡寄塵

有一天，我們家塾裏，幾個小學生打架，將一隻字紙簍打翻了，我做先生的抱着敬惜字紙的宗旨，這時候少不得一片片替他拾起來。不拾也罷，一拾便惹得我手忙脚亂，原來一片片的都是不完全的小説，我當時想道：『這些小説中倘然有一篇是完全的，我把他抄襲下來，寄向任便一家報館裏去，萬一登了出來，我便可在我私塾門口挂一塊「某某小説家」的牌子了。咳，這些不完全的小説，有什麽用處呢？』想了一回，有了有了！我如今將各篇不完全的小説總抄下來，凑成一千字左右，想起來不嫌太短了，無妨去試一試。好好，便抄起來罷。

第一篇　……桃紅柳緑，正江南三月之天；紙醉金迷，乃滬上一隅之地。夕陽光裏，人影翩翩；芳草叢中，車聲轆轆……

抄者曰：這一篇叫做駢文體。

第二篇　……密司打弗蘭克令，拿了一支司的克，用他的手，又去敲那扇門，用他的又一隻手，『咯命咯命』，門裏面有人説，那時門開了……

抄者曰：這一篇叫做歐化體。

（一九二二年五月二十七日《晶報》）

一個小說讀者的意見　馬二先生

近時出版界，忽然争辨小説雜志，已出版的有《小説月報》、《小説時報》、《新聲》、《半月》、《禮拜六》、《游戲世界》、《新華》、《星期》、《快活》等；未出版的，有《笑》、《紅雜志》等等。因爲這種緣故，所以小説的著作家，也非常的增加了，單就上海一地説，至少也有二三百位。

每一種小説雜志，有一種特殊的體裁，每一位小説家的著作，有一種特殊的精采，并且因爲思想和文體的新舊不同，我殊不願——或是不能——制説，某種比某種精美，或某人的著作比某人的高明，我很願留一個機會與大多數的讀者們，使他們自己去評判。

但是我雖然也是著作者中的一份子，同時也是讀者中的一份子，所以在這種讀者們自己去評判的機會中，我當然也可以把我的意見抒寫出來。我以爲用白話體翻譯外國的小説，不妨用直譯法，以求不失原文語氣，但在白話體著作的小説中，却不宜用歐式的語體，因爲描寫我們東方的社會或人物，決不宜採用歐式的語體，以致失却我們東方的民族固有的特性，這一點，很望一般研究新文學的著作家們注意。

其次，凡文字中所用的圈點符號，不論新式或舊式，都須以適當的方法用之，因爲用圈點符號，原是幫助文字以顯明文中所叙説的意義，若不能以適當的方法用之，便成了文字中的贅物了。我曾見？和〇〇〇〇，試思以？加於〇〇〇〇之旁，是什麽意義呢？〇〇〇〇一路密圈到底，又有什麽意義呢？ 新式符號的？ 和舊式的密圈是這樣用法嗎？

其次，雜志的編輯者，應該負一點責任，對於每次刊行的各稿件，至少須細閲一過，或見有那些太不像話的著作，也須抽去不用，代以較好的著作，決不可如裝字簍的一般，不論什麽，只管把寫了字的紙填了進去，却只在封面頁上刊一個某某編輯字樣，便算盡了責任了。

其次，廣告固然是不可少，但我却很希望廣告中多作忠實的話，少作虚誇的話，須知讀者們中，至少也有幾個有眼光的人們，決不把廣告中的虚誇，信爲確實，并且有時上了一次當之後，并其忠實的話也懷疑了。

其次，印刷的精工和美麗，固然可以引起讀者們的歡迎，但須知讀者們歡迎優美的著作的心理，更爲濃切，決不因爲印刷的精工和美麗，便把内容的蕪雜加以原恕。我很信以上所説的，是一般讀者們希望中至少的限度，并且是不難見諸實行的改革。

（一九二二年六月三日《晶報》）

小雜志的大潮流

紅燕

近來風行一時的小説雜志，已經出版的若干種，未經出版的還有若干種。我不懂中國人心理，怎麽如此的歡喜盲動！ 上海灘上，做小説的也不過這幾個人。如此你也出一種雜志，我也出一種雜志，只怕看小説的人，一天到晚，别的事情不做，單看看小説，也就日不暇給咧！ 現在聽得有一家大書館，他們近今所出的雜志，都是新文學，忽然見了《星期》等，這種小説周刊銷行的廣，也想仿照《星期》那樣辦法，出一種小説周刊，也不用新符號，也不用歐體文，在各種新文學的雜志以外，專誠辦這一種，他這犧牲精神，倒也可驚。可是他那編輯部中的新文學家，很不願意，已經在那裏宣言，瞧他辦得好便好，不好預備在別種機關報的附張上，加他一個攻擊，雖然自己窠裏反，也没甚麽要緊。還有一個某大書局，是跟着某大書館走的，只怕某大書館先辦了，某大書局也要跟着辦。好大一個小説雜志的潮流啊！

（一九二二年六月三日《晶報》）

南北統一的小説家　北京特約通信　一笑

現在謀國的，無人不拿『南北統一的』這句話爲口頭禪，但是你有你的統一，我有我的統一，鬧到歸根，誰也統不了一。追究這裏頭的緣故，譬如南方統一，自然是中山的大總統了，北方的統一，那總統就派不到中山頭上，就是北方内部，想做總統的也還不止一人，各有各的統，那還能有一的那天嗎？大局統不了一，誰想小説家，倒統一了！近來上海出的小説雜志，如《禮拜六》、《星期》、《半月》、《快活》、《小説時報》，這些種名目雖然繁多，研其内容，左不過是上海有名的涵秋、天笑、瘦鵑、楚傖，這幾位大文豪作的文字，足見這幾位文豪，在南方是爲人一致擁戴的了。現在北方，也有人發行這類出版物，意思是不甘讓上海人專美於前，他取的名字，叫做《華北新小説》，及至看他目録上，撰者姓名，依然是涵秋、天笑、瘦鵑、楚傖這一般人物。足見北方就没有小説家，就是在北方出版的小説，仍舊是南方小説家作的玩藝，這豈不是南北小説家，倒統了一嗎！

（一九二二年六月十二日《晶報》）

三個時期的小説家

胡寄塵

有一天，我在大馬路全羽春茶樓裏吃茶，聽見隔座的三個茶客在那裏評論上海的小説家：

甲説道：『上海的小説家，近數年來大概可以分爲三期：第一期是黑小説家，第二期是白小説家，第三期是紅小説家。』

乙問道：『甚麽叫黑小説家呢？』

甲道：『便是做黑幕的小説家。這班人胡鬧了幾年，現在没有了，這可算是過去時代的小説家，我送他們一個别號，叫做黑小説家。』

乙問道：『甚麽叫白小説家呢？』

甲道：『便是做白話小説的小説家。自從白話文盛行以來，影響到小説界尤大，新出的各雜志，無論内容新和舊，在體裁上，差不多完全白話化了，這可算是現在時代的小説家，我送他們一個别號，叫做白小説家。』

乙問道：『甚麽叫紅小説家呢？』

甲道：『紅，便是走運的意兒，你看現在的小說家，那個不走運呢？而且聞說將有一種《紅雜志》要出現了。《紅雜志》裏的作者，當然是紅小說家了。等《紅雜志》出版以後，你看小說家是怎樣紅呵！這可算是近未來的小說家，我送他們一個別號，叫做紅小說家。』

甲乙二人問答既畢，丙忽然插言問道：『像我算是怎樣呢？』

甲笑道：『或者你可算是文丐罷。』

當時甲乙丙三人在那談，我聽了他們的話，覺得實在不錯。我又自想，我也是《紅雜志》特約撰稿人之一，我當然也是紅小說家了。我在前不久曾費了兩天的工夫做了幾個短篇，得了四十二元的代價，倘然天天如此，便可抵半個總長的薪水了，怎得不算紅呢？我這不大紅的小說家尚如此，那比我更紅的還了得麽？然而一方面也有人說我們是文丐，然我想同是拿文字賣錢，同是文丐，到底老叫化子比新叫化子本領大些。我當時想罷，覺得這件事很有趣，便把拿他了來做這篇小說的材料。

（一九二二年六月二十日《晶報》）

倚虹小說

寒雲

倚虹之小說，愈讀愈妙，如回味之橄欖然。其關於倫常之作，尤能描摹盡致，大足以勵薄俗。近作《婚後之弟兄》及《傀儡婚姻》二篇，皆寫實之佳構。一於手足親疏，慨乎言之，蓋舊日家庭，多合族而居，兄弟之齟齬，咸由於妯娌之不善，遂致同氣成仇，豆箕相煎矣。不佞不能以義感兄而化弟，乃遠遁江海，兹讀此作，浹背汗下焉。一則感於婚姻舊制之不良，爲之痛下鍼砭。蓋人情道德，兩不可偏，既不可以道德廢人情，亦不可以人情廢道德，凖乎禮，合乎情，即傀儡之婚，庶可免矣。夫强人守貞，是道德人情兩失之，無怪倚虹言之痛也。

（一九二二年七月三日《晶報》）

文藝界的不幸　馬二先生

出版界的資本家，把一切文藝作品，當作奢侈品般販賣起來，於是一般雜耍派的著作家，都變成游戲場中的『吴玉蓀』、『老倭瓜』了。這豈但不能算中國文藝界的發達，直是中國文藝界的大不幸。

文藝的精神是理解，文字的體裁只是形式，若是理解不能透澈高超，任用什麽形式的文字，都做不出佳妙的作品來。

『話説』、『這且不表』等字，誰不會用，然而只會用這些字的，豈得便謂爲舊小説家？『她』、『底』、『？』、『！』，誰不會寫，然而會寫了，也算不得新小説家。因爲這都是皮毛的模仿，只如説相聲的學蒙古方言一樣，仿佛相似，其實説的人，連意義還不曾自解呢。以現在上海號稱著名之文藝作者，不及十人，其附列於文藝旗幟之下，而備爲凑數者，亦不過二三十人。且勿論此三四十位著作家之學力作品如何，然而以之供給三五家書局，每月十數種的出版物，周刊、旬刊、半月刊、月刊，其能力不足以供給，可以斷言。然而出版界却只管把著作家當做機器般看待，著作家爲了生活的關係，也只管把上海劇館排本戲的方法，移用於文藝作品中，東拉西扯，改頭换面，□婦女哄小孩的種種方法，都使用出來，這是文藝界的好現象麽？

演劇的伶人，拿魔術化的本劇騙看客，是江湖伎倆的本色；文藝著作家，拿淺惡的文字，搪塞讀者，又是什麽呢？

上海的文化，固然浮淺，然而也未必没有少數的解人，這正似劇館中的看客們一般，也常有二三知音在坐，看了純然江湖派的藝術，能不至於目笑存之麽？

我希望一般著作家，多下研究的工夫，少出浮泛的作品。出版界的資本家雖然以機器相待，著作家自己切不可便承認是一部機器。

文字的代價有限，作品的榮譽難求。慎勿使上海文藝界的著作家，淪於街頭拍木板唱小熱昏之列，則中國文藝界受惠良多矣。

（一九二二年七月六日《晶報》）

小説雜志與龜鴇　老嫖客

新出的《笑》雜志，他引證《晶報》上一句『李涵秋仿鶴紅倌人』，便做了一篇《幾位小説家的相似》，把小説家都比作妓女，小説家是個妓女，辦小説雜志的資本家，當然是烏龜和老鴇了。我今也仿他的例，做一篇《幾位小説雜志主人的相似》。

《禮拜六》的主人，像從前普慶里鮑家，也曾出過風頭，現在漸漸兒過時了，但是老主客還是照顧照顧。

《小説時報》的主人，活像老阿寶，從前人頭很熟，幾户老客人都認得他，他包的先生，也都是紅倌人，不知怎樣，總不能賺錢，碰着了一個蓮英頂倒霉，他説爲着四小姐身上，蝕了幾百塊錢咧！後開鬧出了蓮英，活捉老阿寶，阿要氣數。

《游戲世界》、《半月》、《星期》是一個本家，好像三馬路洪寓，鏡花樓、花娟娟、笑意弄在一起，房間又不大，做手又不多，客人多起來，弄得手忙脚亂。

《紫蘭花片》不是獨立開堂子的，他是尖先生抄小貨，小房子裏留住夜客人。

《快活》、《紅雜志》也是一個本家，他像薛大塊頭的咸肉莊，他取兼收并蓄制度，他那裏淌白自然多極了。不過薛大塊頭的操縱手段，常常很快活的客人，弄得不快活，不要弄到巡捕房裏來封門才好。

《小説新報》他們是揚幫罷，同春坊的十三紅家，都是講究實行主義的，他們的裝飾，現在還穿什麽絲搶緞、粉紅衣袴，只怕有些不合時宜了。

《小説月報》、《小説周刊》他們是愛而近路一號了，他們那裏有新的，有舊的，有西裝的，有華服的，有人家的姨太太，有廣東的咸水妹，也有包月的，也有另碎賣的，那位唐二小姐規律森嚴，上莊的小姐們，雖然新舊冲突，也不敢哼一聲兒，《十日》是一個野鷄堂子罷了。

《笑雜志》他是小暴發户的開堂子人，他近來姘着一個白相人了，他燒路頭的第一天就駡人，他終靠着一個惡訟師做保鏢罷，將來不要被人家打房間啊！

（一九二二年七月六日《晶報》）

《笑》裏藏刀　倚虹投稿

如今的小説雜志，愈出愈多，使人看了眼花，要不是有看小説經驗的人，簡直記不清這許多的名目。新近出版的有一種雜志，名字叫做《笑》。《笑》裏頭的文字，有無笑的價值，我不敢下斷語，因爲《笑》裏有小子的一篇《孫悟空東游記》，我當然要避嫌不提了。不過昨天平襟亞寄了一本《笑》給我看，内中有一篇號稱『小説迷』的做的《幾位小説家的相似》，他將一班小説家，夾七夾八的比譬，類如他説李涵秋是大先生，張丹斧是老本家，許指嚴是私門頭，朱瘦菊是刀疤老六，周瘦鵑是尖先生，包天笑是下堂婦，姚民哀是莊上健將，真可謂想入非非，奇幻絶倫。不過我有一種感想，這位『小説迷』膽子也太大了，他人不必説，我們這位（通紅老頭子），是輕易可以和他開頑笑的嗎？小説迷，對於他的考語獨多，通紅的老頭子，就能就此甘休了嗎？我想這一本短小精悍的《笑》裏面，正藏着多少刀槍劍戟、肉薄血飛在後頭呢。至於我（倚虹自謂）呢，他將我比作哀夫哀夫，我却絶對不承認，因爲我在上海勢力，如何能及得FF那麽大呢？ 可謂擬於不倫了。

（一九二二年七月九日《晶報》）

嫖學著作底大流行　馬二先生

上海底小説雜志中，忽然發現一種嫖學著作底大流行，大概是因爲妓女苦況，無殊香粉地獄，諸位小説大家，各本其悲天憫人的懷抱，發爲著作，原也未可厚非，但是不佞却有幾點懷疑之處。

一、廢娼底聲浪，已經喧騰許久了，是娼妓苦況，必已爲一般人所明了，而無待於宣傳描述了。那麽，這些講嫖學底著作，豈不是等於馬後炮嗎？

二、若是作者以嫖界前輩自居，欲藉小説底力量，指導未來的嫖客們，勿入迷津，勿做冤桶，那不是早有一部嫖客專著《九尾龜》嗎？ 這部書中，包羅宏富，閱歷湛深，大概現今的一般嫖客們，都已熟讀有得，造成『章秋谷』第二第三……第若干萬了。 既有了這一位廣大教主，更何勞諸位再枝枝節節的零碎補充宣講呢？

三、假使諸位以前曾經墮落嫖界，做盡了冤桶壽頭，如今孽海回頭，自行懺悔。 那麽，只求自己不再涉花叢，不作嫖客罷了，何必形諸文字，鼓勵讀者們奮身一試底興趣，使他們再蹈覆轍呢？

四、若以爲寫實小説，必以親歷底境界，描寫出來，方能親切。 那麽，諸君何不就本身行業（如都督、議員、參贊、秘書、咨議、説書者、新劇家等等）自述一番，或者可以增長讀者底閱歷，又何必只顧講這人人所同具底嫖界經驗呢？

我正在寫得高興時，忽然來一個朋友，看見了，笑道：『你且慢説别人，你在《星期》上，所作的《膩友宵談録》，難道不是講嫖學的嗎？』我説：『那却不同，我那篇注重之點，是不良底社會，逼迫人類，造成罪惡，與那些什麽「回腸蕩氣」，含有酸素作用的不同啊！』

（一九二二年七月十八日《晶報》）

不領悟的沈雁冰先生　西湖人

商務印書館的《小説月報》，今年登過一篇小説叫《瘋人日記》，新近有署名『嘯雲』的，寫了一封信，去請教該報編輯者沈雁冰先生，沈先生也回答他一封信，全登在最近第七號的該報通信欄，我如今摘要抄在下面。

『嘯雲』原信云：『（上略）讀了她底《瘋人日記》，却迷離惝恍，莫名其妙，口中不絶的喃着，心中悶塞底想着，幾乎自己也許瘋起來了，究竟抱什麽主義，有什麽寓意，好在那點，請你在通信欄内指教指教。』

『雁冰』的復信云：『我極慚愧，竟不能回答您的問。《瘋人日記》是神秘而且帶點象徵的作品，這樣作品本來不容易領悟，而且不是人人盡能領悟，我自知我的性情，就不是能領悟神秘象徵派的。（下略）』

我們根據上面雙方的信，可以下三種書面的斷定：（一）沈雁冰是一個不能領悟者，其程度與『嘯雲』一樣，因爲他們倆，全不懂《瘋人日記》；（二）沈雁冰發刊這篇《瘋人日記》，原始的是不叫人領悟的；（三）沈雁冰主持《小説月報》，發刊作品，是要取『自己不領悟，和人人不易領悟』的主義，换一句説，他自己領悟或人人容易領悟的作品，他絶對排斥。

唉！沈先生他已經自認『慚愧』了，我也不和他説話，可是那和我有十二年感情的老友《小説月報》，怎麽會給一個不領悟的人支配了呢？老友啊！我深替你不幸！

（一九二二年七月二十四日《晶報》）

三國造英雄

林屋

《三國演義》一書，盛行齊魯間。前總理靳雲鵬，濟寧人也。少時略識字，以家貧輟讀，見《三國演義》，愛之。不曉者就人求教焉，人或厭之，不顧也，數年盡通。乃投行伍，會北洋考武備學堂，靳對策多陳戰略，由是受知於前總理段祺瑞。用軍功起，官至總理，生平政策，皆從《三國演義》出也。今巡閲吴佩孚，蓬萊人也。初爲帖括秀才，高文典册，不能解也。以《三國演義》文義淺近，獨深好之，揣摩既久，盡得其兵法將略。入北洋武備學堂，亦受知於靳雲鵬，數爲推薦，卒歸曹琨，今功業震天下矣。生平戰術，皆從《三國演義》出也。靳用智計，吴用謀勇，得力雖異，成功也同。以一稗官，而造成當代偉人者二，奇已！向使詔以孔孟，教以孫吴，安見能動其觀感乎？於以見教育以通俗爲貴，而少年有志者，不可以《三國演義》爲小説家言而蔑視之也。

（一九二二年七月二十四日《晶報》）

論嫖學著作　求幸福齋主人自北京寄

本報四〇四號，馬二先生論《嫖學著作底大流行》説上四大段理由，雖説分成四段，然第一、第二兩段，差不多是一種意義。有了廢娼聲浪底喧騰，就不許旁的小説來宣傳；有了《九尾龜》一部書，就不許再有旁的枝枝節節記載倡家事情的説部。照他的意思，好像天下的事事物物和一切文字，都只許有一，不許有二，那麽，一樣的在《晶報》上做文字，姓馮的既有馮小隱，就不該再有馮叔鸞。若按着馬二先生的定律説來，馮叔鸞豈不成了『馬後炮』了嗎？『馬後炮先生』請了，我另説個道理與你聽：廢娼既没有實行廢絶，便有宣傳的必要；《水滸》雖做得好，《蕩寇志》也不壞；難道有了《九尾龜》，便不許再有其他説嫖的説部嗎？况且天底下的事情，那一件没被從前小説家描寫過？若説現代小説家所寫的都是零碎的補充，何勞動筆，請你不如痛快的説：『從前出版的小説已不少了，什麽也描寫到了，你們還做小説作甚！』然而你爲何也做小説咧？你不惟做小説，而且還做過講嫖的小説，《膩友宵談》之外，還有一篇《捉刀記》。早幾天我替良晨社張枕緑做《小説話》，還大大的恭維了你幾句，説你做得真好，你的好處，當然是不能埋没你的，然而你自己替自己加的批評，曉得説是『注重之點，是不良的社會，逼迫人類，造成罪惡』，又怎見得旁的講嫖的作品，不是與你一樣咧？

你一面説自己怎樣對，一面却責備旁的作品是『鼓勵讀者們奮身一試的興趣』，試問你那《膩友宵談録》『膩友』二字，是否回腸蕩氣、鼓勵讀者奮身一試咧？

（一九二二年七月二十七日《晶報》）

與海鳴論嫖學著作　馬二先生

我前只泛泛的勸各位小説大家，少作些講嫖學的作品，不料却觸犯了海鳴先生動了氣，這是我失於檢點，理當向海鳴先生賠禮。

但却有不能不聲明的幾點，如今寫在下方，請海鳴先生及各位著作嫖學作品的諸位小説大家聽察原諒。

一、我於四〇四號本報所發表的意見，并非專對海鳴先生一人説法，海鳴先生何以居然自認是一位嫖學著作的代表者，挺身出來分辯呢？

二、我所説『嫖學專著已有《九尾龜》』一語，是勸各位小説大家，不可再向那一類的著作上去摹仿，并不是説什麽只許有一不可有二，何以海鳴先生全然不曾瞭解，硬派我的意思是『以爲天下事事物物以及文字，只許有一不可有二』呢？

三、海鳴先生你若愛做一個專講嫖學的小説家，只管去做，我并不敢攔阻，而且也絶没有攔阻你不許再做的意思，你何必着急，又來和我分辯，難道是你以後還有什麽《倡門之父》、《倡門之姑》、

《倡門之兄弟姊妹》以及《倡門之伯叔姑舅子侄孫祖》等等作品，怕没處出版嗎？這未免太過慮了。

四、承你誇我做得真好，真是感激你是一個知音，我并且相信你是誠心説我做的好，因爲我并不曾請托你代我鼓吹，但是你既知道我做的真好，當然可以明白我那兩篇《膩友宵談録》與《捉刀記》的内容命意，與講嫖學的作品截然不同了，何以又屈着心硬抓住『膩友』二字，説是與那些什麽『回腸蕩氣』的一樣呢！

五、我再讓一步説，姑且把我那兩篇算是講嫖學的作品，但我在四〇四號本報反對嫖學著作的意見，是在我那兩篇出版以後若干時日的意見，今是昨非，難道不許我思想有進步、主張有變遷嗎？

海鳴先生，我現在力戒無謂的筆墨戰争，并且不願以文字輕薄人，但這次和你討論的是一件應該討論的問題，所以又寫了這一篇，請你不吝賜教，但亦不可動氣。

十一、七、二七。

（一九二二年七月三十日《晶報》）

辟創作

寒雲

小説這種著作，必定要事實新奇，文理爽達，趣味濃厚，才能使看的人，越看越想看。要説到新字，必定有新思想，新學理，或是科學的，或是理想的，總要有實在的學問，有益於人，用極通順流利的文法做出來，才够得上，説是新的小説。若是象現在那一般妄徒，拿外國的文法，做中國的小説，還要加上外國的圈點，用外國的款式，什麼的呀、底呀、地呀、她呀，鬧得烏煙瘴氣，一句通順的句子也没有。人家一句話，他總要絡絡索索，弄成一大篇，説他是中國文呢，他那種疙裏疙瘩，實在不象；説他是外國文呢，他又分明寫的中國字。至於内容，更説不到科學同理想啦，他還要自居爲新，未免有點不知羞罷。海上某大書店出的一種小説雜志，從前很有點價值，今年忽然也新起來了，内容著重的，就是新的創作。所謂創作呢，文法，學外國的樣，圈點，學外國的樣，款式，學外國的樣，甚而連紀年，也用的是西歷一千九百二十一年。他還要老著臉皮，説是創作。難道學了外國，就算創作嗎？這種雜志，既然變了非驢非馬，稍微有點小説智識的，是决不去看他，就是想去翻翻他，看他到底是怎麼回事，頂多看上三五句，也就要頭昏腦漲，廢然掩卷了。可慮的是，那般智識未充，文字初植的青年學生們，看了這種創作，既是爲他這新字所眩，又是做了這種創作。無論文字如何粗淺，都可以避去的，就樂得的取巧了。如果都照這樣做下去，不但害盡青年，連我國優美高尚的文字，恐怕漸漸都要消滅哩，你説可慮不可慮啊！那一般做創作的人，都是些很有用的青年，不好好的去修業圖進，却取巧做這種不中不西的文字，來掩飾自己的不通，沽一般無智識人的虚譽，竟没想到害後來的青年。真是又可嘆息，又可痛恨哪！獨怪那爿大書店，裏面很有幾位算是通人的，怎麼聽他去流毒呢？有人説是，他們拿創作兩個字來聳動，好在學生界裏，多銷幾份。開書店的，原是惟利是圖，無足深怪。不過多銷一份，就多害一個青年。我國優美高尚的文字，就減少一分昌熾的希望，唉！

（一九二一年七月三十日《晶報》）

沈雁冰之淫評　紅燕

沈雁冰評論現代小說，不能說他没有一二見到語，就是他喜歡駡人，還是中國舊文人的積習，其實他的駡人，就是失墜他自己的人格。他在商務印書館出版的《小説月報》上，做了一篇《自然主義與中國現代小說》，他說現代做章回體小說的，有一種是『自快其文字上的手淫』，果然像那種小說，吟風弄月，文人風流，未嘗没有，但是沈雁冰說他是文字上的手淫，就令人誤想到怎樣的小說是正當的淫法，而且沈雁冰只會評論人家的小說如何淫法，自己却從來没見他做過小說，何妨淫一次給人家看，教人家做個模範呢！人家吟風弄月的文字，是文字上的手淫，你提倡的血與淚的文字，是文字上一種什麽淫呢？我勸你以後評論文藝，不要專用那些穢褻文字，不要專思想到那牝牡方寸之間去，你年紀還輕，不要害了色情狂，請你自己修省修省罷。

（一九二二年八月三日《晶報》）

嫖著之餘波　求幸福齋主人自北京寄

前回馬二先生所論嫖學著作，本是對於現代小說的一種批評，我附和他的也做一篇，不過是批評之批評罷了。馬二先生誤會我意，說我挺身出來作嫖學著作的代表人，這個我却不來，我并未曾研究什麽嫖學，那裏好出來做代表。至於我近來所做的那幾篇倡門小說，雖做得不好，或者還與馬二先生的《捉刀記》等等同一命意。馬二先生若要硬派我做嫖學著作的代表者，那豈不是明明認定我那些文字是嫖學著作，有馬後炮譏評的必要嗎？討論問題，彼此不許動氣，那句話或者尚是我説得最早。我相信我決不會動氣的，就是下筆有些輕薄，也不過摹仿馬二先生一回，寫下一個馬後炮罷了。好在這句話不是我創作的，請馬二先生包涵些罷。至於什麽娼門之姊妹、兄弟、父祖、甥舅等等的小説，承馬二先生代我定下這許多小説題目，只恐怕我這支拙筆，寫不出這許多花樣來。倘若有此筆力，一篇有一篇的命意，一篇有一篇的寫法，只要不是一味講嫖，也未嘗不可做做，待我慢慢的斟酌罷。天氣怪熱的，我們這個小小的辯論，就是這樣結束了如何？

（一九二二年八月九日《晶報》）

小説迷的一封書　寒雲

鶯雪老友請了，小弟是個小説迷，是久在老友洞鑒之中的啊！小弟對於小説，尤其歡迎的，就是《小説月刊》，一連十年，便結了一個最親愛的伴侶。如果有一個月不看見他，就好像失魂落魄的一般，有許多説不出來的鬱悶。今年聽説有老友接辦，越法的欣快了，連忙匯了兩只大洋，定了全年一份。今天盼，明天盼，好容易把第一期盼了來，急急的拆開一看，只見裝樣，的確有革新的氣象。接着就看小説，誰知越看越弄不明白，難道是我的眼睛花了不成？立刻用西湖水，把兩眼洗了又洗，四面一望，覺得甚是清楚，遂又展開來看，不指望不但弄不明白，連字句都看不斷了。我想大約這頭一篇太高深了，遂接着第二第三，看了下去。一直看到末了，仿佛在五里霧中，簡直是莫名其妙。哦！明白了，我自己不怪我的學識太淺，不配看這種高妙的作品，反而説莫名其妙，未免罪過啊！就把這本月刊，送了一位程度很高的朋友，請他去看，過了二天，這位朋友，把原書退回，説是他的目力不佳，一時也看不透這書呢。我想這可遭了。别的不關事，這月刊還有十一期，怎麽處置呢？我拿了這月刊，去到收舊書的小店裏，問他們可要收買。他們説：『如有十卷以前的，都可以收的。』我説：『前十卷是我最要好的朋友，我豈肯出賣呀！』他們又説：『如其這一卷，同前十卷一樣，我們也可以要。』我説：『要是一樣，我也不來賣了。』我想這月刊是賣不成了，無精打彩，夾了他，蹱了回來。剛走到門口，一看，隔壁醬鴨店，正在拿了舊的報紙，包那切成塊的醬肉醬鴨呢。我想有了，這才可以廢物利用的了。遂走到這店裏，把這本月刊，遞給那老板，説是送給他包醬鴨的。那老板接過去，打開了書，并不看，湊在鼻上，聞了聞，摇摇頭，説道：『謝謝你先生，紙到是上好的洋紙，可惜印的字，太臭了些，包起食物來，有點不大好呢。』我愕了愕，接回了説，嘆了口氣，轉身走到屋裏。想總要想個處置這月刊的法子，左想也想不出，右想也想不對。我用的小童説：『可以拿他拆開來揩汗罷。』我説：『胡説，中國還没有到這個揩汗的程度呢！』我的老友，你既是這月刊的大編輯，又是我的好朋友，必可以替小弟想個完善處置的法子。小弟的兩只大洋，免得呼冤；老友的一年心血，免得暗投；那些紙啊，墨啊，都免得流離失所，這功德真是大得的很□！

（一九二二年八月十二日《晶報》）

我所佩服的小説家　馬二先生

我這一篇，是發揮我個人對於現時各小説家作品之感想，并非含有什麽作用，或是『標榜』、『推轂』的意思，請讀者不可誤會。并且想到便寫，也不分次序，并非以某位第一，某爲第二，因爲我的程度，還够不上評判他們的甲乙也。

一九二二、八、一六，作者識。

葉小鳳　他并非是小説專門家，然而我却佩服他，愛讀他的著作，因爲他的著作，能把他的牢騷發舒到一切社會上去，使人看了，又好笑，又好氣，平空能把讀者的胸懷眼界，擴闊至若干度。《弄堂小史》、《衣冠禽獸》是他作品的本色。

陳冷血　他是一個著名專作偵探談的小説家，譯的也不少。他的作品，專重理解，用筆最簡練。我做學生時，最喜看他的小説，可惜他現在不肯做了。

包天笑　他與冷血是同一時代的小説名家，作品亦甚多，都有一種娟潔幽秀的豐致。古語説『文如其人』，這句話有點像了。他近來的作物，更是冲微淡遠。

徐卓呆　他從前多是譯，如今却常自作，别有一種奇異的精彩，純從理想上見長。他從前多與天笑合作，大概是天笑的文筆，用他的構思。如今他自作了，文字只是質説，絶無雕琢，意境却非常敏妙。

落花生　這位先生的姓名，我都不知道，據聞是臺灣人，曾經游歷南洋。《小説月報》中《空山靈雨》一篇，是我所僅見的他的作品，我佩服極了，以爲他的思想何等玄妙，用筆何等空靈，每段都能借着極小的事，參透極大的問題，真是能於一粒粟中現出大千世界者。

冰心女士　她的作品却不少，但我都未曾留意。《遺書》一篇，是我無意中看見的，意境圓妙到十二分。其中寫景的地方，更清净絶俗，不染一絲塵垢。人説她是一位新文藝的作家，我謂他必然是一位深於舊文詞的研究者。

周瘦鵑　他在小説界中，却是一塊老牌子，作品極多，有作的，有譯的，佳作很多，但可惜不能一律。這却難怪他，我以爲這是賣文爲活的苦楚，因爲要急於凑稿數，供生活上的需要，有時不能不暫屈自己的志氣，把次等貨拿出來搪塞一下，這種境界，真堪爲普天下的文人一哭啊！

何海鳴　此公才兼文武，著作等身，近有出其餘技，作小説，亦復可觀。但佳者固極佳，而率意之筆亦常有，當是由於才大心疏，不願刻意以求之也。

程小青　此君余初無一面之識，然數讀其作，專意於偵探小説，其作品之析理處，頗多入微，殆已成爲小説界之專門家矣。

葉紹鈞　此君亦屬新文藝旗幟下之健者，作品雖不少，余却未能多讀，第於一二篇中，見其用筆能深入淺出，善爲描狀而已。

嚴獨鶴　余之契友也。然平昔僅知其曾譯有某種偵探小說而已，未尚見其自作也。近忽多撰短篇，結構及命意，均有獨勝處，始悉其所蘊者甚富，其所以不多作者，或因有所未暇。（待續）

（一九二二年八月十八、二十一、二十七日《晶報》）

馬二春秋　丹翁

有人說，孔子作《春秋》，叙叙事就褒貶了人，馬二先生歷舉他所佩服的小說家，其實被舉的也罷了，不被舉的大名家倒有點難受呢。我說，幸虧我不會作小說，我若也是一個小說家，倘竟不被老友舉出，豈不大坍臺嗎？那人又道，勿須忙，他還未完，安知不舉到你？我說，啊呀，我真正不能做小說，他萬一竟舉出我來，可就比罵我還更覺着難受呢。

（一九二二年八月三十日《晶報》）

富家賬簿之一頁　胡寄塵

某先生評論我們的小說，道是記帳式的小說。一天有個朋友，向我談起這句話，我便誇口答道：『只要做得好，便是記帳式，又何嘗不能成小說？』那朋友道：『這却難說，我便和你賭這一口氣，你能拿記帳式做成一篇小說，我便佩服你。』我道：『限十天如何？』朋友道：『愈快愈好。』我道：『限七天如何？』朋友道：『愈快愈好。』我既然誇口説了這句話，收不回來，其實這篇小説從那裏做起呢？整整的費了六天工夫，還没有想出頭緒來，直到第七天頭上，才做出來了，居然如期交了卷，無論做得好不好，總算是一件快事。

某處城裏失了火，燒了一家姓王的富翁，有人從劫灰堆裏拾起一頁燒殘的帳簿來，只見上面寫得是：

八月一號，收張阿毛付還本錢洋三十元、收張阿毛付來利錢洋十五元。

又三號，支洋一元施與張阿毛買棺材。

又十一號，支洋四十元買丫頭來喜。

又十六號，收洋一百六十元，嫁來喜給李老四爲妻。

又二十二號，收到劉老五取贖押地本利洋一百二十元。

又二十九號，支洋一百元買劉老五之地。

九月三號，支洋二百元買米屯積。

九月十三號，收賣米洋四百八十元（由東京匯來）……

以下被火燒了，看不清了。

（一九二二年八月三十日《晶報》）

未完稿致歉　馬二先生

僕前在本報列舉素所欽佩之小説家，介紹於讀者，原以爲人數衆多，是以分期刊載，乃忽爲丹翁於前期本報中一語提醒，誠恐挂一漏萬，不免滄海遺珠之憾。况諸君既已卓然成一家，安知讀小説者之無識力，而勞僕之喋喋乎？因是《我所佩服的小説家》一稿，即告中止。蓋小説作者，風起雲涌，各擅妙詣，都有私心所嘆服，不遑遍舉論列，只好就此收場，謹申鄙意，并志歉忱。

（一九二二年九月三日《晶報》）

商務印書館的嫌疑　星星

商務印書館出版之《小説月報》第十三卷第九號，開始攻擊他書局所出版之《禮拜六》、《半月》、《星期》、《快活》、《游戲世界》等雜志，説他是該死的下流，説他做小説的人是窮極無聊。有人説，這是文學家的新舊之争。依我説，這話太高尚了罷，只不過是生活問題。换言之即飯碗問題而已。他説做舊小説的人，窮極無聊，我承認這句話，倘説做新小説的人，都是富翁，都是資本家，只怕他們也未必承認罷。以窮人碰窮人，這其間就生出飯碗問題來了，不過商務印書館現在很有一個嫌疑，他們近來也想出一種周刊。而他所招致的，就是他們雜志上所罵的『該死』、『下流』、『窮極無聊』的人，怎麽這班人，一到商務印書館的出版品中，便立刻變好了嗎？商務印書館此刻最大的嫌疑，便是

『同行嫉妬』四個字，自己要出同性質的小説周刊，先教人在雜志中痛駡一頓，這是人人心中應有的一個懷疑，但是因同行嫉妬而見之於出版品中，商務印書館無乃不智。

（一九二二年九月二十一日《晶報》）

神異派小説之進步　馬二先生

中國歷代小説家，有一種秘訣，就是知的情事任意附會出來，這種神異托詞神怪，把他們所不敢説的，或不及派的公式，如下列：

（一）幻夢式　如唐李泌《枕中記》，清蒲留仙《續黄梁》等等。

（二）神靈式　如李朝威《柳毅傳》，清薛福成《漢宫老婢》等等。

（三）女鬼式　如唐牛僧孺《周秦行記》，清蒲留仙《吕無病》等等。

（四）狐仙式　**（五）報應式**　此二類以清代著作尤多，如蒲留仙之《聊齋》，袁子才之《新齊諧》，王凝齋之《秋燈叢話》，王韜之《淞隱漫録》等書，内容大半，皆紀狐仙，或果報等故事。

（六）寓言式　此類皆自命有功世道人心之著作，如紀曉嵐之《如願小傳》，薛福成之《山東某生夢游地獄》等等。

近時小説家，皆主力辟迷信，故此類神異派小説，已爲一般人所唾棄，間有作者，皆取某形式，而變其精神。大概皆以時事影入神仙之説，以爲譏諷，實爲寓言式之變相。於此可徵近時小説界主義上之進步也。

（一九二二年十月三日《晶報》）

非記帳式的小説來了

火炭

商務印書館所籌備的小説周刊，現已定名爲《小説世界》，不久可以出版了。其中最特色的，就是那材料的選擇法，把許多文丐的作品中，夾一篇沈雁冰的小説在内，聽説是每期有他的文字的。沈雁冰，不是那開口駡人『文丐』，閉口説人家『文字上的手淫』的大文豪麽？他那何等高貴的東西，怎麽肯與丐爲伍呢？大約也叫没法，吃了商務印書館的飯，不能不做啊！這麽説來，那真可憐了，文丐的所以被他們指爲文丐，無非是以文丐錢，想吃飯罷了。不料大文豪一世英名，也被這『飯』字上牽入文丐中去了，可惜可惜。近來一班文丐，聽得沈雁冰有著作夾雜在文丐的著作中，一同在《小説世界》上出現，大家就都很盼望《小説世界》早些出版，可以見見沈雁冰的大作咧。沈雁冰説人家的小説，都是記帳式的，那麽他一定有一篇非記帳式的模範小説給我們看看了。但是沈雁冰不要還是像《小説月報》裏那麽老脾氣，只是直譯幾篇外國小説出來掃我們的興啊！這一次再不做一篇創作出來給我們看看，那非但我們没有機會得見沈雁冰的非記帳式小説，連沈雁冰自己，恐怕也没有機會可以顯他會做小説的能力，他的小説理論，只好永遠是空論，胡亂談談而已，難希望他實行了。

（一九二二年十月十日《晶報》）

對於冰心女士的疑問　火炭

我聽得朋友説,《小説月報》裏,有一位冰心女士的作品,好得異乎尋常,大有一讀的價值,於是我便把我定了全年從没細看過的《小説月報》,隨便檢一册出來看看。這一册中,載得一篇是冰心女士的《遺書》。我朋友也説過,這《遺書》尤是冰心出色之作。我讀了一遍,確是很佩服這位冰心女士的作品,不過我不能不生一點兒疑點。

他描寫的這一篇小説中的人,大概總是我們中國人了,但是那小説中人的生活,很不像中國一般的人,什麽露天睡覺咧,什麽庭中吃飯咧。還有一個寡婦,因爲伊丈夫死在海中的,所以在海邊造了一所住宅,住宅後面還辦了一所小學校,在中國的婦女社會中,覺得這麽樣的人很少。或者冰心女士描寫的,是未來中國人,或者簡直是外國人,或者是譯了一篇外國小説,把他當作中國小説的,實在如何,竟不能明白。

有人説,《小説月報》向冰心女士大要稿子,不能直接向伊要,中間有一個人間接的,聽説是伊的親戚(表兄?),所有的稿子,非向此人出要,竟無法得到。伊雖常有著作在《小説月報》發表,《小説月報》竟不能直接向伊要稿子,不是奇事麽? 冰心女士既常向《小説月報》做稿子的,何以一定要經過一遍他人之手呢? 冰心女士既有這麽一個好頭腦,難道伊遵守着舊式女子的腔調,不肯與人交際麽? 這打什麽緊要,又不是什麽鬼鬼祟祟的事。商務印書館既是一家光明正大的書鋪,又不是什麼賣投機淫書的小書攤；那《小説月報》，更是一種非手淫的文字，就是直接寄稿，有什麼不可呢？

（一九二二年十月十二日《晶報》）

釋小説匠　馬二先生

友有以小説匠三字爲人所詈者，頗引以爲辱，訴於余，余告之曰：『匠非惡稱也，夫文章佳構，稱曰匠心。不有經營之匠心，則其所爲小説，詎復足觀。夫匠者，工匠也，專於其藝者也。小説家而得稱之曰匠，則其所作，必具有文藝專家之匠心，實譽之甚也。彼以是爲詈者，亦見其於匠字之義尚未了解也，夫何辱之有？』友乃釋然。

（一九二二年十月二十一日《晶報》）

外行話　文丐

數年前有一位票友登臺串戲，此人是金業中人，唱鬚生唱得很不錯。這一天他同業中許多一向和他胡鬧慣的朋友們，都來看戲了，表面上算是捧場，其實全是胡調性質。到他一出場，不管好歹的你也叫好，我也喝彩，鬧得那位票友氣極了，好好的一曲戲，連幾個真懂戲的人，也被一班胡調朋友鬧得没有聽清楚。票友到唱完了下場時，他憤憤地取去假鬚，高聲向臺下幾個胡調朋友道：『你們鬧什麽，别瞧不起我，在你們雖不入眼，其實像我這麽唱幾句的，真不容易，你們嫌我唱得不好，何不自己也來試試，唱幾句給大家聽聽？』

這一段事情，我很想叫幾個自己不會做小説專批評人家小説不是的外行聽聽。

還有一位評劇家，此人在上海很出過風頭，大家曉得他是懂戲的，那知他的内容真可笑。他在十八九歲才出學堂門的時候，便闖了一個禍，因此被他母親將他鎖在一間房内。他無聊的很，便用一只留聲機器來消遣，照着片子學唱。後來他母親一死，此人就出來做一個某報館的評劇家。這句話也有十年以上了，因此大家都以爲此人能够唱戲。他評劇時，一字一字評的，真精細極了。那知他全是聽慣的留聲機器，真的臺上活人唱戲，他不過聽聽罷了。他自己唱起來，也會是像留聲機器在那裏唱，一點没有活人的氣息，决計不能上臺的，但是社會上竟有一班人真當他懂戲，不是怪事麽？

這一段事情，我很想叫幾個只會譯小説不會創作又專批評人家小説不是的外行聽聽。

（一九二二年十月二十四日《晶報》）

文妾　湖鷹

又新出了一本雜志了，名字叫什麽《小》，我翻開來一瞧，先瞧見他的《編輯人説話》，内中有幾句道：『希望諸君省下一些兒的租小房子玩小先生的光陰，來瞧瞧吾們的小雜志，把吾們的小雜志和

（小姥嬷）一樣的愛着，便足够了。』唉！ 照她的説話，簡直她情願自居於（小姥嬷）的地位，希望大多數的人化上兩角錢買了她去做（小姥嬷）。 論到這兩句話，也算是説得十分動人憐愛，多做一個買主的（小姥嬷），那書局的老板，自然多進帳兩角錢。 她的計劃，原是不錯，不過我要替這一班做大多數人（小姥嬷）的份子叫冤，爲什麽呢？ 這《小》内，不全是幾位小説家的作品嗎？ 這麽一來，簡直將這幾位小説家變作大多數人的（小姥嬷）了。 新文化的巨子，罵一部分小説家叫『文丐』、『文娼』，已是引起許多人的憤憤不平，不想這位小雜志的編輯人，竟硬派投稿在她那裏的小説家，爲賣主的『小姥嬷』，被新文化的人瞧見了，一定要創造一個『文妾』的名詞來，引證這一句話，小説家到無言可答呢。 唉！ 我忍不住要説句良心話，勸勸你們這許多賣小説稿，辦雜志的書局老板和編輯主任先生們，你們就是要利用小説家賺幾個錢，也不要緊，你們就是拿小説家做幌子，要説上幾句俏皮話，引誘賣主上門，也不要緊，可是下筆的時候，可否替小説家『稍留體面』？ 不要將這些不名譽而齷齪的（小姥嬷）等名詞加在人家頭上啊！ 這也是一種道德，娼妓還不願意做人家的小姥嬷，何况這班大文豪？ 試問男人做妾，是什麽東西？

《小雜志》裏面，還有幾篇朱鴛雛先生的遺作，可憐啊朱鴛雛，可悲啊朱鴛雛！ 想不到伊死後，還要被人派作（小姥嬷），并且還印出伊的一副肖像來，叫人認作是『文妾』的模範，朱先生九原有知，該怎麽樣？

（一九二二年十二月六日《晶報》）

寫實派　朱仲輝

寫實派的小説，我近來請教得很多，好的也偶然瞧得到一二篇，那莫名其妙的玄妙神秘之不領悟作品，也着實不少。據那些提倡寫實派的先生們説，除了寫實派，竟不成其爲小説，便是惡趣味，便是禮拜六派。

不過我對於寫實派小説，抱一個絶大疑心，就是那言語問題。譬如我描寫茶館裏兩個茶客在那裏談天，倘使一個是寧波人，一個是無錫人，那照着寫實派的意義説起來，這篇小説内『』中的東西，一定要用寧波話與無錫話，那才可以稱得是寫實啊。那裏曉得中國方言雖多，在那寫實派小説家筆下，竟弄來弄去，只有這一種語言。

寫實派既把中國複雜的言語，寫成一種，那倒還不要説起，我們把範圍放大些，可以説中國人只要説的是中國話，也就是不錯了。況且現在教育家都在那裏提倡用普通話做成一種標準話咧。

但是他們筆下寫出來的那種言語，中國全國國境，有這一種話麼？實在無論尋到什麼地方，總找不到一個操這種杜撰中國話的人來的。就是作者自己，平日也并不説着這種話。讀者讀了之後的不明白，比寧波話、無錫話更甚。寧波話與無錫話，那倒還有寧波人、無錫人可懂，這種話是除了著者以外，竟没有第二人懂的。外國宣教師在中國傳道，説着一口强中國話□□□□道，這是他中國話脱不掉外國腔，所以另有一工。不料那些中國宣教師誤會了意思，以爲講道必須如此，所以往往見他們抛棄了自己本有的純粹中國話不用，反學着那外國腔的中國話在那裏講，這不是笑話麽？那些自命爲寫實派小説家的，所寫出來的言語，也與中國宣教師犯一個毛病，以爲一定要像外國文法那麽纔可以成話，所以不管讀者懂不懂，只是用那些洋腔的中國話。其實寫實二字，確也很對，不過所寫的，是外國文法的實際罷了。

（一九二二年十二月十八日《晶報》）

小説匠

朱仲輝

自從小説匠三個字産生以來，一班時髦朋友，都喜歡用這一個名詞來出風頭，因此你也用，我也説，弄得糊裏糊塗，也有并不是小説匠的，竟被人指着駡小説匠的；也有自己是道地貨的小説匠，倒學着竊賊逃走時自己也大呼捉賊的故智，他恐怕被人指爲小説匠，便開口小説匠，閉口小説匠的濫用了。推其原因，都是這一個名詞産出之時，人家不很明白他的界限，因此大家就胡亂使用了。此刻我且把這界限來分别一下罷。

我們稱匠，如木匠、竹匠、泥水匠、銅匠、鐵匠等，大概只會工作而没有智識的，都可以稱匠。要把這匠字放到做小説的人身上去，就有下面數層比較：

從創作小説與翻譯小説比較起來，那麽創作完全用自己的頭腦，自然不是小説匠。翻譯，用外國人的頭腦，自己只消有外國文的素養好了，那麽翻譯小説的，對創作而言，可以稱小説匠。

翻譯小説之中，意譯的與直譯的，大不相同，二者比較起來，那麽意譯的需要自己的頭腦多，就不是小説匠。直譯的，逐句逐句死譯，不過搬搬場罷了。那麽直譯小説的，對意譯小説的而言，可以稱小説匠。

直譯小説之中，可以分甲乙丙三種，甲種文字很清楚，人家看得懂的。乙種是非用外國文上原有的圈點記號等一起搬過來，人家就不能讀的。丙種用了那圈點記號等物，人家還是看不懂的。這三種之中，自然乙種對甲種而言，是小説匠，丙種對甲乙而言，是小説匠了。

這麽一來，我們立刻要捉幾個小説匠來也容易得很，第一、先看他有没有創作，倘使没有，或是翻譯多而創作少，那就他有些逃不了了。第二、看他翻譯是意譯呢直譯，倘使直譯爲主，那就更逃不了，直譯的東西，萬一用了許多零碎的附屬品，還是人家不領悟，那真是天字第一號的小説匠了。

（一九二二年十二月二十一日《晶報》）

共産式的小説雜志

微聞

商務印書館發行一種共産式的《小説世界》，以救中國小説欲的饑荒，看小説的人，都稱頌他們是小説界的社會主義者。他的第一册完全是送給人家看，雖然也學着那滑頭藥房買一包送一包的辦法，和滑頭眼鏡店買一副送一副的舉動。可是他這樣厚的一册，只賣人家五分洋錢，而且這五分洋錢，還要買兩册。要是資本小而也要出風頭，只怕上海人一句俗話，連家主婆也要蝕脱了。幸虧商務印書館資本雄厚，蝕脱幾文，也不在乎此，盡可以和看小説的人，共一共産。可是小資本家，却大受其累，只急得叫苦連天。我看這一種共産面目而托辣斯心腸的小説雜志出現後，這種小資本家的小雜志，到明年一定都被打盡。還有許多著作家，無處投稿，都要被他收買得去，那時再抽你的筋，剥你的皮，好叫你無處投奔，這便是出版家收拾著作家的一個好法子。

（一九二二年十二月二十七日《晶報》）

《小説世界》真是便宜貨　馬二先生

聞商務印書館，費了許多的資本，糾合無數的人才，做成一種小説周刊，定名《小説世界》。第一期出版了，我便買了一本，披閲一下，我因而研究出其中的幾條特色來，皆是萬萬非别種小説雜志所能辦得到的。

就形式論　偌大偌厚一百二十頁的册子，又有什麽三色版、銅版，只賣一洋錢，還只取半價，奉送一册，真是不顧血本，只求揚名，這樣生意，還愁做不出去嗎？便是瞎子不能看，只用手摸摸，也必然説：『真真是便宜貨啊！』

就招牌論　除了那位編輯先生葉勁風，是一個不見經傳的人物外，其餘如《星期》主任包天笑、《快活》主任涵秋、《小説月報》主任沈雁冰、《游戲世界》主任茗狂，以及古文大家林琴南、小説界的客串求幸福齋主等，真是一網打盡，冶新舊於一爐，萃各家雜志之特長，有了這一份《小說世界》之後，誰還再買別種小說雜志呢？

就内容論　只那開卷第一篇，新出馬的文壇大將葉勁風所著的《十年後的中國》，便可以代表中華民國全國不分新舊一切人們的心理，且讓我把理由分說如下：

（一）中國的舊小說，向來有一種牢不可破的關子，是『番邦造反』、『天降能人』、『夢傳法寶』、『大破番兵』等等，因爲中國人向來有一種心理，以爲堂堂天朝，四方小邦，理當稽首臣服，年年進貢，歲歲來朝。如今勁風先生所著《十年後的中國》一篇，却恰正合這種心理。

（二）然而勁風先生也知道神道無稽的話，不合於現代的潮流。因此，略變化一下，把『番邦』改爲『啊哪嗟』，把『法寶』改爲『W 光綫』，把『夢傳』改爲『寫信到上海，買了些書籍儀器的研究』，只這樣輕輕的一改，已是嶄新的新小說了。在那一班不曾看過電影的小說家們，讀了這一篇，真要咋舌不敢贊一詞，還要疑心勁風先生定然是一個光學專家呢。

（三）然而勁風先生還恐怕那一班新文化家們，未必心服，又從《小說月報》、《晶報》中，摘出一個 Dadaism 來，做成一篇《？》，使人知道他不但能化朽腐爲神奇，會作舊派的小說，并且又認得 A. B. C.，能用？！等等撈什子。那班新文化的小說家們，又焉敢不拜服呢？

《小說世界》的形式、招牌和内容是這樣的出色，又且大大的廉價，只賣五分洋錢，所以我敢决其生意不愁做不出去。并且希望商務印書館對於一切別種書籍，也照這樣，不顧血本的賣法，那就裨益中國文化匪淺了。

（一九二二年十二月三十日《晶報》）

《小說世界》價值論

微聞

商務印書館《小說世界》第一期，底頁印一木戳，曰『本期特號、定價角半』，雖然如此，但是門售打一個對折，只售七分半（前《晶報》編者改爲五分，誤也），折合銅圓十三枚。可是每售一本，附贈一贈券，贈券中說：『附郵票一分，可以寄上《小說世界》一册，此券專爲贈友之用。』照如此算法，簡直出洋八分半，可得《小說世界》兩册，分之每册實售四分二厘半。又據告白上載，在十二年三月以前定閱，僅付洋兩元，可得全年五十二册，合算每册不過三分六厘，可謂廉極矣。但因此而《小說世界》的價值遂不能確定，我爲列表如下：

定價	特號	一角半	普通	一角
特價	特號	七分半	普通	五分
第一期特號特價		四分二厘半（以兩册八分五釐合）		
定全年特價		三分二厘		
過三月後定價		七分七厘		

此均就每册而論，所以《小説世界》，可以算得價值最複雜的了。

（一九二三年一月三日《晶報》）

小説支配社會心理之分析　馬二先生

現社會的群衆心理，完全受舊小説的支配，而構成種種的人物，試爲分析如下：

（一）土匪與强盗　是《水滸》、《施公案》、《彭公案》、《七俠五義》所支配構成的人物。

（二）軍閥　是《説岳》、《説唐》、《三國演義》所支配構成的人物。

（三）拆白黨　是《九尾龜》所支配構成的人物。

（四）捧角家及名旦　是《品花寶鑒》所支配構成的人物。

（五）乩壇信士　是《西遊記》、《封神演義》、《濟公傳》所支配構成的人物。

（六）溺情聲色之青年　是林譯《茶花女》所支配構成的人物。

（一九二三年一月三日《晶報》）

上了三分六的當了　馬二先生

前次，我看見每册定價一角五分减半售七分五還另外附送一册的第一期《小説世界》，以爲真真是便宜貨，因而在本報上介紹了一下，并且拿兩元去訂了一份。好容易盼着第二期出版了，不料取回來一看，却大大的上當。雖每册只取三分六，還是不值，如今把其所以不值三分六的緣故寫在下面：

一、頁數太少 第一期半價七分五，加一分郵票，可以共得兩册，每册的頁數，在一百二十以上，計八分五，買得二百四十餘頁。而第二期，僅六十餘頁，零售固要五分，訂全年亦須三分六，并無另送之一册，例以第一期，太覺不合算。

二、白字太多 内容中，别位的著作，却還可看，惟有那位主任編輯葉勁風先生的著作，且不必説其結構如何，命意如何，每篇中必有白字及不易解之句若干處，兹摘列如左，請各位閲者賞鑒賞鑒。

（A）《你還想活在世上嗎》篇中

（原文）他們其所以問我這句話。

按，此『其』字，應作代名用，既有『其』字，即無須再加『他們』，如用『他們』，即不必再綴以『其』字。

（原文）我自己也生出了一個問子。

按，『問子』這個名詞，甚新鮮，從未有人用過，不知什麽叫做『問子』？

（原文）自那以後。

按，這句的文法，仿佛有闕義。

（原文）若是只爲我一個人，代壞了世界。

按,此『代』字,大概是從戲單中『捉放曹代落店』、『新安驛代洞房』等學來的,不然,則似乎費解。

(B)《㖞嚛西遊記》篇中

(原文)又仔細將火車打量了幾番,覺得與先前輪船樣子不對。

按,此『不對』應該作『不同』,不然,便講不通。

(原文)扒耳撓腮。

按,『扒』當作『抓』,因扒耳之義,是指如中國薙頭匠之以耳挖扒耳而言,斷不能與成語『抓耳撓腮』相混也。

(原文)升降機的周圍繞着一遍黑的黑人。

按,『一遍』當作『一片』或『一般』,因爲『一遍』在言語中,只作『一次』解,却又不可通也。

够了,我只看了一遍,已發見這許多的白字和謬誤,似這等白字連篇的著作,怎能賣人家的錢呢? 然而這一册竟居然騙去我三分六,我怎能不説是上當呢?

(一九二三年一月十二日《晶報》)

《小説世界》的新作品　馬二先生

在第二期的《小説世界》中,有一篇《㖞嚛西遊記》,第三期中,有一篇《魂游》,後者是葉勁風君的大著,前者署名 YL 譯(YL 也許就是葉勁風)。

《喫噗西遊記》的特色

（一）善於用口旁的字 計有喫、噗、哇、吶、唰、喳、嘩、啦、哼、嗡、喋、咯、嘰、哩、呱、咭、咽、吣、吧、喀、嘐、哪、咕、呀、呢，二十五字。

（二）善於改造字 按，咭呱與嘰咽，本爲一種諧聲字，可以通用，而譯者偏要分用，足顯其博。至於喋咯二字，則完係礫格二字之新改造者。

（三）善於遺忘原著的人名和篇名 按，YL君只云譯，却不注明譯自某國某氏的，并且也不注出原文的篇名，與其他之譯書必一一注明者，大有藏躲的餘地。可以使人不能對證原本，或者還可以用極惡劣的作品而托名於譯。

《魂游》的特色

（一）命意通俗 内容是説一個人，白日作了惡事，夜間便得惡夢。且不説是夢，而説是魂游，更覺與《太上感應篇》等情節相似，愚夫愚婦，都可領會。

（二）措詞通俗 篇中沈志新的説話，『……精力疲憊，憂傷之至，不能超脱……』都入得四言韻文。又描寫法師的形狀，説『那位法師肩背上的罪囊……上面插的標子，比趙子龍背的令旗還多……』這句妙譬，大概是以趙子龍爲唯一的善背最多的令旗的人了。

（三）章法通俗 這一篇的章法，是叙述一個人，一晝的事，晝間是行爲，夜間是幻夢，既像聊齋式，又像因果録式。然而却用新式圈點符號，可謂新舊參半的最新作品了。

好在這兩期的原書具在，閱者諸君，如果也曾貪過三分六的便宜，只消一對證，便可明白瞭解余言是不謬的了。

（一九二三年一月十五日《晶報》）

小說短論 寄塵

作小説與讀小説，和年齡確有關係。大概在兒童時期，喜歡讀神怪小説，在青年時期，性情温和的人，喜歡讀言情小説，性質剛强的人，喜歡讀冒險小説，老年人喜歡讀社會小説。這一説是根據生理心理而來的，決不有誤。但是有一般的人，批評我這話是瞎説。我道倘然我的話不能成立，那麽近人所提倡的『兒童文學』也不能成立。試問兒童與成人何别，不過是年齡的關係罷了。

石印的小本的《紅樓夢》，便算是誨淫的小説，鉛印的加了新標點的《紅樓夢》，便算是文學界的傑作；石印的小本的《水滸》，便算是誨盜的小説，鉛印的加了新標點的《水滸》，便算是真正的好文學：怪不得人人要辦洋裝衣服。

有個朋友對我説道：『你的小説是《禮拜六》派。』我道：『不是。』我朋友道：『不是麽，你不要賴，有你的大作登在《禮拜六》裏。』我道：『不錯，我有一篇拙作，登在復活後的《禮拜六》裏（只不過一篇），但是我也有一篇拙作，登在革新後的《小説月報》裏（只不過一篇），爲甚麽不説我是《小説月報》派？』我朋友道：『你那篇大作是冒充《小説月報》派的。』我道：『我那篇拙作也是冒充《禮拜六》

派的。』

（一九二三年一月二十一日《晶報》）

無信用的《小説世界》　馬二先生

説了話不算數，便是無信用，而堂堂大規模的商務印書館，竟因《小説世界》自甘居於無信用之列了。可怪，當《小説世界》未出版之前，即大吹特吹，謂所收集之稿件如何如何的美備，與衆不同，不料出版之後，則其中較好的作品，依然是借重於别家雜志的著作者。然而購者貪其廉也，争先預定，不料又不能如期出版，云優待，想彼已識余之面，而免此一番市惠之口頭語矣。

看看第四期出版日又到了（十八日），過了一天、兩天、三天、四天，報紙上依然找不出『第四期《小説世界》出版』的廣告。哈哈！莫非停刊了嗎？抑還是因爲印刷來不及，或稿件不曾做好呢？無論如何，商務印書館收人家定書代價，到期不付貨，又不曾聲明什麽理由，便是無信用啊！然而其它各書，或未必全如此的，所以余只説：『《小説世界》是無信用的。』

（一九二三年一月二十四日《晶報》）

等了一個禮拜之後，第四期《小説世界》還是不能滿人意　馬二先生

《小説世界》第四期，不知何故，忽然把出版期延擱了一個禮拜，直到二十六日，方才出版。我趕快

取了一册來,心裏想,必然是在這稽延的時間内,添了些佳作,或是把作品中的不妥地方,都改正了,定然可以叫我滿意了。

果然,第四期中有一篇很鄭重的作品,名《一個靈魂的價值》,是主任先生葉勁風的大作。我何以知道這篇的鄭重呢? 因爲篇後第十五頁上,附刊着胡君懷琛的一段跋,却説得十分鄭重,如今節録一段於下:

……我恐怕讀者忽忽的讀過了一遍,還不曾知道他的意思在那裏,所以特爲説明幾句。讀者在第七頁上半頁第十四行起,至此段終,須注意……至於超娛是怎樣一個人,在第十三頁以後才説明白。……

這篇小説的好壞,且待後面再批評,我所不解的,是胡君此跋既能指出某頁某行云云,必然是印就之後方作此跋,而何以此跋却又刊於同篇的第十五頁上,與這篇小説緊接着排列呢?

爲之解説者必曰:『胡君此跋作時,是在這篇小説已排就十四頁之後,而第十五頁尚未排之前,故此跋乃加入第十五頁原文之後,緊接着排入。』此言是矣。然而我起了又一個疑問,胡君跋文後注明作跋的時日是『十一、八、二十四』,是在十一年八月内已印就了,而何以第四期出版期,却偏要稽遲,距第三期出版日(一月十二日)有兩禮拜之久呢? 似這樣於三四個月以前已排印完竣的雜志,却要多延一個禮拜再宣布出版，又是什麽理由呢？

把上面的疑問擱起來，且就這篇小說批評一下。

平心而論，勁風君這一篇，却比以前三期中所作的進步多了，很有點意思，布局結構，都還大致不差。若照這樣進步的快，《小説世界》出到第四卷時，勁風君的作品，當不致再有如《咦噗西遊記》那一類的東西了，這是我可以預賀的。

但是就文字方面上看來，此篇的毛病，依然甚多，簡單舉列如左：

（一）此篇開首，即點明時令，是『秋末冬初』，而第三頁上却説『汽車裏面下來幾個青年男女，都裹着重裘』。試問，上海秋末冬初的時候，那有身裹重裘的人呢？

（二）第二頁有『「咦，他們是幽靈嗎？怎麽這時候出顯。」……這是車夫們的談話』。按，車夫們不認得女工的形狀，而詫爲幽靈出現，這些車夫們，大概必是頭一天到上海的。如不然，則似乎不合理也。又，『幽靈』二字，亦非車夫們所能説得出之名詞。『顯』字，當是『現』字之誤。

（三）同頁『天使用長袍擋住欺人的風雨，用細蔴布替他們擦去雨點和工廠的污垢，那就看得出他們的美麗來……』按，這一段寫得很好，但與上文車夫們的談話中的『這兩個姑娘若是生活在貴族家裏，連汽車還不高興坐呢』一對照，便知道是矛盾而不合理了。因爲他們既未經揩去雨點和污垢，車夫們又怎能鑒別出他們的美麗來，而至於驚詫讚嘆呢？又，『細蔴布』當是『細抹布』之誤。

（四）同頁『一條孤僻的路上，兩個很長的黑影，射在地下』。這句也能寫出凌晨寂静的光景來，却可惜下面接着便是車夫們的談話。試問，既是天剛亮，又在孤僻路上，又是大風雨，怎能會有許多車夫們在風雨中間談呢？難道車夫們專在孤僻路上候幽靈嗎？

還有幾處不合於語法的句子及若干誤寫的字，恕我不一一的指出了，因爲我很不願惹『吹毛求疵』的嫌疑，只不過因勁風君此篇既有進步了，我又不能不再把那『美中不足』的遺憾指出來，俾以後勁風君對於自己的作品，可以隨時細心改正，完成一個平妥無疵的小說家。

（一九二三年一月三十日《晶報》）

宣傳宗教之小說家　馬二先生

無奇不有的上海的小說家中，忽然迸出一位專事宣傳基督教的小說家來。是誰呢？《小說世界》的主任葉勁風。我們且從《小說世界》第一期起，至第七期（最近的一期），所有葉勁風在每期的作品列下，審查一番：

第一期

《十年後的中國》（封神榜式的寓言）

《懦人》（宗教的）

第二期

《你還要活在世上嗎》（宗教的）

《懦人》（宗教的）

第三期

《魂游》（太上感應篇式的寓言）

第四期

《深閨夢裏》（這一篇與《小説新報》内之何海鳴的《父子兵》、貢少芹的《沙場鬼語》，同一個意思）

《一個靈魂的價值》（宗教的）

第五期

《罪痕》（宗教的）

第六期

《午夜角聲》（這一篇實是較好者，也許是葉君身親閱歷的事實之故）

第七期

《誘惑》（宗教的）

在九篇小説中，倒有五篇是含有宣傳宗教的作品，并且有時把什麽《新約聖經馬太福音》第幾章幾節，都引用了（《罪痕》與《誘惑》二篇中都有），這真是近代小説家中基督教的忠臣啊！

（一九二三年二月二十四日《晶報》）

《小說世界》賣野人頭　敲鑼阿四

葉勁風對人說：『大家都駡《小説世界》，只待到十三四期時候，大家五分鐘熱度一過，一定不再駡了。』在下既没有六分種的熱度，何敢駡他，姑且替他介紹一篇名著罷。什麽名著呢？就是從十二期登起那篇《野人記》的譯本，就是上海各影戲院演過的泰山歷險記。换句話説，就是俗稱的影戲小説。影戲小説在小説上，是怎樣的地位，誰也知道是没有多少價值。但是這一篇葉先生因爲是美國碩士胡憲生譯的，格外的居爲奇貨，加了許多三色銅版插圖，又特別介紹説是胡碩士所譯，極爲名貴。把『胡憲生』三個字，用了二號鉛字印着，多麽鮮明！那些何海鳴、胡寄塵、徐卓呆等等，只有拿四號字委屈一些，使人瞧了，多麽眼紅！好一篇《野人記》，好一個美國碩士！真好比是一個野人頭，敲起鑼鼓，大大的賣給人看。以一角洋錢買一本《小説世界》，攤算起來，胡憲生那《野人》確可賣得兩三個銅元，在城隍廟草棚裏賣野人頭，也要兩三個銅元看一看啊！

（一九二三年四月九日《晶報》）

《紅樓》慘劫　天狗

舊小説加新圈點的出版物生意一好，效顰的就不少，書商要侵吞舊小説的版權，便請胡適之等做了一篇序，就可以據爲己有。不肯花大洋錢去買胡序的，只好就請那位加新圈點的高等校對，胡亂凑一篇了。現在專做這種新買賣的『八徵歌』式文人，倒也着實有幾個。

什麽一百回《紅樓夢》，是一位許嘯天先生删改校正的。我們别的且不論，先要問問，《紅樓夢》在中國的文學上，是一部何等有價值的著作；許嘯天是今日中國文學界上，是何等樣的一位人物，他的作品怎樣，看了這幾層，就可以曉得《紅樓夢》一書，有没有生要受江湖郎中開刀的外癥了。至於出版物的如何，我們盡可以不必看，只消聽了『許嘯天删改校正的紅樓夢』十一個字，已經足够足够了。

本來新文學家也太容易做，只要會加上幾個新圈點，也辨不出什麽冒牌老牌了。

（一九二三年四月十八日《晶報》）

《小説年鑒》？騙錢年鑒？

清波

上海什麽書局裏，出版了一本《小説年鑒》，據他的告白上瞧起來，説得天花亂墜。我們的心理揣測，以爲既稱了小説年鑒，大概一定搜羅了民國十一年出版界不少的小説上等作品了，藉他這一本年鑒，可以考察出上年小説界的精神了。我因此趕忙的到那書局裏去一問，要過了那《小説年鑒》一瞧，誰知不瞧猶可，瞧了我只翻了一翻，雙手奉璧，返身而退。原來那本《小説年鑒》，只剩竊了幾篇日報上新文化二等作品充滿了篇幅，就算是年鑒了。固然新文化除外的小説家没一篇作品，就在新言新，也没搜羅得齊，許多著名的作品，不見一字，這樣可以當得起『小説年鑒』四個字嗎？編輯的人良心上的答復，這本《小説年鑒》可以算得民國十一年小説的結晶品嗎？我瞧簡直叫『騙錢年鑒』罷了。

（一九二三年五月二十一日《晶報》）

熟讀《雙珠鳳》的心史

尊孟

中國有一種淫惡的彈詞小説，不堪寓目，如《倭袍記》、《雙珠鳳》等等，描寫男女淫欲，最害血氣未定的青年和粗識字義的閨女，所以地方上，應該加以嚴禁。不料此等書，居然也入士夫之目，居然做起政治論來，也可以在他的文字中，算是一種古典了。一月以來，《申報》上恢復了長篇論説制度，而且都請了知名之士在報上執筆，要是空閒的人，倒也願意去一讀。可是一讀，就讀出一個『來富唱山歌』和『文二奶奶』來，我可不知道這種古典，心史從那裏抓來的。請教了幾個人，才知道出在一部彈詞小説《雙珠鳳》上。咳，除非讀《申報》的人都讀過《雙珠鳳》，才知道有這個典故。《申報》這一篇長論説，簡直就和一部《雙珠鳳》的淫書登了廣告咧。有人説，常州的婦女們，最喜歡看這種淫書的彈詞，所以常州人的家庭，就有很多不可究詰的。并不是我刻薄，諸位閉了眼睛想想那一班毗陵大族，就要點頭微嘆咧。心史我雖不知道他是什麽地方人，但願不要過了常州人的風氣才好。

（一九二三年七月十二日《晶報》）

『生』字派小説

瀑布

或問現在上海的小説界，那一種作品最流行，那一位小説家最時髦？有人説，現在要算『生』字派的小説最時髦了。或問什麽叫『生』字派？這個名詞，從前没聽見過啊！有人説，你没瞧見上海的幾家著名的報紙嗎？《申報》裏的長篇小説是『婆婆生』的《人間地獄》，《新聞報》裏的長篇小説是『不肖生』的《留東新史》，最近《新申報》裏長篇小説又請了『漱石生』著《海上燃犀録》；便是本報，也是一向請了『天笑生』著《一年有半》。從這上面瞧起來，有名的報館小説，不是全給一班某某生某某生包辦了嗎？豈不是『生』字派最出風頭嗎？又有人説，這話有些不對，那末《時報》也是有名的大報，爲什麽他的小説不是『生』字派呢？我聽了這話，笑道：『你這是不知道小説界的内容和小説家的歷史了，《時報》小説《黑暗上海》著者清波，就是《申報》的婆婆生啊。不過他不是明生，是暗生罷了。』又有人道：『清波爲什麽不明生，喜歡暗生呢？』我想了一想，大概因爲一塊牌子，不能挂在兩家門首，只好化一化名，其實上海灘上娼門中，有一句格言，叫『一個先生不做一個客人，一個客人不做一個先生』。清波先生，也太小心了，我看以後的清波下面，何妨加上一個『生』字，那末上海報界小説，『生』字派可以統一了。

（一九二三年八月三日《晶報》）

全國小説名家專集

蛙鼓

最近《新聞報》上登着《全國小説名家專集》的廣告，據説，把小説名家三十人的小史趣聞軼事佳話，一件一件據實的報告出來。那麽，這專集的裏面，不過載着三十位小説家的小史趣味軼事佳話而已，至於本人的作品，隻字也没有，這好算得專集嗎？并且全書只有三十人，更當得起全國兩個字嗎？

上海的無識書賈，設法弄錢，這種手段，原不足爲怪。可是他的廣告上面，又排着大字，説是嚴芙孫先生編撰，那倒要請教請教。

有人説：『你又來了，難道没有挨到你，你便要跳脚嗎？你要做中國的小説名家，只須去認識那位嚴先生，便可名挂金榜了。不信你瞧，《九尾龜》的作者漱六山房主人，《海上繁華夢》的作者海上漱石生，更有著作等身的那位踐卓翁，他們不是爲的不認識那位嚴先生，便不能承認他是中國的小説名家嗎？你更瞧，□賣脚腫膏藥的和唱西厢彈詞的，他不是爲的認識那位嚴先生，就亦成了小説名家嗎？』

我道：『足下未免言之過甚罷，不過這個專集出版以後，倘給外國人買了去，翻譯出來，一定要説聲：咦！偌大一個中華民國，原來連了賣膏藥唱小書的在内，只有兩打半。』

（一九二三年八月十五日《晶報》）

看了《全國小説名家專集》以後　寒雲

看了《全國小説名家專集》之後，領略了許多妙解，把他一一寫在下面：

上海就是全國，全國也就是上海。

專寫别字的，專會抄襲的，文理欠通的，善造謡言的，都是小説名家。

『不論正文補白、照片插畫，都是專靠小説家集攏而成的，不是專集是什麽？』這才是專集的解釋。

不賣小説，不成其爲小説名家。

從前做過小説，享過名的，隨後只賣書畫，不賣小説，或是改營實業，就不能算是小説名家了。這是他對於林琴南、陳蝶仙不加入的説辭。

小説名家無長久存在的價值，這是從他對於不收李伯元、吴趼人，答或問的説話而曉得的。他説的是『李、吴兩公，固是小説家的先進，但是去世的年代久遠，甚至近代小説讀者，提起他們，也不曉得，就是曉得的人，至今腦海中的印象，也不免有些淡薄了』。這幾句話，真是言人所不能言、所不忍言，然而李、吴二先生，却僥幸脱免他的蹂躪了啊！

以上幾條妙解之外，却有一個疑問，這本名曰專集的小册子，要説是他做的呢，却没有著者的口氣；要説不是他做的呢，又明明有編撰者寫在書上，加以這書的題名，真可謂之四不像了。

我寫完這一篇，我敢罰個咒，我決不願做小説家，因爲這三個字，同評劇家一樣，被一般不堪的人，污辱盡了。我若自命小説家，豈不是自駡自嗎？我既然不願做小説家，我才敢寫出這一篇來，『至於像未曾列入之某君的那種吹毛求疵的妄評』却輪不到我了。林屋讀了我那篇釋名，大呼奇哉。及至見面，又責我太自菲薄，太不值得，我有什麽話回答呢？我寫到這裏，來了一位朋友，他見了便説道：『這樣的熱天，你不休息休息，却看這種不堪的東西。不但看他，還要批評他，浪費筆墨，真真何苦呢？』我又是一個答不出。

天笑是我最佩服的，我深知他的脾胃，他爲人極其自愛，最惡的是一般無耻無賴、自命文士的人，很羞於同他們爲伍。前者因爲《半月》上，有這種人的稿子，便寫信給瘦鵑，言道：『如《半月》再用某某等的大稿，便從此不願相助。倘不再刊，便竭力爲《半月》撰文。』你想天笑這般修潔，如今把他加入這種不倫不類的專集，是恭維他呢，是污辱他呢？我對於天笑，最表同情，喜的是瘦鵑從善如流，力任嚴格選擇以後的稿件。天笑便説：『自《半月》第三卷一期起，當要倚虹及在下，打起精神，替《半月》做點有用的作品。』我是預備繼《續聞見行録》外，再做一種雜記，專記録師友中可以爲法的言行，然却不是效顰名家，步武《專集》啊！

（一九二三年八月二十四日《晶報》）

《人間地獄索隱》之索隱

我亦隱者

某某周刊上有《人間地獄之索隱》，係將畢倚虹所著、刊登《申報》上《人間地獄》説部中人物，一一加以詮釋。於是讀《人間地獄》者，不能不讀索隱，索隱之著者，署名「牛郎」，於是讀《人間地獄索隱》者，更不能不知牛郎爲誰。許多人問周刊編者，編者笑而不答。走不敏，爰仿牛郎體，撰此《人間地獄索隱之索隱》，牛郎爲誰呼呼欲出矣。牛郎，他是一個青年小説家，各雜志上，他的短篇著作最多，長篇只有兩三種：什麽《殘夢》啊《市影》啊《黛影》啊之類。他有幾件特性和特長：第一他口吃，遇着急事，期期艾艾説不出來，即使勉强説出來，也是囫圇着不大清爽。他有特長，能變魔術戲法，親友家有喜事，相邀即至。他的夫人，并非織女，乃是一種極美麗的昆蟲。中國從前唐代的皇族，有位號『騰王』的，畫牛郎的夫人照像，最栩栩欲活。牛郎新近爛脚，有好久不能出門。據説他這爛脚的原因，由於性急等不得靈雀填橋，他便涉足銀河，溜了過去，去尋織女，因此感受水濕之氣而成。是否確實，不得而知。牛郎不但長於文字，而且他於中國鐵道管理方法，很有研究，曾經在他現在寓所相近的一個鐵路局裏服務多時，可是現在脱離關係了。牛郎另外還有一位牛叔叔，牛叔叔現在就在《人間地獄》中牛司洋行裏主持筆政，在上海灘上，很有些名氣，算得一個紅人。因爲讀牛叔叔文字的，没有一個不喚快活的。牛叔叔與牛郎木無甚關係，我們因爲要將牛郎的索隱索出來，不能不牽出牛叔叔來，證明牛郎是他的賢阮。牛郎啊，我索得錯不錯？

（一九二三年八月二十四日《晶報》）

半年畢業小説家

愛鈍

如今生活困難，文人靠賣小説的吃飯，也很不少。文人吃飯的方法很多，賣小説已是文人的末路了。列位没瞧見許多大小説家，從前著作很勤，後來經營别種事業成功，便丢開小説不做了（如天虚我生，如惲鐵樵）。可見小説一件苦事，更可見得成名的小説家，决不是從學做小説入手的。近來我偶翻報紙，常常見有小説家招收弟子，教授小説。我見了，已經很詫異了，倘若單純以小説授人，便可造成功一小説家，這位小説老師，便是第一個外行。新近又有什麽『小説函授學社』招生出現，他的告白，最奇妙的是半年畢業、學費四元兩句。唉！入了該社半年功夫，便能畢業嗎？真是特别速成科了。倘然該社真有小説秘訣教人，那麽半年功夫、四元學費，這一點小代價，誰不願意犧牲？畢業出來，賣四元五元一千字，每天做上三五千字，每日便有十幾元的收入，那再上算没有了。我想中華民國的男女，什麽學堂也不必進，什麽職業也不必去謀，只要到小説函授社裏，化上四塊錢，一生吃着不盡，一家生活無憂了，世界上有這等便宜的事嗎？該社的主幹、大名，我們耳朵不大聽見；作品，我們眼睛裏也不常見及，怎樣一件大人物，我們不敢説，不敢下批評，可是那列名贊助者王鈍根先生，可算小説界上一位有名人物了。他應該（按：脱「知」）道小説的甘苦，怎麽會贊成這種半年畢業的『欺詐』行爲呢？王先生可以出來更正一下罷。倘然人家半年畢業，仍就無用，那時似人家要埋怨王先生，説你是連擋碼子了，這是我對於王先生的忠告。

（一九二三年九月二十四日《晶報》）

《人間地獄》忽來春藥　愛虹生

《申報》上的《人間地獄》，署名是娑婆生做的，據説娑婆生就是畢倚虹的化名。他這部小説做得怎樣，且不去批評他，但是他的每期回目，情文相生，香艷欲滴，在近今的長篇小説當中，却不大尋得出像他這般貼切細膩典雅。可是新近第五十六回的回目，我瞧了，大爲奇怪。上一句是『雪夜度凄清，量珠换夢』，對句是『銀燈照憔悴，射回春藥』。哎呀，倚虹近來雖在《小時報》上做《黑暗上海》，有時不免學那市井小兒，説兩句粗俗不堪的話，然而『春藥』兩個字，公然用在他《人間地獄》很雅的回目上，似乎還不致如此，况且『射回春藥』，也不能對『量珠换夢』，并且平仄不諧（倚虹的回日，向來講平仄的），我真有些不了解。有人説這或許是手民的錯誤吧。我道：倘然是手民錯誤，那麽這一帖春藥，便是《申報》的排字勞工，和校對先生，奉敬畢律師了。呵呵！（倚虹近亦懸牌爲律師。）

（一九二三年十月八日《晶報》）

告索隱者　白蝶

近來各小報上，有一種無聊的風氣，把人家所做長篇小説裏的人物，一一影射出來，説這便是某人，那便是某人，美其名曰『索隱』。這個風氣是蔡元培開的，到了如今，那般後生小子，都效法起來，便有什麽《人間地獄之索隱》、《歇浦潮之索隱》等等。果然呢，做書的原也有實事在内，此中有人，呼之欲出。但是人家既然把他隱了，你又何必去索他出來呢？而且還常常的索非其人。即如《人間地獄之索隱》内，把一個趙棲梧，不知索了什麽人，説他是前清的名孝廉咧，説他是新文學家咧，并且説他身材短小，臉上還有密圈密點咧，完全没有一些兒影響，如此亂索一陣子，何必又浪費筆墨。不但此也，這事很關於人家的名譽，索隱索隱，還許索出賠償名譽的交涉來咧！

（一九二三年十一月九日《晶報》）

文藝的力量與品格　馬二先生

不論戲劇或是小説，都要具有一種力量，可以引動或是唤起觀者的同情，然後此戲劇或小説方不致令人生厭，方能算具有文藝上的價值。

我嘗説現今的演劇者，不論新舊劇，方其登場也，都僅能略微示意，而不能使人明瞭。甚或彼等自身，亦不明瞭，這不但是表演上藝術的拙劣，直是没有表演的力量。

在第七期《小説世界》中，有葉勁風君所作《誘惑》一篇，我看了兩遍，直不知道這篇的用意在什麽地方，今把這篇的結構大意，縮寫如下：

胡玉孫的夫人亞蘭，因爲赴姑母壽辰盛會，遇見一位善弦琴的生客沙斌，兩人合奏一曲之後，互相愛慕。夜半，姑母命沙斌送亞蘭回家，二人在途中，便攜手情談一番，幾乎都不能自持了。

這篇的情節上不自然之點有五：

（一）我國人家中壽辰，没有開音樂會之慣例。

（二）夜深女客不敢獨歸，萬無請一陌生的男子伴送回家之理。

（三）夜深時一對陌生的男女同行，也决不能挽着手。

（四）『先生與伊有了愛情嗎？』這一句話，在中國的女子，是輕易不能向男子説的話。

（五）亞蘭回家後見丈夫睡熟了，就跪在床前，伏在伊丈夫懷裏悲痛起來了，這種演新劇的表情，中國家庭内，却不常有。

然而或者葉勁風先生以『亞蘭是一個曾在美國留學的女子』爲解答，但須知她的家庭既在中國，便不能脱離了中國的慣樣。

或者勁風先生是有意譏誚女學生嗎？ 然而無論如何，只因聽了一曲較伊丈夫好的弦琴，便立刻和一個陌生男子生了戀愛，寫出這個亞蘭女士，未免太經不起誘惑了啊！

總而言之，這篇標題是《誘惑》，而於誘惑的力量，并不曾寫出來，只不過把亞蘭和沙斌二人——

一對美國留學生——都寫到不堪的地位而已。使一般頑固的先生們看了，必然說道：『哦，原來留學生都是如此啊。』這篇小說的結果，將使人得了些什麽感想呢？而小說本身的品格，又在何等呢？

（一九二三年十二月二十九日《晶報》）

《金瓶梅》與現社會　馬二先生

或謂現社會受舊小說勢力之支配，而以《水滸》與《三國志》爲最，余則以爲當推《金瓶梅》第一。人第知軍閥之結夥打劫，土匪之嘯聚爲患，形式有類於梁山泊，而不知飲酒爲歡，其描寫荒淫無耻之男女，可謂窮形盡相矣。然而今之在位者，其施罰也，何一非裸而鞭之之類？其特赦也，何一非鞭已引與同坐飲酒爲歡之類？喜怒無常，是小人性質；頑鈍無耻，是淫婦身分。蓋今之居高位挾重權者，迹其行爲，不爲淫婦，必爲小人，固皆不失其潘金蓮與西門慶之資格者也。余故認《金瓶梅》爲舊小說支配現社會之最有勢力者。

（一九二四年三月一日《晶報》）

小說話　饒舌

近年來小說雜志日多，小說家亦日衆，編輯小說雜志者，書賈必聘一文壇名宿任之，以資號召。側聞編輯薪金暨每期稿費，小只銀幣五六十元者，居然支配出版，洵可謚爲巧婦矣。然以是原因，稿件遂不免濫竽充數，紕謬百出，惜哉！

昔人謂讀萬卷書，行萬里路，斯言信然。李涵秋先生著作等身，只是所經之路不多，小説中乃時貽笑柄，知者爲涵秋惜，不爲涵秋諱也。昨偶閲《社會之花》第五期（丹翁當曰：『又爲登廣告矣。』）短篇小説《一飯之恩》，開端即曰天津法租界，大四面鐘轉角處……天津確有四面鐘，第在日租界而非法租界。鈍根君固行萬里路者，奈何不代爲檢點，以盡編輯主任之責任耶？（鈍根君閲此，必又斥以迹近攻擊，然小子初無成見也。）

小説家之得名，決非可以倖致，尤非受人揄揚，即可坐享盛名也。中國今之三大作家，如畢倚虹先生所著之《人間地獄》、《十年回首》，葉小鳳先生所著之《衣冠禽獸》、《前輩先生》，包天笑先生所著之《生活的裂痕》、《一年有半》、《上海春秋》，脱譯成外國文字，必可見稱於世界文壇，與歐美名家攜手。不謂《社會之花》十一期鈍根君云：『蹉跎生的社會小説，頗有獨到之處，只是還没有出名，我一定替他揄揚成名。』果如鈍根言，則小説家不必論其作品之如何，只視得人揄揚與否而已。鈍根所作諸大名家小史，處處不忘前編《自由談》，儼然爲小説家之老前輩，此殆『前任自由談主任』之口吻也與？

向愷然先生長於技擊，故所著近代《俠義英雄傳》，虎虎有生氣，非向壁虛造者。所能學其只字，惟四十五回叙農勁蓀與霍元甲由天津至上海情形，原文云：『同霍、劉二人，向上海進發，這日到了上海，農勁蓀在車站上就買了一份報紙。』按霍元甲到滬時，尚在清季，津浦并未通車，由津至滬，非趁海輪不可，決不能説在車站上買報，只可説在碼頭上買了一份報紙。於是知小説家執筆之際，宜就書中人之『時間』、『地址』，時時注意及之也。

（一九二四年三月一日、五月三日、五月十二日《晶報》）

這是何等好的創作啊　赤旗

今年新出的商務印書館《小説月報》，挺厚的一大册，翻開來看看，簡直没有幾篇可看。在創作裏，有一篇嚴既澄做的《鄰居》，大意是聽得隔壁夫婦兩人在裏里，講影戲裏一件事，他就作爲問答體，把一段影戲，裝頭裝脚，做成一篇小説。照這個法子，還不如自己説看影戲，老老實實把影戲裏的事迹演出來，省得聽隔壁小夫婦的壁脚咧。這篇《鄰居》的無價值，不必説了。最豈有此理的，還有一篇喚做《碧海青天》，内容是一個大學堂學生，去嫖下等娼妓，一見了就叫他雲妹、吾愛。那個娼妓受了拆白黨的騙，却和他要好，送他手帕和頭髮的表記。後來那娼妓投海死了，要不是加上新符號，這班新文化家，一定要駡這篇小説是淺薄、惡劣、無耻，或者駡他是文丐、文娼所做的文字。現在請讀了這篇文字的新文化家，良心上用個公正的評判罷。

（一九二四年三月九日《晶報》）

爲《儒林外史》呼冤　饒舌

本埠一個著名中學的校長，寫信給人説：『君以此種考試，爲國文教育上的復辟行爲，當然以庸妄人之教授性欲小説《金瓶梅》、《紅樓夢》、盗賊小説《水滸》、科舉小説《儒林外史》爲革命行爲……』他所舉的四種小説，以上三種且不論，單就我百讀不厭的《儒林外史》講，絶對不能拿他看做科舉小説，因爲著者吴敬梓先生，本是痛心疾首於科舉制度，時時流露於字裏行間，若要舉例，舉不勝舉。吴先生身處科舉功名極盛時代，有這種主張，實在是難能可貴，怎麽流傳到現在，忽然有人輕輕地加他『科舉小説』四字考語？ 這才是寃呢！ 有人説，這位校長究竟知道《儒林外史》，便不埋没吴先生，不必論他的評斷對不對，我連聲應道：『有理，有理。』

（一九二四年四月六日《晶報》）

好小説資料　J.C生

現在的人，專爲小説家造資料，所以蘇佩秋願請天笑先生替他做一部小説，可以『人以書傳』。天笑先生北居數年，我代他想，除蘇佩秋之外，還有兩部好小説資料，一部是《賽金花自傳》，賽二爺自從寡居以後（她的丈夫魏阜滬逝世，存款多被人干没，近甚清苦），閉門却掃，如果去訪問她，把她一生經過，諸如做公使夫人，覲見英後，庚子聯軍代大員説項等事，叙述起來，做一部小説，够多麽好。一部是《新品花寶鑒》，借山東潘三做主人翁，拿馮六爺與梅畹華、夔公先生與程玉霜，做陪襯；就是奚十一等人，也有程衆愚和朱琴心、吴秋舫和尚小雲，這一班人，出來點綴； 還可以加入女伶，金少梅、琴雪芳、碧雲霞全有艷史可記，這部書真熱鬧極了。 果真天笑先生高興執筆，一定不在《留芳記》之下。

（一九二四年六月九日《晶報》）

《玫瑰花前》之嚴獨鶴　愛玫生

新近出了一本小説周刊，名叫《紅玫瑰》。第一期之第一篇，便是大名鼎鼎的嚴獨鶴作品《玫瑰花前》。但是玫瑰花前，還有一段玫瑰花前，細看并非正文，乃是苕狂給獨鶴介紹的幾句話。其實獨鶴先生名滿天下，婦孺皆知，也無須介紹。仔細一想，原來介紹的這幾句話，却很有神秘的趣味。我如今將他原文不更改增加一字，只删簡就繁的節録幾句，抄在下面，總算是《玫瑰花前》前之嚴獨鶴。文云：

> 獨鶴……做得酣暢淋灕，奇峰叠起，曲盡悲歡離合之致，中間一段緊似一段，尤足引人入勝。入後……更牽動心弦，教人感動於不自覺了。所以……人家看去，只覺其短，不嫌其長呢……爲此名葩生色不少。

（一九二四年八月六日《晶報》）

小説家之常識

饒舌

近來小説家雖多，好小説却不多見，程瞻廬君的小説，比較的有一看之價值。可是與李涵秋先生犯了一個毛病，就是讀破萬卷書，未行萬里路，不信請看《紅玫瑰》第二期，他的一篇《薊門道上》，説道：『徐美公……得了警報……趕到京漢東車站，趁着京東支路的車。』我們只知道北京前門有兩個車站，京奉稱東車站，京漢稱西車站，而且只知道京奉京漢之外，還有個京綏。瞻廬君所記，恐怕是傳聞之訛吧。因此我想到凡是小説家最好是多走點路，萬一不能，也要買本全國旅行指南來看看，多少也可以得點常識。我這誠意的忠告，不知道有人接受没有。

（一九二四年四月十二日《晶報》）

記《帶印奇冤》小説

諦諦

在民國元年的時候，曾出有一部長篇小説，喚做《郭公帶印奇冤》，共有五十二回之多，署名的作者，爲也是道人。其實就是那位郭公的大筆。這姓郭的喚做郭泰祺，也是前清一位舉人老爺，在安徽歷任州縣，在當涂縣任上壞了事，革職拿辦，因在模範監獄裏。這部書大概就在監獄裏做的，筆墨不甚佳，雖然是個舉人，怕是做官以後，被這些案牘勞形弄壞了。可是一個山西老，有志於小説家言，也算虧他的了。這部書中，他把馮夢華、朱家寶兩人，駡得狗血噴頭。馮夢華他改了個名字喚做馮大蔡，説他有個寵姬萬人迷，如何如何的不堪，朱家寶他改爲猪家寶，説他革命時鑽狗洞而逃。其餘沈子培，他題的綽號叫做沈不清，汪麟昌喚做八萬官，描寫他偷媳的事。嗚呼，怨毒之於人甚矣哉！可惜他的筆墨不甚佳，不然是絶好一部安徽省官場現形記。

（一九二四年十一月二十七日《晶報》）

商務印書館大公無我　炯炯

商務印書館是中國第一家大書店，誰也曉得，出版小説當中，林琴南先生譯本，有一百餘種，可謂洋洋大觀。以每千字六元計算，這筆版權費，也是一宗巨款。但是商務印書館爲貫輸歐美文化起見，决不吝惜，并且昨天看見該館新出版本年第十號《小説月報》，國内文壇消息上面，載着……我們得到一個很可悲痛的消息，即我們中國的介紹歐洲文學最多且最努力的林琴南君已於本月（十月）九日逝世了。林君的死……且他的重要不過在他的許多不甚忠實的翻譯上。……我想『不甚忠實的翻譯』一句話，出於該館編輯先生之口，登於該館自行出版之雜志，這種大公無我的態度，真足爲書業界之模範了。佩服佩服。

（一九二四年十一月三十日《晶報》）

章行嚴却喜倡門小説

卓武侯

七七一號《晶報》裏説章行嚴先生不喜小説，秋桐係《紅樓》賈璉之妾，他都不理會得。但據在下所知，章先生喜不喜《紅樓夢》以及其他的小説，雖不敢斷定，然而能的確斷定章先生，很喜歡何海鳴的倡門小説。記得今年三月裏，在下在海鳴的書齋中，見着章先生寫的是『《倡門紅淚》一書讀之極佩』。這部書便是海鳴先生最近極著名的一部倡門小説，章先生既説讀之極佩，可見他旁的小説雖不喜，却甚喜何派的倡門小説咧。這其中也或許有個原故，去冬段合肥在津門發出碼電預備做臨時執政的時節，章先生正在那裏幫忙。公餘之閒，聽説很喜在三不管倡門中走動，曾與寒雲吃過一回隔壁醋。章先生很喜倡門小説，想必是在那個時候才開始咧。

（一九二五年八月六日《晶報》）

讀《留芳記》

炯炯

作政治小説難，作近代政治小説尤難，以書中事迹，强半爲人稱道，而欲加以剪裁，緯以綫索，讀之而不生厭，斯誠難之又難矣。《留芳記》述普通事實，能使人津津忘倦，而珍聞秘史中若袁項城等人，似不妨記以真名，俾傳之久遠，不致有索隱之苦，而勞考據家之聚訟。天笑以爲無此體例耶？

抑嫌不能一律耶？請有以語我。

（一九二五年九月三日《晶報》）

《九尾龜》中之余大雄　道聽

漱六山房（即張春帆先生）做的《九尾龜》小説，消數之多，不在《水滸》、《三國》、《紅樓夢》之下。單是版本，五花八門，有六七種之多，石印的，鉛印的，大本，小本，新標點，無奇不有。因爲這部書的版權，本來是集成圖書公司的，後來賣給黎元洪拿出資本來的民國第一圖書局，圖書局倒閉，遂致版權開放。因爲没有版權，定價逐漸低減到一元左右。可是只有十二册爲止，叙到章秋谷到廣東，没有下文。現在又做了十二册，將全書完全結束，可謂洋洋大觀，精彩得了不得。我昨天看到二十四集，忽然從書中跳出一位余大雄先生來，你道奇也不奇。我且略抄幾句，印證我的話：『……那神皋新報的經理徐雄舟，也一定要懇求秋谷擔任撰述。』你想《神州日報》本有一個《神皋雜俎》，很爲得名，况且神皋就是神州，這徐雄舟不是余大雄是誰？

（一九二五年十二月二十七日《晶報》）

合小説會　中鋒

中國南方舊習慣，有一種合會的風氣，譬如婚喪喜慶，一時之間，錢不凑手，便在親戚朋友之中，合一個會，以便衆擎易舉。小的會，有三塊錢一脚的，五塊錢一脚的；大的會，有五十塊錢一脚的，一百塊錢一脚的。聽説王一亭先生，前年合了一個會，是一萬塊錢一脚的。所謂一脚者，就是一份也。不想這個風氣，却流行到文藝界，現在很有一種喚做合小説會的，他們用一兩個人出面，向各小説家徵求稿子，倒也不在乎稿子的好不好，只好有你這一個大名，那怕幾百字也好，他們搜集起來，出一本短篇小説。至於稿費呢，對不起揩揩油，這就叫做合小説會，至少一年可以舉行一次。倘然合了這個小説會，是做一點公益的事，或者贈與文學家身後孤寡，倒也是一件好事。倘然合了這個小説會，爲書坊店老板及經手人貿利，這個小説會就覺得没意思了。

（一九二五年十二月三十日《晶報》）

日本小説千字百銀圓

神獅

我國書坊報館，凡購小説稿，以字計直，千字，其單位也。近年生活程度日高，小説之直，亦與俱漲，由一二銀圓進而至於四五銀圓，如林琴南與魏易等合譯諸作，商務印書館向即酬以六圓，蓋已首出庶物，林且未能獨享厥資，就所聞見者徵之，似至今最上之直，未能逾六圓也。惟論篇或統入月薪，則千字偶溢十圓，容有之矣。日本小説名家谷崎潤一郎至滬，遍訪海上文藝諸子，寶鳳君叩以日本小説，谷崎君曰：『日本小説，以葉計直，葉凡四百字，曩者數圓亦爲上數，今則至廉，誠有二三圓者，然葉二三十圓，其常格耳。』至《主婦之友》、《婦女界》諸雜志，千圓一稿，佔廿葉或卅，一期登竟，蓋已數見，然則葉猶不止三十圓矣。寶鳳向谷崎君索舊稿半葉，鐫版載諸右方，中有數字居一行者，如仿吾國計字，則每千字且百圓，而最廉亦將六圓也。

谷崎君爲蒐材菰止，盤桓彌月矣。寓一品香樓，日夕與友朋蹀躞市上，天明始歸，十里酒肆，按省嘗鮮，或告以飯店弄，則曰：『老正興館，故涉足矣。』或叩以跳舞場，則曰：『大華飯店之會盛也。』既觀舞矣，亦徵歌乎？則夢花與富春樓，嘗左顧而右盼，若肉林珍品，亦曾嘗鼎一臠歟？有餉以美麗川菜者，蟲草燉鴨，初尚未快朵頤，餘則已儕諸家常便飯，而久沾滬塵之寶鳳，初未審蠶叢鳥道中，乃有此夏蟲冬草之食料也。與谷崎君同游者，日人有《大阪每日新聞》之村田孜郎。村田詳吾國俗，當引吭高唱『薛大哥』一闋，聞者恍置身《五家坂》也，國人則田漢、歐陽予倩諸君，一星期前，藝術界之消寒會，谷崎君殊多戲賞，并擬一觀舊歷新年興象，然後東渡或他往也。小説家貴描寫傳神，谷崎君窮數十日之力，觀察申浦，異日述此瑣瑣，宜必惟妙惟肖，稿受上酬，亦固其所，然吾國如天笑、倚虹諸鉅手，未始不扶桑鼓棹，京洛聞歌，而以所閲歷，著爲佳文，則亦格於市價，豈不傷哉！豈不傷哉！

（一九二六年二月八日《晶報》）

保障文人一個提議

炯炯

苦莫苦於中國著作界的文人，既没有像英國國家規定的年金，也没有像日本每千字百元的代價，最高的報酬，每月不過三四百金，或是每千字五六元的代價，所以倚虹、涵秋身後，皆有蕭條景象。我想書坊的利息，不爲不厚，如果於出版之日算起，等到二十五年之後，將版權仍歸原著作者享有，或聽憑原著者開放版權，徵收版税，庶幾乎文人絞腦漿的結果，還有挽回利權的希望。要不然，只看大資本家三分二分厚利往裏賺，著作家除了一次賣版權之外，絲毫没有沾潤之餘地，未免太不公平。仿佛這種辦法不知是那一國有過的，我的記憶力薄弱，一時之間却想不着了，不知道有贊成我的提議没有？

（一九二六年五月二十七日《晶報》）

包天笑被人利用一次

廣告學者

嘗讀《夏之花小説集》中天笑所撰之小説，曰《夏之夜》，中有命婢開汽水事，而所開者則爲益利汽水，因詢之天笑君，謂：『君所撰之小説，爲前年事？抑爲今年事？若爲前年事，則益利汽水廠尚未開辦；若爲今年事，則我不信益利汽水，已盛行於北方。』天笑瞠目不能答，曰：『吾小説中未有益利汽水字樣也。』余檢示之，天笑莞爾曰：『是殆經編輯先生劉豁公君之改易矣。』余之原稿，似爲玉泉山汽水，因北京人喜飲玉泉汽水也。其實汽水則汽水耳，玉泉山三字亦贅也。』余復檢《夏之花》前幅之廣告示之，曰：『玉泉山未登廣告耳，而益利汽水則登廣告矣。故將君小説中玉泉山易爲益利矣。惟君之文中，尚有香煙雜物之類，似乎香煙之上，冠以南洋公司白金龍，雜物則説明先施公司所辦，益復使登廣告者歡心，而君則被人利用矣。』天笑曰：『實業家欲利用文人之筆以爲之宣傳，賣文爲活者之榮幸也。廣告之法，能插入小説中，使人不覺其爲小説，是廣告術之進步也。益利汽水安見不能銷行於北京？而我之小説，亦可作爲未來派也。』余曰：『汝言固辯矣，然終被人利用一次也。』

（一九二六年七月三十日《晶報》）

袁克文

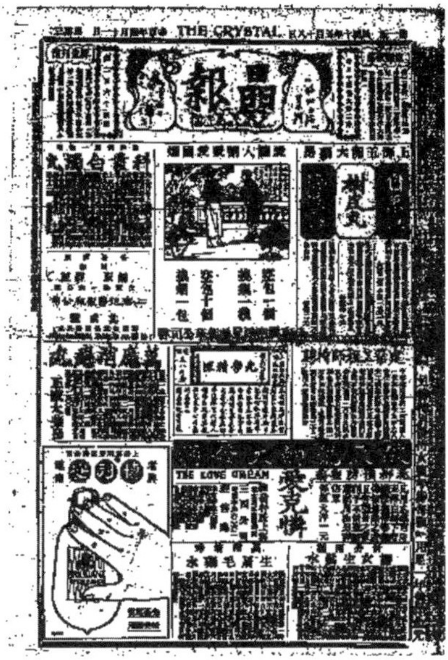
THE CRYSTAL
晶報

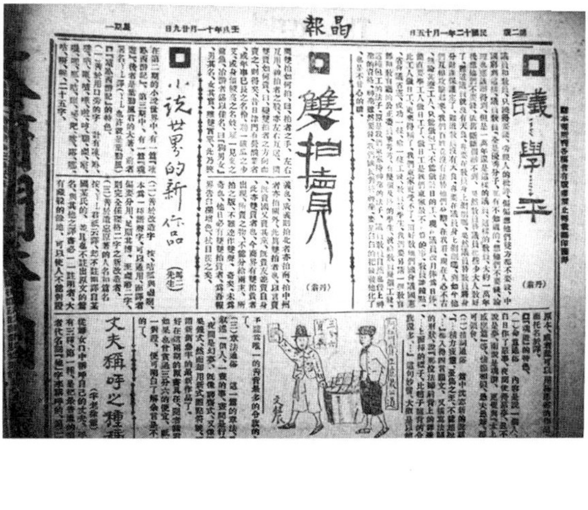
晶報
議學平
雙拍賣
小説世界的新作品
丈夫稱呼之種種

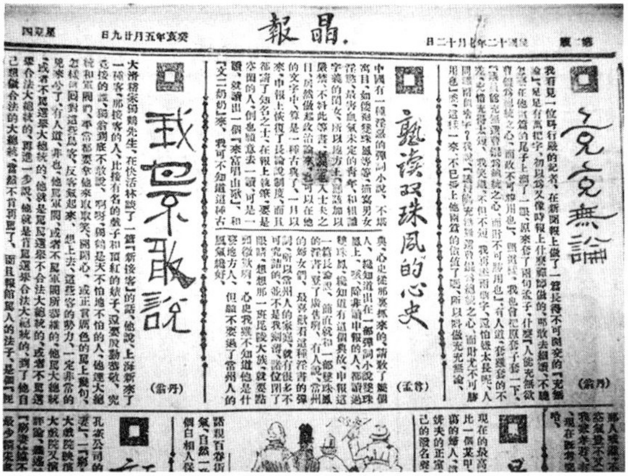

星期四　癸亥年五月廿九日　晶報　民國十二年七月十二日　第二版

竞竞無論

（翁丹）

我看見一位叫行嚴的記者、在新聞報上做了一篇長得不可開交的「克無論」、是是有萬把字、初以為又像時報上什麼節節做的、那敢去細讀、不過瞥在他那篇的尾子上寫了一段、原來套了兩句孟子、什麼「人能充無欲害人之心、而仁不可勝用也」、「人能充無穿踰之心、而義不可勝用也」、有人道、套幾套的不…我說「克無論」…我也曾想原套子套一下、…所以我做充充無論、

讀雙珠鳳的心史

（孟嘗）

中國有一種淫褻的彈詞小說、不堪寓目、如倭袍雙珠鳳等等、描寫男女淫態、最害血氣未定的青年、和粗識字義的閨女、所以地方上的紳士加以嚴禁、不許此等書入士夫之目、居然做起政治論來、也可以在他的文字中、算是一種古典了、一月以來、申報上恢復了長論說制度、而且都請了知名之士、在報上執筆、要是容閱的人、倒也願意去一讀、可是一讀、就讀出一個「來富唱山歌」、和「文二奶奶」來、我可不知道這種古典、心史從那裏抓來的、請教了幾個人、纔知道出在一部彈詞小說雙珠鳳上、唉、除非讀申報的人、都讀過雙珠鳳、纔知道有這個典故、申報這一篇長論說、簡直就和一部雙珠鳳的淫書、登了廣告啊、有人說、常州的婦女們、最喜歡看這種淫書的彈詞、所以常州人的家庭、就有很多不可究詰的、並不是我刻薄、諸位閉了眼睛、想想那一班毘陵大族、就要點頭微歎啊、心史我雖不知道他是什麼地方人、但斷不要過了常州人的風氣纔好、

我要不敢說

（翁丹）

大滑稽家錢化佛先生、在快活林談了一篇「新接客」的話、他說、上海新來了一種客、那接客的人、比接有名的戲子和頂紅的妓子、還要殷勤恭敬、究竟接的誰、錫翁到底不敢說、啊呀、錫翁是天不怕地不怕的人、他連大總統和軍閥們、平常都要拿他來取取笑、開開心、或正言厲色的罵上幾句、怎樣對這客、反客氣起來、想上去、這些客的勢力、一定非常的兇來兮了、有人道、非也、他罵軍閥、或者不罵軍閥所豢養的、他罵大總統、或者不罵選舉大總統的、他就是罵選舉不合法大總統的、或者不罵選舉合法大總統的、再進一步說、他就是盲罵選舉合法大總統的、到了他自己想做合法的大總統、當然不肯再罵了、而且報館罵人的法子、是個「說…

海一塵錄

…但是你千萬勿要誤會、…可是一讀…

金瓶梅與近代政局

（馮二先生自北京寄）

我說近代中國底政局大似金瓶梅、袁項城營靠巧取、卒不免於家破身亡、好似西門慶、黃陂公老成持家、豈不能防患未然、好似吳月娘、王士珍名位俱尊、却碌碌無所見、似孟玉樓、段祺瑞璞介自持、不免於識議、似李嬌兒、馮國璋積財先亡、大似李瓶兒、…好似春梅、…

小說瑣談

鄭逸梅 撰

載於《小說新報》一九一九年第五卷第三期。《小說新報》，創刊於一九一五年，國華書局發行，先後負責編輯者有李定夷、許指嚴、包醒獨、貢少芹、天臺山農等，至一九二三年停刊，共出九十四期，以發表長短篇小說爲主，兼及各色雜著。作者鄭逸梅（一八九五—一九九二），本姓鞠，被外祖父收爲己孫，改姓鄭，名願宗，學名際雲，號逸梅，别署鄭留、鳩拙、冷香等等。江蘇吴縣（今蘇州）人。一九二〇年起，先後主編過《遊戲新報》、《消閒月刊》、《秋聲》、《金剛鑽報》、《永安月刊》等期刊與多種小說集。一九三〇年加入南社，一九八〇年參加農工民主黨。爲著名的作家、文史掌故家，著作宏富，人稱『補白大王』。本文追憶了作者自幼及長對小說的嗜好，主要是由於『小說中人物，性情意氣，流露天真，與予深自契合』。同時談到了對文言與白話看法的轉變，頗有一定的代表意義。最後談及讀者心境的不同與接受小說的關係，早年『頗有志』，就『喜讀英雄豪俠諸小說』；『年來潦倒窮途』，就愛讀『寫名士飄零、美人淪落諸哀感頑豔之作』了。

予幼未刻意讀書，性鈍，於古人文無所得，惟寢饋小說，故稍解文事，然則小說者，謂爲吾益友可，謂爲吾良師亦可。

予略有知識，即嗜小說，及長，愛之成癖。雖俗務蝟集，無暇把卷，然臨睡時必擁衾觀數頁，一燈熒熒，萬籟寂寂，神游小說海，寧捨黑甜鄉。

予性孤癖甚，正覺如查伊璜所謂『滿眼悠悠，不堪酬對』，惟小說中人物，性情意氣，流露天真，與予深自契合。

予幼時愛文言小說，而仇視白話。年來

鄭逸梅

亦兼愛之，如覺種種形容有非文言所能狀者，而白話能描寫得淋漓盡致。

予年來爲貧困，然衣可撙、食可節，佳小説不可不購。

予幼時頗有志，喜讀英雄豪俠諸小説，活虎生龍，雄心躍躍。年來潦倒窮途，灰頹壯志，則凡寫名士飄零、美人淪落諸哀感頑豔之作，與予如結不解緣矣。

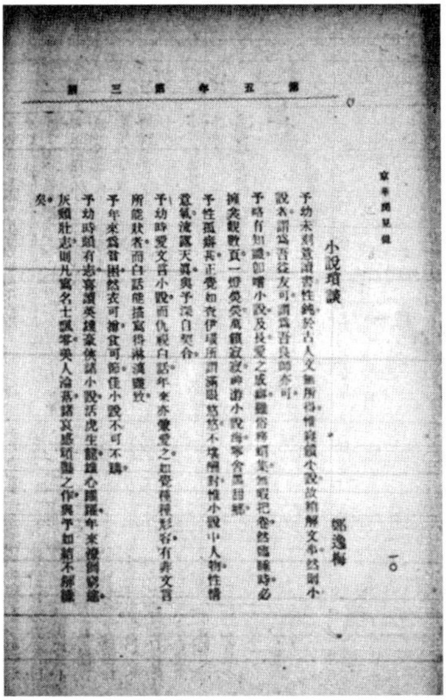
第五年第三期

小說瑣談　鄭逸梅

予幼未刻意讀書性鈍於古人文無所得惟時讀小說故粗解文章然謂小說爲吾益友可謂爲吾良師亦可

予略有知識即嗜小說及長愛之彌篤[illegible]無暇把卷然臨睡時必摘數頁一讀[illegible]

予性孤癖[illegible]惟小說中人物性情意氣流露天真與予深自契合

予幼時愛文言小說而仇視白話年來亦兼愛之如覺種種形容有非文言所能狀者而白話能描寫得淋漓盡致

予年來爲貧困然衣可撙食可節佳小說不可不購

予幼時頗有志喜讀英雄豪俠諸小說活虎生龍雄心躍躍年來潦倒窮途灰頹壯志則凡寫名士飄零美人淪落諸哀感頑豔之作與予如結不解緣矣

說部卮言

鳩拙 撰

載於一九一九年九月《小說新報》第五年第九期。作者名鳩拙，爲鄭逸梅的別署，詳見一九一九年《小說瑣談》提要。本篇以『小說家多好以自身所經過之歷史，爲著述之資料』立論，將《儒林外史》、《紅樓夢》、《兒女英雄傳》中的人物與生活中的人物聯繫起來，基本上只是引録了他人材料以證之。就《紅樓夢》的種種索隱，略作了梳理與綜合，可資參考。

小説家多好以自身所經過之歷史，爲著述之資料，如《儒林外史》中之杜少卿，即著者吴敬梓徵君之自寓也。《兒女英雄傳》著者文鐵仙，曾簡駐藏大臣，以事不果往，故書中安龍媒將有烏里雅蘇臺之役，而卒不成行，殆亦以泚筆之時，感觸身世，因而自爲描寫耳。

《儒林外史》五十卷，窮極文士情態，全椒吴敬梓所著也。吴字敏軒，一字文木。乾隆時人，嘗以博學鴻詞薦，不赴。襲祖業甚富，而素不習治生，性復豪，遇貧即施。與文士往還，飲酒歌呼，窮日夜不休。未數年，產盡，醉中輒誦樊川『人生直合揚州死』之句，後竟如所言。其書將雍、乾時代之怪現狀，描寫盡致。蓋此時代之名士，最高者，亦至於詩辭文字箋注考訂而止。汪容甫於當時，最負盛名，而《儒林外史》中之匡超人，或謂即指容甫。世傳其有出妻之事，與小説所載微異，然即此亦足見其輕薄無行之一斑矣。容甫初娶孫氏，工吟咏，嘗有句云：『人意好如秋後葉，一回相見一回疏。』最爲容甫所不懌。一日晨出，忽潛回房，時孫方梳頭，容甫出不意，自其後抱之。孫駭問曰：『是何人，敢爾相戲？』容甫遽怒曰：『豈尚有他人敢如此乎？』即以此爲罪狀而出之，遂爲時論所薄。後擬劉孝標《自序》，乃有『蹀躞東西，終成溝水』之語。文士出妻，固亦常事，如容甫者，亦太不近人情矣。

《紅樓夢》一書，所載皆納蘭太傅明珠家之瑣事。妙玉，姜宸英也。寶釵爲某太史，太史嘗遣其妻侍太傅。冬日，輒取朝珠置胸際，恐冰項也。或謂《紅樓夢》爲全書標目，寄託遥深。容若詞云：『此夜紅樓，天上人間一樣愁。』賈探春爲高士奇，與妙玉之爲宸英同一命義。容若，名成德，後改性德，太傅子也。或謂是書所指，皆雍、乾以前事，寧國、榮國者，即赫赫有名之六王、七王第也。二王於開國有大功，賜第宏敞，本相聯屬。金陵十二釵，悉二王南下用兵時，所得吳越佳麗，列之寵姬者也。作是書者，乃江南一士子，爲二王上賓，才氣縱横，不可一世，二王倚之如左右手。時出其愛姬，使執經問難，從學文字，以才投才，如磁引石，久之遂不能自持也。事機不密，終爲二王偵悉，遂斥士子，不予深究。士子落拓京師，窮無聊賴，乃成書以志感。京師後城西北，有大觀園舊址，樹石池水，猶隱約可辨也。或曰是書實國初文人抱民族之痛，無可發洩，遂以極哀豔、極繁華之筆爲之，欲導滿人奢侈，而覆其國祚者。其説誠非無稽，試讀其第一回之詩曰：『滿紙荒唐言，一把辛酸淚。都云作者癡，誰解其中味。』其言何等凄楚痛絶，則知其中有絶大原因，非游戲筆墨之自道身世者可比也。或曰《紅樓夢》可謂之政治小説，於其叙元妃歸省也，則曰『當初既把我送到那不得見人的去處』；於其叙元妃之疾也，則曰『反不如尋常貧賤人家娘兒兄妹們常在一塊兒』，絶不及皇家一語，而隱然有一專制君主之威在其言外，使人讀之自喻。今京師大學校長蔡孑民先生之《紅樓夢索隱》，亦主第一説及第三説而發揮之。或又以爲入關及雍正奪嫡事者，要之蛛絲馬迹，均有些微來歷，在讀者自得其言外意可也。

最近十年來之小説觀

綺緣 撰

載於一九一九年九月《小説新報》第五年第九期。作者吴惜(一八七一—?),字綺緣,晚年改署起原,别署冷紅、冷紅女史,室名憶紅樓、碧蘿書屋。江蘇常州人。南社社員。幼年即嗜《紅樓夢》、《花月痕》等古代小説,民國初年,曾針對當時坊間流行的才子佳人小説,托名冷紅女史著《冷紅日記》,以挽澆風。又喜閲《聊齋志異》,以其筆調,談狐説鬼,文末皆揭其真相,乃真人所爲,總稱《反聊齋》,亦刊有單行本。小説多發表在《禮拜六》、《雙星》、《小説季報》、《小説俱樂部》等。曾爲華盛煙草公司撰寫小説,與該公司的廣告并刊於《新聞報》,以吸引讀者注意廣告。本文梳理了吴趼人、李伯元之後,小説界輾轉流行翻譯小説、哀情小説、黑幕小説、淫穢小説、神怪小説，頽疲不堪，而如科學、教育、倫理、軍事、愛國等『立品頗高』的小説却没有市場。他認爲其責任不僅在作者，而且也與讀者有關係。因此，他呼籲作者與讀者，『雙方各本良知』，一方面要重視小説的『教育』作用，另一方面要注重小説的『審美性質』，一起『振敝起衰』，爲『未來之小説界，放一綫曙光』。

小説家列於《漢書·藝文志》，固藝文之一也，由來已久。試悉心考察，則自有文字以來，幾無不有此類體裁，羼入其間，然而解其義者不多，且不知小説之功效又奚似。故執筆爲此者，大率藉以適性怡神，冀取快於一時，初不欲流名百祀，絶無名利之念存於中，故十九且隱其真姓氏，免招尤惹譏。或因處於專制之世，文綱密張，既不敢直言以賈禍，又不忍箝口結舌，噤若寒蟬，則毋寧於此中得稍發泄，主文譎諫，立言婉諷，設對手人欲加以罪，輒患無辭。然閲者之志，亦僅在乎排愁養性，視爲娱樂品之一耳。且以小技蟲雕，無當大雅，故蔑視之。若此則小説一端，又何能望其發達耶？是以歷時雖數千年，而小説之得以流傳者，爲數至微，僅《列國》、《三國》、《西厢》、《石頭》等數十種而已。外此湮没無聞者，蓋不可勝計。試一顧視歐美，則群且以小説爲教育之輔助品，提倡發揚，不遺餘力。以一紙之微，代價輒至千金，脛走翼飛，行銷輒逾鉅萬。而小説家三字頭銜，亦有殊榮，群加艷羡。以彼例此，相去何啻霄壤？近數十年來之中國，固可謂之學步時代。每見人所有者，恒加模仿，惟恐不及。於是小說一道，稍稍見重於世，人且以此十年中爲小說全盛時代。然而揆諸其中真相，試一比例，相反適趨於極端。蓋以言乎銷數及種類，以今比昔，固似較多，而實則相反。蓋前此小說，縱不風行，亦堪持久。即以至不肖之誨淫誨盜，如《金瓶梅》、《杏花天》、《施公案》、《彭公案》等計之，亦得銷數百萬。試問今日即號稱銷數至多之小說，有能若是之盛者乎？種類雖似繁多，然率陳陳相因，互相剽竊，有能獨出心裁，獨辟畦町者乎？曰：『未之有也。』於是而知近年且爲小說衰敝之一時期矣。作者不敏，濫竽此中，亦已有年，不揣謭陋，敢以管見所及，宣言於此，并剖爲若干時期，而分記之，倘亦爲有志於斯者之不棄歟。

十年來流行之小說，均所謂新小說也。我佛山人、南亭亭長諸氏，實肇其端。蓋小說至清季，已成强弩之末，在人人心目中，幾不屑有此二字。則兹數子光大之功，誠不可湮没也。然其後則又稍稍式微，僅商務書館，有多數移譯之小說出現，琴南等均膺其任，銷數亦佳，惟撰著者則猶少。及光復之際，報館林立，而小說遂多由此傳布，頗不以無關重要而輕之。每新聞紙一頁中，幾無不有小說列入也。於是人亦漸目爲投機事業之一種。而雜志一物，遂應運誕生，其中材料，固十九以小說爲主幹也，風行亦漸盛。迨二次革命以還，報館以受影響，故相率掩旗息鼓。而一般主持筆政者，既患無業可爲，則又大率衰退而爲此，朝發夕刊，計字論值，群目此中爲利藪。爲時不及一歲，而雜志之出版者，多至數十百種，價昂者或需一二元，廉者則數銅元已足。壽命較長者，或得延及今日。若其短且促者，則不及一月耳。察其材料，雖撰譯咸備，門類孔多，而多敷衍成章，絶少愜心貴當之作，即或有之，亦如鳳毛麟角，不可多見。蓋其志特在投時所好耳，若古奥艱深，非所取也。於此時期中，無論作者閲者，尤皆好偏重哀情一途，每好以《石頭記》爲藍本，從而效顰。故造就至薄，成績且猶遠遜於報紙所刊者數十倍也。於是單本小説之言情愛者，亦乘此潮流，錯綜以出。以言乎事，則佳人才子，好夢難諧，或同歸於情死也。以言乎文，則駢四儷六，拉雜成章，剪翠裁紅，掇拾得句，語意甚且不能貫串一氣也。以言乎命名，則釵鈿魂影，花玉情淚，捋撦即得，固不能逾此範圍也。如此者，詎便足觀，即有佳構，亦將無當雅道。然而逐臭之夫，固猶嗜痂成癖。苟降格而論，似猶未盡脱小説氣味，雖封面過於昳麗，文情或涉邪淫，易爲方正者所呵，特較後出者爲勝，此可爲之曲恕者也。

喜新厭舊，固人類之常情。即日饜珍羞，亦且生厭，矧在藜藿。故此類言情小説，雖得流行於一時，已漸招國人之厭惡，不久而生涯一落千丈，幾已無人問津。於是不得不改途易轍，以冀另起爐竈，因是有黑幕諸篇起而代之。所謂黑幕者，固社會小説之變相，而以抉發隱秘爲事者，使人按圖索驥，得多所閲歷，有備無患，不受人欺負，其意要亦至善，故在當日頗有稱誦之者。不圖作者與發行人，每大背此本旨，純以迎合普通人士之心理爲唯一要點。竟藉此二字，爲誨淫誨盗之媒介，此類著作，遂不堪復問。顧人見其有利可圖，遂不惜寡廉喪恥以爲之。摹仿一端，固爲國中書賈之陋習，見一書之銷行較廣，則群起踵效，命名立意，期在畢肖，如商肆之戲射然，終必至兩敗俱傷而後已。固非僅此一端爲然，惟於黑幕，則因獲利較豐，故仿效之者最多。某君之言曰：『著黑幕者，無一非黑幕中人。』洵痛乎言之也！然此類營業，固可一而不可再，未逾若干時，黑幕又復風流雲散。而坊肆間亦多門前冷落車馬稀之感，所存之殘楮敗帙，徒足資冷灘上之點綴而已，出版界亦因之而寥寂者久之。

小説家與書賈之心理，何有窮時？既鬱鬱不得志，遂不得不別展宏猷，出奇制勝。因鑒於《金瓶梅》等諸淫書，雖干例禁，而其行銷且無窮日，乃立加仿效。故標淫穢之回目，出售預約，肆其欺詐之伎倆。以論内容，則大都苟合也，私奔也，一男子而奸誘若干婦女，一婦女而私識若干男子也。若文字之費解，且爲餘事。雖爲淫書，遠不能如《金瓶梅》等之透徹，貽誤青年，更不足論矣。教育部雖亦下令申禁，而挂一漏萬，何能遍及？此輩且轉恃以號召，滿載而歸矣。於是人且因此詈小説家爲不道德，而視小説爲虎狼蛇蝎，戒其子弟，使勿復近。雖似矯枉過正，然實此類敗群之馬，有以釀成之也。淫書雖亦盛行一時，終以味同嚼蠟，不久即爲社會所擯棄，一蹶之後，不得復振。雖欲死灰之復燃，亦正非易事。而著作界同人沾沾於此蠅頭微利，竟不惜隳棄名譽，退而爲此，不亦大可憐耶。然此要非一方面之罪，彼閲者寧非推波助瀾，長君之惡耶。

書賈當無可奈何之際，復以實用二字炫人，出種種書籍行世。雖爲老生常談，盡人皆知，毋勞使其更述，而偏美其名，謂便於實用，有裨家庭。廣告則大吹法螺，預約則故廉價值，一似是編固爲萬能，而以少數金錢，即可易得者，無如期中所述，無不從陳言剪裁而來，婦孺咸知，不值一哂。編纂者流，固猶欣然自得，雖視小説有別，而實則亦由此中變换而來，即作傭者固無一不屬於小説家也。

下逮今日，書賈咸有黔驢技窮之感，不得已異想天開，而從事於神怪之著述矣。驟視之，雖似與小説大相徑庭，而實際上固猶葫蘆依様，惟絶非如《西遊記》、《封神傳》等之神怪小説也。特更神而明之，編載種種法術，誇爲奇秘，藉以聳人觀聽。其中所載，大都想入非非，如女化男身法也，騰雲駕霧法也，點鐵成金法也，皆爲事理所必無者。然人則以所費無多，不妨姑妄聽之，强半爲好奇一念所驅使。於是此類書籍，亦復層出不窮。推其原委，固亦根據小說，且大半盜竊前人游戲之作，加以改竄而成。蓋曩昔之神怪小說，猶稍有寄托，今則并此而亡之，純爲欺詐手腕矣。吾嘗戲語人曰：『使此類秘術而果能踐行，即以點金一術言之，已畢生可永無凍餒之憂，何用持此以愚人耶？』彼業此者聞之，得毋啞然失笑歟。要之小說一端，亦關於國運之盛衰，處此亂世，江河日下，風俗道德，益見淪胥，國粹亦岌岌不保。則小說之不能昌明，固意中事，猶不知他日愈趨愈下，究將伊於胡底也。吾前所述，近十年中之小說潮流，僅記其概略，殊未能詳。捨以上所臚列者而外，尚有數類，亦曾屢經點綴，惜未佔有若何巨大之勢力而已。科學、教育、倫理、軍事、愛國諸類，立品頗高，然以曲高和寡，竟鮮有人爲之，即爲之，亦決不易獲歡迎也。掌故一類，爲至純粹之野史，且可補史乘所闕疑，殊非向壁虛造者可比。然下筆綦難，故擅此者不多，而著作亦絕少。俠義小說，能革怯懦之習，導尚武之風，別具一格，亦頗有嗜之者，惜乎不涉虛誕，即鄰誨盜，且材料易於窮盡，久而久之，必犯複雜之病，而閱者亦群以爲無足觀矣。偵探小說，十九移譯，即有效顰撰者，殊多不堪入目。滑稽小說，雖間亦有高尚純粹者出，人亦多不加以注意。若社會小說，則包羅至富，收效至多，無如閱者忽焉。視之，故亦不可多得。此數類者，要皆未得充分之行銷，遂令作者裹足，黃鐘毀棄，瓦釜雷鳴，其罪果何在乎？是不能不責諸一般作者及閱者矣。故苟奄奄一息，聽其所之，則『小說』二字，勢且必歸天演淘汰，永無立足之地，更何望夫發展。倘有博雅君子，自非糾正之不爲功，是在作者與讀者，雙方各本良知，認小說爲輔助教育品之一，有審美性質，而屬於文藝，非可加以輕視，及狎而玩之者，則或爲未來之小說界，放一綫曙光，振敝起衰，不讓歐美小說家專美於前矣。是固不佞之所馨香頌禱者夫。

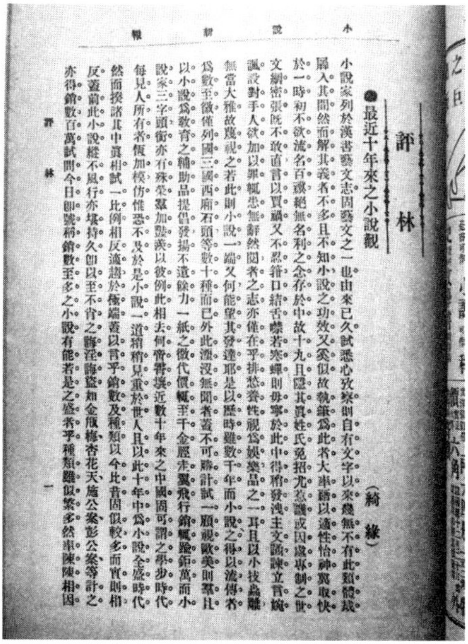
小說新報

評林

最近十年來之小說觀　（綺緣）

小說家列於漢書藝文志固藝文之一也由來已久試悉心致察則自有文字以來幾無不有此類體裁羼入其間然而解其義者不多且不知小說之功效又奚似故執筆爲此者大率藉以適性怡神聊取快於一時初不欲流名百禩絕無名利之念存於中故十九且隱其眞姓氏免招尤悳譏或因處專制之世文網密張既不敢直言以買禍又不忍箝口結舌噤若寒蟬則毋寧於此中得稍發洩主文譎諫立言婉諷設對手人欲加以罪輒患無辭然閱者之志亦僅在乎排愁養性視爲娛樂品之一耳且以小技爲雕無當大雅故蔑視之若此則小說一端又何能望其發達耶是以歷時雖數千年而小說之得以流傳者爲數至微僅列國三國西廂石頭等數十種而已外此湮沒無聞者蓋不可勝計試一顧視歐美則羣且以小說爲教育之輔助品提倡發揚不遺餘力一紙之微代價輒至千金歷走翼飛行銷輒踰鉅萬而小說家三字頭銜亦有殊榮驀加豔羨以彼例此相去何啻霄壤近數十年來之中國固可謂之學步時代每見人所有者恆加模仿惟恐不及於是小說一道稍稍見重於世人且以此十年中爲小說全盛時代然而揆諸其中眞相試一比例相反適趨於極端蓋以言乎銷數及種類以今比昔固似較多而實則相反蓋前此小說縱不風行亦堪持久但以至不肖之誨淫誨盜如金瓶梅、杏花天、施公案、彭公案等計之亦得銷數百萬試問今日號稱銷數至多之小說有能若是之盛者乎種類雖似繁多然率陳陳相因

評林　一

辨《閱微草堂筆記》地理之誤

丁謙　撰

本文載於一九一九年《地學雜志》第十卷第一期。《地學雜志》由原中國地學會主辦的機關刊物，由白毓昆、張相文編輯。於宣統二年正月（一九一〇年二月）創刊，至一九三七年停辦，共出一八一期。該雜志團結了一大批中國近現代地理學的人材，發表了許多有價值的重要文獻，標志着中國傳統地學向近現代地理學轉型。作者丁謙（一八四三——一九一九），浙江仁和（今杭州）人，字益甫，又字復謙，室名蓬萊軒等。同治四年（一八六五）舉人。曾任湯溪及象山縣教諭，中法戰爭期間因功受賞五品銜，升任處州府教諭，以年老未就。著有《蓬萊軒地理學叢書》。本文列舉了紀昀《閱微草堂筆記》所記的地理之誤，以説明博洽如紀昀，又爲其所親歷之地，尚有如此之謬誤，足見『地學考古，實非易易』。

河間紀氏，以博洽名前清，撰定《四庫全書提要》，每書多有辨駁，後來學者，皆無間言。况西域新疆，爲所親歷，言及地理，宜乎考核精詳矣。乃殊不然，足見地學考古，實非易易。若《會典》以迪化爲北庭，奇臺爲金蒲，昌吉爲移支，阜康爲單桓，綏來爲處密，安西爲月支，無非隨意硬派，毫無根據，更不足論矣。兹於《槐西雜志》等，糾正數條如下：

如云大宛即哈薩克境。按《漢書》大宛國地，在今俄屬費爾干省，浩罕部故墟。哈薩克在東北爲漢康居國境，前清時雖佔浩罕之塔什干城，立爲都會，但浩罕仍自獨立，并未爲哈薩克所併，安得謂哈薩克即大宛。

又云古城爲唐李衛公所築。考《唐書·李衛公靖傳》，其奉命西征，僅破吐谷渾一役，其地在今青海迤東，并未度磧，北抵伊州，安得有築城之事。若衛公德裕，更生平未出玉門關一步。此乃流俗無稽之語，獨怪博洽如紀公，亦人云亦云也。今按古城，在唐時伊州西北，北庭都護治東，以《唐書·地理志》注，程途道里核之，當即獨山守捉之營城，蓋注云乏驢嶺，即今烏克克嶺爲伊西二州分路處。赤谷即今芨芨臺云出谷者，即出大石頭之峽口。長泉即今三個泉，龍泉即今白水驛。又西百八十里，至獨山守捉，正當今古城地。又經蒲類舊置蒲昌縣，今濟木薩城。百六十里至庭州今三臺塘西烏爾圖河地。別有專考。惟唐時里數之長，較今幾逾其半耳。至以萬徑千蹊，盡趨此城，視爲奇異，一若非衛公巨眼，不能識此地脈也者，不知此説理由甚淺。蓋古城地濱大磧，一城之外，空曠無鄰，故南北東西，旅行至此，無不争入，以息塵勞，蓋且捨是城無食宿處也。是乃自然趨勢，何奇異之足言。元奘《西域記》，載泥壞城，周三四十里，在大澤中，澤地熱濕難行，惟趨城乃得通路，理由大致一同。

又云特納格爾，爲唐金滿城地。考特納格爾河名，發源博克達山陰，北流逕阜康縣城西，又北入葦湖。阜康實唐時輪臺縣，非金滿縣。金滿縣乃北庭都護府所治之城，在阜康縣東一百八十餘里，烏爾圖河濱，考詳拙著《經世大典圖》中。又《灤陽消夏續録》云：迪化紅山口，距昌吉九十里，皆平坦，中惟瑪納斯河稍大。按瑪納斯河，在綏來縣東，距迪化三百餘里。紅山口至昌吉道中，惟羅克倫河，此河又偏西，非驛路所當經。當經者僅一小河，土人稱爲昌吉河，安得妄指爲瑪納斯河耶？

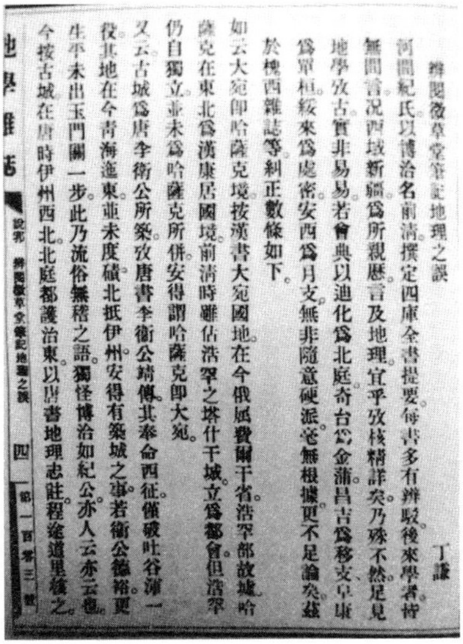

辨閱微草堂筆記地理之誤　丁謙

河間紀氏。以博洽名前清。撰定四庫全書提要。每書多有辨駁。後來學者。皆無間言。況西域新疆。為所親歷。言及地理。宜乎攷核精詳矣。乃殊不然。足見地學攷古。實非易易。若會典以迪化為北庭。奇台為金蒲。昌吉為移支、阜康為單桓。綏來為處密。安西為月支。無非隨意硬派。毫無根據。更不足論矣。茲於槐西雜誌等。糾正數條如下。

如云大宛即哈薩克境。按漢書大宛國地。在今俄屬費爾干省。浩罕部故墟。哈薩克在東北。為漢康居國境。前清時雖佔浩罕之塔什干城。立為都會。但浩罕仍自獨立。並未為哈薩克所併。安得謂哈薩克即大宛。

又云古城為唐李衛公所築。攷唐書李衛公靖傳。其奉命西征。僅破吐谷渾一役。其地在今青海迤東。並未度磧北抵伊州。安得有築城之事。若衛公蹤跡。更生平未出玉門關一步。此乃流俗無稽之語。獨怪博洽如紀公。亦人云亦云也。

今按古城在唐時伊州西北。北庭都護治東。以唐書地理志註程途道里核之。

地學雜誌　說郛　辨閱微草堂筆記地理之誤　四　第一百零三號

《小說月報》篇名雜綴

瞻廬 撰

載於《小說月報》一九一九年第十卷第一號。作者瞻廬，即程瞻廬（？—一九四三年），名文棪，字觀欽，號瞻廬。江蘇吴縣（今蘇州）人。江蘇高等學堂畢業，曾任該校中學校長，後執教於蘇州景海女校等。有《瞻廬小説集》、《新廣陵潮》等。本文將《小説月報》刊行十年以來計一百〇三册中的篇名集成短篇小説《情懺》一篇、詩詞八首及對偶若干。這本是遊戲文字，但從中可見作爲『舊派』小説家的程瞻廬對於《小説月報》改版前的小説的關注。

《小説月報》出世後，瞬經十稔，已刊行者凡一百〇三册，計分九卷。第一卷六册，第二卷十三册，第三卷至第九卷十二册。所載長短篇小説，數以千計，自有《説報》以來，未有若斯之蔚成大觀者也。因集篇名，以成諧著。（甲）短篇小説，（乙）詩詞，（丙）對偶。

（甲）短篇小説

情　懺九卷二號　中嵌小説篇名一百，以黑點爲注別

吾草情懺九卷二號，文，吾血沸矣七卷二號。向在三家村二卷十號，作東荒逋客九卷五號，聞柳院鐘聲九卷六號，偶動游興六卷四號，行七十五里三卷八號，忽聞出山泉水三卷七號，墮落七卷十一號溝中，如碧玉環一卷一號響，其源出於飛來峰五卷六號，蓋夢泉六卷一號也。又見靈璧石七卷八號邊，緋蘭九卷五號吐豔，與吉慶花二卷七號相輝映，如入迷宮九卷三號，幾忘行路難四卷八號焉。

時有紅崖倩影九卷六號，從十字碑二卷十一號前飛三卷六號越而過。初僅見其背影七卷九號，既而回首六卷一號，則似曾相識之珊瑚美人七卷十二號也。彼此邂逅九卷六號七號，演出目成惡劇九卷一號。美人心二卷二號中，遽茁恩愛之花二卷九號，向我微笑三卷十一號，并以珍珠串九卷五號、端石硯七卷十號爲贈，皆無價寶八卷七號也。吾利令智昏七卷十號，頓起野外結婚九卷一號之想，忽忽四日九卷一號，

同處於秘密室三卷三號中。妾是珠娘四卷四號，郎逢簫史四卷六號，紅鴛豔牒九卷一號，已有生死不渝八卷四號之約，然而妬花風雨五卷十一號，竟作情仇八卷十二號。

余妻花氏七卷一號者，性絶妬六卷十一號，生平妬之研究七卷七號，至於不可思議九卷六號七號。彼窺得門中秘九卷九號密，手執火花斧二卷十號破屋六卷三號而入，煮鶴焚琴六卷十二號，演成慘景四卷九號。可憐儂四卷三號之情人，飽受千子鞭六卷四號，爲悍婦七卷五號磨折死矣。死後二卷十一號，秋墳斷韻四卷八號，作蜀鵑啼八卷五號血聲。此恨綿綿九卷六號，直令人心碎六卷五號耳。

吾恨吾妻悍六卷十一號，因離故鄉一卷四號，負氣至海濱，消息四卷二號不通，時與禪牀僧話八卷八號，以悔過八卷四號焉。嗚呼二卷十一號，紅篋記七卷四號恨，碧珠記八卷六號愁，香囊記二卷一號怨，劫灰記三卷十號痛，蝴蝶旅行記八卷二號夢幻，過眼滄桑記九卷二號變遷。未作合歡草一卷一號，竟成碧血花□□□□①。余獨何心，安七卷一號得不向花前濺淚九卷二號耶？

余友海陵七卷十號潘五先生六卷十二號見吾作窮途哭七卷四號，勸我勿戚戚八卷十一號於心，爲祖國故九卷八號，當充帳下卒五卷十二號，隸楊大頭五卷六號麾下，獻身君國七卷三號，有鐵中錚錚六卷七號之概，何必爲愛情誤六卷一號也？吾聞此愛國真詮七卷一號，立訪獨臂少尉七卷一號，研究戰事真

① 此四字漫漶不可識，疑爲『閨月增刊』四字。

相七卷五號，死榮生哀八卷三號，願填溝壑八卷八號，爲祖國九卷五號死，死復奚疑九卷一號？此後秋墳八卷十一號鬼語三卷二號，當呼我爲有情之英雄二卷二號，而必不以薄倖郎二卷一號、負心郎七卷二號相詆矣。吾草此血書八卷十一號，爲劫花慘史三卷一號添資料，蓋藉以自懺八卷十一號云。

（乙）詩詞

集小説篇名七卷八首

淚影書聲七卷十一號，霞綺篇三卷四號，紅鴛豔牒九卷一號玉魚緣九卷一號。香櫻小劫九卷六號青年鏡八卷十一號，斷雁哀弦記五卷八號夢泉六卷一號。

真鳳虛凰九卷六號疑九卷一號説夢五卷六號，緑窗紅淚記五卷十一號琴緣七卷八號。秋墳八卷十一號鬼語三卷二號霜鍾怨二卷四號，貧女生涯八卷二號五十年四卷五號。

回首六卷一號金錢與愛情七卷六號九號五號，深心人八卷一號妬六卷十一號賣花聲一卷六號。海濱消息四卷二號峨眉月四卷六號，木石前緣六卷五號胡漢卿七卷三號。

孽海暗潮三卷二號，紅崖倩影九卷六號賣魚娘五卷五號①。斷腸人語六卷十二號銀瓶怨五卷一號，萬里孤鴻記六卷八號故鄉一卷四號。

邂逅九卷六號七號美人心二卷二號戚戚八卷十一號，癡兒八卷十號雲破月來緣六卷五號。不如歸去九卷二號游六卷四號金窟六卷四號，奇貨可居六卷四號千子鞭六卷四號。

東海寃禽八卷七號秦吉了閏月增刊，妬花風雨五卷十號負心郎七卷二號。可憐儂四卷三號淚九卷二號珍珠串九卷五號，過眼滄桑記九卷二號女王七卷九號。

灌緑山莊八卷十號秋海棠八卷十一號，僑蹤萍合記八卷一號珠娘四卷四號。丁壬煙語九卷一號紅蘅夢二卷十二號，新舊英雄三卷七號俠女郎三卷十二號。

空未能空三卷九號孤士影四卷十號，雨絲風片二卷二號不如歸六卷二號。目成惡劇九卷一號自有誤七卷十號，死後二卷十一號靈魂鳥五卷十號怨九卷五號飛六卷三號。

賣花聲一卷六號

詞　嵌小説篇名以黑點爲注別

鐵血有情八卷十二號天，愛國真詮七卷一號，願填溝壑八卷八號故鄉捐。生死不渝八卷四號懷祖國

① 『五卷五號』，原作『五卷五卷』，疑爲訛誤，徑改。

九卷五號，百尺樓五卷十一號前。　帳下美人四卷四號眠，一日三遷二卷二號，妙理黜諦五卷五號藕絲緣九卷九號。回首六卷一號沙場歸夢七卷一號，杳此恨綿綿九卷六號。

（丙）對偶

（一）篇名對篇名

怨九卷五號，疑九卷一號。　恩杖八卷十一號，功瓷九卷十號。　雞談七卷十二號，燕語七卷六號。　簫史四卷六號，珠娘四卷四號。　三人冢二卷六號，百尺樓五卷十一號。　江圩瑣語八卷十號，旅館奇聞六卷四號。奢八卷九號，悍六卷十一號。　悍婦七卷五號，癡兒八卷十號。　馬母七卷十號，鶯兒三卷一號。　回首六卷一號，噬臍九卷三號。　合歡草一卷一號，墮溷花一卷五號。　荒江老屋六卷六號，孽海暗潮三卷二號。假髮四卷四號，良心六卷六號九卷五號。　心□①八卷一號，血書八卷十一號。　死榮生哀八卷三號，弟終兄及六卷十二號。　山農絮語八卷六號，稗史罪言八卷八號。　海隅鳶劫七卷一號，羅剎雌風四卷一號。　情

① 「心□」，漫漶，疑爲「心讞」。

天臢影六卷二號，冤海靈光六卷十二號。朱家翠袖八卷九號，綠綴紅絲九卷四號。沙場歸夢七卷二號，土窟餘生二卷九號。紅鴛豔牒九卷一號，黃鵠新歌七卷一號。海隅鳶劫七卷一號，顧曲塵談。理學界奇談二卷四號，慧因室雜綴六卷一號。

紅髮女八卷七號，白裘女八卷五號。深心人八卷一號，失意人六卷二號。

背影七卷六號，淩波影二卷九號，觚稜夢影六卷十二號；雁聲三卷六號，賣花聲一卷六號，柳院鐘聲九卷六號。

背影七卷六號，霜華影五卷六號，淩波影二卷六號，悲歡人影五卷四號，觚稜夢影六卷十二號；琴緣七卷八號，松柏緣九卷六號，敵國緣六卷十二號，木石前緣六卷五號，釣絲姻緣六卷十二號。

酒史九卷十號，毒龍小史二卷二號，劫花慘史三卷一號；琴緣七卷八號，鶼鰈因緣六卷一號，木石前緣六卷五號。

屠沽記三卷二號，香囊記二卷一號，學徒日記八卷一號，棋緣小記一卷四號，藤花館筆記八卷三號，蠻荒情種記五卷十號；菩薩談四卷八號，縲絏談七卷十一號，海客叢談二卷四號，藥裹慵談九卷一號，莫愁湖野談七卷四號，室隅老人談九卷六號。

針師記九卷四號，獵鷹記八卷十一號，香囊記二卷一號，劫灰記三卷十號，學徒日記八卷一號，茅山游記七卷二號，西學東漸記六卷一號；劍綺緣一卷二號，玉魚緣九卷一號，藕絲緣九卷九號，松柏緣九卷六號，文字因緣三卷三號，木石前緣六卷五號，雲破月來緣六卷五號。

（二）曲牌對篇名

煞尾，噬臍九卷三號。白羅帶，碧玉環一卷一號。

餘音，遺囑一卷一號。一封書，六尺地五卷二號。

少年游，退卒語二卷九號。哪吒令，菩薩談四卷七號。行香子，解鈴人四卷十一號。霜天曉角，冤海靈光六卷十二號。金衣公子，珊瑚美人七卷十二號。琥珀貓兒墜，血華鴛鴦枕七卷八號。七弟兄迎仙客，三少年遇死神七卷十二號。

憶故人，夢博士八卷九號。醉娘子，俠女郎三卷十一號。水龍吟，冤禽語二卷十一號。十二峰，五千鎊七卷四號。窣地錦襠，朱家翠袖八卷九號。六么序孝順歌，十點鐘秘密案八卷九號。

（三）聊目對篇名

翩翩，戚戚八卷十一號。放蝶，離鸞四卷九號。鳳仙，馬母七卷十號。畫皮，斷臂九卷六號。連城，覆水六卷十一號。獅子，鶯兒三卷一號。義犬，恩牛九卷六號。鳥語，雞談七卷十二號。青梅，墨李五卷五號。鴝鵒，鷓鴣七卷十二號。

于中丞，祝縣令五卷五號。王貨郎，馮鐵匠六卷十一號。長治女子，橫波夫人七卷七號。

封三娘，李二妹八卷九號。一員官，三醮女六卷八號。姊妹易嫁，父子主恩六卷八號。

閻羅婆，菩薩談四卷八號。陽武侯，曹州盜六卷九號。胡四相公，查三臙子九卷四號。

（四）六才對篇名

懶，疑九卷一號。風聞，電遁九卷一號。一封書，六尺地五卷二號。香煙人氣，淚影書聲七卷十一號。玉堂學士，古墅女郎九卷十號。無是無非，有聲有色八卷五號。胡云，鬼語三卷二號。多謝你，可憐儂四卷三號。文章魁首，人鬼關頭八卷七號。蠅頭微利，蝸角重游六卷一號。休波，覆水六卷十一號。法鼓金鐃，明珠寶劍一卷四號。

程瞻盧

小說月報篇名雜綴

嘯廬

小說月報出世後，瞬經十稔，已刊行者凡一百零三冊。計分九卷，第一卷六冊，第二卷十三冊，第三卷至第九卷每卷十二冊。所載長短篇小說，數以千計。自有說報以來，未有若斯之蔚成大觀者也。因集篇名以成諧著。(甲)短篇小說，(乙)詩詞，(丙)對偶。

(甲)短篇小說

情懷（九卷二號 中欄小說篇名一百以點號區別）

吾草情懷（九卷二號），文吾血沸矣（七卷二號）。向在三家村（二卷十號），作東荒逋客（九卷五號），聞柳院鐘聲（九卷六號），偶動游（六卷四號）興。行七十五里（三卷八號），忽聞出山泉水（三卷七號），墮落（七卷十一號）溝中，如碧玉環（一卷一號），響其源出於飛來峯（五卷六號），蕃蔘泉（六卷一號）也。又見靈壁石（七卷八號），邊緋蘭（九卷五號），吐豔與吉慶花（二卷七號）相輝映，如入迷宮（九卷三號），幾忘行路難（四卷八號）。爲時有紅崖倩影（九卷六號），從十字碑（二卷十一號），前飛（六卷三號）越而過，初僅見其背影（七卷九號），既而回首（六卷一號），則似曾相識之珊瑚美人（七卷十二號）也。彼此邂逅（號九七卷號六），演出目成惡劇（九卷一號），美人心（二卷二號）中遽茁恩愛之花（二卷九號），向我微笑（三卷十一號），并以珍珠串（九卷五號），端石硯（七卷十號），爲贈，皆無價寶（八卷七號）也。吾利令智昏（七卷十號），頓起野外結婚（九卷一號）之想。忽忽四日（九卷一號），同處於秘密室（五卷三號）中。妾是珠娘（四卷四號），耶逢簫史（四卷六號），紅鶯豔牒（九卷一號），已有生死不渝（八卷四號）之約，然而妬花風雨（五卷十一號），竟作情仇（八卷十二號）。余妻花氏（七卷一號）者，性絕妬（六卷十一號），生平妬之研究（七卷七號），至於不可思議（號九七卷號六），彼窺得門中秘（九卷九號）密，手執火花斧（二卷十二號），破屋（六卷三號）而入，賓鶴焚琴，（六卷十二號）演成慘景（四卷九號），可憐儂（四卷三號）之情人，飽受千子鞭（六卷四號），爲悍婦（七卷五號）磨折死矣。死後（二卷十一號）秋墳斷韻（四卷八號），作蜀鵑啼（八卷五號）血聲。此恨綿綿（九卷六號），直令

小說範作

毅　漢　撰

載於《小説月報》一九一九年第十卷第一號。作者署毅漢，即張毅漢（一八九四——一九五〇），幼名其訒，後更名爲毅漢、亦庵，廣東新會人。母親黄翠凝，通英文、日文，能創作和翻譯，毅漢早年多得力於母教，曾投身於辛亥革命，參加武昌起義，後回上海，從事著述與翻譯，并任教於粤東中學，發表作品甚多，早年多發表在包天笑主持的刊物上，一九一八年後常發表在《小説月報》上。本文主要論述了小説的『意義』與『結構』。其所謂『意義』，近乎現在所説的『性質』。對此，他説：『小説者，一種紀事體之文，而又别乎尋常紀事文者，其差别之點，則能動讀者觀感興趣是也。』他認爲：『論小説者，以結構爲最要。結構者，小說之基本，小說之元素也。』他的所謂『結構』，是指『但取尋常日日所聞見，參以高人之理想，發爲動人之妙解，完成一事之因果』，亦即『耳聞目見者，小說資料之一部分，餘則足以理想，此一篇之結構也』。顯然，他的這些看法明顯地打上了從西方引進的理論色彩。

第一編

小說之意義

小說者，一種紀事體之文，而又別乎尋常紀事文者，其差別之點，則能動讀者觀感興趣是也。

結　構

尋常紀事文，但以事之次序爲次序，此外無所謂結構，而小說則否。述事與述小說不同，述事但平鋪直叙，意達而足；述小說則必勿背美術之旨，在在動人。結構而不講求，每易生讀者之厭。且所謂結構者，不徒指一篇而言，即辭句之間，亦自有結構之妙，若與尋常紀事之文等，則報紙中盡多新聞，奚貴乎小說？故論小說者，以結構爲最要。結構者，小説之基本，小説之元素也。

世人每誤認結構之義，以爲結構既須講求，則非情節離奇、變幻曲折不可，此解大誤。若强求其離奇變幻，必流於怪誕，不近人情，而落無巧不成書之舊窠臼。怪誕小説盛於古代，不適於今世，蓋小説而至於怪誕，易生人之妄念，而漸近迷信一途。是以怪誕之説，惟理想、科學、偵探等可採用，而又必以學理爲之説明，吾之所謂結構，非此之謂也。

學者每以結構爲莫大難事，至廢然氣餒者有之，誤認結構意義，亦正與上節所言者同。吾之所謂結構，但取尋常日日所聞見，參以高人之理想，發爲動人之妙解，完成一事之因果，不如尋常膚淺之見解足矣。常人之目光觀世，但見現象，不審内容，如觀極繁複之活動畫片不爲説明之，惟見其如此而不明其所以如此之故，更不知如此之後結果又將如何。小説者，人情世事之詮注也。常人目光所未及，小説家固已洞見，則舉其所見者轉告於人，其中或參以我之理論、我之見解，爲他人之理論、見解所不到者，而小説之能事盡矣。

譬如即以我今日所聞見之某事，一加思索我之所見者其現在之狀況，凡是既有現在，即不能無過去及未來，於是而思其已往未來者，則所謂結構者已於無形中隱約成一雛形。然既往未來不可盡得而知，則以理想之近乎事實者，私斷其如是如是，務求稱心愜意。所謂稱心愜意者，非徒指作者而言，當稱讀者心，愜讀者意，在情理之中，出意料之外，而一事之結構於以完成。試爲定以界説曰：耳聞目見者，小説資料之一部分，餘則足以理想，此一篇之結構也。讀者試取馬柏霜氏《斷弦》之篇讀之。（見《小説月報》九卷三號拜蘭君譯，原名 *The Piece of String by Fuy De MauPassant*，原書本有此篇，兹以既經譯登，故不更録。）

馬氏此篇，本非離奇曲折，而其中自有一種神味，令人心賞者。此無他，在情理之中，而能曲繪入細耳。篇中所述似皆耳聞目睹之事，絶鮮憑空杜撰之迹，讀者於此可明採取目睹爲資料之道。若作者偶於道上見老農俯拾物事，惴惴如恐見察於人，作者於此，但目爲一種現象，則此一種現象誠無足異，亦無價值之可言。倘隨在留心，忽生設想念曰：此老得無拾取行人遺墜之錢囊，而不欲我之覺之乎？設思至此，而《斷弦》一篇之結構，已兆端緒，更爲種種設想曰：此老農者何如人乎？何爲而神色憔頓一至於此乎？其所拾果爲何物，意或爲絶無價值之棄物乎？一美睹之卵石乎？或數寸之斷繩乎？然旁觀者見其惴惴瑣屑之狀，安得不疑其爲珍貴之品？此老縱欲自明，雖百喙莫解矣。使遺失錢囊者而爲我，則我亦勢必疑及此老，此老而猶强辯，我必笑其狡賴，設此老而果屬無辜，則

名家短篇 小說範作

毅漢

第一編

小說之意義　小說者一種紀事體之文而又別乎尋常紀事文者其差別之點則能動讀者觀感興趣是也

結構　尋常紀事文但以事之次序爲次序此外無所謂結構而小說則否述事與述小說不同述事但平鋪直敘意達而足述小說則必勿背美術之旨在在動人結構而不講求每易生讀者之厭且所謂結構者不徒指一篇而言即辭句之間亦自有結構之妙若與尋常紀事之文等則報紙中儘多新聞奚貴乎小說故論小說者以結構爲最要結構者小說之基本小說之元素也

世人每誤認結構之義以爲結構既須講求則非情節離奇變幻曲折不可此解大誤若強求其離奇變幻勢必流於怪誕不近人情而落無巧不成書之窠臼怪誕小說盛於古代不適於今世蓋小說而至於怪誕易生人之妄念而漸近迷信一途是以怪誕之說惟理想科學偵探等可采用而又必以學理爲之說明吾之所謂結構非此之謂也

學者每以結構爲莫大難事至廢然氣餒者有之誤認結構意義亦正與上節所言者同吾之所謂結構但取尋常日日所聞見參以高人之理想發爲動人之妙解完成一事之因果不如尋常膚淺之見解足矣常人之目光觀世但見現像不審內容如觀極繁複之活動畫片不爲說明之惟見其如此而不明其所以如此之故更不知如此之後結果又將何如小說者人情世事之詮註也常人目光所未及小說家固已洞見則舉其所見者轉告於人其中或參以我

小說月報　第十卷　第一號　小說範作　一

疑謗叢加，寧不足令其悲憤以死耶？ 作者既有以上種種設擬之問，更爲設擬之答，一一明之，則《斷弦》一篇所需元素備矣。 元素已備，則整其秩序而一篇成。 於此請又定其界説，曰： 耳聞目見，非即小説之資料，乃開發作者思路之筦鑰也。 更舉鮑梅墩氏之作。

鮑氏此作，結構全摹馬柏霜氏之《斷弦》。 然馬氏，法人也。 鮑氏，美人也。 國俗不同，時代亦異，馬氏《斷弦》適於法或不適於美，適於當時或不適於今日。 鮑氏雖摹自馬氏，然在美言美，意味各異。 其動人之處，亦各有其方，則鮑氏此作亦有足多者，讀者幸毋忽之也。

小説瑣話

綺緣 撰

載於一九一九年十二月《小説新報》第五年第十二期。作者綺緣，見前《最近十年來之小説觀》介紹。本文指出，表面看來，似當白話小説的流行勝於文言小説，但實際上『延及近代，則且轉以文言爲重』。這一實際情況，值得我們關注與研究。究其原因，他認爲白話小説的創作，因要『曲曲傳來，畢達無遺』，故實難於文言小説的寫作。在比較中外小説的優劣時，他强調兩者因『文字風俗，既各有異』，故『各有其法』，『滋味亦異』，『各有所長，不相掩没，各有所短，亦不能强爲辯護』，對於一時盲目地『引外國小説爲模範』，『數典忘祖者』，不無針砭意義。在討論小説創作時，他强調叙事的重要性：『當知撰一小説，固先有其事而以文宣之，非先有其文而以事就之也。』、『叙事之要，且過於修詞也。』同時，他對小説的布局、命名，也有所論述。至於對當時社會上討論小説是否『加入學校正常科目』的問題，他持反對的意見，認爲學校主要『習經史』，小説、特别是流行的小説往往不堪入目，『讀之適足以害其身』。

小説之爲物微矣，今復從而話之，不且將自哂其陋耶？然興之所至，不揣所見非廣，以成此著，非敢自附於著述之林也，聊求適意而已。信手塗抹，不加詮次，蕪雜平庸之誚，自知未免，名以瑣話，倘亦大雅所勿棄歟。

文藝一途，今不逮古，即小説又何獨不然？在前人雖目爲雕蟲小技，亦復力求其工，一書之微，往往慘淡經營。閲時既久，始告厥成。既成復虚心自下，逡巡不敢問世。如《石頭記》一書，雪芹蟄伏悼紅軒中，經二十年之久，删改數次，可爲勤矣，然大醇小疵之譏，仍未能免。若今日小説，則不計工拙，惟賴此爲謀生之捷徑耳。所謂下筆如春蠶食葉者，正堪移贈，瞬息終篇，不加復閲，縱屬軼群之材，亦恐無所成就，矧更去前人不可道里計者，宜乎滿紙荒唐，不堪寓目矣。嘗謂曹植七步，不如左思十年，與其速而不工，毋寧工而不速。蓋多經一度之删潤，即可多得一分進境也。世之工於此者，當不河漢斯言。

小説之體裁，大别之亦有三類。傳奇、彈詞爲有韻之文，性質實近於詩詞，兹姑勿論。餘則爲文言、白話兩種。以論勢力，則在舊小説中，似白話佔優勝。延及近代，則且轉以文言爲重，苟必欲窮究撰著文言小説，果難於白話。抑白話小説，果難於文言者，是亦誠爲一疑問。然細加觀察，則白話小説，確難於文言倍蓰，非有真實功夫，决不敢率而操觚，妄成隻字。惟苟能刻意成之，必可博雅俗共賞，風行遐邇。即如《水滸》、《石頭》及《三國演義》諸書，儔非白話體裁，而能傳神阿堵，决非文言所得企及十一，於此即可見其勢力之充沛矣。蓋以能曲曲傳來，畢達無遺，不受絲毫束縛故也。治文言小説而不能精，則猶之刻鵠類鶩，雖無可觀，尚不致盡爲惡札。不能爲白話體裁，而强爲之，則誠所謂畫虎類犬，支離佶屈，煞費解人。以是之故，小説家多畏難而就易，故純粹之白話小説，幾成絶響，即間有之，亦少精彩，不足步武前人也。

行文、叙事二者，皆小説中所不可缺。人每謂二者并重，然苟細加揣摩，則叙事之要，且有過於修詞也。當知撰一小説，固先有其事而以文宣之，非先有其文而以事就之也。故事苟優勝，文字實不足以副之，則雖患枯窘無華，捉襟見肘，尚不致流入虚妄。苟腕底有文，而胸頭實無此事，即强以就之，亦格格不能相入，讀者初不能以其文之佳妙而曲恕也。故古人所著小説，隨意揮灑，初不沾沾於文字之工拙，而其文與事，自能融貫一氣。是固由天資學力，皆有過人之處。若今人則所學既不逮於古，偶得一文，即引以自喜，不可一世，强運事實而就之，此所以十九不足觀也。是故兩兩相衡，優絀立見，竊願世之作者，既毋忽於文，亦勿蔑視事實也。

或以中外小說之優劣質諸餘，余曰：『是未可斷言也。』今試以中西肴饌證之。煎炒烹炮，各有其法，料作既殊，滋味亦異，詎能强指爲孰優孰劣乎？小說亦猶是也。然因文字迥別，故讀者之嗜好，亦因而歧異。彼袒外國小說者之言曰：『中國小說之思想，過於陳舊，强半爲誨淫誨盜之作，洵於家庭社會間，有害無利。』而在反對一方面言之則曰：『中國小說，活潑流利，不可捉摸，决不似外人所著之板滯，絶少精彩。』是二説皆非折衷之談也。蓋言小說，則吾僅知爲小說耳，僅知加以抉擇而定其佳否耳，固不必强剖爲中外之别也。中外之文字風俗，既各有不同，則小說自亦因之有别，各有所長，不相掩没，各有所短，亦不能强爲辯護。精細縝密，想入非非，自讓外國小說爲勝。而立意奇奧，行文博雅，諷刺入理，寄托遥深，則又吾國小說之所長。兩者相較，高下不易驟判。既不能强曹雪芹、施耐庵撰《福爾摩斯》等偵探案，要亦未能使大仲馬、小仲馬更撰一《三國》、《水滸》也。世每有引外國小說爲模範，廣加迻譯，數典忘祖者，竟視吾國小說爲不足齒數，其以未免得魚忘筌之見乎！

迻譯外國小說，佳構雖多，而一旦代以中文，常覺手足無措，精彩頓失。故每有外人名著，一經翻譯，便覺味同嚼蠟者，此由於中外學識不能貫通之故，且其中事迹，必有隔閡之點，令人費解。如外人崇尚自由，男女結婚，例可違父母之命。而數十年前我國人見之，必且瞠目不解，叱爲寡廉喪恥。且以我國文字譯外國小說，尚較近於情理，下筆不難，若以外國文字而翻譯我國小說，則未有不成爲笑柄者。如近日西人所迻譯之蒲留仙《志異》及《石頭記》諸書，在彼未嘗不自詡爲破天荒之傑構，而以吾人眼光視之，則且不知其果作何解也。其難亦可知矣。

小説所謂美術的文學，近乃有挾此説以資號召，擬加入學校正常科目者，同意與否，各居半數，且均挾有理由。然吾謂此舉固大可從緩也。夫以吾國之文字學説，浩如煙海，何一不足資揣摩，竊恐皓首誦讀，未窮萬一，更何暇而浸淫於小説耶？小説固可用以養性怡情，然令青年致力於此，且并正課而不之顧，則其害不可勝言矣。在學校中之高材生，已有讀小説之程度，則曷不移其學力以習經史，使并小説而猶不能解，則讀之適足以貽害其身。而惡劣生徒，且深厭經史奥衍木强，視小説爲不可一日離，一旦得師長明令解放，立如奔踶之馬，馳其羈勒，不且將成爲小説學校耶？况小説不易多得善本，而流行者乃强半不堪入目歟。

世有所謂淫書者，固小説之過也。其先作俑者，不知爲何如人。第其所記皆穢褻，非人類所宜出諸齒頰者，遑論宣之楮墨，如《金瓶梅》、《杏花天》諸書，種類且不少，貽誤衆生，何可勝計。而爲之辯護者，且深許其叙事之精細。即如其言，吾誠不知於閲者有何裨益？而誨淫之害，固彰彰然矣。或謂書中人之下場，殊無一美滿，將使後人引以爲戒。著書之旨，固在出人於邪淫，而非導人入於邪淫也。是亦爲荒誕不經之説。當知世人之能讀反面文章者，能有幾人？彼讀淫書者，第知玩誦其淫辭穢句耳，心方艷羡之不已，更何知顧及下場？青年子弟，誤於淫書者，誠不知幾許。縱世人無不知淫書爲害，百計阻止之，然尚因此轉足召人好奇之心，禁者自禁，閲者自閲。淫書之得以流傳及今者,反以阻遏而成之,不亦奇耶?

小説之門類可數十種,最難於下筆者,莫如社會小説。蓋既撰一小説,則無論事實真僞,必先以己身暫爲書中人氏,不啻身入其境,雖一言一動,亦須摹寫。撰言情小説,則己身固不妨幻爲佳人才子;撰偵探小説,己身固不妨幻爲盜賊偵探。冥思苦想,刻劃無遺。則一書之成,可無遺憾。在他類小説,人物較爲簡單,尚易摹仿。而社會小説,則其中人物複雜,上有王侯貴人,下訖游民乞丐,男女老幼,士農工賈,形形色色,無不畢具。凡他類小説所有者,悉包納無遺,匪特此也,即所處之境,所歷之事,亦莫不因之而複雜。苟非才大心細,且饒有閲歷者,曷克任此!昔人謂文字恒得力於游覽,小説要亦如此,且非僅社會體裁一種爲然也。苟終年蟄伏者流而治社會小説,純恃理想,絶無經驗,則盡屬隔靴搔癢之談,下筆何有是處。在彼雖刻意經營,人亦徒哂爲夢囈耳。

言情小説,爲有識者詬病久矣,其果小説中不應有此一種體裁耶?殊未必然,殆作者讀者於情之一端,皆茫然不能了解,於是淫書穢史,亦無不自許謂寫情者矣。當知情與淫本爲二事,且極端相反。情所以寫人性之肫篤專一,不限於男女交際。凡國家、社會、家庭間,無不有情以貫徹焉。若淫書則僅知描寫欲之一字,於固有之情性,且已斫喪殆盡,尚何情之足言哉?無如作小説者,每忽於情淫之辨,而純粹言情之小説,乃不復可多見。而閲者群許工於寫淫之小説,謂真能寫情者,不亦大可嘆歟。

小說最重布局，然非易事也。首在結構縝密，前後呼應，使人無瑕隙可蹈。若在短篇，或易勝任，一遇數十萬言之長篇，則每捉襟見肘，自相矛盾，而精彩減矣。然竟篇一律，平鋪直叙，但求完篇已足，則亦必無是處。蓋小說布局，正在不平，如吴郡游倦，改入蜀山奇險之境，轉入康莊，令人不可捉摸。此固非可信意成之，必於下筆之始，先行籌劃，庶無臨渴掘井之虞。故凡撰一小說，於拈得題旨之後，即當從事布局，使之停匀妥貼，外此都爲餘事矣。

小說之命名，視若平淡，無關重要。而一書内容之佳否，確可於其題名而知之。在前人名著，標題雖二三字，已能將全書包括無遺，落落大方，不必涉於散漫纖巧之習。即如《石頭記》一書，何等直捷爽利，然苟使今人擬名，勢必至以花月情緣諸字相加，非特不能包羅全書，即此字樣，已墮入惡趣矣。至今日小說命名，大可謂之千篇一律，空泛膚廓，彼此不妨互易。有時且故拈一新異奇麗之名，而以事實强凑之。或且與之隔膜，爾爲爾，我爲我，如風馬牛之不相及。按其事實，且不知果與其題名有何關係，是焉可者？吾固謂命名無論若何，必宜與事實相黏合，要非率爾操觚之知小說家，與以耳代目之閲者所能知也。

評林

小說瑣話

（綺緣）

小說之爲物微矣。今復從而話之。不且將自鳴其陋耶。然興之所至。不揣所見非廣。以成此著。非敢自附于著述之林也。聊求適意而已。信手塗抹。不加詮次。蕪雜平庸之譏。自知未免。名以瑣話。備亦大雅。所勿棄歟。

文藝一途。今不逮古。卽小說又何獨不然。在前人雖目爲雕蟲小技。亦復力求其工。一書之做。往往慘淡經營。閱時既久。始告厥成。既成復虛心自下。遠遜不敢問世。如石頭記一書。雪芹嘗伏悼紅軒中。經二十年之久。删改數次。可爲勤矣。然大醇小疵之譏。仍未能免。若今日小說。則不計工拙。惟以此爲謀生之捷徑耳。所謂下筆如春蠶食葉者。正堪移時。瞬息終篇。不加復閱。縱屬軼羣之材。亦恐無所成就。矧更去爾人不可道里計者。宜乎滿紙荒唐。不堪寓目矣。嘗謂曹植七步。不如左思十年。與其速而不工。毋寧工而不速。蓋多經一度之删潤。卽可多得一分進境也。世之工于此者。當不河漢斯言。

小說之體裁。大別之亦有三類。傳奇彈詞爲有韻之文。性質近于詩詞。茲姑勿論。餘則爲文言白話兩種。以論勢力。則在舊小說中。似白話占優勝。延及近代。則且轉以文言爲重。苟必欲窮究撰著文言小說果難于白話。抑白話小說果難于文言者。是亦誠爲一疑問。然細加觀察。則白話小說。確難于文言。倘淺非有眞實功夫。決不敢率爾操觚。妄成隻字。惟苟能刻意成之。必可博雅俗共賞。風行遐邇。卽如水滸石

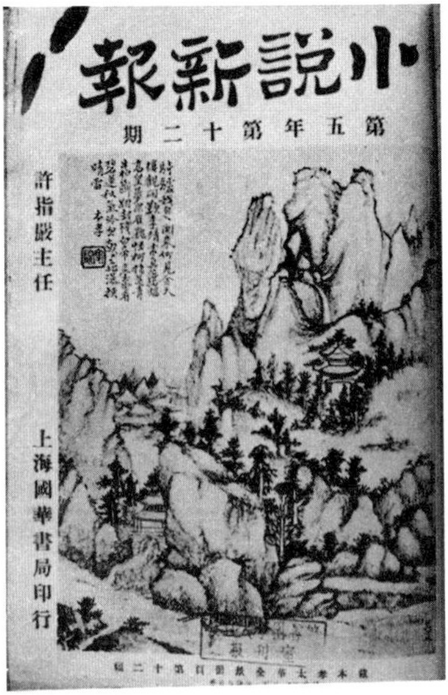

小說閒話

錢杏邨　撰

載於《新世界》一九二〇年三月二十、二十四日。作者錢杏邨，即阿英（一九〇〇—一九七七），安徽蕪湖人。曾用筆名錢謙吾、張若英、阮無名等。一九二六年參加中國共産黨，長期從事革命文藝活動，著述豐富，涉及面廣，對中國小説史很有研究，著有《小説閒談》、《小説二談》、《小説三談》、《小説四談》及《晚清小説史》等。本文點評了葉小鳳《古戍寒笳記》、徐枕亞《玉梨魂》、天虚我生作《淚珠緣》、李定夷之《廿年苦節記》、《湘娥淚》、漱六山房《九尾龜》、林紓譯《拊掌録》、《聖彼得大寺（帝）》、《賊史》、李伯元《官場現形記》、李涵秋《廣陵潮》、《俠鳳奇緣》、《戰地鶯花録》等小説，從中可見他的態度還是比較實事求是的，包括對李定夷、李涵秋、周瘦鵑等所謂『鴛鴦蝴蝶派』的作品與堅守文言文的林紓等都没有簡單地加以否定，有的還作了較高的評價。

（一）

葉小鳳《古戍寒笳記》，前半絶佳，無懈可擊；惟後半病鬆，致全書減色。

徐枕亞《玉梨魂》，人皆説好，我不知好在何處。

現在能作滑稽小説的，只有一個徐卓呆。

天虚我生作《淚珠緣》，説是不落《紅樓》窠臼，我説終逃不了。

作俠義小説文字，貴有立馬吳山第一峰之慨，方可稱佳。姜可生某篇，庶幾近之。

周瘦鵑小説《亡國奴日記》，悲泣感慨，極沉痛之至的，是有關世道之作。

李定夷之《廿年苦節記》、《湘娥淚》，立意亦佳。

漱六山房《九尾龜》一書，以章秋谷爲主要人物。不計書賈盡借此名發行《嫖賭百弊大觀》一書，於是佩服秋谷經驗的人，都半先購取。予不讀漱石生《復餘殼民》一書（見《晶報》），亦幾疑上海真有章秋谷其人，投機的作僞術，真是一天進步一天。

（一一）

林紓譯《拊掌録》一書爲歐文名著，白描之佳，直令人拍案叫絶。惟《聖彼得大寺（帝）》一篇，感慨淒涼，令人毛髮具戴。世事滄桑，帝業夢幻，猶爲懷野心者一大棒喝。讀之而不灰心者，吾不信也。

却而斯迭更斯《賊史》一書，歷述當時英國社會狀況，如吴道子畫地獄，惟妙惟肖。警惕滑稽之語，而含有至理者，亦頗不鮮，如第七章有句曰：『……密西司既哭，則天地震矣。讀吾書之諸公，皆娶妻者，試問妻哭而仍不動，則人道淪於畜生，將奈何？……』雖云刻薄之筆，實有至理存焉。又迭克遺言，純係小兒口吻，非親歷其境，而諳於心理學者，決不能道出隻字。節録於此，以供閲者之研究：『且吾尤欲早逝，果使死在晚年，則吾小妹先亡；或忘懷於

錢杏村

我，且老來面孔，或不之識。同居天堂，轉無意味，不如及此之年，同彼嬉戲，尚爲極樂。』

南亭長之《官場現形記》久已膾炙人口，惟聞其身後蕭條，子孫愚魯，説者謂爲刻薄所致云。

李涵秋之小説以《廣陵潮》爲最，後出之《俠鳳奇緣》、《戰地鶯花録》，雖云不弱，已似遜前。

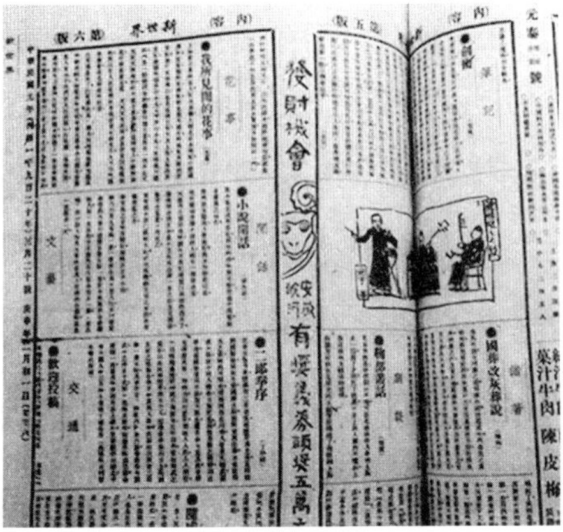

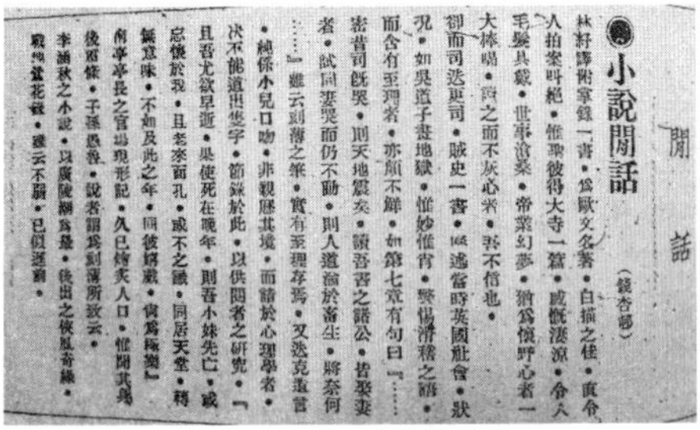

閒話

●小說閒話（錢杏邨）

林紓譯俠拿錄一書，爲歐文名著，白描之佳，直令人拍案叫絕。惟譯彼得大寺一篇，感慨淒涼，令人毛髮具竪。世事滄桑，帝業幻夢，猶爲愼野心者一大棒喝。而之而不灰心者，吾不信也。

御而司迭更司，賊史一書，□遇當時英國社會，狀況。如吳道子畫地獄，惟妙惟肖。警惕滑稽之語，而含有至理者，亦頗不鮮。如第七章有句曰『……害昔司既哭，則天地震矣。讀吾書之諸公，皆娶妻者。試同妻哭而仍不動，則人道淪於畜生，將奈何……』雖云刻薄之筆，實有至理存焉。又迭克瑨言，純係小兒口吻，非親歷其境，而諳於心理學者，決不能道出隻字。節錄於此，以供閱者之研究。『且吾尤欲早逝，果使死在晚年，則吾小妹先亡，或忘懷於我，且老來面孔，或不之識。同居天堂，轉無意味，不如及此之年，同彼嬉戲，尚爲極樂』

南亭亭長之官場現形記，久已膾炙人口，惟聞其身後蕭條，子孫愚魯，說者謂爲刻薄所致云。

李涵秋之小說，以廣陵潮爲最，後出之俠鳳奇緣，戰地鶯花錄，雖云不弱，已似遜前。

讀紅樓夢剩語

王小隱　撰

載於一九二〇年《新中國》第二卷第四、六、八期。作者王小隱，山東費縣人，最初在北京大學學習土木工程，後改入歷史系。在《小説海》、《晶報》上曾用小隱、隱等筆名發表文章。曾任北京平民大學新聞系教授、《京報》、《北洋畫報》記者，又兼任《商報》『古董攤』欄目主編，一時在新聞界頗有名氣。敵僞時期任『華北参政會』副議長，後自縊身死。本文在批評了當時流行的索隱、續書的風氣，對不同的書名也作了辨析之後，本着研究文學作品『要研究他的文學手段，去推測他的哲學理解，并且考證他與史事有關的事蹟』的原則，從『文學』、『哲學』、『歷史』三個不同的角度去加以考察，以求達到『横看成嶺竪看成峰』的效果。不過，精彩之處還是在於解釋了《紅樓夢》所描寫的『人生問題』、『宗教問題』和『哲學問題』等。在論述方法上，注意結合西方的一些哲學思想與文學作品來加以比照，甚至運用了數學上的平方、開方的表述，頗有一種新鮮感。

《紅樓夢》這部書，在文學上，總要算是很有價值的東西。思想界受他的薰陶支配，却真個不在少處。我敢説大凡識字的人，没有看過《紅樓夢》的，總就極少，那些『閨秀』和『青年』們，更是差不多都要奉爲『鴻寶』。往壞裏説，看出笑話來的，也却盡有，就傳説有人家一位姑娘，終天看《紅樓夢》，到後來得了虚癆病，垂危的時候，他父親説，總是這部書作祟，發恨給她燒掉。這姑娘就哭喊起來，説：『可不要燒死我的寶玉呀！』一聲喊完，竟自『香消玉殞』。還有一位先生，是看《紅樓夢》給看得入了魔，自已看看吃的、穿的、用的都趕不上賈寶玉，家裏的屋子更比不上大觀園。那位『太太』，漫説是黛玉了，只怕連尋常丫頭都不如。這一悶非同小可，便悄悄兒的上吊死了。這兩回事的虚實，姑且不管，但能够教人讀了，會發生這般重大影響，比起那些不痛不癢『付與寒灰一例看』的東西，真正有『霄壤之别』了。

看《紅樓夢》的眼光，各有各的不同，就那幾位評注的先生們説，什麽太平閒人咧，護花主人咧，還有明齋主人、大某山民、讀花人、海角居士，都是普通知道的。他們的讀法論評，已是不同的地方狠多。尋常讀《紅樓夢》，也不過如明齋主人所説：『或愛其繁華富麗，或愛其纏綿悱側，或愛其描寫口吻，一一逼真；或愛其隨地隨時，各有景象。』深一層讀的人，却或是從文字上着眼，看他的構造、描摹、吞吐和含蓄；或是從寓意上用心，看他的安排、因果、推衍和理論。倘若把評注都集起來——只太平閒人的，就有三十萬字——恐怕要比《春秋》三傳的注疏，還加百倍不止。當前清嘉慶、道光的時候，許多京官老爺没事可做，有不喜歡考證金石、研訂經學的，却就愛看《紅樓夢》，并且拿出研訂考證的精神來講究，一時便有了『紅學』的雅號。可惜没有『表章紅學』、『稽古右文』的『世主』，便都『湮没弗彰』，内中『微言大義』也就没處尋找，真要算件憾事。到了民國五年蔡孑民先生作了部《石頭記索隱》，説《紅樓夢》是歷史小説，暗射清初政治上的事情——都能够説出憑據來，識見要算加人一等的了——從此《紅樓夢》的讀法，就開了個新紀元，都要拿他來考證掌故。那中華書局就出了部《紅樓夢索隱》，民權出版部也出了部《紅樓夢釋真》。

考證史事的讀法，我也是狠贊成的。只是一件，這考證本來是不容易的事，事情既然複雜，年代又狠懸遠，尋常記録些軼事，都不免有時『張冠李戴』，何况一部閃爍其詞的《紅樓夢》呢？就説林黛玉這個人，蔡孑民先生説他是朱彝尊，因爲竹垞的竹字，暗射着瀟湘館。但是又有人説他是董鄂妃——董鄂妃還有人説就是董小宛的——便『莫衷一是』了。我從前也想到一件事情。便以爲第五十二回上所説真真國女子，是影射着香妃。香妃本來是回部的人，我在北京傳心殿裏，看見過香妃的畫像，像有七尺來高，那妝飾和容貌，却正是『臉面就和西洋畫上的美人一樣。……滿頭帶着都是瑪瑙珊瑚貓兒眼祖母緑，身上穿着金絲織的鎖子甲，洋錦襖袖，帶著倭刀也是鑲金嵌寶的』，同書上所説一模一樣。就名字來説，回教也叫作清真教門，重叠『真真』兩字，豈不是暗指回回麽？香妃到了北京，雖説被『皇帝』作踐了，但是思念故鄉的心腸，却還自不減，所以南海子的寶月樓（新華門）有的説是爲她蓋了住着散悶的，因爲正對着回子營——仿照西域式樣造成，看了權且算是故鄉——等她死了，就埋葬在陶然亭一帶地面。照此説來，那『昨夜朱樓夢（寶月樓），今宵水國吟（南海子）』兩句詩，也都有了着落了。『昔年種柳，依依漢南』，又好像是説『五柳先生』，這『漢南春歷歷，焉得不關心』，豈不又暗指『陶然亭』麽？如此説來，『薛小妹新編懷古詞』一回章目裏邊，倒夾叙了一篇香妃小傳，説着好像『頭頭是道』了，只可惜香妃是乾隆年間的人，有些傅會不上。所以拿他來考證掌故，我只能説『好像是』、『大約是』，不敢説『一定恁麽樣』。

《紅樓夢》這部書，既是含有歷史的氣味，自然不許隨便添續了。却不想就有那傻子笨哥兒，替寶玉、黛玉心懷不忿，總想要做到團圓方好。那些什麽《後紅樓夢》、《續紅樓夢》、《鬼紅樓夢》、《再續紅樓夢》、《紅樓復夢》、《石頭記補》、《後石頭記》、《新石頭記》、《新新石頭記》，便『亂七八糟』的鬧了個『烏煙瘴氣』。

説他們『回日補天』的本領，總不出三種辦法：（一）是强割。從第九十六回以下，把原文給不管了，另起爐竈。（二）是還陽。不過黛玉復活，如願以償。（三）是再生。連寶玉都死了，投胎再世，仍爲夫婦。總而言之，都説不下去。我替他們述説一遍，已經就有點覺得『這是何苦』！

《紅樓夢》這書的名目狠多，究竟恁麽一個是正名呢？《紅樓夢》、《石頭記》、《金玉緣》三個名字最通行。《情僧録》、《風月寶鑑》、《金陵十二釵》也都是書裏有的。按字面説，『紅樓夢』雅致些，『石頭記』簡古些，其餘的『緣』咧、『情』咧、『風』咧、『月』咧、什麽『釵』咧，都還未免陳舊，并且也不能籠罩全書。太平閒人的《讀法》説：『《紅樓夢》乃此書正名，而開手空空道人因空見色一段文中，有《石頭記》、《情僧録》、《風月寶鑑》、《金陵十二釵》諸名目，而絶無《紅樓夢》三字……』這話也不大十分靠得住。《金玉緣》三字，書裏也不曾特別標明呀。書裏《石頭記》的名目，出現得最早，第一回就説『空空道人聽如此説，思忖半晌，將《石頭記》再檢閲一遍』，『《石頭記》緣起既明，不知那石頭上記着何人何事，看官請聽』，臨了還有照應，第一百二十回是『賈雨村歸結紅樓夢』的標題。最後説『不知過了幾世幾劫果然有個悼紅軒，見那曹雪芹先生正在翻閲歷來的古史。空空道人將賈雨村言了方才把《石頭記》示看』，看見《石頭記》要算得起正名了，但而《紅樓夢》的名字，響亮得多，書中《紅樓夢曲》實在有包羅萬有的光景。看過《紅樓夢》的人，幾乎没有不能背誦的。所以不知不覺那《紅樓夢》就成了習慣的書名了。『石頭記』是第一回裏邊有的；『紅樓夢』是在第五回裏；『金陵十二釵』也是第五回説明的；『風月寶鑒』是第十二回才説明的；『情僧録』雖是第一回裏有，以後却不曾再提；『金玉緣』三個字第一回不曾説，但是點題的地方不少。第八回『賈寶玉奇緣識金鎖，薛寶釵巧合認通靈』，第三十二回『林黛玉聽了這話又驚又喜……所驚者我是爲知己，又何必有金玉之論。既有金玉之論，也該你我有之』，第三十六回『寶玉夢中嚷道：「什麽金玉因緣，我偏要説是木石因緣。和尚道士的話，那裏聽得』，却都是申明『金玉緣』的。不過拿《金玉緣》來涵蓋全書，總歸不能算妥當。所以我還是按着習慣，本了『紅學』的義例，特定《紅樓夢》爲本書的正名目。至於吾名的用意，等我慢表。

寫到這裏，我又不免想起考證的事情來。這部書的著作年月，著作人的歷史，著書的用意有幾種，書的源流同影響是恁麽樣，自然是思想上應有的事。但而一件，什麽『江南織造曹楝亭公子雪芹』咧，什麽『曹綸是雪芹的孫子，因爲幫着林清造反滅了族，是雪芹作《紅樓夢》的報應』咧，什麽『大觀園就是圓明園』咧，什麽『寶玉是清世祖』咧，還有什麽『納蘭容若的詩——病容瘦損勝桃花，午汗潮回熱更加。猶怕素心人看出，强言今日稍瘥些——就説得是黛玉』咧，虚實參兼，真假互有，大家差不多都是知道的，我一時也來不及細表。等着《讀紅樓夢剩語》作到考證一步的時候，總還有個『斟酌衆説而求一當』的講究。

《紅樓夢》，有人拿他演《易》理，我總覺得不免牽强。但是如果説他是胡鬧，却也真有埋没前人苦心的地方。著書的既然是拿『隱』、『顯』、『回』、『互』來作文字，那些評注的一班人，自然也就要拿詮釋的方法去試想。《易經》這本書，不過是説的消長變動，不論是什麽，没有附合不上去的。所以中國把所有的學問，都歸結到《易》理，下而至於『醫』、『卜』、『星』、『相』，没一樣不是導源於《易》的。《易》理的範圍既然這般寬泛，那《紅樓夢》又是『明人事』的書，就趁此拿《易》理去申明，也不能説他是十分瞎説。只要知道是評注的人拿《紅樓夢》去陳説《易》理，不是著書的人拿《易》理去作《紅樓夢》。《紅樓夢》可以説是有合於《易》理的地方，却不是一定按着『陰陽剥復』去推衍出來。如此一說，就在在可通了，况且還有拿他去講『八股』的，難道真個作書的人，就是按着『時文』格調來作《紅樓夢》麽？

《易經》這部書，既然和《紅樓夢》發生了關係，我就不能不順便也談談『玄妙』了。說是『四聖相傳』的『萬法歸宗』，我到底還不肯十分相信。但而一筆抹倒，説是卜筮之書，可就太武斷了。總歸裏面含着些『哲學』的道理，就算以後續有發明，有講不下去的地方，然而在當時解釋『天地萬物』的思想，却都盡在其中，只好在『哲學史』上佔點位置罷了。既是當時解釋『萬有』的東西，中國人的思想界總都不免有所沾染——曹雪芹先生也是一個，故意的自炫淵博，賣弄些狡獪，著書的時候稍爲用上點子，像從前下場作文章，以《易》釋經的辦法，也是有的。現在假如是我來搗鬼，就可以説《紅樓夢》有一百二十回，是按着《河圖》、《洛書》來的，《洛書》配上八卦，是乾九、震八、坎七、艮六、兑四、離三、巽二、坤一合成的四十之數。按起什麽《太極圖》來，是有三種變化：一種是四象圖，一種是兩儀圖，一種是太極圖。每一種裏，都有個隱顯的『八卦』，所以也都有那四十之『數』。一百二十回恰恰極太極的變化。一百二十之『數』，也就盡『天人』之秘了。只可惜瞞不過通人，免不掉傅會。曹雪芹當日曾否想到這裏？也還是個疑問。

所以拿《紅樓夢》來敷衍『哲學』，只能説是後人的推測，後來的見解，也是不能説當時的用意『一定是怎麽樣』！

《紅樓夢》是用『虚幻』來寫『真際』的。一起首，什麽『大荒山』、『青埂峰』，寫了個空虚玄妙。及至說到『人事』，就又力趨真實，絕不肯鋪張新奇——却又正是新奇處——所以《紅樓夢》上的事，是用了『虛幻』的事實，寫『真際』的情況。因爲能寫出『真際』的情況，那和『人生』最接近的問題，自然要從此表現了。如果說『甄士隱去，賈雨村言』，就完全是把真事隱去，用的是假語村言，那却又上了曹雪芹的騙。雪芹既『操筆伸紙』的做小說，自然不能免了莊周『寓言十九』的舊話頭，不過是『境欲其真』、『事不妨假』罷咧。『假作真時真亦假』、『無爲有處有還無』兩句話，豈不十分顯明麽？

《紅樓夢》上『人生問題』，最有色彩的，就是『中鄉魁寶玉却塵緣』。這一回是全書的歸始，可知這一部《紅樓夢》的主腦，也確實『心營目注』在這一點上。比較起易卜生的 *Doll's home* 同多司苛奴夫人的 *Mein Lebeuswey* 底確有同樣的價值，可以注意。中國的小說，十有九都是用團圓爲結穴。《紅樓夢》偏偏歸結到離散，用『失蹤』作終宿的，更是差不多要以此爲創格了。易卜生描寫的那位娜拉，多司苛奴夫人自己的叙述，都是寫的『人生問題』重要事件，却還趕不上用一百二十回，寫到『一走』爲了的寶玉那樣的精彩。大凡一種社會上，總都有無數的錮習。這種錮習，相沿既久，便牢不可破，視爲固然。却不知道，犧牲了多少個人的真正生活。還是『恬不爲怪』，甚至釀出可悲可痛的結果，真至輕擲了生命，落下個『短見』的下場。不過教一班錮於錮習的人看着，還是漠然無關，這也就可憐到極點了。娜拉本是一個富於感情、篤於天性的人，偏偏教家庭錮習給壓迫得無路可走。什麽宗教，什麽法律，什麽道德，都不道是『慘黴寡恩』的東西。却把一個天性活潑、感情濃厚的人，給鬧到『水窮山盡』、『腹背受敵』，把一片火熱的心腸，弄得冰冷。實在不能够再敷衍了，只有『鴻飛冥冥』，别尋天地去罷。多司苛奴夫人，貴爲王妃，在世俗的眼中，也就適意極了，誰知他是喜愛自由、思想高尚的人。對於那舊式禮制，裝模作樣的老皇族，處了個『瞬馳不合』的地位。那感情思想，自然是不會合籠得來，所以冲突就越來越大。其初不果是衣服器用之微，後來就連舉止言動都不對勁。多司苛奴夫人既然要求得到他自己的真正生活，便與那冷嚴落漠的境遇起了反抗。起首先失了那位夫翁老王爺的歡心，繼而又起了左右臣工的疑謗。那位王子本來是老王爺薰陶出來的肖子，雖然對於夫人十分敬愛，但無精神上總歸是不能欸洽。這位『翟茀山河』、『中宫正位』的夫人，簡直是如在荆棘，左支右絀，到後來便得了個瘋癲諢號。人生到此，也就實在無趣了，幸喜他還是一位勇敢有識的婦女，不曾去懸梁跳井，却毅然决然，拋夫捨子，飄然遠引。娜拉、多司苛奴兩個人的事迹，既然惹人注意。那《紅樓夢》用一百二十回來結束的賈寶玉，又豈可隨便就説是『反璞歸真』，『孽債償完好散場』，把他所以『出亡』的主因，給付之不問呀？

賈寶玉這個人，《紅樓夢》是極力寫他『情緒』的滿足和優美。——他的人格，是另外一件事。大家不要誤會。『情緒』這東西，本來是可好可壞的，世上『賈寶玉崇拜』的青年男女太多，不能不特别聲明一句——所以到了言情的地方，都是非常真摯綿密，竟還有些純任天然的意味。有人拿他比武陵源百姓，總算是很對。雖然屢説是什麽『污寶光』，什麽『蒙蔽』，全是説有人來强制愛情，不是一定説是『情緒』的罪惡。『情緒』這件東西，是可以有各種趨向的，或是專注在一種行爲上，或是激動到一種見解上，本來没有一定善惡，不過是『理性』的方面，如果能够涵蓄得住，自然有良好的趨勢。從前情惡性善的説法，却真個不曾搔着癢處。賈寶玉的爲人，『情緒』是非常强烈的。第三回《西江月》有兩句是『無故尋愁覓恨，有時似醉如狂』，正經把『情緒』的表現刻畫入微了。他那誠懇專一，不顧利害的地方，有些像娜拉。那活潑優美，不受羈勒的光景，又同多司苛奴相類。説到教育一層，所謂『譏失教也』一句話，却狠有理，不過環境上影響，比較重大。曹雪芹特意寫出一個勢位富厚之家，也是有心去渲染色彩的。賈寶玉既是富於感情的人，所以美術一方面的事狠擅長，什麼《芙蓉誄》、《姽嫿詞》，都是表現。再就是聽不了一句話，立刻兒會喪魂失魄。看着花兒雀兒，或是流淚，或是同他説話，全是表示一種强烈『情緒』。西方大詩人拜侖常常看見美麗的東西，有時就哭起來。同賈寶玉是一般神氣。但是賈府裏面的男女却除了黛玉之外，誰能够深知他的性情呢？在大家的見解全是期望他『成家立業，光宗耀祖』。進行的途徑，不過是跟了賈代儒去念『八股』。雖然受了『笞楚』，挨了訓斥，終歸是毫無成效。再看那些『要去成家立業』、『光宗耀祖』的人，如賈璉——國舅爺，賈蓉——龍禁尉，不過利欲薰心，多行不義。他那鄙薄『禄蠹』的見解，實在要説是環境上的反響。寶玉所處，雖然十分繁華靡麗，但而在那『情緒』强烈的人看來，純然不能够説是真正生活。他時常説到死，又或者説化了灰，教風給吹散，都是他『人生觀』上特别見解。『貧賤而慕富貴，富貴而慕神仙』，人到了富貴以後，總還有個更進一步的希望，賈敬天資愚下，所以上了道士一路的圈套。寶玉既是聰明人，所以就算有悟道參禪的許多話，却不曾向一途上去迷惑。直至那婚姻上受了絶大的刺激，才直捷痛快去求解脱——就是自己解放——鄉試考完，一往不返，内中實在有個絶大的精神呢！賈寶玉一生，處處得人的憐愛，但而從不曾真個愛了他。賈母是極痛他的了，却不替寶玉設想，只是要自己娶個稱心的孫媳。王夫人要娶個如意的兒婦，鳳姐要娶個柔順的弟妹，却没有人想替寶玉娶個同心的妻室的。那寶玉既然對於愛情上受了强制。這一位夫人又是『禄蠹』一流的見解。時時刻刻，要把那些『不入耳之言來相勸勉』，所有的『期望』、『責難』，真個要把人急死。但而顧慮到『名分』上，又不能不敷衍。這等一個情形，直是把那 *Doll's home*，*Mein Lebeuswey* 兩部書裏所描寫，合籠在一處。《紅樓夢》裏所有的『人生問題』，豈不十分緊要？《紅樓夢》裏所有的『人生問題』，豈不狠有主張？

自來研究《紅樓夢》的人，都不免於有『用力過猛』的地方——小生亦蹈此弊，惟力求其減少——自己有了主義，就認定了一條路往前走。任憑有旁的説法，總以爲不可信。自己偶然也遇到講不下去的地方，縱然穿鑿，都有所不顧。那些拿《紅樓夢》談《大學》、《中庸》的人，説到吃飯，便批上個『此正心誠意也』。拿《紅樓夢》去衍《易》理的，每遇到時節月令，都加上個『陰陽剥復』的注解。考證史事的人，更是『張皇幽眇』的要緊。只要有點感慨的話，就以爲是江山之痛。略爲類似的事，就説是隱微之詞。但而『成見』如果太深，那感情用事的地方總就不免。假如説《紅樓夢》是《鐵函心史》一類書的用意，内中總要有許多『難言之隱』。斷乎不能够只把當時一般『名流』的『瑣事』，來用隱曲的筆墨給他寫照。這類并且不是什麽『干犯宸嚴』、『有觸文網』的事情，似乎用不着這般費盡心血的去描寫。倘若説到當時『朝政杌棿』、『宫闈穢亂』、『仕途巇險』、『官僚齟齬』種種事情，當然要有個『避忌』。若單單説湯潛厰因爲他兒子吃鷄，給教訓了一頓，就特爲用劉老老暗寫一筆；冒辟疆住在影梅厰，就特爲寶琴暗寫一筆；總覺得有些不必。因爲責斥兒子和住影梅厰的兩件事，都不用着這般樣去『隱而又隱』的暗指。當時政治上可譏可駡的事情盡多，既是『隱寓抨擊』，自然要大處落墨。湯潛厰這個人，在清代學術上，政治上都有些關係。如果要寫他的事迹，自然有許多在歷史上有價值的事。假如只寫了『老奸巨猾』、『裝憨賣傻』的劉老老，去形容潛厰的爲人，豈不太涉瑣碎？冒辟疆本來是所謂『東與之秀』，在當時能通勝國新潮士類的教氣，明朝末年，要稱得起個有名人物。他那『文采風流』誠然有些同寶琴相類。但是當時清廷是否曾要擢用，因爲不肯輕奪其志，才作罷論。依賈母要聘給寶玉的説法，辟疆當時倒不曾有這情形啊！常常不免有於『瑣事』相符，大事不對的地方。這《紅樓夢》豈不成了變相的《世説新語》，却正經不是《鐵函心史》了。再就説黛玉這個人，那轇轕便極多了。後人推測他所影寫的人，就差不多有十幾個。——就是董小宛、董鄂妃、朱竹垞、代理密親王孝賢皇后（富察氏）、方靈皋、納蘭蓉若夫人等等（書中影指諸人詳見下表）——實在教人無所適從。董小宛不能够同清世祖有什麽關係，孟心史先生辨證得最嚴密。按着年歲來考校，説清世祖是崇禎十二年生的，董小宛是天啓四年生的。比較清世祖大十五歲。順治元年，清世祖六歲，小宛二十歲。及至小宛死的時候，是順治八年，得年二十八歲，清世祖剛剛才十四歲，不會有入宮承寵的事。黛玉是小宛的話，這一來，就靠不住了。只是雖然把當時詩文都引證遍了，却不曾説到吴梅村『墓門深更阻侯門』和『手把定情金合子，九原相見總低頭』的幾句話。似乎也是有心闕疑的地方，不能不教人覺着『舉一而廢百』呀。但是一定承認黛玉就是朱彝尊，我還是不免有疑義，朱彝尊雖然舉了博學宏詞，入值南書房，算是恩寵隆渥。但也不曾恁麽樣的『大用』。因爲攜僕鈔書，還被參，給降了級。説起他同當時帝王的關係，雖不能説是泛泛，只不過是一位『文學侍從』，并没有那麽十分親切懇摯的遇合，比較起寶玉同黛玉的生死纏綿，刻骨銘心，真是『不可同日而語』。自來拿『男女』去比擬『君臣朋友』，《離騷》、《詩經》之外，所有的『宫詞』、『艷體』、『無題』一類詩詞，含着這種意思的狠多。——就是『洞房昨夜停紅燭，待曉堂前拜舅姑，妝罷低聲問夫婿，畫眉深淺入時無』，四句本地風光的詩，還是暗寫舉子入闈——就算把竹垞寫作黛玉也未爲不可，但是未免太不論分際了。所有從前作這一類文字，都要按着各人的境地，去『委婉其辭』的寫。——李商隱的『昨夜星辰昨夜風』、『來是空言去絶蹤』幾首詩，都寫得非常輕淡。——《紅樓夢》既是暗含史事，就要『稔之當日，垂諸將來』。總不應該過事鋪張，把事實給弄得太遠，如果寫竹垞就要像黛玉這般光景，曹雪芹先生也避不掉『用力過猛』的譏誚了呢。我記得有部解釋《詩經》的書，叫作《詩切》。内中就有狠可笑的説論，説『視爾如蕎，貽我握椒』是『女』贈『士』的，『贈之以芍藥』是『士』給『女』的。因爲椒可以明目，是助腎的東西，所以『女』拿他，送給『士』；芍藥是破血的東西，可以墜胎，所以『士』用他來送給『女』。當時雖不曾有人説他褻污經典，却没有人説他是有功詩教的。也只是『用力過猛』了。我讀《紅樓夢》，寧可教古人説『未免負我苦衷，尚有不宣之藴義』，不教古人説『無乃師心自用，致陷吾書於蕪雜』。《紅樓夢》的重要部分自然是『男女問題』，但而『道德問題』或『禮制問題』、『社會問題』、『人生問題』、『同性戀愛的問題 Homosexation』以至於『家庭組織和宗教信仰的問題』全都網羅殆盡。『男女問題』，對於婚姻上的不滿意，自是不消説了。再進一步，是説明强制的愛情不能存在。寶釵同寶玉舊時還有愛情，只是不曾專精純一，雖然寶釵陰謀詭計的弄成了功，但而也免不了『却塵緣』的那麽一走。還有『財産』和『年齡』有關婚姻制度的事，就如司棋同潘幼安總要算『佳耦』了，單單潘幼安不曾先把金珠彩禮拿出來，竟教司棋的娘逼死了女兒。鴛鴦因爲『齊大非偶』不願作賈赦之妾，至於剪髮上吊，真個是有自衛之力，把個『烈』字這般解，要算新穎確切。還有一層，是攻擊男子的『無狀』。自來小説一類書，總都是描寫婦女的淫亂，所謂深高勸懲，却不曾有把男子縱欲程度的不堪給描寫出來，這都是『歧視婦女』的現象。《紅樓夢》把女子的價值，差不多都抬得狠高——縱然有幾個不堪的，也是來陪趁齷齪男子——却拿男子的獸行，都下了攻擊，形容得醜態活現，無所遁逃，教人一看，欲嘔不迭，便不是佳人才子的舊套。至於那『意淫』的賈寶玉到底也有微辭，終須還是要拿『却塵緣』來『懺悔』。昨天我内人惋閨同我談起一部小説來，説是叫作『綺樓重夢』，裏面是接着《紅樓夢》的。寶玉投胎到寶釵下了生，名字叫小鈺，那塊玉就長在了胸口的皮膚裏邊，才華智略，大得異常，十二歲就帶兵出征，滅平了番國，封到王位，這已經够肉麻的了。還有黛玉投胎湘雲作女兒，名叫舜華，晴雯投胎到香菱作女兒，名叫淡如，都嫁了小鈺。餘下番邦公主、大家姑娘、丫鬟侍兒、女尼緇（？）妓，不下百十多個，完全充了小鈺的下陳。直鬧到禽棲獸處，一塌糊塗，正不知著書的人，拿寶玉自况，還於心不足，一定要追蹤《金瓶梅》上的西門慶而後快。究竟又是一副什麽肺腸呢？此人若在世間，那『夏楚二物』，真個不妨結結實實的收一頓『威』，給那妄自作踐《紅樓夢》的人，下個儆戒。設若拿《紅樓夢》來一對照，那提倡『一夫多妻』的混帳話，倒不多見，只把那些『臭男人』的醜態給刻畫盡了。賈赦因爲鴛鴦，鬧了個不成模樣。賈政雖然裝出了個道學神氣，但如趙姨娘那樣一個東西，也還自嗜好成癖。賈珍見了尤家姐妹的怪像，賈瑞妄不自揣的奇趣。賈璉不用説了，同鮑二家的那且不表——有説是用以形容鳳姐——但就是對鳳姐、平兒的神氣，也就够看的了。幾乎所有的男人，没一個不糟到極點，所以『千紅一哭』、『萬艷同悲』，總十有九分是『士做的』、『臭男人』、『縱欲敗度』所釀造。如此看來，這《紅樓夢》是『解放婦女』和『整頓「男」德』的利器。

『道德』或『禮制』的問題，《紅樓夢》是不主張『片面』和『强制』的。總其大意，寫一個『世禄之家鮮克由禮』，所有趨蹌進退，都有些近於做作，幾乎是『小德不踰』、『大德出入』的光景。焦大之罵，柳湘蓮之嘲，統可謂特別著墨的地方。賈府中人，何嘗不個個在場面上規規矩矩？一到背人，就無所不至。還是劉老老的村俗，焦大的粗野，包勇的倔戇，傻大姐的混沌，都還有些真至的性情。孔子説『禮云禮云，玉帛云乎哉』。又説『爾以爲必鋪幾筵，升降酌，獻酬酢，然後謂之禮乎』。《紅樓夢》累叙禮節之繁縟，而賈府鬧到『文具而實不至』的地步。獨又於賈母之喪，寶玉之婚，都是《紅樓夢》裏邊兩件大事，却不想故意顛倒竟寫得草率得狠。那菲薄『虛僞禮教』的意思，已是自在言外了。再就是主張以感情爲禮教的原動，不拿『道德』或『禮制』去壓迫人的。譬如探春説要給寶玉做鞋，寶玉説趙姨娘有些閒話，探春便説：『你恁麽也這樣糊塗，難道我是該替爺們做鞋的人麽？我願意給誰做就給誰做。』賈母慶賞中秋，聽賈赦說父母偏心的笑話，就不免多心，說：『我也得這婆子針一針就好了。』都是說『禮制』要原動於感情，一樣的事，一樣的話，就免不了有兩種做法同兩種聽法，這用意也十分明瞭了。關於這一類的事非常多，問題也太大，只好略說一二，餘者等着隨時標明，姑且不必一一具列。

另外幾個問題也暫且擱住，先把『宗教問題』來談談。《紅樓夢》對於現有的宗教，是表示不滿意的，并且狠主張『無神論』。我這般一說，大家只怕不免疑惑，說《紅樓夢》開始就有茫茫大士、渺渺真人，已經把『釋』、『道』兩門，先爲說出。何况寶玉『却塵緣』，湘蓮『入空門』，甄士隱訪道成真，内中實在拿宗教作了歸宿，怎麽說是攻擊宗教和主張『無神論』呢？但是假如從《紅樓夢》上看看談到宗教的地方，却没有不教人發笑的。第六十三回『死金丹獨艷理親喪』，那道士對尤氏說：『原是秘制的丹砂吃壞了事。小道們也曾勸說，功夫未到且服不得，不承望老爺於今夜守庚申時悄悄的服了下去，便升仙去了。這也是虔心得道已出苦海脱去皮囊了。』看了教人笑得腹痛。再就如第一百二回『大觀園符水驅妖孽』，也寫了個淋灕酣暢的好笑。妙玉的『走火入魔』和『遭大劫』（八十七回及一百十二回），王道士的『胡謅妬婦方』（八十回），女尼大了對鳳姐所說的那一位散花菩薩（一百一回），劉老老所說那位『雪夜抽柴』的姑娘（三十九回），無一事不教人看着發笑的，那攻擊宗教也就意在言外了。每每說到神鬼，更是一味的調侃。警幻仙子所管的事是什麽呢？寶玉竟煩他親身指教，豈不大奇。雖說和 Cupid 有些類似，但而用意不同。寶玉所學於警幻的事，是人類不學而知的，可知寶玉是順着『自然』的程序去悟會出來，那警幻不過是『自然』的別號。再一說到『鬼』就更妙了，第十六回『秦鯨卿夭逝黄泉路』説：『……那些鬼判不肯徇私，反叱咤秦鍾……』秦鍾道：「不瞞列位，就是榮國公孫子小名寶玉的。」都判官聽了先唬慌起來……衆鬼見都判如此，也都忙了手脚。』第十二回『賈天祥正照風月鑒』説是：『……到了這次剛要出鏡子來，只見兩個人走來，拿鐵鎖把他套住拉了就走。賈瑞叫道：「讓我拿鏡子再走。」只説這句，就不能説話了。……』看這兩段鬼話都是用『滑稽』來形容本意。仿佛《史記滑稽列傳》所説『漆城』、『廣囿』和『葬馬』的趣話。你要漆城，我不説漆城不好，却説『漆城蕩蕩，寇來不能上』。你要廣大起園囿來，我不説不該廣大，却只説『寇從東來，使麋鹿觸之足矣』。你要『厚葬其馬』，我不説不應厚葬，并還説『大夫之禮』太薄，一定要用『諸侯之禮』。《紅樓夢》説神鬼，是一樣『筆法』。你都説有『鬼神』，我不説没有『鬼神』，却更加倍『鋪張揚厲』的説『鬼神』。只可惜那『神』不過是如此，『鬼』會知道怕寶二爺，拘魂還要等賈瑞從鏡子裏出來，這不是有意打趣『鬼』麽？我這般一説，又起了個疑問，用『滑稽』來説鬼神，權且就算是主張『無神論』。但而鳳姐兩三次看見鬼，鴛鴦臨死看見鬼，又是什麽説法呢？却不曉得他正是寫那『心理作用』。就是寶玉也純然是寫了個『心物相關』的道理——評論『寶玉』是『心』，從前也人説過——這且容我慢講。但拿寶玉説，他見『鬼』的地方，已經明明白白寫的是『心理作用』，何以故哩？只拿寶玉思念黛玉説罷，第一百十六回寶玉神游太虚幻境，既爲尤三姐引至仙草(黛玉原身)的所在，見他微風吹動飄摇嫵媚，後來又復絳殿叩呼，珠簾傳語，那黛玉一定是『魂歸離恨天』了。怎麽第一百八回『死纏綿瀟湘聞鬼哭』，黛玉還滯留在大觀園呢？黛玉死在頭一年暮春，第一百八回説寶玉生日的事，應該是在第二年正月裏，這差不多快一年的時候，他還不曾『緣盡歸真』。隨着『音樂』之聲，歸到太虛幻境，依舊在瀟湘館裏悲戚什麽？《紅樓夢》文字最細致，斷不會留下這大的漏洞。據此看來，實實在在的説明那『夢境』、『哭聲』都是寶玉的『心理作用』。

《紅樓夢》凡帶着宗教氣味——玄妙靈幻——一類的事，既然是完全拿他來遮擋人的耳目，這書中主人翁——寶玉及『寶玉』——自然不能不好好兒去解釋解釋了。我説寶玉同『寶玉』是『心物相關』，所以不免就有時寫得恍惚迷離，教人來捉摸不定。説到『心靈』、『物象』上頭，自然『寶玉』代表『心』，寶玉代表物了。但而也有時倒因爲果，用心比物，來形容這相關。到臨了，總歸一句『即是物，物即是心』的説法。第一回説那塊石頭，不曾説到是『寶玉』，也不曾説到是寶玉，可見『心』、『物』還正在一體，不能够分解得開。太平閒人批語説『西方靈河』是心源，『絳珠草』是心色，『赤霞宫』是心狀，雖然狠是，但而忘了這塊『頑石』恰恰是『物』。康德説：『心物二者，皆不能謂有象，其現有之表現，是心靈物象之結合而已。』所以《紅樓夢》就拿『渺渺』、『茫茫』和『空空』來説明那『頑石』，那『太虛幻境』，便是把『心物無象』的意思給説了個明白。第二回『冷子興演説榮國府』，説『不想次年又生了位公子，説來更奇，一落胎胞，嘴裏便銜下一塊五彩晶瑩的玉來，還有許多字迹』。這『五彩晶瑩』、『許多字迹』，是不是説得『心物相關而有象』呢？說到『物』上，也只能説有『象』，不能説一定是『物』。何以故呢？世上所有的東西，統要説是對『心』而有的『象』，不能説是『實體』——賈政説寶玉哄了老太太十九年，可見寶玉仍然不能説是『物』的『實體』——就拿數量來説，長、闊、厚可以表示三種數量。所以 n n_2 n_3 和 $\sqrt{\ }$ $\sqrt[2]{n}$ $\sqrt[3]{n}$ 都能用物的『實體』來表示（n 是代表任一正數的）。到了 n_4 n_5……或是 $\sqrt[4]{n}$ $\sqrt[5]{n}$……就不行了——現在雖然有第四數量的研究，但而也不能用實體來表示 n_4 同 $\sqrt[4]{n}$——可見世上如 n_4 n_5……或 $\sqrt[4]{n}$ $\sqrt[5]{n}$……的東西存在雖然存在，只要不能用『心』來對『象』，也只好要說『虛幻』。所以《紅樓夢》所說的寶玉和『寶玉』，一到『玄渺』的境界，就是『有而無，無而有』的。那時『心』、『物』不相結合，所有的『象』，也都成了 n_4 n_5……或 $\sqrt[4]{n}$ $\sqrt[5]{n}$ 一類了。任憑把『幻境』寫得如何實現，却不曾把寶玉和『寶玉』分說。寶玉同『寶玉』既然是一物，那『象』是不能再有的了。所以一到此間；即爲『幻境』，『幻境』裏邊的『心』、『物』，却又成了不可分別的『一體』。寶玉『神游太虛境』（第五回）和『却塵緣』（第百二十回），全不曾説那『玉』的所在，可知是把『心物一體』來寫『幻境』。所以『情僧』兩字，實在不能說是『皈依佛法』的解釋。僅僅寫了『空』字罷咧。

『心』、『物』相結就有『象』，『心』、『物』一體就歸『空』。《紅樓夢》的大意，不過是這樣。所以第三回裏，黛玉一見寶玉就先説『項上金螭瓔珞，又有一根五彩絲條，繫著一塊美玉』，豈不把一見傾『心』的意思，完全給寫出來了麽？以後便處處含着演說『心物』的意思。第八回是寫『心作用』（心靈）。第二十九回張道士看玉同寶玉砸玉，是寫『情緒』。第二十五回是寫『變態』。第九十四回、第九十五回是申明『心物相對』，所以寶玉瘋了。第一百十七回還是寫『情緒』——這都明寫的，暗中寓意的不計——却拿『心物一體』寫成空門，作了寶玉和『寶玉』同歸『虛幻』的總結。

宗教問題，權且住下，餘下幾個問題，也等着各有專論。就有人説，你怎麽就曉得《紅樓夢》有這許多問題呢？豈不是無端傅會麽？如此一問，我當然要有番解釋，我説是從《紅樓夢》文學的手段上曉得的。明齋主人評《紅樓夢》三個字，是『真』、『新』、『文』，我對於其中的真字，更加倍佩服他批評的精當。《紅樓夢》文學的手段，是能從『真際』寫，所以雖然是『滿紙荒唐言』，教人讀了却寫得是真而又真，并不是夢話。大凡一種東西，只要有了『真』的價值，内中自然就包含許多意思可以推衍，不論是用新舊眼光看，總都有不少的講究。《紅樓夢》既是寫『真際』的文字，他的手段，已是非常的高妙，不用一定先存心作個什麽含蓄，自然盡够思量，這就是『真際』的妙用。《紅樓夢》把一時的情况描寫到十分，教人看了發生的感想，也就隨時變化，没有止境。何以哩？因爲那一時的『真際』永久存在的緣故，就連故作閃鑠的夢話，也都有個存在的道理。我看《紅樓夢》有這許多感想，爲什麽看《三國演義》、《封神傳》、《水滸傳》、《西遊記》、《西厢》、《聊齋志異》不發生呢？

如此就知道拿《紅樓夢》去研究文學，可以説是能『啓發思想』同『推論意思』，不能只説是看看他的『章法』、『句法』，就算完事。

於是乎我這本《讀紅樓夢剩語》，就有三種主意：是要研究他的文學手段，去推測他的哲學理解，并且考證他與史事有關的事迹。《紅樓夢》確實包含了『文學』、『哲學』、『歷史』的三項，不能够單單的靠定了一途立論，不然怎麽算得起『横看成嶺竪看成峰』的書啊？

我把這篇『發端』寫完，有的説這不過是你一個人的見解罷咧，怎麽能够説盡《紅樓夢》。我道：

這話很對，誠然是我一個人的見解，但若不是，怎麼能説是王小隱的《讀紅樓夢剩語》，又怎麼能叫『剩語』呢！

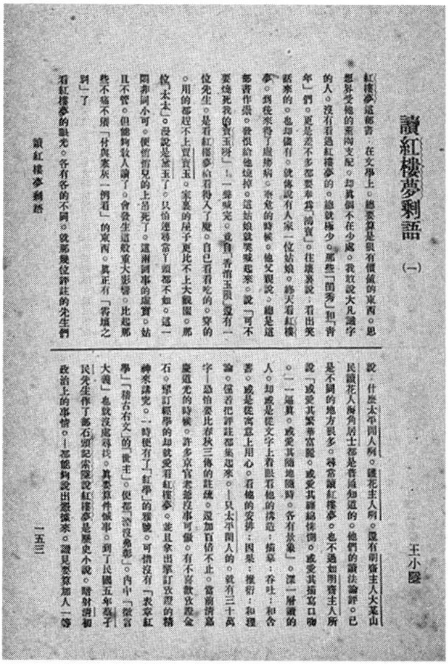

讀紅樓夢剩語 （一）

王小隱

紅樓夢這部書，在文學上，總要算是很有價值的東西。思想界受他的薰陶支配，卻真個不在少處。我敢說大凡識字的人，沒有看過紅樓夢的，總就極少。那些「閨秀」和「青年」們，更是差不多都要奉為「鴻寶」。往壞裏說：看出笑話來的，也卻儘有。就傳說有人家一位姑娘，終天看紅樓夢，到後來得了癆瘵病，奄奄的時候，他父親說，總是這部書作祟，發恨給他燒掉。這姑娘就哭喊起來，說「可不要燒死我的寶玉呀」！一聲喊完，竟負「香消玉隕」。還有一位先生，是看紅樓夢給看得入了魔，自已看看吃的，穿的，用的都趕不上寶寶玉，家裏的屋子更比不上大觀園，那位「太太」，沒說是黛玉了，只怕連尋常丫頭都不如。這一悶非同小可，便悄悄兒的上吊死了。這兩個事的虛實，姑且不管，但能夠教人讀了，會發生這般重大影響，比起那些不痛不痒「付與塞灰一例看」的東西，真正有「霄壤之別」了

看紅樓夢的眼光，各有各的不同，就那幾位評註的先生們說：什麼太平閒人啊，護花主人啊，還有明齋主人大某山民讀花人海角居士都是普通知道的。他們的讀法論評，已是不同的地方很多。尋常讀紅樓夢，也不過如明齋主人所說「或愛其繁華富麗，或愛其纏綿悱惻，或愛其描寫口吻。一一逼真，或愛其隨地隨時，各有景象」，深一層讀的人，卻或是從文字上着眼看他的構造：描摹：吞吐：和含蓄。或是從寓意上用心，看他的安排：因果：權術：和理論，儘着把評註都集起來，——只太平閒人的，就有三十萬字——恐怕要比春秋三傳的註疏，還加百倍不止。當前清嘉慶道光的時候，許多京官老爺沒事可做，有不喜歡攷證金石，辦訂經學的卻就愛看紅樓夢，並且拿出攷訂攷證的精神來講究。一時便有了「紅學」的雅號，可惜沒有「表章紅學」「稽古右文」的「聖主」，便都「湮沒弗彰」。內中「微言大義」，也就沒處尋找，真要算件憾事。到了民國五年蔡孑民先生作了部石頭記索隱說紅樓夢是歷史小說，暗射清初政治上的事情，——都能夠說出證據來，讀見要算加人一等

讀紅樓夢剩語　　　　一五三

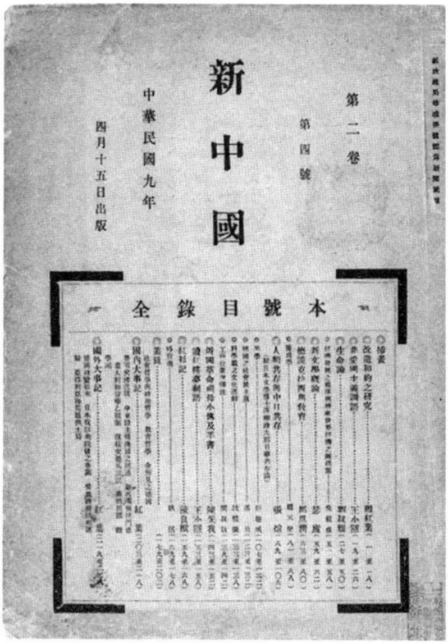

新中國

第二卷　第四號

中華民國九年四月十五日出版

本號目錄全

小説漫談

忍傑　撰

載於《申報·自由談》一九二〇年六月二十四、二十九日、七月一、三日。作者忍傑，待考。本文認爲『小説的最要目的，斷不是從前人所謂「嬉戲之作」，當他做消遣解悶的玩意兒看待；乃是由我的觀察宇宙萬象的結果，用我正確的學識眼光，去描寫社會上一切現象和人生的意義』。在這基礎上，他指出新舊小説的不同點主要在於『主客觀的不同』。舊小説一般都是『重主觀，所以書中事實，大半是作者的理想』，不重視寫『普通一班人的切生問題』；而新小説則『注重客觀，作者自立於第三者地位，從觀察社會上一切現象，不管他好的壞的，正的邪的，都要一一把他暴露出來，無結果，無判斷』，其描寫的特點也就在於『能於平易處著筆，不知不覺能令人感悟』。他雖説『兩派小説均各有特長』，不要『强分軒輊』，但他認爲中國舊小説的『實質』是『腐敗』的，究其原因，因受舊思想、舊傳統的束縛，『把表現人生活潑潑的小説弄得一些生氣都没有了』。

小説的好處，能於平易處著筆，不知不覺能令人感悟。作者往往借書中人口吻，寫自己的微旨。是以作者的思想學識越高，他流露出這種微旨越細巧。明明他要寫自己的抱負，却又不能顯明説出，然後借書中人口吻，表現他欲發的牢騷。在他筆底下寫出，入微處，正像天衣無縫，讀的人幾乎看不出他破綻。一定要聚精會神細細地推敲玩味，方看出他用意之深。我看《紅樓夢》一書，他描寫書中人物，都隨各人的身分配以舉止容貌，精透細妙，使讀的人没一個不表同情，這才是文學的極致。他寫的雖不過貴族家庭裏的瑣屑事，却把古往今來那些兒女癡情、人情世態，一一畢現於讀者之前。要是作者非下一番實地觀察的苦工夫，逐一憑自己的思想學識，歸納攏來，那能有此傑作？如書中寫寶釵批評黛玉的話，有一段説得好：『顰兒這促狹嘴，他用《春秋》的法子，市俗的粗話，撮其要，删其繁，再加潤色，比方出來……』（事見四十二回）這不是明明是作者的微言嗎？其妙在平易落筆，恰似寶釵身分口吻，粗莽的人不過草草讀過，那裏知道雪芹之處心積慮，早把全部《紅樓夢》，在此寥寥數語中表出，輕而且便，毫不吃力。若是那拙劣的小説家，遇到這種去處，就要把胸中牢騷，用了莊嚴鄭重道學者的主觀眼光，夾議帶論，寫的像板刻一般，一些生氣也没有了，看的人自覺乏味。兩相參證，那自在不可同日語。我希望現在的小說家，不要單在文字上去刻劃用工夫。小說的最要目的，斷不是從前人所謂『嬉戲之作』，當他做消遣解悶的玩意兒看待；乃是由我的觀察宇宙萬象的結果，用我正確的學識眼光，去描寫社會上一切現象和人生的意義。所以近代文學史上，除詩歌、戲劇外，第三就要推到小說了，豈可以小道蔑視他呵！

中國歷來的小說，都重主觀，所以書中事實，大半是作者的理想。他寫的無非是英雄、義士、俠客、美人一類的佳話，只使看的人增贊嘆羡慕之心。對於普通一班人的切生問題，原是不生關係。因此大家看小說，不當他是一件正經事，并且不是文學的正宗，只把作茶餘酒後的談資，消閒解悶的玩意看去。這個也未始不是以前小說家自取之咎，難怪看小說的不注意他呢！自從西洋自然派、寫實派小說盛行以來，我國近數年内，亦漸漸受他這種影響。這派的小說注重客觀，作者自立於第三者地位，從觀察社會上一切現象，不管他好的壞的，正的邪的，都要一一把他暴露出來，無結果，無判斷。這種態度，當然也有人不滿，但他的重要特點，就是適應人生，能使大多數人看過了，留一種深刻的感想，影響到自己的人生。不像中國以前小說，專喜歡寫奇異神怪的秘奥，貴族特殊階級的闊綽。這兩派小說根本歧點，一則注重社會現象和平民生活；一則意在玄想好異，務求與習俗現象格不相入，别具桃源，爲世人夢想不到者，乃爲新穎可貴。此種小說，我不能說他絶對没有價值，再從唯美心理而論，也可引起人的高尚思想、美感興味。然而，比較的總須次一層，況且中國舊小說中具高尚思想和唯美價值(辭藻不能算完全唯美)的,能找得出幾部呢? 我以爲此類超乎現象,别創新境,近似理想的小説,在現在中國社會上,很不需要,盡可以少做爲是。而眼前所最需要應提倡的,像西洋寫實派一類小説可不是對於中國社會現象是一劑對症要麽? 借此,也可使得一般人曉得小説的真意義,改變輕視小説的心理,在我國小説界開一新紀元。

新舊小説既有主客觀的不同,但是究竟這區别在那裏? 這不難。試現就兩派區别的大概説一説。再舉兩個實證,就不難了然。所謂『主觀的小説』,作者就是書中主人翁,由他的意志支配書中人物,不過别人看他,却不露頭角。客觀的小説則不然。作者以第三者地位,直寫自然美景和社會現象。用文學的眼光、藝術的手腕,請他一一暴露出來。要證實這幾句話,請隨便把舊小説和新體小説,拿來參證一下,不難看出這主客觀的區别。現在我且隨便舉二個例。

『客觀』——『夏娜在這萬籟俱寂的當中,他的心花怒放。他漸漸想到「愛情」兩個字了。愛情是什麽東西? 他是不懂得。他只曉得「我用我的靈魂去愛他,他應該用他全付精神來愛我」。像這樣好景中,他們應該握握手,到下面去散步。他們的心房不住的顫動起來,他們的甜蜜愛情,混和了這風清月白的好景。他們的自己秘密,也不知不覺流露出來。這不是永久的、温和的愛情嗎? 夏娜好像這個時候,他的情人在他的左邊……』(見法國大小説家莫泊三原著。我國王崇植君譯爲《一生》。莫氏是近代寫實派鉅子,故引他作例。)

假使有人説,中國舊小説注重主觀,所以不好,西洋的寫實小説注重客觀,所以好。我一定一疊連聲的説：否，否，那可不儘然呢。何以故？兩派小説均各有特長，顧其區別，則惟在作者用意下筆時之觀感和歷史上相傳慣習之結果，與小説本身之價值，猶風馬牛不相及。那麼當然不能拘主客觀的成見，强分軒輊。要知小説的真僞好壞，不在表面上主客觀的不同，重要部分就是所謂實質，我們看小説、批評小説的人，就從這實質上估定他價值。中國小説所以比不上西洋小説，便是這實質的腐敗。其原因，因受苦思想的束縛、舊格律的支配，兼之歷史遺傳性的暗示，更被那《史》、《漢》氣息、古文學派薰得像漆一般黑，從種種方面的不自然拘束的不能越雷池一步，好好地把表現人生活潑潑的小説弄得一些生氣都没有了。

藝評

●小說漫談　思傑

假使有人說中國舊小說注重主觀所以不好西洋的寫實

小說注重客觀所以好我一定一疊連聲的說否否那可不盡然試問何以故兩派小說均各有特長顯其區別則惟在作者用意下筆時之感觀和歷史上相傳慣習之結果與小說本身之價值殊風馬牛不相及那麼當然不能拘主客觀的成見强分軒輊要知小說的眞僞好壞不在表面上主客觀的不同重要部分就是所謂實質我們看小說批評小說的人就應從實質上估定他價值中國小說所以比不上西洋小說便是這實質的腐敗其原因因受舊思想的束縛舊格律的支配加之歷史遺傳性的暗示更被那史漢氣息古文學派薰得像漆一般黑從種種方面的不自然拘束的不能越雷池一步好好地把表現人生描寫的小說弄得一些生氣都沒有了

笑林

●笑笑錄　登

偸狗　甲曰君旣以狗售吾何復偸去乙曰吾未嘗偸君之狗君出價太廉不足以購吾狗耳

藝評

小說漫談

忠鼎

小說的好處能於平易處著筆。不知不覺促令人移情。作者往往借書中人口吻寫自己的徵旨。是以作者的思想學識越高。他故寫出這種微妙越細巧。明明他要寫自己的抱負。卻又不肯顯明說出。然後借書中人口吻表現他欲發的牢騷。在他筆底下寫出入微處。止使天衣無縫。讀的人幾乎看不出他痕跡。一定要發揮會神細細地推敲。玩味方看出他用意之深。我看紅樓夢一書。他描寫書中人物。都隨各人的身分。配以舉止答較。精造細妙。使讀的人。沒一個不表同情。這才是文學的極致。他寫的雖不過賈寶玉家庭裏的瑣屑事。卻把古往今來那些兒女痴情人情世態。一一畢現於讀者之前。要是作者非下一番實地觀察的苦工夫。還一些自己的思想學識歸納攏來。那能有此傑作。如書中寫寶釵批評黛玉的話有一段說得好。「寫兒這說來。他用春秋的法

子。市俗的粗話。撮其要。刪其繁。再加潤色。比方出來。……一句是一句。」(事見四十二回)這不是明明是作者的徵旨嗎。其妙作平易落筆。恰似賞叙身分口吻。粗淺的人不過草草讀過。那裏知道善於他之處。心橫據早把全部紅樓夢。在此寥寥數語中表出。輕而且使他不吃力。若是那拙劣的小說家遇到這種去處。就要把胸中半瓶用了莊嚴的態度道學者的主觀眼光。來議論寫的像板刻一般。一些生氣也沒有了。看的人自覺乏味。掃興參證。那自在不可同日語了。我希望現在的小說家不要單在文字上去斲削用工夫。小說的最要目的。斷不是從前人所謂消遣之作。當他做消遣解悶的玩意兒看待。乃是由我的觀察宇宙萬象的結果。用我正確的學識眼光。去描寫社會上一切現象和人生的意義。所以近代文學史上。除詩歌戲劇外。第三就要推到小說了。甚可以小道蔑視他嗎。

小説底權威

玄廬 撰

載於一九二〇年八月三十一日《民國日報》。作者玄廬，原名沈宗傳（一八八三——一九二八），字叔言，改名定一，字劍侯，號玄廬，浙江蕭山人。早年參加反清活動，被迫流亡日本，參加同盟會。一九一〇年回國後，參加路權運動與光復上海。一九一九年與戴季陶等創辦《星期評論》，翌年與陳獨秀等發起組建馬克思主義研究會，爲中共早期黨員。一九二三年加入國民黨。一九二五年孫中山逝世後破壞國共合作，被中共中央清除出黨，後被刺身亡。本文認爲《水滸》、《紅樓》、《西遊記》、《封神傳》四部小説『無非是「盜」、「娼」、「仙佛」這三種模型』，而這四部小説三種模型不但寫了『上古中古底社會史和人底心理』，而且將

『支配著這四部小説出世之後的社會和人底心理』。他擔心用新式標點重印了這些小説，也將支配著當今的青年，對社會産生不良的影響。

横看竪看，從黄帝紀起到民國九年這四千六百十七年底社會狀態，逃不出《水滸》、《紅樓》、《西遊記》、《封神傳》四部小説。這四部小説不但可算追紀得着上古中古底社會史和人底心理，并且支配着這四部小説出世之後的社會和人底心理。偉大呵！小説底權威！

這四部小説説些什麽？差不多凡是識字能看書的都看過了，不等我細説。放大眼光包圍起來看透了他，無非是『盜』、『娼』、『仙佛』這三樣模型，『黄金紅粉富貴神仙』，世間人那一個能逃得出這八個字的圈套？逃不出這個圈套，便做了三個模型塑成的人物。

過去的歷史和社會的現狀，統通被這四部小説鑄定了是無可諱言的；將來的社會，還是要被他支配下去嗎？我不敢信世間人有擺脱他的能力。我常常覺得中國人有兩種最豐富的特性：

一、妥協性。

二、突飛性。

看《紅樓夢》的，没有一個不希望寶玉和黛玉成了美滿姻緣，到黛玉死後，又替寶釵怪可憐的捏了一把汗。看《西遊記》、《封神傳》的，起碼就想騰雲，『一個筋斗雲三萬八千里』，以爲是人生第一快事。所以處在一個四不像的『德謨克拉西』制度底下，并不肯向改造途中努力，就想打一個筋斗到『安那其』世界。起了一陣虛勁，這個筋斗打不過去，又換一個方向望什麽『西方净土』、什麽『虛無』的如意算盤的幻想裏面跑。又經過了一陣鬼畫符的時間，看看還是做不去。飯是要吃的，衣是要穿的，房子是要住的，環境一逼，就慢慢地回了頭鑽在舊社會裏謀生活去。生活找到了，就上『黄金紅粉』的熟路；我不到，或是不滿足，又向『仙佛』那邊遁。飛來覆去，不是謀『妥協』，就是想『突飛』。一副改造途中一分一寸忍着苦痛向前走的重擔子，有那個敢凑上去肩頭挑着走？『金玉良緣』、『筋斗雲』，這小説底權威真個不小！

如今《水滸傳》已經有人把他加上新式標點重印專利了。我想新標點的《紅樓夢》不久也會出現。讀這些小説的，或許當文學來研究，如果把身子加入書底内容，到底是要受支配的。但是演着這四部小説的活劇的社會，可憐多少青年，早就讀得爛透了！

覺悟
中華民國九年八月三十一日
民國日報
第四張

我對於小説之管見

潘公展　撰

載於《小説新報》一九二〇年第六年第六期。潘公展（一八九五—一九七五），原名猷，字干卿，浙江吴興人。上海聖約翰大學畢業，先後任《時事新報》副刊《學燈》、《民國日報》副刊《覺悟》的特約撰稿人與上海《商報》、《申報》的編輯，兼任上海大學、南方大學等教授。一九二七年後，歷任上海農工商局長、教育局長等。抗日戰争期間，歷任國民黨中央宣傳部副部長、國民黨中央常委等。一九四九年去香港創辦國際編譯社，旋去美國定居。有《潘公展先生言論選集》。本文作者認爲，對於小説的社會功用，自清末以來大家似已有普遍的認識，然小説實際對社會起移風易俗的功效并不理想。究其原因，主要是對小説與通俗教育的關係尚認識不足。當將小説作爲通俗教育的工具來認識之後，更可明白小説能『日浸月潤於大多數人之心理』，對『社會國家之前途』具有重大的作用。而要使小説能『流行』，真正能對社會起到作用，『當先從白話韻文入手』，而根本還是要注意『灌輸科學思想於一般平民』。在這基礎上，將『個人之責任，社會之陋習，世界之大勢，生活之狀況，以及本國之歷史，地理之大概，中外古今名人之事略』作爲内容，『以極淺顯之筆，極順口之調，極有趣味之編制，極有頭緒之叙述』表現出來，那麼就能真正看到小説起到通俗教育的功效了。最後，他認爲小説真正要『爲中國文學界開一新紀元』，就既要注意『擷取東西洋寫實派之精義』，又要『潛心觀察中國之社會』，走寫實派的道路。編者稱作者『有改革之志』，『發爲文章，論偉識閎』，實非溢美。

醒獨先生詢余對於小説之意見。夫小説之價值，所包甚廣，淺學如余，曷敢有所論列？兹篇所論，特摭拾陳言，參以管見，聊貢當世小説家之一覽而已。

昔日國人有一普通之謬見，以爲小説之文無關於世道人心，故惟失意之士偶一爲之，不足以登大雅之堂。清之季世，始有人知小説與群治之關係而明白倡言之矣。顧二十年來，小説之作，或撰或譯，數亦不可謂不多，然試問由小説而收移風易俗之效者幾何？推究其故，雖不一端，而國人對於小説之功用未能瞭然，要亦爲其主因也。

夫小説，固文學之一種也。凡社會思潮、人生事實，靡不與之息息相通，故泰西之文學，小説與戲劇佔其大部，而諛死頌生之作，飾辭矯説之論不與焉。惟其如此，故西洋文學之進化，可由小説以窺其秘，由擬古主義而進爲浪漫主義，由浪漫主義而進爲寫實主義，由寫實主義而進爲新浪漫主義，層層遞變，後者無不補前者之缺陷，而調節情緒之主觀，使之更進於充實。返觀夫我國，則重視小説之觀念，僅賴近年時賢之提倡，而始漸有萌芽，小説之得儕於文學之林者，亦數年來事也。以今日我國之小説界言之，則捨洞明世界文學思潮之趨勢者，本其所得，精心撰譯而外，其大部分尚沈淪於擬古與浪漫之間，寫實尚非所知，又遑論新浪漫派哉！甚至傖夫市儈，群編黑幕小説以欺人，而猶囂囂然難於人曰。此固寫實派之小説也，嗚呼，彼特有描寫獸性之技已爾！實則科學之態度，人生之真義，彼皆茫無所知，故我國今日之小説，在文學上之地位，猶瞠乎在人後。此僅就小説之陳義一方面言之，而已不勝其致慨矣。

雖然今日推崇小説之論者，已比比皆是，似亦無煩喋喋，吾且取小説與通俗教育之關係而略論之。夫教育而謂之通俗，則其注目於中流以下之社會也，可知教育本人人所應受，無分乎貴賤貧富。然而，今之教育則不暇爲平民計也。殊不知一國之民，其能富有餘力以受教育者幾何？若彼胼手胝足之流，毫無教育之享受，微論於人道爲不合，即就社會幸福國家安寧言之，亦豈是爲得計？此通俗教育之所以不可緩也。不寧維是，彼自食其力之平民，於終日操作之暇，亦必謀所以安慰精神之道，則所謂消遣尚矣。苟消遣而不得其法，則非徒虛糜寶貴之光陰，而個人之身心轉足以受害，是以欲使中流社會以下之國民得有益之消遣，則又非注重通俗教育不爲功。既知通俗教育之當提倡矣，則請進而言小說爲通俗教育所必不可少之利器。

吾謂小說可以爲通俗教育之具，聞者疑吾言乎？請以現今下等小說之流行證吾說。劉復先生之論中國下等小說也。則謂據其所知，上海一埠日銷六千餘本，且多至二百有餘種，此尚非精確之調查，而要已足以駭人聽聞。夫此類之小說，其文體則脱胎於彈詞，而爲大鼓、寶卷、俚曲、唱本之流，其材料則非無理雜凑，即憑空結撰，間有所本，亦多顛倒錯亂，不可名狀；其思想則奴隸、迷信、虛榮、謬妄、淫盜之類居多，而出類拔萃者甚鮮，以此類之思想而日浸月潤於大多數人之心理，社會國家之前途尚堪問乎？是故言通俗教育者，而不以改良下等小說入手，一任舊有者之流傳，其無所獲益，勢斷然也。然則改良下等小說當以何者爲標準乎？此又不可不略加討論者。

欲改良下等小說，有不可不先知者一事，即雖求小說之流行，當先從白話韻文入手。現今下等小說之所以深入人心者，惟其爲白話故，亦惟其爲韻文故，孩提之童，呀呀學語，而村曲俚歌，則已朗朗上口。無他，此蓋人類之天性使然也。故苟有志於編輯優美之下等小說者，雖不必文詞盡與曲調相符，而要能使其諧於天然之音節，則讀者隨閱隨唱興趣横生，而流行之廣，可以預必。

然改編下等小說而徒爲流行計，則直書賈已耳。而又何事乎改編？從可知改編之所重者，在乎材料及思想。中國人普通所最缺乏者，科學觀念也。無科學思想，實爲中國人至大之病根。因無科學觀念而迷信生焉，因迷信而權威生焉，因權威而虛榮心奴隸性生焉，故雖使中國之腐敗社會，加以根本之刷新，非灌輸科學思想於一般平民不可。我所謂科學思想，不必探微測幽之精深科學也，人生於今日所應具之普通常識耳。我所謂灌輸，亦非謂翻譯叢書廣播雜誌也，即假手於通俗之小説而已足。譬之以天空言，則星體之運行，風雲之由來，雷電之成因，固皆所當知。以人事言，則卜筮之，秘傳鬼神之邪説，巫覡之妖術，又在所必破。以地理言，則水旱之爲災，風水之鼓惑，種植之土性，又不可不爲之預防、破除而辨别。凡此皆非有科學之淺識不可。我希望改良下等小説之所取材者，此其大端也。他若個人之責任，社會之陋習，世界之大勢，生活之狀況，以及本國歷史地理之大概，古今中外名人之事略，皆當容納於小説之中，以極淺顯之筆，極順口之調，極有趣味之編制，極有頭緒之叙述，貢獻於平昔愛閲下等小説者之前，則彼等所舊日相依爲命之下等小説，自漸退居於無人顧問之地，而通俗教育之功效亦得見矣。

故吾敢敬告當世之所謂小説家者，如能擷取東西洋寫實派之精義，潛心觀察中國之社會，而自爲寫實派之創作，爲中國文學界開一新紀元，此其上也。翻譯寫實派之小説，以供國人之快覽，此其次也。否則當專其力以從事於通俗教育之小説，其爲益當亦不淺，若徒徘徊於擬古浪漫之間，而自以爲典雅，自以爲新奇，則於社會又何裨耶？（不受酬）

公展先生爲新學鉅子，平居盱衡世俗，輒慨焉有改革之志。是作本其夙願，發爲文章，論偉識閎，有識者自多競許，當不獨鄙人欽佩已也。醒獨謹志

論壇

我對於小說之管見

（潘公展）

灝獨先生詢余對於小說之意見。夫小說之價值。所包甚廣。淺學如余。曷敢有所論列。茲篇所論。特摭拾陳言。參以管見。聊貢當世小說家之一覽而已。

昔日國人有一普通之謬見。以爲小說之文。無關於世道人心。故惟失意之士。偶一爲之。不足以登大雅之堂。清之季世。始有人知小說與羣治之關係。而明白倡言之。爽頤二十年來。小說之作。或撰或譯。數亦不可謂不多。然試問由小說而收移風易俗之效者幾何。推究其故。雖不一端。而國人對於小說之功用。未能瞭然。要亦爲其主因也。

夫小說固文學之一種也。凡社會思潮。人生事實。靡不與之息息相通。故泰西之文學。小說與戲劇佔其大部。而決死頌生之作。飾辭矯說之論。不與焉。惟其如此。故西洋文學之進化。可由小說以窺其秘。由擬古主義而進爲浪漫主義。由浪漫主義而進爲寫實主義。由寫實主義而進爲新浪漫主義。層層遞變。後者無不補前者之缺陷。而調節情緒之主

周代的文學與小說

張靜廬 撰

載於《新的小說》一九二〇年十月一日第二卷第二期。《新的小說》，創刊於一九二〇年三月十五日，由上海新潮社編輯，張靜廬主輯（後由王靖主輯），泰東圖書局發行，月刊。創刊號有《創刊話》說：『我們知道這小說在社會上的潛勢力，非常的大，能夠默移人心，去向善向惡。我們并且承認這小說，是通俗教育的一種，要借他來補助社會教育的不足。……我們……辦這一本册子，是標明不和舊的小說一樣，只當作「茶餘酒後，怡情悦性」的用，是用「新的」文化來改造舊社會，「新的」思想來建設新道德。』出到一九二一年六月十日的第三卷第一期時改名爲《新曉》，僅出一期即告終，共出十二期。張靜廬（一八九八——一九六九)，原名繼良，浙江鎮海縣人。一九一五年任天津《公民日報》副刊編輯，一九二〇年任泰東圖書局編輯、出版部主任，作《中國小說史大綱》，於一九二〇年六月二十日出版。一九二四年後創辦過光華書局、上海聯合書店、現代書局、上海雜志公司等，出版了不少新文學家的作品。一九四九年後也從事出版工作。有多種出版史方面的編著，如《中國新聞記者與新聞紙》、《在出版界二十年》、《中國近代出版史料》、《中國現代出版史料》、《中國出版史料補編》等。張靜廬的這篇文章是在他出版《中國小說史大綱》一編後，作爲二編進一步細化的内容。中國長期以來，人們都不重視小說，也没有真正『研究小說的人』，但他認爲，『現世的學者，不可不研究小說史』，儘管自己『不是小說家與考據家』，決心『嘗試』、『爲中國小說界放一異彩』，即使『做一個失敗的人』，也可『勾起』别人來『做極詳細的小說史來』(《中國小說史大綱自序》)，故王無爲在該書的《序一》中說他『實開吾國小說史之先河』。且從這篇文章的内容來看，他寫中國小說史，不同於同時代他人基本照搬東洋的一套，從『神話』寫起，而是在吸取中西的小說觀念之後，根據中國的實際來考察周代的小說情況，顯得更接地氣。

一

中國的文學，演進於周；以周一代的文學來説，則發動於成康時代，演進於春秋，而發展於戰國。譬如長江的水，出青藏會金沙，其勢固猶平緩；及出三峽會三湖，則其勢驟猛，浩浩盪盪，一瀉千里，奔放砰湃，不可遏止；中國文學思想的發展，實在斯時。戰國文學思想的派別雖狠多，但是大抵只有儒道二派；孔子説仁義孝悌之道，是爲儒家。老子唱虚無自然之説，是爲道家。儒家傳者有子夏、子游、曾參、子思一輩人，到孟子出，孔子之道更興，是爲儒家的大宗。道家傳者有關尹子、鶡冠子、列子一輩人，到莊子出，以奇肆的才能，奥妙的文詞，創造的思想，宏豁的懷抱，作寓意深超的文章，是爲道家的大宗。趙秉忠曰：『……夫莊列誠虚無放誕，迺其胸宇宏豁，識趣靈峻，起六合而塵萬象，無所方擬，未可磷緇；其於大道，洪濛無始，實有洞解弗易及者，是故擒而爲文，窮造化之婆態，極生靈之遼廣，剖神聖之渺幽，探有無之隱頤。嗚呼！天籟之鳴，風水之運，吾靡得覃其奇已！……』

二

小説既以寓意寄託爲上，道家的文字，又專尚虚無自然之説，固深合乎小説的體裁；所以説諸子文學，十七八爲小説家言。但是當時儒家文字，亦間有寓意作小説家言者，像《孟子》七篇，不但推言義理，廣大而精微；即就其文法而論，亦大有可觀。《林下偶談》謂唐人所作《雜説》之類，實倣於此。倘照這樣説來，那麽諸子寓意的小説，僅傳至漢，像《十洲記》、《洞冥記》而止；孟子寓意的小説，倒源遠流長，像現在一般人所模倣的，唐人《雜説》體裁也都胎息於孟子了。

論創作小説的鼻祖，當然要推到鬻熊——鬻熊，周初人；《左傳》注説他是祝融氏第十二世孫；《文心雕龍》説：『鬻熊知道，文王諮詢，遺文餘事，録爲《鬻子》。』《漢書·藝文志》載《鬻子説》二十二篇，又小説家《鬻子説》十九篇；但今據《百子全書》所載，只有《鬻子説》十四篇，所傳的小説十九篇，已無從考據；既無從字據；就不能硬説他是創作小説的鼻祖。

鬻熊之後，有列禦寇，所作《列子》八篇，《漢志》天寶改其書題爲《冲虚真經》。這書裏所刊，其寓意寄託，確狠深超；不過其文意，實在不像小説家言。書裏第四《仲尼篇》曰：

『仲尼閒居，子貢入侍，而有憂色；子貢不敢問，出告顔回；顔回援琴而歌。孔子聞之，果召回入，問曰：「若奚獨樂？」顔回曰：「夫子奚獨憂？」子曰：「先言爾志。」曰：「吾昔聞之夫子曰：『樂天知命故不憂。』回所以樂也。」孔子愀然有間，曰：「有是言哉！汝之意失矣；請以今言爲正也。……」顔回北面拜手曰：「回亦得之矣。」出告子貢，子貢茫然自失，歸家淫思七日，不寢不食，以至骨立；顔回重往喻之，乃及丘門，弦歌誦書，終身不輟。』

這一篇文字，寫孔子顔回子貢三個人的情形狠迫真；不過他立言之意，重在説理，所謂：『……汝徒知樂天知命之無憂，不知樂天知命有憂之大也。……』所以也不能指他是小説。

三

小説作者，除鬻子列子以外，就該輪到莊子；但是當時除莊子以外，各派的學者，所作文字，也狠有小説的意味。

總之：當時文學思想的派别，可分爲四：

（一）鄒魯派

（二）荆楚派

（三）燕齊派

（四）三晉派

四派之中，荆楚派屬道家，其所作的文字，十八九屬寓意；鄒魯派屬儒家，三晉派屬法家，燕齊

派務爲空疎迂怪之談，寓深意於滑稽諧説之中，亦頗近似小説，可與荆楚派并傳。（注）見《中國文學史》

鄒魯派的文字，要算孟子《七篇》中的《齊人乞墦》一篇，的確可稱爲社會小説，其描寫齊人和妻妾的情形，比《唐人雜談》比較好得多了。

《齊人乞墦》篇：

『齊人有一妻一妾而居室者。其良人出，則必饜酒肉而後反。其妻問所與飲食者，盡富貴也。其妻告其妾曰：「良人出則必饜酒肉而後反，問其與飲食者，盡富貴也，而未嘗有顯者來；吾將瞷良人之所之也。」蚤起，施從良人之所之，徧國中，無與立談者；卒至東郭，墦間之祭者，乞其餘不足，又顧而之他，此其爲饜足之道也。其妻歸，告其妾曰：「良人者，所仰望而終身也，今若此！」與其妾訕其良人，而相泣於庭中；而良人不知也。施施從外來驕其妻妾。』

這一篇文字，是用側筆爲其妻之瞷良人，以顯暴齊人的人格墮落。夫行乞於墦之祭者，而食其餘；歸家却驕其妻妾曰：『與飲食者皆富貴也。』這一類人，社會上實在多得很；不過或者其妻不去『從良人之所之』，未嘗發覺耳！我所以説孟子這一篇文字，的確可稱爲社會小説了。

四

燕齊派的文字，以淳于髡的滑稽爲最佳；太史公作《史記》，列之於《滑稽列傳》。《文心雕龍》裏説：『昔齊威酣樂，而淳于髡説甘酒；楚襄讌集，而宋玉賦好色；意在微諷，有足觀者。』

淳于髡諷《齊威王》篇：

『威王八年，楚大發兵加齊，齊王使淳于髡使趙請救兵，齎金百斤，車馬十駟。淳于髡仰天大笑，冠纓索絶。王曰：「先生少之乎？」淳于髡曰：「何敢！」王曰：「笑豈有説乎？」髡曰：「今者，臣從東方來，見道旁有禳田者，操一豚蹄，酒一盂，祝曰：『甌窶滿篝，汙邪滿車，五穀蕃熟，穰穰滿家。』臣見其所持者狹，而所欲者奢，故笑之。」於是齊威王乃益齎黄金千鎰，白璧十雙，車馬百駟。髡辭而行；至趙，趙王與以精兵十萬，革車千乘。楚聞之，夜引兵而去。』

寓意文字，以《國策》爲最富；蓋戰國文學思想之競争，所謂『智士鬥其智，勇士鬥其勇，辯士鬥其辯，學士鬥其學』。《國策》文字，即『辯士鬥其辯』也。儒家與道家，即所謂『學士鬥其學』也。

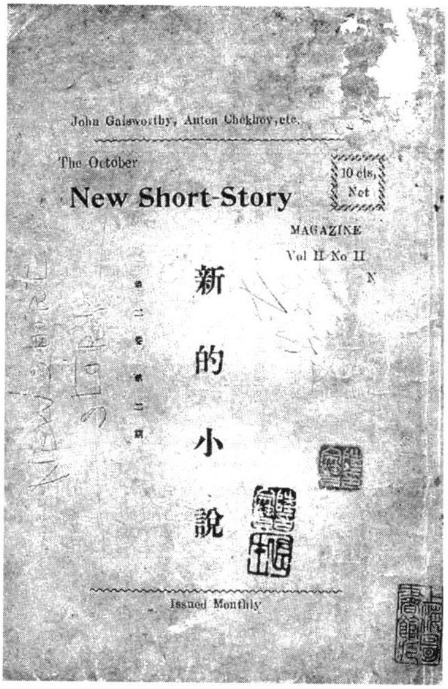

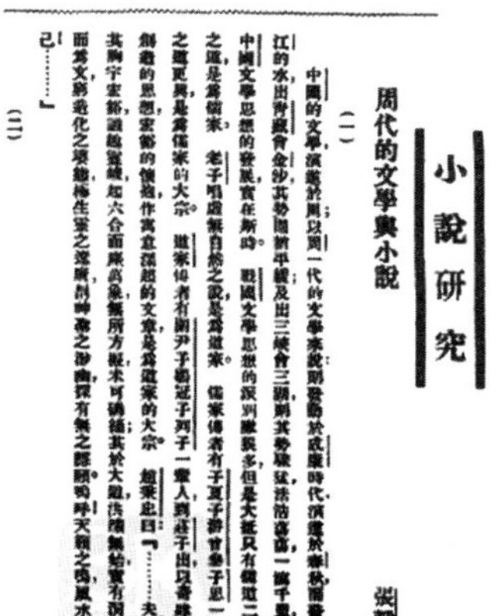

小說研究

周代的文學與小說　張靜廬

（一）

中國的文學，濫觴於周；以周一代的文學來說，則發軔於成康時代，演進於春秋，而發展於戰國。譬如長江的水，出於巴蜀會金沙，其勢固然平緩；及出三峽會三湘，則其勢便猛，浩浩蕩蕩，一瀉千里，奔放奔騰，不可遏止。中國文學思想的發展，實在斯時。戰國文學思想的派別雖然很多，但是大抵只有儒道二派。孔子說仁義孝悌之道，是為儒家。老子唱返樸自然之說，是為道家。儒家傳者有子夏子游曾參子思一輩人，到孟子出，孔子之道更興，是為儒家的大宗。道家傳者有關尹子鶡冠子列子一輩人，到莊子出，以奇肆的才能，美妙的文詞，創造的思想，宏偉的懷抱，作寓意深超的文章，是為道家的大宗。姚鼐說：『……夫莊周誠有絕人之才，其胸宇宏廓，識量曠越，知六合爾麼，萬象無所方擬，末可窮詰，其於大道，洪濛無始，實有洞解，非易及者，是故而為文，窮造化之瑰瑋，極生命之浚微，削神奇之紗，幽探有無之際，明顯嗚呼天籟之鳴，風木之悲，吾無得取其奇已……』

（二）

新的小說　周代的文學與小說　一

近代名家短篇小説集《點滴》

望道　撰

載於《民國日報・覺悟》一九二〇年九月二十七日。作者望道，即陳望道（一八九〇—一九七七），原名參一，又名融，改名望道，筆名有陳佛突、陳曉風、陳雪帆等。早年留學日本，回國後曾於浙江第一師範任教。一九二〇年翻譯出版《共産黨宣言》，參加創立上海共産主義小組，參加《新青年》編務。後歷任上海大學、安徽大學、廣西大學、復旦大學等教授、系主任、院長。解放後任復旦大學校長。著有《修辭學發凡》、《文法簡論》等。本文高度評價周作人「用口語體翻譯的外國短篇小説」《點滴》「很成功」，認爲譯得「流利可誦」，可以看出譯者「務求誠實」的態度，并「對於讀者力謀利便」。也指出了周作人從翻譯《域外小說集》『全用古文』，到如今『用全口語翻譯』，是一種飛躍。

周作人先生最近兩年中（一九一八年至一九一九年）用口語體翻譯的外國短篇小説，已經在《新青年》和某日報上發表過一次的，現在編成一卷，稱作《點滴》由新潮社出版了。『點滴』二字係摘取德國尼采《超人論》底話，內容：共有外國名家短篇小説二十一篇，自己論文三篇；形式：四六版，尋常制，全兩册，三百十七面；定價：大洋七角。

周作人先生是中國用口語直譯外國名家小説的倡始人和名手。他雖然主張『逐字譯，不得已也逐句譯』，却是他的譯稿仍然流利可誦，我們很可以從他底譯作中，看出他對於作者務求誠實，對於讀者力謀利便，把兩大任務一肩并擔的苦心，所以這集譯著，正可以説不辜負原作名著的名譯。

周作人先生曾經譯有《域外小説集》，在一九〇九年出版，那是全用古文譯的，但他近來覺悟到用古文翻譯很不適宜，這兩年裏便用全口語翻譯，結果就得到這純粹的成功，所以我們對於周先生這作，不但願列入名譯隊裏，并願當作口語文學實驗成功願意陳列的成績！

我現在願用極誠懇的態度替他介紹給新中國底新青年面前。

卷末有刊誤表，表中第五頁第十行『一二〇』應改作『一二一』，此外没有誤刊。

（一九二〇年九月二十六日）

陳望道

近代名家短篇小說集「點滴」

（望道）

周作人先生最近兩年中——一九一八年至一九一九年——用口語體翻譯的外國短篇小說，已經在『新青年』和某日報上發表過一次的，現在編成一卷，稱作『點滴』，由新潮社出版了。『點滴』兩字，係摘取德國尼采『超人論』底話。內容，共有外國名家短篇小說二十一篇，自己論文三篇。形式，四六版，尋常製，全兩冊，三百十七面。定價，大洋七角。

周作人先生是中國用口語直譯外國名家小說的倡始人和名手。他雖然主張『逐字譯，不得已也逐句譯，』却是他底譯稿仍然流利可誦；我們很可以從他底譯作中，看出他對於作者務求誠實，對於讀者力謀利便，把兩大任務一肩並扛的苦心。所以這集譯著，正可以說是不辜負原作名著的名譯。

周作人先生曾經譯有『域外小說集』，在一九〇九年出版，那是全用古文譯的。但他近來覺悟到用古文翻譯很不適宜，這兩年裏便全用口語翻譯，結果就得到這純粹的成功。所以我們對於周先生這譯作，不但願購入名譯叢裏，并願當作口語文學試驗成功底最高的成績！

我現在願用極誠懇的態度替他介紹給新中國底新青年預讀。

篇末有勘誤表，表中第五頁第十行『一二〇』應改作『一二一』，此外沒有錯誤。

小説閒話

孫綺芬　撰

連載於《新世界》一九二〇年十一月十八、二十一、二十五日。作者孫綺芬，字梅伯，上海人，物外吟社主任，發表的詩文散見於《最小》、《虞社》、《文心》、《木鐸周刊》等，曾印《綺芬浪墨》，遍徵名人作序。本文主要評論一些所謂『舊派』小説家，在基本肯定他們的同時，也能以實事求是的態度指出同一作者的作品有高下之别，并不一味吹捧。如對吴雙熱，高度評價了他的《蘭娘哀史》『描寫至情，無微不至，對於色欲方面，唾棄不道隻字』，而同時指出：『今則其作遠不如前矣。』又如評周瘦鵑之《午夜鵑聲》『哀感悲惻，令人不忍能卒讀，又不忍不讀』，而論他《花開花落》『則稍遜』。這篇文章值得注意的是，在理論上强調小説要寫得有『小説性質」，才能有「興味」，能「動人」：「文章須帶有小説性質，始有興味而能動人。」他認爲小説不同於一般古文的「性質」的基本特徵是在於不重「簡峭」而主「刻畫」，又「貴以意勝」。所謂「意勝」，「損言之，即設想而已」。這裏所説的「設想」，主要是指能虛構與想象，對生活進行藝術的加工。同時，小説要寫出情，要在「細微貼切處發揮至情」，其中「哀情爲最能動人」。如鄭正秋之《老五殉情記》中有數段描寫，「極刻畫之能事」，故寫得「哀感悱惻，至矣盡矣。閲竟爲之不怡者累日，至爲之不忍再讀，寸心若結，多賠眼淚」。當然要達到這種境界，關鍵在於作家首先是「性情中人」。孫綺芬的這些論述，對於認識當時小説界的「興味説」很有意義。

一

吴雙熱《蘭娘哀史》，描寫至情，無微不至，對於色欲方面，唾棄不道隻字，設他人爲此，則必架床疊屋，將以無數香豔字句，以汙蘭娘，而吴則不然。今則其作遠不如前矣。

杏癡之《劍膽簫心録》，舉目有山河之感，讀之爲浮一大白。

作小説有小説之精神，有文學之興趣。曩觀《游戲雜志》韋士所著《歸乎》、《爲人作嫁》諸篇，輕描淡寫，極盡能事。

瘦鵑《午夜鵑聲》説部，哀感悲惻，令人不忍能卒讀，又不忍不讀；他如《花開花落》則稍遜。徐吁公之《雙城女子》、《兒女英雄》，可歌可泣，巾幗豪氣，躍然紙上。《懼内秘記》，劉綺著，滑稽之事，詼諧之筆，如水銀瀉地，無及不入。《薄命碑》，俞天憤著，文筆清倩，其中詩詞駢文不少，似《花月痕》，又似《石頭記》。天虚我生之《小史》，生面别開，蹊徑獨辟，寫盡世間男子奸詐情態。

二

文章須帶有小説性質，始有興味而能動人。韓柳文名如雷，家弦户誦，歷久彌彰，亦由其所爲文含有小説性質。逮今之世，綴文之士，迎合世風，一握管，一伸紙，輒孜孜求得鬆字訣。雖同一咿唔中呫嗶，運用心思，而觀念趨向，已與前異。蓋前求簡峭，今宜刻畫。歷觀近人著作，靡不如此，間且有駢文詩詞、尺牘序跋之中，亦含有小説性質者。自白話盛行，刻畫亦盡能事，維新之士，一旦偶翻古文八大家簡峭老練之文章，不禁生多閱生厭之想也。文章尚如此，况小説哉？小説貴以意勝，人已先我言之，意勝之者，損言之，即設想而已。林琴南文雄海内，顧於説部趍譯居多，迨亦有自知之明歟？小説中以哀情爲最能動人，而亦最難作。比來説部，日新月異，幾於汗牛充棟；而哀情一端，可覘者鮮。作此者大都借重『淚如雨下』、『汪然雪涕』、『肝腸寸斷』、『面如死灰』諸成句，不能於細微貼切處發揮至情。蓋世風不古，人心日下，要亦因性情中人不多故耳。

正秋之《老五殉情記》，哀感悱惻，至矣盡矣。閱竟爲之不怡者累日，至爲之不忍再讀，寸心若結，多賠眼淚。《殉情記》既極刻畫之能事，而精警之處，尤以老五離家別子，小兒戀戀啼哭一段爲最。他如羅炳生生前末次與老五同衾時之情景，炳生臨走時數數看楹聯，老五吊孝，見炳生大衣，如癡如顛之神態，此等描摹，何等哀感，允非能手不辦。心細至此，迴非一般自命小說大家所可企及也。

三

貢少芹之《美人劫》情節尚佳，內有情書幾通，亦不惡。

《鴛鴦夢》亦貢著，然可哀者不過女子一人耳；至其所作之《女學生秘密記》雖云哀情，實未足哀，然情節離奇，若隱若現，別具風格，亦自可取。

杜秋聲之《千秋很》，哀情傑構也。文情悱惻，造境淒涼，一唱三歎，餘味不盡，真令人不忍卒讀。枕亞

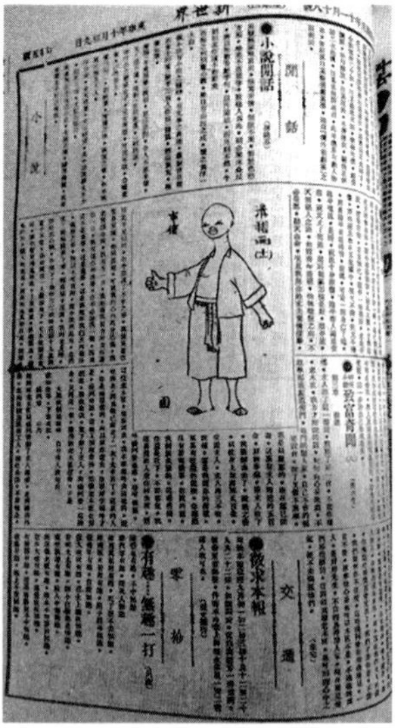

新世界

小說閒話

閑話

交通

零拾

之《玉梨魂》、《雪鴻淚史》兩書，文筆雖不惡，顧耑以詞藻勝，已非小説正宗，兩書皆未極哀情之能事。

吴綺緣多綺思，所作之《冷紅日記》，筆墨高超，雅潔無倫。他如《芙蓉娘》、《游俠外傳》、《反聊齋》等，各有可取。劉鐵冷之《求婚小史》、《鬥豔紀事》，不過爾爾。

華民國九年十一月念一號　(星期日)　新世界　庚申年十月十二日

閒話

小說閒話　(綺芬)

文章須帶有小說性質。始有興味。而能動人。韓柳文名如雷。家弦戶誦。歷久彌彰。亦由其所爲文。含有小說性質故。迨今之世。綴文之士。迎合世風。一握管。一伸紙。輒孜孜求將駢字訣。鑑同一蹊徑咕嗶。深用心思。而觀念雖向。已與前異。蓋前求簡峭。今宜刻畫。歷觀近人著作。誠不如此。間且有新文詩詞。尺牘序跋之中。亦含有小說性質者。自白話盛行。別資益發能事。模新之士。一旦偶翻古文八大家簡峭老練之文章。不禁生多閱生厭之想也。文章尚如此。况小說哉。小說貴以意勝。人已先我言之。意勝之者。損言之。即設想而已。林琴南文章海內。蔚於說部遂譯居多。殆亦有自知之明歟。小說中以哀情爲最能動人。而亦最難作。比來說部。日新月異。幾於汗牛充棟。而哀情一端。可觀者鮮。作此者大都偕重(淚如雨下。)(在然雪涕。)(肝腸寸斷。)(面如死灰。)諸成句。不能於經後貼切處發揮至情。蓋世風不古。人心日下。亞李同於情中人不多故耳。……

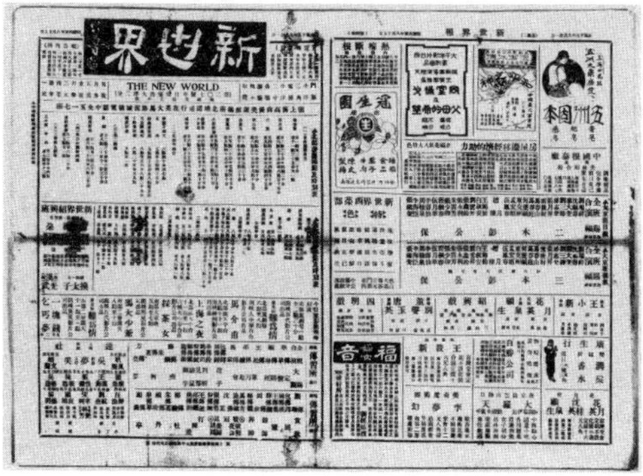

小說批評

忍傑　撰

載於《申報·自由談·小説特刊》一九二一年一月九日。作者忍傑，曾於一九二〇年六、七月於同一報紙上發表《小説漫談》，强調小説寫人生社會。他認爲，在中西小説中，寫人生社會而能最使他『深致欽佩者』，是托爾斯泰與莫伯桑兩人，特别是托翁的《復活》，能『以精微之思，寫至情之事，布局既奇特，結構復無一疏漏懈筆』，所以堪稱世界第一流作品。

予近頗致意小說，列觀中西名家作品，覺其寫人生社會，率有精邃真切處，則潛心玩索而推敲之，間有會心，便怡然自得，興之所至，不無模擬之作。此中爲予深致欽佩者，爲俄國托爾斯泰與法國莫泊三兩氏。一爲寫實派代表，一係自然派巨擘，皆近代世界有數之大文豪也。顧托氏之文，每着眼於世道人心，一以道德爲本位，而尤不離乎宗教色彩，至其描寫社會現象之深刻精密，實足以使人悔感而有餘。其名著《復活祭》（我國有譯本名《心獄》）中寫一女郎，被一少年曾一度誘惑，後輾轉墮落，降至爲倡。二人後相邂逅，乃極寫少年天良之懺悔，由是而力拔女出罪惡，且將妻之。托氏叙此事，藝術精絕，全書只以法庭審判作起，不易時地，而裨閱者洞明事之起伏因果，縷縷述女之歷史，與少年如何發生戀愛，及懺悔時之天良現狀，皆以精微之思，寫至情之事。布局既奇特，結構復無一疏漏懈筆，允稱不朽之作，可列世界第一流小說之林。

蓋托氏生平，篤信人道，盛唱互助主義，是故其學說以道德爲基，文藝爲用，終歸宿於哲學，無怪其思想之浩瀚，學識之宏博，至世界學者所推戴也。

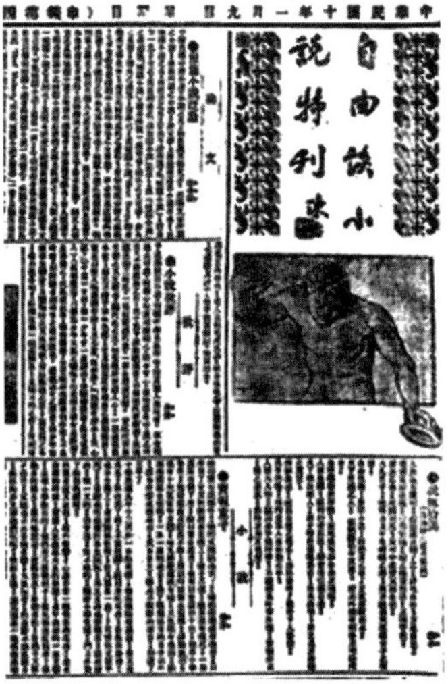

自由談之自由談

鵑　撰

連載於《申報·自由談》一九二一年一月九日至八月七日。《申報》自一九一一年八月二十四日創副刊《自由談》，先後由王鈍根、陳景韓、周瘦鵑、黎烈文、王任叔等任主編。一九一四年，曾於《自由談》版上又闢《自由談之自由談》專欄，以三言兩語之短小文字直抒胸臆。其中也有談及小說者，如一九一四年十二月十四日載曾遯儕所作的《自由談之自由談》，希望在「說部盛行」之當今，小說家們能寫出「移風易俗，衛國家，化社會，有功名教之作」，至一九一八年十月二十二日，主編不冷（陳景韓）在《自由談之自由談》中指出「戲與小說皆悅人之具」，但感嘆其「欲使人悅而不能有真實之力量」，但這些都是零星所及。一九二〇年四月到一九三二年八月間,《自由談》由周瘦鵑主編。在一九二一年的一月至八月間,連續編輯了三十餘期『小説特刊』,每期中的《自由談之自由談》,由周瘦鵑親自操刀,寫下了三十餘則小説話,署名爲『鵑』。這些小説話内容廣泛,除了談到小説的感染力與教育作用、『美文』特點,以及言情小説、社會小説、科學小説、偵探小説等不同小説的特點及一些名篇名著外,尤可注意的有三點:一,周瘦鵑呼籲在『國事日非,民生愈困』的當今要『多書寫社會疾苦』,要描寫『小民淚血之痕,與啼飢號寒之凄楚』,因此重視『社會小説』,認爲社會小説『固爲小説眉目』,悲天憫人之念,非社會小説不能寫,而欲挽救世變,亦非社會小説不寫功』。二,周瘦鵑呼籲『多做愛國小説』,以『撥國人之心弦,振振而動,而思所以自强强國之道』。他認爲如《留東外史》『雖病微褻』,但『其蔑視東人,處處爲吾國人吐氣,尤足令人神王』。他自己就作《五月九日》一文,欲以撥動國人心弦。他在當時就指出:『西方小説家寫中國事實,往往隔靴搔癢,無有中肯者,或則妄加鄙薄,幾疑中國人士盡爲殺人越貨之流與吸鴉片者,於是中國之醜,乃大暴於世界,不免冤哉!』希望能『矯正』西方人的這種『涉想之謬』,描寫之誤』。三,在當時『新』、『舊』兩派的矛盾鬥争中,他强調『小説之新舊,不在形式而在精神』,在一時無法統一情况下,『不如新崇其新,舊尚其舊,各阿所好,一聽讀者之取捨』,不要相互『攻擊』。這三點都值得注意。這不但對正確評價周瘦鵑個人,而且對正確評價所謂『舊派小説家』及當時的新舊鬥争都有重要的參考價值。

小説可以療愁，爲效殊神，秋中多感，百端交集，小樓聽雨，每悒悒不樂，出一二名家小説讀之，則鬱報爲展，穠愁自銷，正不必别覓療愁方也。

以薄荷油敷太陽穴，目中作微辛，淚簌簌下，然此淚實爲强致，與心無關也。其能使心弦動而淚泉至者，莫若情感强烈之小説。予讀《黑奴籲天》而哭，讀『絳珠歸天』（紅樓之一節）而哭，讀《茶花女》而哭，讀《不如歸》而哭，淚之來，每出於不自覺，文人之筆，有勝於薄荷油多矣。

（一九二一年一月九日《申報·自由談》）

青年涉世，每昧於世故人情，出而與社會相接觸，則十步一網，百步一窟，偶一弗慎，輒深陷其中而不可出，可畏也，平居無事，如多讀有意識之社會小説，則世故人情，漸可洞曉，社會小説者，蓋一世故人情之教科書也。

（一九二一年一月十六日《申報·自由談》）

國事日非，民生愈困，三年以還，小説界之趨勢亦變，時賢作品，率多書寫社會疾苦，一唱三嘆，

（一九二一年一月二十三日《申報·自由談》）

不同凡響，當兹歲暮天寒，一爲展讀，恍見行墨間有小民淚血之痕，與啼饑號寒之淒楚也。

（一九二一年一月三十日《申報·自由談》）

小説爲美文之一，詞彩上之點綴，固不可少，唯造意結構，實爲小説主體，尤宜加意爲之。庶春華秋實，相得益彰，若徒知詞藻而忽於造意，不重結構，則無異泥塑或木雕之美人，雖鏤金錯彩，涂澤甚工，而終覺其獃滯無生氣也。

（一九二一年二月十三日《申報·自由談》）

小説之佳者，其魔力不弱於美女子，每令人傾心相愛，不忍捨去。予曾以一夕讀狄更司氏之《大衛科柏菲爾》（David Copperfuold），頁復一頁，終不覺倦，時則長夜垂闌，萬籟如死，睡魔窺床莫能犯，斂避而去，雖損一夜之眠，而中心殊快慰也。

（一九二一年二月二十日《申報·自由談》）

吾人治小説家言，時覺材料枯窘，無由著筆，不知材料故多，特患吾人不自搜覓耳，歌館劇場，通街陋巷，無一非小説材料産生之所，得其一二瑣事，即可作萬言宏篇，而文思之來，亦若自來水啓其機括，汩汩無盡矣。

（一九二一年二月二十七日《申報·自由談》）

哀情小説以能引人心酸淚泚者爲上，作者走筆時，須自以爲書中人物，舉其中心所欲吐者，銜悲和淚以吐之，庶歌離吊夢，一一皆真，正不必實有其人，實有其事也。讀小仲馬之《茶花女》，吾心酸，讀哈葛德之《迦茵傳》，吾淚泚，此之謂哀情小説。

輓近俄法名家説部，迻譯者疊起，移其思想之花，植之吾土，誠盛世也，然雷同之作，多於束筍，如托爾斯泰、毛柏桑兩家作品，往往一短篇而先後有五六人譯之者，雖譯筆不同，究有虎賁中郎之似。審慎如予，亦復不免，竊願與薄海同文，商榷一防止之法也。

（一九二一年三月十三日《申報·自由談》）

持花鏡前，觀鏡中花影，一瓣一萼，悉與真花同。持紫蘭，鏡中現紫蘭，持玫瑰，鏡中現玫瑰，迻譯西方名家小説，亦當如是，庶不失其真，今人尚直譯，良有以也，然中西文法不同，按字直譯，鈎輈格磔之弊，奈何。

（一九二一年三月二十日《申報·自由談》）

小説之作，現有新舊兩體，或崇新，或尚舊，果以何者爲正宗，迄猶未能論定。彼意不如新崇其新，舊尚其舊，各阿所好，一聽讀者之取捨。若因嫉妬而生疑忌，假批評以肆攻擊，則徒見其量窄而已。

（一九二一年三月二十七日《申報·自由談》）

言情小説非不可作也，惟用意宜高潔，力避猥俗，當下筆時，作者必置其心於青天碧海之間，冥想乎人世不可得之情，而參以一二實事，以水清玉潔之筆，曲爲摹寫，無俗念、無褻意，則其所言之情，自爾高潔。若涉想及於閨穢豔福，即墜入魔道中矣。

（一九二一年四月三日《申報·自由談》）

袁寒雲曰：『小説以社會爲最上選，言情備一格而已，而慘情者尤敗人情趣，著作愈佳，愈使人短氣，每讀瘦鵑此類之作輒愴然掩卷。』允哉袁子之言也，社會小説，固爲小説眉目，悲天憫人之念，非社會小説不能寫，而欲挽救世變，亦非社會小説不寫功，輓近以來頗之事此，顧生性善感，涉筆每多淒響，恬管難鳴，哀弦不輟，袁子讀吾文，姑作午夜鵑啼觀可也。

（一九二一年四月十日《申報·自由談》）

日者得徐匯某君書，謂因不得志於情，將蹈海死，請爲説部十萬言，以張其事，讀後深爲慨歎，舉以示吾友獨鶴，鶴謂予多治哀情小説，實足導癡情人入於死地，某君其一也。斯言似頗成理，故細思之，則又不然，蓋予所作多無良果，不啻大聲疾呼，警人以情之不可用，用情者必死，若仍用情，而至於捨身殉情，則彼自冒險，漠視吾之警告耳，雖然予當有以懺之。

（一九二一年四月十七日《申報·自由談》）

近癖留聲機，朝夕得暇，每以一聽爲快，機片轉處，歌樂齊鳴，只疑身在梨園中也。日者謀草説部，思路苦澀，適聞留聲機聲，欣然若有得，走筆兩夕，遂成一篇，題曰《留聲機片》抒寫哀情，差能盡致，於以知小説材料，不患枯窘，端賴吾人之隨時觸機而已。

（一九二一年四月二十四日《申報·自由談》）

社會小説良不易做，分章列回，已頗盡力，復須練以千奇百怪之事實，作者必世故飽經，見多識廣，始克集事。吾友涵秋、瞻廬、海上説夢人等，均擅此，一作往往累一二十萬言，如長江大河，奔赴腕底，有一瀉千里之觀，小子不敏，無能爲役也。

（一九二一年五月一日《申報·自由談》）

義俠小説，爲味至永，而描寫亦殊不易，苟能以生龍活虎之筆，寫生龍活虎之事，躍躍紙上，令人讀之恍覺月黑天高，有俠客仗劍而至，自爾神王。然數年以還，未見有此等著作也。曩者傭墨中華書局，嘗譯《無名大俠》一卷，凡述六事，頗曲折有致，惜未付刊，予至今念之。

（一九二一年五月八日《申報·自由談》）

《留東外史》，聞爲湖南向君所著，狀物寫人，俱活潑有生氣，筆尖若設機括，圓轉自如。其寫景處，亦細針密縷，幽婉可愛。有時雖病猥褻，顧不足爲全書玷也。觀其蔑視東人，處處爲吾國人吐氣，尤足令人神王，吾願向君賡續爲之，以餉吾人也。

（一九二一年五月十五日《申報·自由談》）

小説之新舊，不在形式而在精神。苟精神上極新，則即不加新符號，不用她字，亦未始非新。反是，則雖大用她字，大加新符號，亦不得謂爲新也。設有一腦筋陳腐之舊人物於此，而令其冠西方博士之冠，衣西方博士之衣，即目之爲新人物得乎？吾故曰小説之新舊，不在形式而在精神也。

（一九二一年五月二十二日《申報·自由談》）

西方小説家寫中國事實，往往隔靴搔癢，無有中肯者，或則妄加鄙薄，幾疑中國人士盡爲殺人越貨之流與吸鴉片者，於是中國之醜，乃大暴於世界，不免冤哉！今美國史葛立納書公司史君來遊中國，始知西方小説家涉想之謬，描寫之誤，吾願其一帆歸去，力爲矯正，并望西方之士，咸來一遊吾國，開其眼界也。

（一九二一年五月二十九日《申報·自由談》）

小説命名，非易事也。往往有一作既成，而苦索不能得一佳名者。雕紅刻翠，無當大雅，摭拾昔人詩句爲之，復覺其未善，則無寧以白描爲得。近作命名如『一諾』、『之子於歸』、『一念之微』、『十年守寡』等，似尚可取也。

（一九二一年六月五日《申報·自由談》）

偵探小説以英國《福爾摩斯探案》爲最著，其描寫福爾摩斯也，在在得一『静』字訣，無叫囂隳突之弊，後有作者，咸不之及。吾友小青，讀《福爾摩斯探案》者久，遂有《東方福爾摩斯探案》之作，鈎心鬥角，正復不弱於西方之福爾摩斯，吾殊願觀其有成也。

（一九二一年六月十二日《申報·自由談》）

科學小説作者，英國有威爾斯氏負一時盛名，所作甚精微，爲讀者所稱，其有裨於讀者，亦殊匪細。蓋假小説以灌輸科學智識，其入人之深，實倍蓰於純粹之科學。純粹之科學，多沈悶，此則活潑而有味，吾國其亦有科學的文學家乎？ 曷起而作科學小説？

（一九二一年六月十九日《申報·自由談》）

個人操守之堅否，是關於平昔之學養。嚴守心壘，甯能爲外物所動。若徒歸罪於小説，謂足使人失足，慎矣。西方小説每一國無慮千萬種，以言情爲尤多，未聞其社會因以墮落，而吾國之犯奸殺案者反多不識字之流，烏乎，可以思矣（惟小説之描寫淫欲者，自當排斥之）。

（一九二一年六月二十六日《申報·自由談》）

吾國民氣消沉，非一朝夕，每遇外侮，受一度刺激，少知振拔，及事過境遷，則又夢夢如故，樂之之道，惟有多做愛國小説，以深刻之筆，寫壯烈之事，俾拔國人之心弦，振振而動，而思所以自强强國之道，此其功效，正無異一貼興奮劑也。近爲《新聲》撰《五月九日》一作，似亦足以撥動心弦者，願吾國人一讀之。

（一九二一年七月三日《申報·自由談》）

《茶花女遺事》，或疑爲小仲馬自述其失意之情史，所謂亞猛著彭者，即小仲馬自況也。以小仲馬之風流藴藉，固肖亞猛，而亞猛之父頑，則大仲馬似不至是，故自述之説殊不可信。大抵文人撰述，信筆所之，讀者不必問其是否事實，亦不必問其是否爲著者自述之作，若刻舟求劍，則失之迂矣。

（一九二一年七月十日《申報·自由談》）

予初讀小説，得《新小説》、《新新小説》等數種，頗好冷先生之《俠客談》，筆既冷雋，寓意亦有匣劍帷燈之妙。其寫俠客，非必飛檐走壁，取人首級於百里外也，而壯俠之氣，自弸彪於手眼間，把卷一讀，劍氣如生。此種義俠小説，今不可得矣。

（一九二一年七月十七日《申報·自由談》）

海上説夢人，健筆獨扛，爲吾黨健者。《歇浦潮》之作，具見魄力，比造《賸粉殘脂録》一卷，將爲吾《半月》張目，寫海上閨襜密事，搭少艾而言徐娘，摘奸發伏，筆大如椽，其有功世道，良非淺鮮也。

（一九二一年七月二十四日《申報·自由談》）

英國迭更司先生善爲社會小説，描寫人情世故無不深刻入微，世之人翕然稱之。今日吾國之社會，其陰險奸譎什百倍於迭更司時代之英國，即使迭更司先生復活，亦將無從描寫之矣。

（一九二一年七月三十一日《申報·自由談》）

《自由談》之以小説特刊與讀者相見，倏忽已三十度矣。雖曰無功，亦云無過。舍我執筆最勞，論文多精意，其他諸亦能就事論事，不越軌範，勞勞三十度，今後似可小休矣。下星期起，當翻新花樣，更以家庭週刊貢獻於讀者。用志數語，爲小説特刊道別。

（一九二一年八月七日《申報·自由談》）

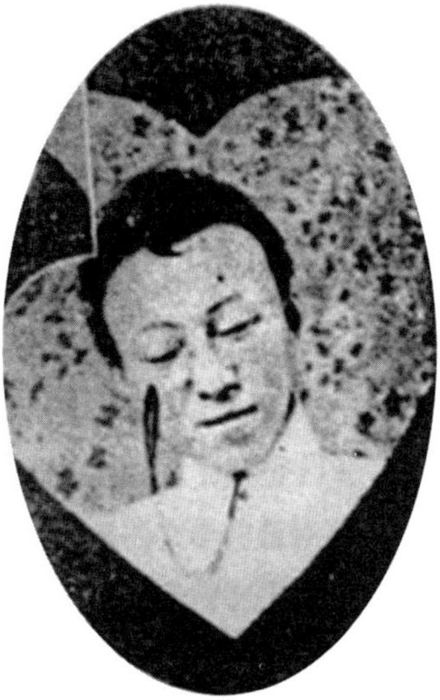

周瘦鵑

上海三北烟草有限公司廣告
中國銀行函授學校招生
中國南洋兄弟烟草公司謹啓
金鳥牌好香煙
手錶壹隻五十張可換金手錶帶壹條

説林拾雋

識小等 撰

連載於《申報·自由談》一九二一年一月至七月。當時由周瘦鵑專闢了『説林拾雋』這一專欄，由不同的作者摘録了林譯等各種流行小説中的佳句。這些摘録者所用的名字多信手所用，故目下較難查考，但所摘録的内容，對於我們今天理解這些小説以及人生與社會，都是有幫助的。

一 録林紓《紅礁畫槳録》識小

人生歲月幾何，焉能以無聊了之？計惟自治方足自立。

惟貧足以自厲，學問始臻，較之擁資無爲其利普矣。

朋友之義，死則同死，安可中途背友而自活？

大凡男子能强力支十里崎嶇之路，萬不能須臾忍聽女子之哭聲。

自由既極，罪孽亦叢，則愁苦之事，正復接踵而來。

天下至誠之人，雖隔閡仍有宣通，則此外尚有何事不可希冀者？

生時覊勒於形骸，而死後可以自由其魂魄。

人世生離，匪特行者爲悲，即留者已難自遣。

天下欲爲福人，務少隱於蒙昧爲當；若太高明，將立息其無窮之冀望。

情絲裊處，能爲百種之嬌柔；盛怒發時，幾於千人都廢。

萬事勿恤，惟殉愛爲人生最樂之事。

人間大人物，能以赤手挽時勢，不能轉爲時勢所挽。

愛情所在，猶之空氣，無時不用其吸受。

（一九二一年一月九日《申報·自由談》）

二 録薛一諤《蓋時記》 識小

貧之困人，不惟變易人之面目，并能溷濁其心肺，使之不敢爲一大言，設一高想。世人赴勢之心，煽之愈熾。一人貴顯，光耀間及於人乃無窮極。學校固稱才藪，亦實爲陷人之阱。如以帛入染，或丹或黄，甚或爲皂，任彼自擇；求爲原質之素，絶不可得。

浪子之用情，如自來水管，東家之機方閉，又注之西家。

情愛爲世人爐冶，鑪而成器者，爲并蒂之蓮、比翼之鳥，燦金耀目，列入陳列品與珠光鑽氣争璀煥。其不合範者，則與竈底寒灰同時覆没。

天下至奇之境，不輕畀人，非秘之山岩幽奥區，即於風雨無人處偶然發見，焉能安居閉户得之？

人生最可寶貴之愛情，安可視爲雨中木屐，盡人可著？以少年入情場，如窶人行鬧市，錦帕繡氈，但取悦目，若一一私爲己有，慎矣。

情之一字，智者以之欺愚，使爲己役。其效力過於黄金，究之情之有無，猶空氣不可捉摸。（一九二一年一月十六日《申報·自由談》）

三 心老

今日所宜爲之事，勿貽留至於明日。緩忽者，光陰之蟄賊也。當力擒之勿釋。（《塊肉餘生述》）

人不聰明，亦人生樂事，無貪嗔癡念雜乎其中。（同上）

世人言老少非偶，吾則言宗旨不同，賢不肖相去，方非偶耳。（同上）

天下自信之人，往往夷滅公道。（《賊史》）

希望愈長，則失望時亦愈不堪。（《黑太子南征録》）

長處温燠之中，一旦避煖就寒，所苦必且加甚。（《電影樓臺》）

累經憂鬱挫辱，愈足以見君子。（《劍底鴛鴦》）

（一九二一年一月二十三日《申報·自由談》）

四 心老

凡得意之事應念而來，則欣慰之情亦減。（《離恨天》）

非受無數艱虞，然後受愛於人與爲人所愛，則彌有意味。（同上）

天下有太過之事，亦必有太過之事與之相抵而得其平。（同上）

果人人能知後來之事，孰則更願長生？ 但使後此有未來之不幸爲我前知，則憂煩顧慮之心甯何時息耶？ 果禍事未來之前，尅日知其必至，則未被禍之前數日又何有甯貼之時？ 故凡事以不推測爲佳。（同上）

（一九二一年一月三十日《申報·自由談》）

五 心老

凡物能激人甘死如飴者，特須與之勇氣，更爲人鼓勵，即立捐其軀。（《離恨天》）

凡人能使人樂，而後己之爲樂，乃屬真樂。（同上）

人欲得意於世界之上，烏能不俗？ 世界者，聚體魄不聚靈魂。（《迦茵小傳》）

少年人睡，歡樂人笑，老悖人勞。（《橡湖仙影》）

凡人於百静之中，能寂然而聞恒人之所不能聞。（同上）

凡人到得意時，恒追維其失意之日。蓋到富麗之極地，則貧賤之極地又往往因而悵觸，天下憂愁與安樂，實二花而一蒂者。（《玉雪留痕》）

茹苦不言，其苦蓋逾恒萬狀。（《西利亞郡主别傳》）

（一九二一年二月十三日《申報·自由談》）

六　只　盦

奴在身者，其人可憐；奴在心者，其人迺可鄙。（《十字軍英雄記》）

凡人能容人，樂乃無藝。（《冰雪因緣》）

人情於患難之餘，以得安樂爲幸。及既臻安樂之境，則又得隴望蜀，不願復有些微之缺陷。（《劫花小影》）

富貴人之戀家，多半爲爐冶之金調，由是中長其情愛。（《孝女耐兒傳》）

戀家即愛國之權輿。（同上）

天下事果了了於心，則世界安有趣味？（《脂粉議員》）

凡人須立業，飯不能飛而入口，必以力運之始至。（《滑稽外史》）

聲之恭倨，亦隨貧富而異。（同上）

爲貧士終身，雖不造福於人，亦不使人躬被吾禍。（《電影樓臺》）

天下美術之思想，與科學之思想往往隔閡。（同上）

（一九二一年二月二十日《申報·自由談》）

七　憤愚

夫兒童猶花木也，培護之方必勿逆其性，始能欣欣向業。（《英兒湯姆》）

人生之價值，蓋不在衣服、儀觀、爵位、財産一切身外之物。七尺之軀，可貴者内也，非外也。（同上）

曾見生人哭死人者三，傷悼不可言喻：一情郎，一嬌子，一親夫也。（《九原可作》）

天下但有一種深切之愛情，惟慈母愛子之心。捨是又焉有真性情哉？（同上）

失敗者，繼進之鞭策也。（《情哲》）

男女之交，不可以武力繼也。（同上）

（一九二一年二月二十七日《申報·自由談》）

八　只　盦

天下熱鬧場中，斷無真立足地。（《殘蟬曳聲録》）

人生美滿之遭，正宜防其不測。（《十字軍英雄記》）

凡事束縛至嚴，一縱即不可復縮。（《脂粉議員》）

吾人希望無窮，甯能以目前爲止境？（《鄉里善人》）

天下惟婦人與類乎婦人者，眼光始墮溺榮利之海。（同上）

吾人在社會，衆濁不妨獨清，衆醉不妨獨醒。一時之是非不足論，當問良心上之是非。（同上）

愛情隨憐憫而生。（《鸞花情果》）

凡人有迷信之心，則百凡皆憒。（《鐵匣頭顱》）

婦人之美者，秋水出芙蓉，天然去雕飾。（《刧花小影》）

行年垂暮，猶如春後之花，萬事都了。縱令金穴在望，徒喚奈何？（《黑偉人》）

天下真有家庭之樂，無過窮人。（《孝女耐兒傳》）

（一九二一年三月十三日《申報·自由談》）

九　只　盦

病者往往思及其未病之前，無窮樂趣。（《香鈎情眼》）

長於科學之人，多自私而無恤人之念。（同上）

人生希望之事，即爲最愜心之事。（同上）

天下人瞽其一目，則餘目必明；去其一臂，則餘臂必力。故世人於世事夢夢者，於天事必了了。（《十字軍英雄記》）

凡男子之情質，雖忠樸不欺，終不能如女子天然之鍾情，一無所雜。（《鸚鵡緣》）

天下男子之慕女子，方其未得之時，則不勝其渴想。及其既得，則愛情將日殺，且轉生吹毛求疵之弊。（《玫瑰花》）

凡聰明之人，至五十歲後回憶少年之時，一萌知足之心，則隨在皆行樂之地。（《香鈎情眼》）

光陰之與潮信，人當候彼，彼不候人。（《塊肉餘生述》）

天下惟仕宦中人，可勿須才。（《脂粉議員》）

（一九二一年三月二十日《申報·自由談》）

一〇 君豪

大凡男子能强力支十里崎嶇之路，萬不能須臾忍聽女子之哭聲。（《紅礁畫槳録》）

舟中征人之苦，較諸春閨夢裏之思，似閨人苦也。（《不如歸》）

一人佔了幾個婦人，天下必有無妻之客。（《儒林外史》）

婦人之所欲，不啻天帝之所欲。（《沈豔記》）

今但覺家政未悉毫釐，恨前此在家初不留意於瑣瑣者。及身爲人婦，可無所能，滋可恨也。（《不如歸》）

（一九二一年三月二十七日《申報·自由談》）

一一 幻夢

當無病之時，營營擾擾，未嘗覺其可樂。一旦呻吟床席，輾轉無聊，回想平昔情狀，始覺甘苦懸殊。（《同命鳥》）

凡人到百無生趣之日，每每以速死爲望。蓋死者僅須臾之痛楚而冥冥一逝，安謐者實無窮期

也。（《黑奴籲天録》）

凡天色濃黑，必有破曉之時。人到苦惱煩冤，無可申訴，亦終有解脱之一日。（同上）

凡人雖至自戕，於臨危之際，亦有幡然求生之心。（《冰蘗餘生記》）

（一九二一年四月三日《申報·自由談》）

一二 老 鄭

吾人欲求幸福，而必借助於人者，實愚昧耳。

嗜欲所驅，僅出一端，足害無盡之人。

有奢念則有忍人之心，一旦求遂其欲，雖踐二十民族之屍以赴之，無惜也。（均《伊羅埋心記》）

大凡天下至快意之事，必有大失意之事從乎其後。

刑戮一道，可以狼藉人之血肉，萬不能款服人之心腹。

個人有意見，則不能成團體。（均《金陵秋》）

（一九二一年四月十七日《申報·自由談》）

一三　幻　夢

天下無難事，以一顆誠摯之心，足以戰勝百難；亦惟堅固不拔之精神，爲成功之秘訣耳。人苟勤勉，何事不成？堅忍之至，金石爲穿。天下惟勤勉之人，始足自立。

凡人不及時而自勵，及至時光一去，又何從得而補救？

凡人嫉妬之心，甚於毒蛇，盤據於人身體之中，足以腐蝕人之腦髓與心臟，而於一身之學問、藝術，了無所益。（均《馨兒就學記》）

愚者恒曰：『人何故不成功？』捫心自思，毋寧曰：『人如何而成功？有志竟成，斯言詎我欺乎？』（《黑偉人》）

當知人生一墮塵寰，似挾憂苦患難以俱來。惟有隨境而安，何處無伸眉之日？（《苦兒流浪記》）

此身涉世，仗三分運氣，而七分究賴自身之努力。（同上）

須知古今天下無有無阻力之事。煩惱也，危險也，艱難也，皆爲磨鍊吾人筋力、瞻力之助，明乎此義，自無可畏可餒之足言。（《埃及古艇》）

人力定能勝天。所謂數也、命也，僉荒誕不足信。（同上）

（一九二一年四月二十四日《申報·自由談》）

一四　絮　廬

小説者，人生之鏡也。使其鏡忠於寫照，則即留人間一影片。（章秋桐《雙枰記》）

天下事之真相，恒在理想之外。（同上）

由愛生悔，由悔成恨，由恨致死，則一夕之良緣足釀終身之惡果。（同上）

當此曉光明媚中，而男女相遇於無人之境，其勢之危殆無倫比。擺倫大詩家曾言：美人遇其心所悦之男子於月下，似月輪有爾許情魔，能使人顛倒。（《橡湖仙影》）

夜雨紅樓，此情日日如昨。（《禮拜六》中《櫻唇語墮》）

定情之事，願第一次即爲第末次。（同上）

一五　韋同芳

少年之人，殆如瓜皮之舟，不能載情；稍稍承受，即摇摇不能自主。（《情影》）

世間定例殆無例外之可言，有例外者，正所以自壞其例。（《佛國寶》）

愛情之爲物，相映至靈，適於閃電。（《情天决死》）

人生惟努力進取，乃能償其所苦。（《絲市重蘇》）
天下事唯情乃能役人。（《翡翠冠》）
情愛一事實具無上之能力，苟爲所羈縛，法唯直受聽命，無足抗也。（《魔足》）
（以上見《福爾摩斯偵探案全集》）（不受酬）

（一九二一年五月八日《申報·自由談》）

一六　我愛玫瑰

樂根於心。此心樂，何適而非樂？
人生際遇變幻無常，不可以恒理測也。
凡遇横逆之事，必静心處之，毋亂方寸地。
致用心力，當得乎適中之道。若殉身以求學，即學成亦何益？
男女皆當以愛情相待，庶得夫婦之道。（以上《波乃茵傳》）
無論老少男女，凡處逆境，當挺其膽力往迎之，决不能陷身其中，即爾皇惑無主。
非偶之婚姻，無過宗旨不同，賢不肖之相去。
無閲歷之愛情，非真能愛。（以上《塊肉餘生述》）

情場中的恨事，往往刻骨難忘。

世界中的人，不論文野，都脱不了一個情字的圈兒。（《禮拜六》一〇八期《留聲機片》）（不受酬）

（一九二一年五月二十二日《申報·自由談》）

一七 老鄉

欲戰勝憂患者，則學術爲奏捷之利器。

安有堂堂男子争利鬩鬥？

金錢者，世界萬惡之魔鬼也。苟此魔鬼附著其身，則窮凶極惡之事業成矣。

凡人一陷身於罪惡之樊，則爲惡務極，罕能湔祓。

吾人守身如守履也。其履苟無污潰，則常保持如新；一踐淖中，便恣涉泥滓不問也。

邪惡之和地胎於嗜利。殷紅之心房，一飲貪泉、盗泉之水，則立變爲黑。

世人輒云：『放下屠刀，立地成佛。』吾則謂：『必有佛之聰明、佛之定力，屠刀始能握能放。芸芸衆生，恐握之而不能放之，無寧勿握爲愈。』（以上均《星媒》）

一八　友鶴

人生在世，無非是鏡中的花，水中的月，雲中的蜃樓，海中的泡影，那一樁不是空？那一件不是空？

從來情之發現，每在那悲愁怨苦之中。（以上《碧夢痕》）

貞操貞操，從古至今也不知坑死多少女子。（《禮拜六》一〇七期《虛僞的貞操》）

世界一天不到末日，他們永遠排擠，永遠不平，起一種升降。（同上《波》）

世界中的男女，人人都有心的。他們一生的事業，無論成功失敗，都根據在他們心中的一念之微。（《禮拜六》一〇三期《一念之微》）（却酬）

（一九二一年六月十二日《申報·自由談》）

一九　明霞

女子對待男子之魔力，實飄忽不可思議（《飛絮禪心録》）。

兒時之天真，最爲可樂，女子之媚目照臨其身，立即墮入苦海，永永無幸福之可言（同上）。

女子之媚，初非自媚，男子以爲媚，然後媚耳。（同上）

空房聽雨，倍覺凄涼。（《雲》）

目中之幻相以心中之幻想迎之，乃幻之又幻，至不可思議界。（同上）

情之一字，如春蠶吐絲，纏綿作繭，一經繰引，乃爲網羅，雖百計跳躑，而莫能或脱。（同上）

（一九二一年六月十九日《申報·自由談》）

二〇 范存忠

少年之女，默愛在中，經人發明，轉成羞憤。

男女同舟，即上界愛神之暖榻，所播情種，立時蓓蕾。

天下少年人於第一次向淑女求婚，其狀實如犯重僇。

天下人於樓窗燈影中望其情人，此人生至適之事，而其中仍存遺恨者，則咫尺蓬山，不能接也。

女子品格，原無屈就之時，及至情誼篤深，則涣然無復定力。縱有宿學之律師，及精明之問官，具絶大鑒衡，亦不能洞見男女之隱，而隨時判其情絲之幾許。

凡人到得意時，恒追維其失意之日，蓋到富貴之極地，則貧賤之極地又往往因而悵觸，天下憂愁

與安樂，實二花而一蒂者。（以上《玉雲畢痕》）①

雪膚花貌，匪特難恃，果一夕殷憂，一夕小病，立足毀喪。天下夫婦反目一次，而愛情乃愈深。

天下墜險之人，亦正有出險之計，勢險而謀亦險。（以上《薄倖郎》）

（一九二一年六月二十六日《申報・自由談》）

二一　梁治庵

生不爲自由人，死當爲自由鬼。（《亡國奴之日記》）

祖國雖死，吾心永永不死。（同上）

嗟夫天，汝斷吾脰可，瀝吾血可，寸剮吾四肢百體可，毀吾屋宇可，屠戮吾父母妻子可，然汝必還吾以自由，還吾以真正之自由。（同上）

男兒雖死，猶當以頸血染祖國江山。奈何蠢蠢如馬牛，必待磨刀霍霍者來，而後帖耳授命以任烹割耶？（《義烈雙鴛記》）

① 此條亦見録於《申報・自由談》同年二月十三日，但二者在個別字詞上有差異：『富貴—富麗』，『棖觸—悵觸』，『玉雪畢痕—玉雪留痕』。書名當作《玉雪留痕》，乃林譯小説名，哈葛得著，『畢』字誤。

人道公理，非復亡國人辭典中所能引用。（《邯鄲客語》）

國非一人一家之私有，故大事雖人主之，不得專斷。（《韓國義士小傳》中《趙秉世》）（以上三則見《世界亡國稗史》）

我聞法蘭西愛國者有言，法蘭西者我之愛妻也。我於中華民國，亦作如是觀。（《周生》）

跛者之失木杖，如政府之失民心。（《愛國丐》）

明公理者不必戀私恩，審大義者不得拘小節。（《女露兵》）（以上三則見《愛國英雄小史》）

（一九二一年七月十七日《申報·自由談》）

一二一　吴明霞

女子之言，喜婉而惡質。（《蘆花餘孽》）

凡人身罹殷憂，必得素心人爲之排幽而攬翳。（同上）

天下清閒之樂，莫若村居。（同上）

天下之最不易遣者，則身爲人母，見嬌女悲戚而又無術足止其悲。（同上）

天下惟鍾情之人，方能懷恨，情深者恨亦深也。（同上）

天下事愈避則愈離，愈即則愈親。（同上）

冶鐵當乘其紅而椎之，方始成器，紅退則下椎難矣。（同上）

酒入愁腸，益觸悲感。（《紅爪郎》）

樂而不淫，庶幾得情之正。（《雲》）

名實相須而成
金馬煙草 譽滿寰區
中流砥柱 名實相孚
上海四馬路國華書局

（一九二一年七月三十一日《申報·自由談》）

短篇小説之特性及作法

長志　撰

載於《申報·自由談·小説特刊》一九二一年一月十三日。作者長志，不詳其人。本文在總結前人有關短篇小説的若干意見的基礎上，對短篇小説的特點與作法作了歸納與闡釋，可謂言簡而意明。

中國文學中最發達者，莫如小説。小説有長篇短篇之分，近今之自命『短篇小説』者，多不明文學之方法，所謂既不知『布局』，亦不知『結構』，識是之故，難得文學上之價值，故不欲作則已，若作則不能稍有含糊，蓋其含有特別之性質也，茲歷取各種定義，以作資料。

《短篇小說之哲學》一書，謂『真之短篇小說，別於短之小說，而長篇短篇不同之處，在短篇印象之單一，構造之緊結，爲長篇所不及』。

《小說之材料及方法》一著，謂短篇小說之目的，是用最有力量，最經濟之材料，表現文章所要生之影響。

胡適《論短篇小說》所下之定義，謂『短篇小說是用最經濟的文學手段，描寫事實中最精彩的一段或一方面，而能使人充分滿意的文章』。

上述數種，未有系統，今爲之歸納，可知其特性爲：（甲）簡單及緊結；（乙）經濟之手段；（丙）營造簡單者何？以全體之事或人，重在其一。『緊結』者何？凡一事一物，不可敘述太繁。『經濟』者何？不增不減，適乎其中。『普遍』者何？以精彩之一部，代表全體。如裁樹之『橫截面』。其特性如是，不知閱者明曉否。

至於作法，分結構與描寫。關於結構者，（一）爲剪裁。所謂剪裁，棄不中用之材料，可止即止，如做衣之估定計劃而後下剪刀。（二）爲布局。所謂布局，如何能使材料使用得當，令讀者表同情也。（三）爲『照應』及『伏筆』。所謂照應伏筆，二者同其功用，皆以前後互相照應，使讀者造成深刻之印象。（四）爲『隱秘之構造』。隱秘者，以非表現甚明之謂也。

關於描寫者，不過人物境事而已，人物境事皆有個性之區別，絶不以此代彼，以彼代此，故凡特具點，每當多提，以表注重個性。

凡好短篇小説者，苟能如法做去，不難爲真真之短篇小説矣。

自由談小說特刊

『自由談』小說話

張舍我　撰

這些小說話陸續發表於《申報·自由談》一九二一年一月至八月。作者張舍我（約一八九六—？），原名建中，筆名舍我。江蘇川沙（今屬上海市）人。曾任報社記者、商務印書館校對，一九二三年創辦小説函授學校，主編過《千秋》等，著有《小説作法》、偵探小説《屍變》、《舍我小説集》等。《申報·自由談》主編周瘦鵑在《自由談之自由談》的《小説特刊》的結束語中説：『舍我執筆最勞，論文多精意。』的確，張舍我在《自由談之自由談》中論小説的文字最多，表現最活躍，在這批小説話中，他首先關心的是有關『短篇小説』的問題。早在一九〇九年，包天笑在辦《小説時報》時就大力提倡短篇小説，周瘦鵑也翻譯了不少歐美的短篇小説，後胡適作《論短篇小説》，遂使人們對其概念有較爲明晰的理解。本文則在這一基礎上，借鑒了一些西方的觀點，進一步分析了『短篇小説』與傳統的傳記、筆記之類的區别，指出了它的一些特點、要素等基本問題，并在分類問題上也作了一些探索。同時，他對情節的展開作了最爲細緻的分析，詳細論述了小説情節次序安排的問題。他認爲，這個問題之所以重要，是爲了使小説『有戲曲化的感想』，也即有戲劇性、趣味性。爲此，他結合一些中外的代表著作的實際，總結了一些開頭、結尾及中間分布的原則。最後連載的《小説作法大要》則再一次强調短篇小説最重要的『元素』、『爲單純的感想』，結合一些西方的理論與自己的寫作經驗，從取材、剪材、布局等各個方面較爲詳細的論述了如何『其求單純的感想之方法』。文章最後指出最能使小説之情感力趨單純者有以下五個要點：（一）主要的人物；（二）結構動作；（三）情節之次序；（四）觀察點，甲、向小説的觀察點（作者的態度）。乙、小説内的觀察（叙述點）；（五）氣韻。在其他一些零星的小説話中，他關注小説家的『創造力』與小説中的『競争』即衝突等問題，也對當時的小説界帶來一些新鮮的東西。

短篇小說泛論

中國古籍中無小說。『小說』之名,始自《漢書·藝文志》,然《藝文志》所謂之小說,非吾所謂之小說,非文學上所能承認爲小說者也。此猶指小說之名而統言之耳。若夫今世所謂之『短篇小說』,則未嘗一見。有之,其自胡適之《論短篇小說》始乎!

然『短篇小說』之所以爲『短篇小說』,猶未能執一而定也。欲爲之立定義,非失之太嚴,即失之過寬,皆非也。蓋短篇小說(Short Story)即在歐美文學史中,尚爲比較的近代之産物,有似他種幼推之組織,正在生長與發達期中。故即欲爲之立界說,亦必視爲試驗的物界說,而不能以之爲永久不變者也。

短篇小說之種類頗多。批判家之眼光,則以其個人之意見爲標準。故注重於區别其性質,而急於擬定其界限。此指歐美之情形言也。若在吾國,則文人學士之真知短篇小説之原理與構造者,尚屬鳳毛麟角。吾人試讀今日報章雜志中之短篇小説而以嚴格之眼光批評之,大都不能副一短篇小說之名詞也,其病在於受筆記體與雜志體、傳記體等文章之毒,而與短篇小說,混爲一談。今欲知何者爲非短篇小說,自當以類似短篇小說者與短篇小說一比較之。美國大學教授馬太氏(Prof. Mathews)所著《短篇小說之哲學》一書,及歐美最近出版之短篇小說作法諸書,莫不以爲短篇小說非小說(Novel)之謂，非長篇改短之小說，亦非篇幅不長之長篇小說(Novelette)。蓋短篇小說之結構，較長篇小說，稍形簡賅，而令讀者產生之感想，則只有一種，不若長篇小說之雜而多。以其感想之有一種，故較長篇所產生者更爲和合而有力。短篇小說亦非傳記。以傳記可平鋪直敘，而無『事』發生，所書者一人之行述而已。筆記之所以不能稱爲短篇小說者，以其只有單綫之興味，結構簡單，運用材料缺乏相當之比例，不能產生一種單純之感想也。英文中筆記乃謂之 Tale，初觀之似短篇小說，實則異趣。故哥倫比大學教授畢金氏(W. B. Pitkin)評歐文所作《見聞雜記》中之《温克爾》(*Rip You Winkle*)一篇爲非短篇小說，以其不能令讀者生一種和合之感想也。歐・亨利(O. Henry)稱美國之莫泊三①、吉百齡(Kipling)爲英國第一短篇小說大家，然批判家亦有指摘二人說集中有不能稱短篇小說者(見哥倫比亞大學小說學教授威廉氏所著《短篇小說作法》第三、四兩頁)。

由是觀之，短篇小說之界限，不亦嚴而狹乎！吾人不先求著作短篇小說之學，而率爾以操觚，其克有濟耶！

(一九二一年一月九日《申報・自由談》)

---

① 原文如此，似有脱誤。

短篇小說之定義

短篇小說，果爲何物乎？則吾人不能不求其定義矣。然歐美文學士之論短篇小說定義者，其言紛紜，莫不各主其所見，使初學者見之，將不知所適從。茲舉其最者，以介紹於吾國之初學者，其裨益當非淺鮮也。柏賚德所著《短篇小說作法》中有言曰：『短篇小說而欲副短篇小說之名詞也，必爲一短篇散文，以藝術上之公理表示真的生活之片段，而以求娛樂爲最初之目的。』葛來苞（C. Glabo）之言曰：『短篇小說之目的，在於產生單純之志趣，著作者爲一種單純之情緒所驅役，竭其精力，使所作小說悉現此情緒，而在讀者心中，吸引一種回聲。』哪德司丁（Nottstein）與滕恩（Dunn）二氏所著近代《短篇小說》中之短篇小說定義曰：『短篇小說者，叙事文也，以一種單純的緊急的事或情形，而產生一種單純的感想者也。』奚生文（J. Bs Eennie）以爲短篇小說之定義，有五種要素焉：『一曰單純之感想，二曰完善之結構，三曰一主要之事，四曰主要之人物，五曰「錯綜（Complication）」，與其解決。』有此五者。始得謂之短篇小說也。大學教授馬太之論短篇小說曰：『若無事可述者，即無所謂之短篇小說也。』此其意，蓋指短篇小說以結構爲重也。又曰：『以一種意想，由一種覺感之程式，與活潑之文風，以論理之公例而發達表現之，爲吾儕所求之於短篇小說中者。』彼對於短篇小說之定義，則曰：『短篇小說必須祗爲一事，而爲之完全無缺，必不可散漫，必不可離本題，必須有和合的動作，和合的音節，和合的聲調，和合的志趣。凡足以妨礙意志之單純者，皆須掃除净盡也。』大學教授畢金氏以爲短篇小説者，兩種藝術思想之結晶體也：『一爲美國的，一爲法國的。美國之思想曰單純之感想。法國之思想曰戲曲化的感想。故曰：短篇小説者，一叙事之戲曲，而有一種單純之感想者也。』吾國大學教授胡適之則曰：『短篇小説者，用最經濟之文學手段，描寫事實中最精彩之一段或一方面，而能使人完全滿意下之章也。』讀者觀於上舉諸説，短篇小説之定義，了然如掌矣。而馬太、畢金、胡之三氏之言，尤爲精警的當。初學者若能擇一家之言以爲之，未有不能爲精美之短篇小説者也。

（一九二一年一月十六日《申報·自由談》）

短篇小説之要素

何謂要素？曰：不可或缺乏之謂也。短篇小説有不可或缺者三：一曰情節，二曰人物，三曰單純的情感。大學教授馬太曰：『短篇小説中而無「事」可言，無所謂之小説也。』故短篇小説以情節爲重，然非徒示離奇詭怪之謂，亦非徒以離奇詭怪所能稱勝也。短篇小説爲美術之一。美術者，一種摹仿也，繼之以代表，故亞里斯多德曰：『美術者，摹仿自然者也。』是以短篇小説之情節能近自然爲上乘。吾嘗聞初學作小説者曰：『此情節怪奇極矣，吾將以之爲小説。』吾聞而竊歎，以爲彼第一步已失敗矣。或以其情節太奇而怪其失真，則曰吾敢誓言此真事實也。實則無論其爲事實與否，不能爲小説材料則一也。人類生活中所曾見曾有者入之，小説未必即佳，而『死抄』人生之小説所獲效果，亦決不能與事實上所得者同量也。尼爾 R. W. Neall 曰：『初學者識之，抄寫生活狀態逼真者，或者有不能代表生活狀態之慮，作者宜於其自己之世界中從事摹仿，必須深知世運推移之公律，洞明世界人類之行動作爲，而後描寫人生，代表人生，其勝利可操左券矣』。（見尼氏所著《短篇小説作法》第一五一頁。）短篇小説中之情節以人物爲之，故小説不特不能無人物，亦不能不選擇人物。其選擇也必須以審慎出之。何者爲賓？何者爲主？或者爲固定性之人物，或者爲變動性之人物，或兩性兼有之人物。小説人物必有賓主，故必在兩個以上。有賓主必有一競争（Struggle）。競争必介乎異性，然人物之特性有時亦能視之爲一個人物，譬如某甲以一時之忿而殺其所仇，繼而其良心起而與之抗争曰『理當自首』，而一轉念大禍臨身則又不肯於是，理欲交戰，不知適從，此即所謂『競争』也。故良心也理也欲也，皆可視之爲一個人物者也。情節與人物，短篇小説之肉體也。人而徒具肉體而無靈魂，非人也。短篇小説而徒有情節人物之肉體而無靈魂，則不得謂之短篇小説。何爲短篇小説之靈魂？單純的情感是也。作者須於提筆之先，預定已所欲表達於人而令人感受之一種單純的情緒，然後儘力於文字與結構以發展之，使全篇中有一句一語與吾所欲表達之情緒而無直接或間接之關係者皆當删去之，使讀者之心靈常盤桓連流於此一種之情感而不能即去，斯謂之有真價值之短篇小説。謂予不信，試問讀短篇名家之作而後之感想爲何如耶？今吾下一斷語曰：無論其爲五百字之短篇，長至八九千字之短篇，情節爲簡單爲複雜，人物爲二個或三個，而激發讀者之情感當爲一種，且爲單純的和合的。不然，而令讀者之感想雜而不明，混而不清，皆不得稱之爲短篇小説也。情節、人物與單純的情感，爲短篇小説之要素，三者不可偏廢。然求好情節易，選人物亦易，而求單純的情感則難，作者知難而力求之，而輩其作有價值之短篇小説則庶幾乎。

（一九二一年一月二十三日《申報·自由談》）

短篇小説之分類

夫短篇小説之種類甚多也，而分類之方法則不一。吾人讀小説而生情緒，情緒之種類不一，以情緒而分類，則有悲慘、喜樂、滑稽等。短篇小説中必有主要之情感，一能令讀者生同情心、恐懼心、愉快心，以情感分類，則有愛情、報仇、暗殺等。短篇小説中，必有一個主要之人物，以其動作行爲爲其全篇之綱領，吾人有妖怪小説、鬼神小説、動物小説等之名者，蓋以人物分類者也。短篇小説，在歐美文學史中，佔極尊重之位置（康倍氏 Canby 謂短篇小説之價值，視長篇小説爲巨，而次於詩），既經歷文風之變遷，思想之進化，則有古典派、傳奇派（或即浪漫派）、寫實派、理想派、自然派、象徵派等等。短篇小説中之人物，有職業與社會階級之不同，以其職業與社會階級而分類，則得農事、軍事、政治、宗教、偵探、貧民生活、鄉村生活等名，然此種分類法，與短篇小説之結構，并無關係者也。

欲研究短篇小說之作法，則當以作法之不同而分類，短篇小說之作者，或注全力於描寫人物之特性，或慘澹經營於情節之結構，或以十分全力描寫意境（Atmosphere），吾人以作者之態度不同，而有根本上分類之三種小說：一曰人物小說，二曰情節小說，三曰意境小說，然作者有時兼重人物與情節，或人物與意境，以是吾人又有四種複雜體之小說：（一）人物與情節小說，（二）人物與意境小說，（三）情節與意境小說，（四）三者兼重之小說是也。唯吾於初學作小說者有警告焉，毋專注於一面，而至他方面於不顧。所謂人物小說者，非無結構意境之謂也，不然，非小說而傳記、筆記矣，此其一也。一種結構，或一種立意，萬不可隨己意而配入七種小說體中之一種，一種小說，自有其一種之結構與立意，决不能亂用，此其二也，初學者其亦注意之哉。

（一九二一年二月十三日《申報·自由談》）

作小說之三步伐

吾嘗論短篇小說之定義矣，以爲短篇小說者，乃散文叙事，用美術的手段，表示一種『競争』或『錯綜』中之人物，而令讀者生一種單純的感想者也，作者知乎此矣，將從何說起耶？吾謂今之作者，多有不自審其小說之若何創作者，唯覺其心中有聲曰『爾作小說』，乃操筆爲小說之文，不知作小說有步伐者也，且爲逐漸的，而不易爲之。蓋易作之短篇小說，不易令人讀，不易作者則反是，此大概之情形也。吾人若將短篇小説之作法，分爲三步，則第一步爲設立情節（Story），第二步爲經營結構，第三步爲發展敘事。敘事之要素，既爲動作與人物，則敘事之基礎，自爲人、事與情形。有以人物爲起點者，或則效法名家之著作。然以人物爲起點者，萬不可作傳記文；以事爲起點者，忌『平鋪直敘』，而宜輕描淡寫；最緊要者爲尋求情形（Situation），情形者，謂人物之極點（Climax）或危急點（Crisis），而產生戲曲的價值者也。欲求好情形，必有好思想，思想平庸，則統體皆壞，安能作有價值之小説？既有情形，亦須立意。立意者，小説之生命也，立意不高尚，其價物必爲廢文，立意與現代之人生無關，必非爲社會的文學，亦非人的文學也。有情形矣，有立意矣，則須求布置之法，所謂結構是也。小説有結構法，他日當詳論之，然先有小説後有結構法之名，故結構無定例，無方程式。吾之所謂法者，皆過去或現代名家著作中所具之一格也，故作小説者，宜自己經營其結構，而不落『常套』，今吾國人之作小説者，其結構亦有未曾落常套者，然而不能稱之爲文學，何也？以其不用科學的方法敘述之也，作者無科學智識，亦不知科學爲何物，而望其創作有價值之文學與人的文學，其可得乎？有情形矣，有立意矣，能自出新規，以爲結構矣，而獨乏敘述的方法，科學精神的敘述法，亦無濟也。故吾謂此三步伐爲不易爲，而望有志於小説者之竭力研究試驗之也。

（一九二一年二月二十日《申報·自由談》）

作小説有情形後之問題與答案

初學作小説者，有必須經過之問題焉。其答案之價值，足以定最後之結果如何。譬之，情形爲承塵中發現一屍，於是有疑問曰：『此屍何以在承塵中？』、『殺彼人或彼物者誰歟？』、『由於何故耶？』、『此爲暗殺案耶？』、『凶手安在？』此種問題，當在情形決定以爲結局或起點之前。若作者作陳腐之思想，以爲彼乃一『大美貓』之屍，因誤食滅鼠之毒藥而死。若是，則彼所創作之小説是否有價值，吾不得而知矣。若『凶手安在』之答案爲『在屋上』，則彼已示人足以令人震顫之材料矣。或彼設想一賊在某室中爲一屍所累，故自外表觀察之極似真凶，復自問曰：『此賊何以被累乎？』、『行凶者究爲誰乎？』、『被累者若何設法以圖自免乎？』、『彼將因圖自免而益顯其似真凶乎？』、『彼之結果究如何歟？』此種情形，皆關於物質之面者也。然亦可先作爲心理的，如李某終日終月終年謊言，於是有問曰：『爲何？』、『彼所謊者何歟？』、『彼謊誰歟？』、『謊之結果如何？』普通人之心理，大都設想於至尋常之事理，若爲小説家則大異乎是。兒童謊其母，恐彼之劣行將見責於慈母也。而名家白朗人氏 Brown 所作《一日去矣》(*A Day Off*) 一篇中，則以一極誠實之婦人，謊欺其夫。然而讀者則覺其理由極充足，對於其舉動極示滿意。吾人若曰某少年與王某之女相悦，王某因侵蝕公款罰作十年苦役，由是而發生之問題：『必爲誰將起而反對？』、『少年之父母其態度若何？』、『少年之心理改變否？』、『彼女何言？』、『女父母之意如何？』此種情形，無論其爲悲爲喜、爲物質的爲心理的，其問題與答案俱能表示作者之才能，故作者之設想與理解皆須力避陳腐與凡庸，俾多獲方法，而不泥於一例，不然者即缺乏創作能力之表示也，不如速棄其作小說之志趣。

（一九二一年二月二十七日《申報·自由談》）

小說中之地方

設以小說中之動作與人物，爲在地方之前，則地方自可稱爲情形之第一個要件。英吉利小說大家施蒂芬生（L. R. Stevenson）有格言曰：『某處一冷僻之花園中，發現暗殺案。某地舊屋内，有妖鬼出現。某處海岸，有船隻觸礁。』其意蓋以爲某種地方適宜發生某種事項。故以某種情形而配以適宜之事項，則描寫詳細節目，自可以吻合無間。單純的感想，亦能保守而勿失。譬之有《魯濱遜漂流記》中之人物，而無魯濱遜所處之地位與情形。謂爲能成一部有名之小說，吾未之信也。使吾人肯費吾輩寶貴之光陰，而搜尋各種關於船隻沉没觸礁等情之紀事，與描寫荒島情形之文章，而翻閲一過，則方知《漂流記》作者田福氏（De Foe）操觚作小說文時之價值矣。故無重要之情形（即地方），不能有價值之小說，可斷當也。

（一九二一年三月六日《申報·自由談》）

小説與創作力

吾人若立志作小説家，與有作小説之天才者，必須深知創作之理想。西方著作名家有教言示其年幼之著作者曰：『容汝之思想萌芽。』設種子與泥土結合而滋長，則必有風雨陽光爲助，始有萌芽之時期。以已死之種子，撒播於堅硬之土質中，則所謂播種者，其事已了矣。使一篇小説生長完成，爲一種自然之步伐，與使種子發達成幹樹無異。使人不於適當之時間內，栽培其所植。則以機械力助自然也，必無成功之日，即成功矣，亦決無完滿之期。故初作小説者，而欲一步登天，造意絶頂，即失敗之原因也。蓋先不養成創作之思想能力以爲備，時期未成熟以前，不能創作好小説也。要有創作之思想能力，第一必須避庸俗。吾人常據極充足之理由作小説，然常因其平庸之故，往往不能動人。第二必須避重復，初作小説者，當不幸犯此病。推原其故，一由於讀書不多，見聞不廣。二由於彼所思及之重要或驚人之情形(Stricking Situation)早爲彼文學之祖宗所已有。雖然，使彼果有創作之能力者，則可以以已成者，重作一個，以勝過前人或其他作者。歐美短篇小説之發達，不過近五十年來耳。五十年以前，亦無所謂短篇小説也。歐美之所以有今日，在乎創作。吾國人而欲使小説佔文學上一席乎？其從事創作，其從事養成創作思想之能力。

（一九二一年三月六日《申報·自由談》）

小説中之競争

小説必有結構，小説中最顯著之點爲『競争』(Struggle 或 Complicat)。『競争』可附屬或包含於情節中，如牧童追水牛、兩國軍隊開戰、豪傑開拓新土、建立新國、科學者欲發明永久工作之機器，皆情形而兼『競争』者也。『競争』之種類不一，分類之方法，亦視作者之意見而定，兹姑以哥倫比亞大學小説學教授革廉氏之分類法爲則而分之如下：（一）動物與動物間之競争，吉百齡之《象兒》(*The Elephants Child*)即其例也；（二）人類與自然能力間之競争，例見傑克倫敦(Jack London)之《造火》(*To Build A Fire*)、施德唐(Frank Stacktoon)之《負的地心引力》(*A Toleof Negative Gravity*)等；（三）人類與動物間之競争，如吉百齡之 *Bertran and Bimi* 與亞倫波(E. A. Poe)之《黑貓》(*The Black Cat*)等；（四）人與動物抵抗動物之競争，吉百齡之 *Moti Guj* 是也；（五）人與動物合力抵抗人與動物之競争，例見吉百齡之 *The Mahese Cat*；（六）人與人之競争，則復分爲三種：（甲）物質上之競争，如左拉(E. zola)之 *Back O the Yours* 等；（乙）心靈上之競争，柯南道爾所著《福爾摩斯偵探案》其最著者也，中國出版之《中國偵探案》、《中國惡訟師》等，雖乏小説的真價值，而其篇中之競争，亦概可以心靈的稱之；（丙）志願的競争，如富利孟夫人(Mrs. Freeman)之《母之革命》(*The Revolt of Mother*)是也；（七）人與自身即相對的個性間之競争，見莫泊三之《懦夫》(*The*

Coward）一篇；（八）人與命運間之競争，例見唐默思哈臺氏（Tomas Hardy）之《理想之婦人》（*An Imagination Woman*）；（九）人與神力、妖、怪、鬼、狐等，吉百齡之《彼等》、《無綫電報》等，即此種競争之代表也。上述分類法，固詳盡矣，然而失之太繁，不特（一）至（五）之競争，爲中國説部中所未睹，即在歐美小説界中，亦鮮見此種標準與作家，況小説在中國文學史上，尚在極幼稚之時代，吾人作小説，自宜定一簡要之標準，故吾以爲簡要之競争分類，當如下料列之三種，一曰人與實質世界之競争；二曰人與人之競争；三曰人身中甲種勢力與乙種勢力之競争是也。

（一九二一年三月十三日《申報·自由談》）

説『競争』

人與實質世界之競争，人生之第一步競争也，故以之爲小説文章，最能動人，而人類與自然界盲目的聲啞的暴虐戰争所獲之勝利，常可作小説之無上結構。社會爲一極複雜之組織，社會中之個人，人人不相同，常能以至小之違忤，而生競争。社會本身，亦不能建設完美之方法，使社會份子，各得其所欲得，而去其所不欲，於是我之欲望，與人之欲望相戰，此信仰與彼之信仰相争，個性與個性亦有時而互鬥，此皆吾人日常生活中所有之事也，編入小説，能使讀者感生極深之興味，敢可斷言也。

人身中之兩種勢力，即理與欲，勇與怯，或兩種相待之個性是也。小説以此兩種勢力爲資料者，則爲『心理小説』(Psychological Story)。此種心理的競争，一般人不能瞭解，蓋解析慟動思想情緒，原非普通人所有之能力也，然人生問題，則與此兩種勢力，有密切之關係，人之生死成敗，以此兩種勢力爲消長，解决人生問題，爲小説作者本分内事，故此種競争，乃短篇小説中結構之要點之一也。

自然界與超自然界之競争，予當考之於西洋短篇小説作法中，覺極少精確之討論，而求之希臘古劇，則頗有以此種競争著名者。其悲劇之前部，個人似能逃出命運，結果則人失敗於命運之前，蓋希臘戲典中之人生觀，以爲人生乃一種與命運戰争不已的競争，而命運則必爲最後之勝利者，不謂此種命運説，近亦發現於近代短篇小説中。若美國之霍爽氏、英國之唐默氏、哈臺氏(Tomas Hard)即主張此種主義之代表者，但吉百齡所著超自然界之小説，則表明物質界與靈魂界之競争，兩方各有勝利之機會，如《彼等》(*They*)一篇中，血肉與靈魂相遇，血肉完全獲勝，美國小説大家亨利詹姆士(Henry James)之主張則與吉百齡相同。吾國作者，最喜談鬼説怪，人與鬼怪競争，失敗者居多，鬼權之説，於是大張。吾國人迷信鬼怪之惡習，此輩作者，亦與有力焉，吾人而欲作有價值之短篇小説，吾以爲當採取吉百齡之主張，若『成事在天』、『天定勝人』等等種種命運説，必須除之務盡，蓋命運之説，最足阻人進取之心者也。

(一九二一年四月三日《申報·自由談》)

小説中情節之次序

一

論小説中情節之次序，則一難問題也。初作者二十人中，無一人能解决之。即以我所見，現在之創作中，五人中亦不過至多一人也。何則？蓋大概由於作者於排列情節之時，必須將其結構法，暫置一旁，而自居讀者之地位也。彼作小説時，或只放只眼於材料之本身，如材料之選擇剪裁等，彼若明白人情、時間、地方與認識或理想一種戲曲化的錯綜者，彼之所事，亦以足矣。然後一提筆寫述，則以極難之問題，列其前矣。彼必須與通體計算，不但令小説中只有情節，亦須有戲曲化的感想也。此種感想，爲幾多顯露法（revelations）與隱藏法（concealments）經極難極微之調合融合而産生。蓋其特質，猶之詼諧音樂，全在觀客心目中，時時之所見所聞也。依文學中之修詞學言之，則爲次序與否定（order and suspense［否定術］）與結構之不同，猶之言語與思想之不同，以前之作家，有不注意此點者。然在今日，則必須特別審視之，其種哲學家文學家常謂小説之能事，在於發表作者所有之思想爲止，毋增多，亦毋減少。因是作者既有結構，既知心中所欲小説發生之感想爲何，則小説本身，自能發表其命意矣。此種思想自由發表論，倡於意大利大哲學家與批評家葛洛士（Benedetto croce)。此種理想極近於真理，欲辨倒之，甚不易易。然謂有經驗之作者，則必審此説之非，而知小説感覺(story sense)與小説寫述法(story telling)爲兩種能事，其獨立不同，一若目之與耳也。吾嘗見作者，頗能採集佳妙之結構，詳細節目，棄取適當，文辭亦稱順流，然寫述之間，極乏生氣，常覺其弱而無力。有種作者，則與此相反，其結構法薄弱，而於人物錯綜，一則似未嘗施以感覺，第以一種結構予之，遂巍然成爲一篇巨著矣。

（一）次序所能成就者

即以編排情節而得者，只少有四點：（一）轉折處圓而不澀不强。（二）人物與情形，清晰明白。（三）結構情節之自然的危險結局，不特外現，有時且增加趣味。（四）小説産生至單純的感想，更能深入人心。

（二）次序之第一步定例

作者着筆著述時，當時時不忘簡賅二字。簡賅者，即經濟之謂也。吾人可爲之定一例曰，歷史的次序，不必變換時，毋輕變换之。故學者宜先察其歷史的次序，審量其價值，然後定其變否。

（三）次序之特别問題

至關於小説之材料，則有三種特别次序問題。一曰開篇之事(the opening event)，二曰結束之事(the closing event)，三曰分布之事。於全篇結構動作之中，能解決此三問題者，則上述諸端，俱能成功矣。

（一）開篇之事，有二種職務。第一，必須引起讀者之注意此小説。第二，亦必須速引讀者讀此小說，此二職務，擇一爲之，不甚費力，然欲同時并舉，則非有巧妙之手腕，豐富之經驗，不爲功也。蓋吾嘗見有種有力之『開篇』之小說，而篇中皆充塞無價值之材料者矣。

（一九二一年四月十日《申報·自由談》）

二

小說之開篇短則三四句，長則百十字，短以警峭爲貴，長以提煉爲宜。如周瘦鵑之《血》一篇，見小說周刊《禮拜六》第一百零二期，開端一段，只着墨三十餘字，然此三十餘字，已令讀者之心目，貫注於全篇，急急欲知此事之究竟矣。此三十餘字所盡之任務，則（一）爲指明此篇小說之地位（setting）何在。（二）爲略述此篇產生之單純的情感爲何種（悲懷）。學者於此，可以知此三十餘字之能力矣。又如張枕綠之《毀譽》一篇（見《禮拜六》之一百零二期），其開端百數十字中，已盡數種能事：（一）指示小說之地位，（二）略示小說之單純的感思，（三）略事描寫兩個主要人物，（四）報告情節中錯綜（compilation）之一種，其所未盡者，只此篇之結局耳。此二段開篇之能力與經濟，實爲構成好小說元素之一，學者所宜取法也。

吾人既知小說開篇之二種職務矣，吾人自能辨別小說開端之方法，吾以寫方法有十，短篇小說以直接動作起始者則有五種：（一）略指示地位、人物與單純的感想，（五）只指示人物，（三）只指示地方，（四）只指示單純的感想，（五）哲理的建言（預見之概括，而無動作）。以間接的動作起始者，亦爲五種：（一）指示地位、人物與單純的感想（或命意），（二）只指示人物，（三）只指示地位，（四）只指示命意或單純的感想，（五）純粹的寫景（無動作，無概括）。此外尚有六種，寫指示兩個職分者，例如人物與地位，地位與命意，或命意與人物是也。若論功效，則指示兩個職分者，自然較僅一個職分者爲優。短篇小説是開端，可有五六種，作者當慎擇其最者以爲之。若先以一題而練習上述諸根本方法，試視其效果如何，則所獲當非淺鮮矣。

哲理的建言之能力，吾人殊不能否認之。蓋其所言，既爲事實，足引讀者入於嚴備的情調。又使此種情調，貫穿全篇文字。故作者原以全副之精神與手段承爲之，始能得達此種高上之目的。如俄國之托爾斯泰是也。然若謬以毫厘，則失之千里。不特犯主觀主義之病，且若村究之講道學矣。至哲理的建言之能事，則（一）爲增厚單純的感想力，（二）使讀者愈益注目也。

開篇中間接描寫人物，最簡單有力者爲下列之二種：（一）使別個人物，自述其所受此人物之感想與印象。（二）描寫此人物所施於人或事之效應。第一種方法，使之不出小説本有之範圍，大非易事。第二法，則易成一段獨立的故事，而與小説本身無關。故學者宜慎之，若無此能力，不如勿爲之爲愈。

間接動作，若取討論的程式，則不但指示小説之命意或單純的感想，亦能濃厚其色彩，增加其聲調，如此之開篇，勢力亦不弱也。

（一九二一年四月十七日《申報·自由談》）

三

（二）結束（the closing event）。結束與開端比較，則開端難而結束易。然此係指近代之短篇小說而言，若吾國舊小說之結束法，則除《花月痕》、原本《西廂》、《紅樓夢》、《水滸》以外，其不千篇一律者少矣。既千篇一律，則不必有矣。吾謂結束易者，以其材料之運用較開端爲活動也。而欲其神味雋永，結有餘韻，盡而不盡，亦真非不難之事。多讀歐美名家短篇作品者，當亦知其價值之存在，結束法之精美，亦居一部分也。短篇小說之結束，大約不出下列三種程式：（一）直接的結局（denouement），（二）有意義的復述，（三）解釋的評注。

（一）直接的結局。此爲純粹戲曲小説之理想的結束法，若動作與人物，在前文中已發展，至最高之危急點時，讀者所未知者，若只爲主要人物之遭遇，究竟若何，則結束時之文字，其重要可知。惟以最後之數字瞭解者，則因難而少，故此種程式極少。今試以美國短篇小説之祖亞倫坡之《黎琪愛》一篇之結束，譯之如下：

……我不動——但注視那出現的像，我的思想中起了一種瘋癲的騷亂，一陣不能鎮定的攪動。這真是使我昏惑的活的羅文娜麽？這真是，到底是羅文娜！美髮、藍睛的德琍孟省屈萊凡的羅文娜女郎嗎？爲什麽，爲什麽我要疑心這個？……從伊生病以後，伊已經長的高大點了嗎？什麽不可解的瘋狂，縛住我那個思想。一跳，我已經到伊的脚前看，伊觸着了我，震顫起來了。伊讓伊頭上用可怕的屍布（包裹死屍用者）包着的頭髮鬆散，一大束長的頭髮，披散於屋中的空氣裏。這頭髮的黑，比半夜裏所見烏鴉的羽翅還要黑，現在那站在我面前的『像』的眼睛，慢慢地張開了，我高聲呼道：『一定在這裏了，我决不能！我决不能誤會！這是圓滿、烏黑、誘惑的眼睛！我那失掉的情人！那女郎！那「女郎黎琪愛」。』

此二百字，殆爲一極長之長句，不容讀者停頓，故讀者幾無呼吸之餘地。至最後之黎琪愛三字，全篇真相，始豁然開露，而讀者原有之幻象，爲之突變，真相既露，則此後之事情若何，概可由讀者妄想得之，而無庸作者多説，不然，不特全無餘味，且爲畫蛇添足文字矣。

法國莫泊三稱世界短篇小説之王，其結束法，多用直接的結局。試觀彼名作《項珠串》（*The Necklace*）之結束，以最後之一語，推翻全案，暴露全案真相，遂使讀者腦府中，受一極大之打擊，印一極深刻之相，雖歷久而不能去。歐亨利爲美國之莫泊三，其短篇小説之結束，殆盡用直接的結局。小説之情節，其競争錯綜，雖極複雜，幾無有不於最後之五十字中解决之者，觀其《末頁》篇（*The Least*）（見《禮拜六》第一百零一期），便知其結束法之精警，記者讀此二篇之原文時，尚爲學生，距今已五年矣，而腦中所受之印象，歷久而愈深，迄兹不能磨滅，一觀此二篇之題目，則其中之人物事情，悉列吾目前矣。雖由於其結構命意之佳，而結束法用直接的結局，亦一極大之原因也。學者欲作有價值之小說乎，蓋取兩氏之結束法而細細研究之。

（一九二一年四月二十四日《申報・自由談》）

四

（二）有意義的復述。此爲最普通之結束法，亦當爲最適宜之結束法。此種結束，包含一種小事，以表明小說中人物，究竟收若何之結局，有時則以之濃厚結局之命意與興味。若掃除最後之疑點，則此法爲尤佳。至其長短，則全以結局之如何與人物反動力之强弱而定。托爾斯泰之《真僞自有天知》一篇（見《小說月報》），至凶手天良發現，立盡自首時，小說之命意已於此大白，然必有最後之一段，以叙凶手究竟自首，而被冤者，已長眠西伯利亞荒地下矣。有此結束，則不特叙人物之結局，究竟如何，且令讀者感受極深之印象。周瘦鵑之《鏡臺奴痛》（見一九二零年《新聞報・星期增刊》），以二十餘字之開篇，作三十餘字之復述之結束，此三十餘字之復述，原可不作，蓋鏡臺奴之痛恨，至墮橋而死，小說之命意與目的，已完全表露，讀者腦筋中，亦已生絕大之情感，乃作者復云：『明年此時，樓中又有「你是我的奴婢，你是我的奴婢」的聲音發出來，不知又有誰在那裏作奴婢了。』空谷回聲，截然而止，遂令讀者頭顱中，如受刀斫矣。誠思此三十餘字之復述語，其經濟、其能力，爲何如，建中之《頭傷》篇（見本特刊第十四號），小說之命意與目的，已在第一第二兩段中叙明，此點讀者亦必一望而知。然必有第三段之復述者，則欲以側面文字，濃厚小說裏面之命意之色彩也，故吾以爲以上之三種結束法，皆初學者所仔細研究也。

有意義的復述，亦可分作二類：（一）使效應於小説中人物之結構動作，（二）使效應於小説以外之叙述人（narrator）或聞見人。上文引證之小説，皆屬於第一類，若第二類之小説，則以俄國屠格涅浦（Turgenev）之《可洛沙夫》（*Andrei Kolosoff*）一篇爲最有味，其結束文字如下：

有一人問道，那麽范雅什麽樣了？

説故事的人回答道，我不曉得。

我們都站起來，行我們各人的路。

（一九二一年五月一日《申報·自由談》）

五

（三）情節之分布於結構動作，近代有價值之短篇小説，其形式精神之異乎戲曲者，極不多覯。小説中之三種運動（movement）當與近代戲曲中之分三幕相同，其第一種運動，則現下列之三種：（一）地方，（二）人物，（三）情形大概。即所以引起錯綜者，第二種運動，表現二類要事：（一）錯綜，（二）人物對於錯綜之反動。第三種運動，則發生：（一）危急情形（即最高點）。（二）結局（適必要時，加以復述）。此即小說中情節排列法之模範也。小說作者，決不能背離此則。若作者欲表之單純感想，或其他結構動作中之特別組織，必須使此捲列法變更時，始能改動之，蓋小說中情節，逐漸表出，一若戲曲之分幕表演，則小說讀者所受之印象，正與戲院中觀客心中所起之情感相同。凡如《禮拜六》第一百零七期中王鈍根《生兒觀》，其情節排列之次序，悉與吾上述之三種運動吻合。讀畢此篇後之感想，殆與吾人觀戲院中演《天雷報》後所起之思潮相同，只無其激烈耳。至情節排列法模範之應用，則有下列之四種：（一）竭力觀察每次運動中之情節，務使每段情節，皆爲發展小說之全體之職務者。（二）若情節中之微細，不能觀察周到，則從事描寫必要之純粹寫景，但必須以不妨害小說之單純情感者爲限。（三）以一種運動之末段，暗示與下一種運動之第一段相連，爲最妙之結構。（四）小說情節之天然秩序，必須只爲二種原因而變動。（一）除變動外，小說不能得强有力之結局，而落於平淡，致減小小說之價值。（二）結構中之情節，由人物之一自叙，以其所知至次序而寫述。除以上四種外，而可增加一項，然學者若能就此四條研究而運用之，則排列次序時，已可頭頭是道矣。

（一九二一年五月二十二日《申報·自由談》）

六

（一）短篇小説所欲表現之單純的情感，常須運用最少數之材料，此例吾人時見之，即此一點，已足伸明上列之第一律。若依嚴崧之倫理學言之，此律非所以排列次序者，乃爲避免排列次序之定律。譬如學者，能於某段情節内，描寫地方情形人物三者，皆能適合其分，則尚須憂慮此段下之情節乎？吾知其答曰：『固無所慮也。』於是作者必直接從事於第二種運動之錯綜與人物特性，若此種運動，復完全觀察周到，則此問題，又解決有餘矣。筆記奇聞録與冒險小説中，描寫人物之處極少，大約除其人之名姓外，再述一二句，其事已畢，故此種運動，甚不難爲之。

（一九二一年五月二十九日《申報・自由談》）

七

（二）第二律爲最易侵犯次序之一律，而最易侵犯次序之故，則大半由於學者之虚僞之説。小説作法中，有二種法則，久爲作者所採用：（一）小説中不可缺少之描寫的文字，應使之力近於小説之開端。（二）小説必須直接以動作起始，而散布其描寫的文字於不致阻凝結構運動（movement of the polt）之處。第一説之發生，由於一種假定説，以爲叙事之速度，應按次直達小説之終點，是以阻凝速度之材料。既爲描寫的文字，應置之於小説之起始點。第二説發生之理，以爲短篇小説，必須通體爲戲曲的叙述，故凡係全爲形容文字者，當摒絶不用。然此二説，其理實有未當。何也，蓋欲小説動作速度之劃一整齊，并不爲小説目的之究竟，而欲使小説爲純粹的戲曲的叙述，并非小説之理想之模範。短篇小説，實同具此二種觀念，而於其材料上，處處交互表現其作用，排列次序之正確的原理，亦與此二種觀念并行。其原理爲何，則常詔我人採用描寫的文字與情節，於小説中最足以濃厚小説單純的情感，并同時使動作有味之處。設或兩者不可得兼，則收其比較的緊要者用之。由此推論，吾人又可得數種實用之點，其最要者有二：A單獨的地方，單獨人物的特性與單獨的大概環境，產生之結構動作與單獨的情感愈完全，則描寫的文字與情節，應愈完全團集於小説之開端。B某種要因（factor）（如單獨的地方，或人物的特性，或錯綜等中之一種）產生之結構動作與單純的情感愈完全，則描寫的文字與情節，應隨此種要因之發展而愈完全。此二種規則，不特適用於人物小説，凡各種小説，皆可應用。今試詳論之，而檢驗不相同之三篇短篇小説而研究之：莫泊三之《懦夫》（*A Coward*），亞倫坡之《黎琪哀》（*Ligeia*），歐亨利之《嘉樂懷法典》（*Calloway's Code*）。第一篇爲純粹的人物戲曲，第二篇爲人物、情節、氣韻三者之混合，第三篇則爲錯綜之一種。此三種爲極不相同者，比較之，所以示規則之如何應用也。

第一篇中之各種情節，悉由子爵之單獨的特性，法蘭西社會之單獨的風俗，與一種單獨的交戰所產生，故所有形容文字，悉叙述之於開端之三段中。何則？以此形容文字，必須居動作之前，則可使動作更形濃厚有味，此其一也。別種描寫的文字，可以不用。蓋小説之單純的情感，在此與戲曲的動作并行，此其二也。亞倫坡於《黎琪哀》一篇中，力求地方、人物、錯綜三者之完全。而其單純的情感，爲人類心理，對於『死』之觀念所生之情緒，而由此三者所產生之情緒，則其份量相等，故讀者讀其文字，對於黎琪哀，對於死室，對於全篇之錯綜，咸有此種情感，其疑點轉折之處，能令讀者深思妄想，無形中有種神秘可怖之力焉。《黎琪哀》篇與《懦夫》篇不同，《黎琪哀》篇有若干之境與若干之錯綜，此皆爲讀者所能自見者，故此篇與B之規則，爲絶端相反者，其結構、動作、單純的情感，并非由一種要因（factor）所産生，亦非由數種要因而得單獨的結構、單獨的動作、單獨的單純情感。是以依吾人所定之規則而言，其描寫的文字，不當應廣集於一個要因（factor）成一件情節，而應分插於幾個要因或幾件情節。設以莫泊三之小説爲標本，而宣傳其戲曲的方程式者，其小説且成絶望。《懦夫》篇首之描寫的文字，約二千三四百字，而《黎琪哀》之開端，殆亦有二千字，詳細描寫黎琪哀之美麗、學問與品性。其第一種運動（movement）以至與羅文南訂婚爲止。第二種運動以彼之丈夫第一次向其露憶恨之意爲始，在此二種運動中間，約有六七百字，描寫新娘新房之幽暗不明。最後至第三種運動，則通體文字，皆含有形容與描繪的性質，雖至小説之結構（denouement）而猶不衰減，是以覺其文字之麗，而知其小説之佳也。

（一九二一年六月十二日《申報·自由談》）

八

《葛洛儀電碼》之情節，言一日俄戰争時，有美國某報館之特别訪問員，將其神秘不測之海電一通，瞞過郵電檢查員之目，而得拍發至美國。然解釋此奇異電碼者，乃一小訪員，故此篇精神會萃之處，爲此奇秘電碼與翻譯此電碼之少年。是以全篇小説中須描寫的文字之處，有小訪員萬曙入編輯室，批閱無人明曉之電報，而解決之時，與彼老訪員作奇異電碼之情形，此第二點，雖屬勉强，然既簡短，亦無大病也。

總言之，第二次序律之要點如下。普通以單純的情感之一種特性或戲曲化的動作之一種特性，定緊要之描寫情節與完全形容文字之次序，若單純的情感或戲曲化的動作之特性不明晰，則描寫的文字，以愈能近篇首爲愈佳。

（三）次序之轉折律，與吾國文章法中之『轉折』相同，故此律無論讀者、作者皆甚明瞭，欲可無容不佞之喋喋，然小説學在我國文學史中，尚在萌芽時期，想作者不厭討論之詳也。常見作者隨意變换其結構，而犯過於□突之病，學者當審慎於此。除非動作實未破折者外，學者不宜使之繼續無已，而破折太甚，則近乎印板記號之小説。是以非謂小説不宜有破折，唯須運用之得宜耳。如莫泊三《頸珠串》（*The Necklace*）篇，有可見之破折點曰。然雖爲主張形式主義之文家，亦承認其全篇文字之流利無疵，其既如《懦夫》篇有二破折點；《霍蘭》（*The Horla*）爲日記體，破折點何止五十。此外名家作品，若留意檢閲之，有二三至四五破折點者，必屬不少。然不失其爲名家文字者，亦豈批評家之失察哉？破折其外，而脈絡依然貫通，此則其秘訣耳。

（四）情節之自然秩序，優點極多，作者當保守之。然予見今日之小説，其違反此律者正多。初學小説者，往往以顛倒歷史的次序，爲作好小説之無上法門。情節次序，既然顛倒，可以引起讀者之好奇，而使之迷茫昏惑，由是以增高小説之單純的情感。而其結果，則其所謂之小説，皆龐雜紛亂，毫無興味之字紙簏耳。今之所謂偵探小説、奇怪小説者，其結構編制，皆用此法。遂使無實力之作者，妄思模仿，以爲一用其法，吾小説之能力，與産生之單純的情感，當倍增於用自然之次序。其實不然，立意佳，情節佳，結構佳，文字佳，則所作之小説自佳。否則，乏立意，無結構，文字惡劣，情節平庸，即將其自然之次序顛而倒之，倒而顛之者，又何□於事。小説文字，含蓄爲貴，固也，然非謂顛倒次序，即能有含蓄，含蓄在於字裏行間，而不在乎次序。試觀江紅蕉之《姊之名譽》篇(見《禮拜六》第一百十期)，情節次序，何嘗顛倒？(情節有一二點，故意遺漏者，爲剪裁，非顛倒。)然讀者無不覺其文字之美，似紙背後尚有無數不可見之文字，令讀者腦筋中，感生異趣，此又豈尋常作者，徒以顛倒情節求勝者所可同日語耶？

(一九二一年六月十九日《申報·自由談》)

小説作法大要

一

短篇小説最要之元素，爲單純的感想，予曾屢言之。其求單純的感想之方法如何，予亦論之再三，今試進言之。

或以爲發此語者爲愚，然亦有不愚之點在。蓋此在初學小説者，應置懷之第一忠告也。此叙述小説四字，雖不指示其若何叙述其故事，而實已引導其應用力之處，蓋此忠告所含之意。蓋作者之第一要事。必須留意陳述組織結構之事務，自反而言之，則此句意義更明而顯，兹説之如下。

（一）叙述小説

毋特别注意於描寫景物、描寫人物，發哲理的空言、求風格的精美，除非作者已清晰明白叙述結構所有之精要，而能使小説之題主、結果，與單純的感想（雖不必栩栩如活），明白暢曉而不曖昧。

初學者於此，往往爲最難之功課。而尤足使提筆捷書，發揮其美妙之觀念於單獨的片面中者，深覺困苦。彼等注目之點，遂不能不有時則在乎人物與結構之間，或人物與地方之間，或地方與修詞之間。是以除非其小説之真非常靈動活潑，栩栩有生氣，且結構十分簡單，則往往遺漏濃厚小説感想與趣旨意味之段落及附和之事物。然記者并不謂提筆捷書之作品，因是而有所訾議，不寧不訾議也。予且常見名作家之作品，大半以是而成極自然之文學。自然之文學，凡爲作者，所當力求其到遠者也，則叙之亦無害焉。雖然，使初學者而實用其法，則其危險有不可免者矣。蓋名作家學識豐富，經驗充足，雖於事間，無若何之思敲精慮。而一經提筆，則詳細節目、粉呈心墻，以生花之妙筆寫之，自流麗可觀，而非所言於初學者也。

小説頗一尋常之物，此不能否認者也。使小説中所含之情節，一旦暴露於讀者，一若吾華人之偶像揭幕禮、西人之銅像揭幕式，以偶像之面貌、銅像之容態示人者。小説中之好文字，妙轉折、佳結構、以及一切之附屬品，皆等於可憐可惜之吉光片羽耳。於小説之本身，固依然如昨，而於讀者，安所係屬哉。而不知斯正小説學作者，定此小説舉律例之明證也。泰西小説名家作者，大半曾充報館之編輯員，與訪事員。即不爲訪員者，其初時之試作品，亦必如新聞之訪稿。以叙事明白暢曉，能令讀者感生興味爲第一要件。予於十六歲時，爲北京某報訪員，有詢予何職者，予以訪員對，莫不笑而目予。其時滬上爲政黨軍事中心點，予以要聞報告京報。而予之訪稿，竟登入要聞稿，稱予爲特別訪員焉。予不敢自謂小説作者，而習作小説，則爲時已久。而今日之能率爾操觚者，多作新聞訪稿，亦有力焉。以此推之吾人『叙述小説』之律，庸或無悖乎？且常人往往以爲訪員所得之事，皆爲人生中之實事。彼以熟悉人類心理，故能作有價值之小説。此説也，半真而大半爲假。訪員明事物之真相實在，勝於魚婆走卒，固也。然專門之學術與經營，其當事者之洞明人類心理事物之深淵，亦非一般訪員所能及。如一般之醫生、律師、警察、商人、待役、司閽者，其明白『事物之真相』(things as they are)實較訪員爲透沏。蓋若輩皆置身其中，或目見其事之證人，而方圓内則只以其所見所聞，與彼等之所試驗者記録之耳。然何以醫生、律師、司閽者，叙述之小説若是其少，爲小説家者若是其罕覯，而由訪員或編輯訪稿者，所作之小説，與成功小説之作者之多耶？此蓋由於報館中人，得益於其編輯刊行『故事』與『實事』，不問其情節之若何，無修飾、無美麗、無精神，而必須逐日付之排字人。若是，則日積月累，於不知不覺之間，彼已得作小説之第一要素矣！

（一九二一年六月二十六日《申報・自由談》）

二

初學小說者，效仿事員之編輯新聞，以學作小說之初步，洵一善法也。唯爲練習計，當較尋常訪員或編輯人之步伐，稍形複雜。訪員遇緊要之新聞，常用三種程序。第一，在採集新聞時，將事情中之要點，及最能動人之點録之。既至辦事室中，則將要點演變爲簡單的『故事』。俾無多暇可以讀新聞紙者，以三十秒鐘，閱舉其要目。若覺無味，則棄之而顧他，既有總結之開端，以示讀者，乃詳叙述其事，使讀者感生興味。此種方法，往往近於父子的程式，而經作者逐漸改革進步之後，遂以其腦筋中理想之情節，發爲文字，印之紙上矣。

今讀小說者，採用此相同之程序，腦中既有欲作之小說，先草就下列之程式：一、小說之意旨爲？二、最緊要之錯綜爲？三、主要之人物爲？四、主要人物之個性（發現於小說之篇終者）爲？五、危險的或折機的情形爲？六、小說之結果爲？作者回答上列之問題，切不宜以一二字了之，答語必須詳而有制限。若以籠統之言，或因自無定見，而隨意出之，必致根本上之錯誤。既作答語，乃以五百字演之爲簡單之記録，唯只述其要點，而求清晰，以此事爲實有之事，而作訪員之訪稿，最後乃以此訪稿演繹擴大之而爲小說，竭力使之産生濃厚之單純的情感。

（二）簡單記録必須包含之點

作者既有小說之大意，其首須解決者，即爲此事。作者必須選定材料然後再問『文學的程式』，此種材料所包括者如下。

（甲）引起緊要錯綜之環境。（乙）緊要錯綜中極爲活動之人物。（丙）緊要錯綜之本身。（丁）使情變動之人物個性或特點。（戊）危險的情形（即最高點），即最初之錯綜，其結果達至最濃厚有興味之點。（己）危險的情形之解決，即小說之結局。（庚）小說之目的或教訓（深邃的或顯露的）。

欲解釋以上之數則，視閱英國短篇小說名家吉百齡之《裘葛士之奇馳》（*The Strange Ride of Borrowbie Jukes*）一篇，此小說之大概的環境（general circumstance）。在一方面，印度風俗，以犯中國，失魂或麻木不仁之病而得痊愈者，需監禁之於露天牢獄中；在別方面，言之則爲裘葛士往游一荒漠之地，而該地適有此種牢獄。彼因得熱症，神志昏惑，而追一野狗，在緊要錯綜中活動之人物，爲裘葛士、達施與邏卒三人。緊要之錯綜，爲裘葛士之逃往陰沉墨寂之死村，而無有可以避免之處，使小說情節變動之人物個性，爲達施之貪婪，及其奸詐。（但此二種個性，并不解決錯綜，換言之，即非人物小說也。）危險的情形，爲達施之襲擊裘葛士，奪去其指示逃路之文件，而棄其人於沙泥中，其結果爲其僕鄧耐之從陷阱而出，以救其主人。此小說既無目的，亦乏教調，故只一冒險小說而已。然大半之短篇小說，皆與之相像，而不描寫人物之重要個性者尤多。唯有價值之小說，決不完全缺乏此數種要質也。

初學者於此，有務宜謹慎之點爲，即大概的環境，與人物的特性，萬不能疏忽從事，是也，此二點大約爲讀者所不經意。然往往開端中極微小瑣屑之事，直照小說之後段或結局。主要人物之一言一動，即爲小説終篇時之關鍵，故讀者、學者，咸不可隨意放過之也。

（一九二一年七月三日《申報·自由談》）

三

（三）表現之程式

吾人至此，乃立於專門學之門派矣。寫述情節之事實，爲訪員之職務。然訪員之訪稿，非小説叙述也。吾人當能不用戲曲的叙述文，而陳述一種真理，又不產生單純的情感，而單純的情感者，短篇小説之靈魂也。佳妙之叙事文，不必盡爲戲曲，而佳妙之戲曲，亦不必皆能產生和合之印象，然則可叙事文的戲曲而產生單純的情感之短篇小説，當如何完成表現之耶。名家作品，其機械或形式的方面，原盡無相同之處，然若演繹其組織，亦自有一定之規律，以完成其職務。

吾人發展小説之題主，或竭力寫述品性、錯綜、地方之一種或二種或三種，則能產生單純的情感。由此言之，情感之發生，并不由於小説本性外之事物，亦不由於美麗的形容文之附屬於戲曲的叙事文，亦不由於如火如荼而離小説題主之箴言訓語，亦非由於結構之外，另有他法。若單純的情感，爲小説之題主所產生，則此情感必爲全篇表示此題主之情節所發現。如霍爽氏之《巨石面》（*The Great Stone Face*），若情感爲注重品性、錯綜、地方三者之一種而產生，則此情感，亦必由於此一種之叙述文所發現。總之，短篇小説之職務，并不由於一篇小説之二種不同之部分所完成。實乃全篇之每部分與各部分之通力合作所造就。通力合作者（integration）成全之謂也，作者就小説之成全，其方向各自不同。（一）有專注於戲曲的觀念方面者；（二）有專求小説的情感者，往往顧此失彼，而有所偏重。若亞倫坡及與之相如之作者，其小説只使讀者發生一種刺激，而感受一種特性之情緒。然此情緒，一經爆發，則彼有力之戲曲的文字，悉消滅於其光焰中。而虎威爾（Howell）、詹姆士等作者之作品，又每每以小説原素，附屬於主要之人物，達炎（Charity Dye）所作之《小説做法》（*The Story Teller's Art*）第三十四頁上有曰：『好小説中，不特每段每點，必須由情形中自然發生。而且須使之若只有此事（即此段此點），能發生於此環境中。』此蓋近代心理的寫實主義之觀念，其作家之目光，定注於人類天性中所有不可避免之事物者也。

此兩種方面偏倚之病，不由於藝術的觀察未深，而在於初時選擇觀念之不廣。小説作者，每每有習性，以其性近何種小説，即發而爲何種情感的小説，并以自己之特殊方法完成之。完成之而佳，即誤以他種小説，亦可運用此特殊之方法以完成之。不啻醫士之於病人，罹不同之病，而以同一之藥方授之，其有不殺人者乎？故小説無藥方，而只有原理，原理雖一，方法各因作者與小説種類而異。『完成』一詞，亦非能於人物、動作間之關係，或情形，與最高點之間之關係，所可下一斷語與定義。人物、動作、情形、最高點之間，亦非常無相互關切之深理，故亞倫坡謂『錯綜和一』。其謬誤之處，正不亞於虎威爾之專示人以力寫主要人物之内部心靈的生長也。

上期第七行『文學的程式』誤排爲『父子的程式』。特更正。

（一九二一年七月十日《申報·自由談》）

四

（四）何爲真正之完成

吾人若一察叙述文字之性質，便知完成爲一種原理，而非程式。叙述文與議論文之不同，在於一爲依心理學的原理而寫作，一爲依倫理學的原理而寫作。議論文文字中之完成，爲選擇與編列事實。使此事實能證明其題旨，故作此種文字，只有一種規則，即爲事實之次序與選擇，以作者心中所欲表之理論的效應而定，而次序與選擇之原理，則爲含蓄。

若是，則與叙述文字，亦大有相同之點，然具一極不同之要點焉。此不同點之發源，由於叙述文之目的，較之議論文，多端而異趨。議論文之目的，只在於辨證，叙述文之目的，在於産生某種觀念之感受，而此感覺，又隨觀念而不同，即謂隨情節而不同也。然感覺之種類，何止什數，情緒心意，又何止什數，此情景與倫理學所含有者極不同。倫理學只有兩種實驗，即演釋的與或能之類似的實驗是也。其不同點至爲玄妙，吾人不能再事解釋，否則且入哲學之門閥。吾人今姑承認此説，叙事問至效應，爲事實之特性所産生，正不亞於爲事實之次序與選擇所産生，而議論文之效應，完全爲文章材料之倫理的關係所産生，與材料之特性，果毫無關係者。故證明甲即乙，因甲皆爲丙而丙爲乙。

然曰證明甲即乙，因甲皆爲丁而丁爲乙，其所生倫理的效應，無不相同，其結果亦如之。然叙述文則異於是，如以特别之情節，表明某甲之勇，則讀者對之，各生異感，或寫其入水救人之溺，或寫其不畏强御之勢，同一勇也，而讀者之情緒異矣。

由是觀之，欲使小説之各部分完成，第一必須使作者欲表之單純的情感，嚴定而堅决，例如欲作一小説，描寫一殘忍無情之男子，其妻與其少年友人某乙相愛，然此婦人爲名譽計，力使此少年之精神，悉注意於别一女子，此項情節，既形寬泛，是無單純的獨性，而含可能的性質甚多，今試述其二。（一）趨重於少年之人類獸性的弱點，使小説産生之單純的情感，爲喜劇的、嘲笑的、諷世的。（二）或與之相反，此婦人雖入迷途，而感於非正式的戀愛，然究能爲名譽計，而鼓其勇氣，拒絶少年獸性的要求，克制一己私欲之愉快，則其結果必爲悲慘的、道德的。欲用第一法作小説者，則其所選擇之情節材料，與欲用之於第二法中者，自不能混同，且不特材料不同，編制法亦異。世人常謂同一之情節，既可以爲悲憾，又可以爲好笑，非也，吾人當云某情節可有數種不同之結果意義與關係。吾人分别單獨描寫之，故能一篇爲喜劇的，一篇爲悲劇的，一篇爲滑稽的等等也。是以作者必須於紛亂之情節中，選擇最足以濃厚其小説情感之點而運用之。

（一九二一年七月十七日《申報·自由談》）

五

若吾人以前所言者爲正確，則五説之使小説作者，僅力於材料之選擇剪裁，與濃厚小説之單純的情感爲適中鵠目，而使小説之單純的情感濃鬱嚴烈，尤爲小説作法之最要問題，今吾人試問一，何爲小説之熱度(intensity)乎？尤爲短篇小説作者，莫不欲使其小説産生之情感，增加熱度。情感之須單純，亦吾人所已知，然吾人若云此小説之悲慘的情感，極爲濃烈，則吾敢云審之者少矣，然此寥寥兩字，實即小説構造學奇妙之鎖鍵。蓋熱度(即濃烈)爲短篇小説之靈魂，所以區别短篇小説之異於長篇及他種散文叙述文者也。

『熱度』之定義爲：一，霎時間辨識之某種性質之總數。此言初觀之，似晦澀而不明瞭，然吾人若稍稍觀察之，不難立時得之，譬如聞一鋼琴之鍵子，初輕彈，繼重敲，聞者必謂第二音濃於第一音，若問何所見而云然，則又必謂第二音之音色，較第一音之音色大而多。故異。又如觀有同等紅色影之兩燈，一燈以他燈之光而增厚其色彩，吾人見此燈之光，其紅色較多耶，則紅色之區域，必未增大，乃同一之區域内，有更多之紅色耳。吾人於此，自不必詢問其顔色之如何增厚減薄，而當任物理家解釋之，唯即此一點，已足知其他可以認識之性質，亦能集合增厚，而此增厚，即小説家中所謂之『熱度』也。

就短篇小説美術上之效應言之，其一種性質之存在於吾人之前，時間之修短，與特殊感覺之流連於吾人直覺神經，而改變者，人之情感或思想者相同。蓋使吾人受印象者，爲此特殊之感覺，而非其性質全部分之存在也，故吾人説及一種難聞之臭味，成一種悲痛之思想時，雖此臭味與此思想，過去已遠，而猶如在鼻觀與腦筋中，自爲實情，吾人殆亦莫不有此經驗。事物者，以其自己之效應而流傳者也。

是以吾人生活時之一分鐘，一秒鐘，其以前久久經驗之事物，莫不使吾人之情緒，愈益濃厚，而此等事物，爲何種事物，共有幾許，則無一人能知之，而就其心理的實現觀之，則足證其爲數之繁多。法蘭西大哲學家柏格森(Bergson)深信人若經歷一事，雖細至毫末，亦必終身與之同在而不離。此種哲理，實發明美術最有能力的美點之原由。此原由者，在衆多同樣而有單獨意念之事物中同來者也。

（一九二一年七月三十一日《申報·自由談》）

六

吾人思念之一事一物，皆有其固定之感覺，印入吾人之腦筋。而同類之事物，則感生相類之感覺，若使此相類之感覺，同時發生，則其所成之果，與吾人所見之於較濃之光色，與較高之聲音者，正運用同類每種複雜之印象。其所包含者，性質相同，而類别不一，此性質相同之增加，所以使性質濃厚也。今試以最合此例之小説文字證之，亞倫坡之《指導員房屋的傾倒》(*The Fall of the House of Order*)一篇，爲此例最適當之標準，其開篇數節描寫奇想幻象，竟令讀者立受一種單純的印象，而牢不可去。即讀至最後之數句時，開端時所受之效應，猶盤旋於腦際而不自覺，故在讀者自己之直覺中，此畫圖常栩栩然如活也。然此畫圖中所有者，爲何物乎，何種感覺，已爲之提起乎？則範圍全篇者，只有二種。一爲不可耐之幽暗，一爲奇秘，是已。亞倫坡之小説，最以描寫令人不可耐受之幽暗，濃厚惡魔的技能的色彩見長，彼殆以此在歐美小説界中，獨樹一幟者也。吾人試抛其小説中之□□，而尋其字句，則開端二十行中，即見下列之字，如『慘淡、暗黑、寂寞無聲、秋氣、雲霧、迫壓、沈着、孤獨、可與、晚影、朦朧、不可耐的幽暗、無可慰藉、嚴肅、荒原、可懼、陰寒蕭瑟、雨淋日炎而顏色敗退、空虛、志氣消沈、恐懼、戰戰兢兢、寒冷、凛冽、奄奄無生氣、不寒而栗』等此相類之字句，每間六七字即見之，然徒以此等字堆砌一處，自不能濃厚幽暗之色彩。唯其焦點，皆在更完成一個景致成一段情節，而以和合的動作出之，乃得濃厚其色彩之結果。亞倫坡之所獲，所以能以其小説之獨異於大衆者，即在此焦點與完成。而近世作者，所竭力學之，而求其高尚之目的之表現者也（指近世寫實派與自然派小説而言）。吾輩學者之責任，首宜觀察研究此種材料之程式，與夫所以集其焦點，完成其目的，而濃厚其戲曲的叙事文之單純的情感者。

二、濃厚色彩之要律。吾人既知濃厚色彩爲一種印象之個定性質所集合，則所以使色彩濃厚之法見矣。吾人可述之如下：作者既選定欲使讀者感受之單純的情感，則其所報告陳述於讀者之前者，無論人物、地方錯綜，皆須爲能産生此種單純的情感者，若與小説出身之和合有關，而不能産生此情感者，即當平平寫去，使此種情節、地方、錯綜或人物，不致産生相反之印象，而使小説的情感不能單純，而減少讀者的感想也。

小說之各要素，自能增高小說之情感，然最能使小說之情感力趨單純者，則爲下列之五種：（一）主要的人物；（二）結構動作；（三）情節之次序；（四）觀察點，甲、向小說的觀察點（作者的態度）。乙、小說內的觀察（叙述點）；（五）氣韻。

凡此五者，雖職務不一，而其所以合力以求小說命意色彩之濃厚，俾讀者受深刻之印象，則一也。

（一九二一年八月七日《申報·自由談》）

張舍我、張枕綠、張碧梧

『自由談』小説話

俞牖雲 撰

連載於《申報·自由談》一九二一年一月至八月。作者俞牖雲，室名花佛樓，江都（今揚州）人。李涵秋學生，曾在《小説月報》上發表《紅粉》，另有言情小説《柳暗花明》、《春光豔影録》等。俞牖雲後來其名未揚，但在當時顯然比較活躍，其觀點之新鋭，在所謂『舊派』小説家中令人矚目。其特點是比較注意吸取西方的文學及理論的新空氣，又能堅實地立足在本國的、民衆的立場上，這即使放在所謂『新派』隊伍裏考量，其先鋒性多數也是未能望其項背的。這裏所録幾篇，多數是在介紹西方的小説與小説家。第一篇引進了『非戰小説』的問題，其目的是爲了揭露『戰爭的罪惡』，以『唤醒沈醉以武力服人的野蠻人』，這在當時就引起了一些批評家的關注。他讚揚了左拉、莫伯桑等『寫實派』的近代短篇小説，這主要是他們的寫作目的是『爲人生』，寫作的態度是『客觀』而『科學』，他們能把日常生活中的『平凡的瑣細事實』，『一切污穢惡劣、可恨可痛、可厭可怕』的『個人或社會的痛苦現象，都用着分析解剖法，細細描寫』，『務使病的現象纖毫畢露』。在他的文章中，特別令人關注的是，高度評價了作爲『俄國之文學的社會革命家』的高爾基。高爾基不僅是由於他『革命』，而且也在於他與契訶夫一樣，『一枝生花妙筆，一經描寫到民衆身上和周圍，無弗有聲有色，躍躍紙上』，也有高度的藝術性。在這裏，同時可見他對描寫『民衆』的重視。不但如此，其《評民衆文學》一文，能用階級分析的方法，特別號召『專門替民衆——一切社會下級的朋友們——作不平之鳴』。這是因爲他認爲『世界上别論什麼國家，少不得的便是階級制度，而自古相傳，低階級往往是受制於高階級的』。他指出，『民衆文學有二點偉大的特色，就是憐（Pily）和愛（Love）。他敏鋭地感覺到，民衆文學在我國『已漸萌芽』，譬如『近年來寫實的文學大興，小生意店的徒弟、拉黄包車的車夫，也居然被新文學家所寵愛，做他們作品——詩與小説——的重心了』。對於這種新興的『民衆文學』，他指出所謂『舊派』小説家們在這方面并不曾落後，『本刊每期的小説，都算是竭力向「民衆」二個字上描寫的』，但同時也能實事求是地看到不足，『憐和愛的情感，還未十分惻惻地刺激人』。這篇文章發表在一九二一年中國共產黨成立之後的一個月，能用這樣的觀點來關注與評判當時的民衆小説、特别是所謂『舊派』小説家的民衆小説，不能不引起我們的注意。

法國最近文豪的非戰争小説

描寫戰争的罪惡，最是動人情感的文字。法國文豪最擅長這種文字。因爲普法一戰——不止普法一戰——激刺法人最深，所以佐拉（Emile Zola）、莫泊三（Guy de MauPassant）、都德（Alphonse Daudet）等寫實派的巨子，都拿科學方法的描寫，分析戰争的罪惡。轟轟烈烈的歐戰告終以後，受創最巨的，比利時外，便推法國了。於是非戰争的著作，又重喧動於十九世紀法國的文壇之上，亨利巴比塞（Henri Barbusse）的《在火綫内》便是鼎鼎有名的。他本個軍人，在槍煙彈雨中討過生活的，所以他那枝筆蘸飽了沙場上被槍打死人的血，慢慢地寫來，把積屍成山、流血成河的慘幕，一一活躍在紙上，何等的動人！内裡有幾句話説：『人生都帶著好鬥性來的……我本厭戰的，但不得不戰……現代的戰争，是根據從來的戰争來的……』這些話都是他竭力攻擊戰争人的没意識，更把人類的戰争比譬野獸的相噬。話雖太刻，却唤醒沈醉以武力服人的野蠻人不少了。

《在火綫内》，有英人 Fitzwater Wary 的譯本，叫做 *Under Fire*。

（一九二一年一月二十三日《申報·自由談》）

近代短篇小説的特色

從十九世紀中葉起，工藝思潮受了科學萬能的影響，便成了一種寫實主義或稱自然主義的新文學。短篇小説，便是這種新文學的結晶，他自然受過科學的洗禮了，所以他的特色，我們現在也用科學的方法，大略分析在下面。

（一）科學的製作法。這一層最要緊，因爲寫實派作者左拉、莫泊三等文豪的作品，都用着客觀的態度描寫的。他們把作品的原料，好似生物學者拿顯微鏡觀察細菌一樣，决不加以個見，一任他的自然。但得着真像，纔敢下筆，又不能隨意增加，或鋪張、或縮短，完全拿冷静的頭腦去旁觀、描寫，務期與事實無一字離奇。所以讀者對於寫實文學所生的感情，都從客觀方而得來的，都是從作者科學的製作法得來的。

（二）獸性的描寫。第一層既講到寫實文學是根基於科學的，那麽，寫實文學的人生觀便是唯物的、機械的。因爲旁觀的態度，在物質方面不能如理想家所得的圓滿，所以生活上一切污穢惡劣、可恨可痛、可厭可怕的描象，絶不見於浪漫與古典二派作者的筆底，而寫實文學的作品則書不勝書，放膽寫來，毫無顧忌。如對於男女戀愛的實現，斷不像浪漫與古典作家的裝模做樣，却態度上非常的莊嚴，這一層是和我國今日黑幕小説不同的地方。

（三）人生的片面。近代短篇小説，所以佔文壇上重要位置者，算注重人生現實的干係，就是麥托温（MarkTwain）、史蒂文生（R. Louis Stevenson）、亞倫坡（Edgar Allan Poe）、哈弟（Thomas Hardy）、王爾德（OscarWilde）諸維美派作家的短篇小説中，也多描寫人生片面的地方。例子太繁，不便舉。總而言之，逃不了人生問題。一切日常生活，平凡的瑣細事實，便是新文學的重心。

（四）痛苦現象和環境的描寫。這也是近代短篇作家最偉大的手段。他對於個人或社會的痛苦現象，都用着分析解剖法，細細描寫；以及精密環境的空氣，也把拿同礦物學者分析礦石，解剖學者解剖人體一樣，務使病的現象纖毫畢露。所以什麽男女戀愛問題、宗教問題、新舊衝突問題、德謨克拉西問題，都成爲近代短篇小説的中堅材料了。

以上所舉，特其大略，其他尚細微的地方，不能畢舉。但一言以蔽之曰，近代短篇小説的特色，是人生的文學（Art for life's sake）。

（一九二一年三月二十日《申報·自由談》）

高爾該小傳

本刊所鐫之名小説家小影，係丹麥之安徒生。安徒生的平生和著作，略如小跋所述。近來譯成漢文的，童話最多。本擬撰小傳以刊諸本期，惟苦於無參考材料，只得待諸來日。案照上例向前推補，爲俄國之高爾該。高氏爲民衆小説家，其作品不特影響俄國，且影響於世界焉，故特補作一篇。雖曰小傳，然其人固至今尚存也。高爾該者，俄國之文學的社會革命家也。當俄國寫實文學風靡一時之時，高爾該尚沈没於灰色生活之中，一旦蹶起而領袖俄國寫實文學之文壇，初非高爾該之始願也。初，高爾該生於奴夫高羅（Novgorodo）時一千八百六十九年，其父母窺其瘦弱，襁褓中即不喜之。既少長，體漸健，而命運大乖。雙親先後棄世去，孤丁丁之高爾該遂入一鞋店做小徒弟矣，時年方滿十歲也。夫小徒弟之生活，無非挨駡、挨打，冰粥剩羹，藉以果腹而已，而終日碌碌，曾無刻暇。高爾夫豈耐此？乃棄主人而遁，投故親，多遭白眼。大恐，流離於福爾伽（Volgo）河畔，幾至托鉢。無可奈何中，遂入某輪船上當厨役之助手，亦可憐矣。雖然，高爾該之所以能成他日之大豪者，固基於此也。蓋有某厨，嗜文學，終日耗其暇時於寢饋名人小説之中，如歌谷爾（Gogol）之詩、大仲馬（Dumas）之小説，每閲輒不忽釋手。爲高爾該初不過好奇而已，既而引人入勝，亦復得暇輒手一小册子矣。是時也，高爾該求學之心大熾，然赤寒如洗，何處名錢作求學資？故終是空想而已。而況境遇圍人，尤前尤甚。舉目四圍，長夜漫漫，高爾該忽大徹悟，以爲人生若非魔鬼戰，多不能勝解者，死耳。於是手手鎗以自殺，被殺於人，得醫謬，高爾該境遇天神，對之嫣然，驟睹前路之光明。年二十三，遂試爲小說。取料幼兒時之環境，誠摯而可讀，投各日報，無弗録。高爾該竊自喜，想曩時自創一舉，大大荒唐，由是浪流各地，以筆墨生涯。漸與當代文豪相狎，文名亦驟起。一般學子青年最崇拜之，以高氏之著作，描寫當時社會之病的現象，政府之腐敗專横和勞働之可憐可憫，絲絲入扣，最解青年學子之心。然決不作一臆造語，皆曩年環境之反影也。一九〇五年，高爾該以革命黨人見逐於政府，而文名亦因之一落千丈。高爾該之外也，初往美，繼游意。直至革命成功時，高氏始返國，曾爲一度之教育總長焉。平時著作甚富。其真名曰阿利克河·馬克塞莫威西·皮需克夫(Alexei Maximorich Peshkvoo)，高爾該者，自傷之辭也。

（一九二一年五月二十九日《申報·自由談》）

英國現代大小說家小傳

英國現在生存之大小說家頗不乏人，去年英文雜志每期皆刊有英國現在生存大小說家之像，并略介紹其平生事實，頗有統系。余兹本此作英國現代大小說家小傳，計得十人左右，以下分述之。

一、哈弟（**Thomas Hardy**）

哈弟氏生於波克哈普敦（Boekhapten），時一千八百四十年也。氏生而多悲觀，天性中帶有抑鬱之性。幼時受教育於都奇司透（Dorchestor）和倫敦，即露頭角。初試爲詩，能驚師輩。而其天性流露處，充滿暮氣。或謂言爲心聲，青年人宜多作活潑之語，氏多不顧。論其家境，尚非貧困，所處環境亦非齷齪不堪者，氏豈大生厭世者與？我國孔子所謂『死生有命，富貴在天』，哈氏之著述有焉。一千八百七十二年，氏之大作《緑陰之下》（*Under the Greenwood Tree*）出世，大博社會歡迎。氏初爲詩家，自此而小説家之頭銜亦日隆起矣。惟此書甚奇，大異哈氏之作。蓋氏爲厭世作者，而此書文字充滿樂意，辭藻亦極華麗之至，讀之耐人諷咏，殆多詩意存焉。書述英倫有未受近世工業主義侵入之村舍中之樂趣，詼諧百出，誠傑作也。其後二年，《遠離瘋狂之群衆》（*Far from the Madding Crowd*）出世，氏之身譽以此益高，以是書實氏之偉之大著作也。亦復筆姿生動，描寫極淋漓之妙，與《緑陰之下》可謂異曲同工。繼此，於一千八百七十八年出《游子歸鄉》（*The Return of the Native*），於一千八百九十一年出《旦馬波威爾之臺司》（*Tess of the Durbervilles*），其短篇小説集《人生之小譏刺》（*Life's Little Ironies*）亦於一千八百九十四年出世，由是名著蟬聯，猶源流之不絶。然成功之速，有足驚人者。美洲某著作謂哈氏之成功也，不在早年著作，而在早年與晚年之著作今而成之。但哈氏之著作，在今日實爲孤獨調，此不但世界爲然，即在英國亦然。以其描寫人生之黑暗，實令使人失望，雖多浪漫氣味，實無慰藉之情。顧哈氏著作之價值，絶不以是稍損耳。在科學方法之寫實文學但盛之時，哈氏曾蒙其影響，亦趨於寫實一途，而乃大乖其天性。描寫力頗呈惡劣之象，書出亦大受社會之攻擊。夫『文章本天成，妙手偶得之』，氏勉强以附和於潮流，宜其失敗也。哈氏亦一詩人固不待述，所出詩集，如《威克司詩集》（*Wessex Poem*）、《過去與現在詩集》（*Poem of the Past and Present*）、《政府集》（*The Dynast*）、《時代笑柄集》（Time's *Laughing Stocks*）俱有名於世。

（一九二一年七月三日《申報·自由談》）

英國近代小說家小傳

二、吉百齡（Rudyard Kipling）

吉百齡氏於一千八百六十五年生於印度。其父約翰洛克荷特（John Lookwood）一美術家也，游英時即在孟買美術學校執教鞭。其母乃英國之美婦，歸約翰洛克荷特時，尚未離英倫也。吉氏於兒時所游戲，青梅竹馬。時與印度兒童相雜處，尤喜猜謎、賭勝、圖畫書籍。既長，其父即送之回英，以印度殊無適當之就學學校。氏既歸英，即入公立專門學校肄業。氏於是時，即喜爲故事和詩篇，且爲學校報紙之編輯主任，一時有小文豪之稱焉。氏輒自喜，由是益自勉，益傾心於文學一途。凡拉丁詩及希臘文，氏攻之殊勤。及十八歲時，時一千八百八十二年也，氏復於印度，從專新聞編輯，氏之才能即展於是時矣。印度地方本處熱部，氏頗感覺不爽，而是時編輯室尤隘狹，氏嘗曰：『終夜汗流夾背，從事於校對、譯電、撰稿及預備付印之新聞。迨至天曉，氣稍涼爽，然後始安我睡神。』由是亦可知氏之辛苦矣。一千八百八十七年，氏年方二十，其大著《小山實話》（*Flam Tales from the Hills*）出世。史著作家於三十歲著其文名亦早矣，而氏如何哉？哈弟（見上小傳）於二十五歲時以短篇小説著名，世人以爲大奇矣；殆其第一册名著出世時，年已三十許矣。而吉氏於是年齡時，已着手著《叢林録》（*The Jungle Book*）矣。氏著是書時，已由印度而至美洲矣。偕其美麗之妻，居於一山坡上之小屋中。瓦門州勃拉來勃洛之康乃迪克河（The Connecticut River at Brattleboro Yermont）横亘於前，風帆河馬，時時於窗中見之。於是自然之妙境，益以增吉氏筆上之靈機，而績《叢林録》。勇敢大佐（*CaPtains Conrageons*）、《失敗之光》（*The Light that Failed*）諸書，悉於是時完稿矣。凡四年，氏始回英，仍著作等身，吐其天才以供獻於文學界。所奇者，吉氏乃近視眼，平生戴眼鏡以觀察事物，顧乃異常明爽。凡一物之微、一事之微，一經氏之觀察，遂羅羅清疏，描寫於紙上，讀者如身入其境，興味無際焉。氏在英國現在著作界中，以短篇小説最擅長，新近之著作家殆無出其右者。乾姆司（William Price James）曰：『吉氏一不羈之詩家也，在英國散文和短篇小説之文壇上，希世之才也。』若托耳斯泰（Tolstoy）謂氏乃隱遁之文人，非了解民衆者，則吾殊不敢信。吾人試觀其著作，自覺托氏之言不盡善也。氏之著作，除以上幾種外，尚有數種，《三兵士》（*Soldiers Three*）、《日之工作》（*The Day's Work*）、《璞刻山妖》（*Puck of pook's Hill*）等等，皆不愧爲名作。氏又曾在南非洲爲通信員，故其游跡甚廣，而著作亦因此愈富云。

（一九二一年七月十日《申報·自由談》）

英國現代大小説家小傳

三、威爾斯（Herbert George Wells）

威爾斯今之科學小説家也，其魄力之偉，思想之富，今之世界文豪鮮有出其右者。至氏之著作，什九皆涉於空想，然由氏之空想而成爲事實者，頗見於今之科學界，然則氏之功偉矣。氏〔生〕於英倫康脱之勃羅蘭（Bromley），時一千八百六十六年十一月二十一日也。其父約瑟威爾斯（Joseph Wells），乃一著名球戲家。母係密赫司（Midhurs）地方管逆旅者之女，未嫁時，曾爲侍女，故氏之家庭非富有者。氏初受教育於密赫司學校，又在皇家科學院（Royal College of Sciences）學物理、化學、天文、地質、生物學等，皆有所造。其後，氏卒業於倫敦大學，得理科學士之位。故氏雖爲小説，雖泰半空中樓閣，然實諸學理，絶非荒唐無稽之談也。氏於卒業後，執教鞭於亨利家校（Henley

Norse School)，蓋尚未與文學事業尚未接近。至一千八百九十三年，氏始由新聞家而變爲文學家焉。氏之爲新聞家，爲期甚短，所從事者，亦不過《保爾毛雜志》(*Pal mall Grazettle*)、《自然報》(*Nature*)、《土曜評論》(*Saturday Revieu*)諸種而已。《時間機者》(*The Time Machine*)出版於一千八百九十五年，氏之第一部之科學小説也。理想之妙，可謂登峰造極，實出常人意料之外。氏蓋根據時間爲空間第四度量之理論，由合宜之發明，人類可以回到過去與進到未來。此書之作，足以表現氏於二十七歲時，已完全跳出舊思想之窠臼矣。同年，氏又發表其大作《奇客》(*The Wonderful Visit*)，書寫有熱心牧師海牙(Rev Knilyer)者，出外獵寶貴之鳥類，不意射中天使之翼。思想亦極奇幻，讀者無弗驚奇。以後，氏嘗爲寫實小説，顧大爲減色，如哈弟然。某批評家曰：『威氏之小説，實寫不如浪漫，以氏富有創造與華藻辭句之天才，而無創造重要人格之勢力。』蓋的論也。氏又嘗爲宗教論，力排宗教之迷信，然已又嘗言己頗信神。一千九百一十四年，氏刊其論文集《英人對於世界之觀察》(*An Englishmen Looks at the World*)，其中頗多有價值之時事論文。氏之天才，實非小説家三字可以盡之也。側近，又編《歷史大綱》(*The Outline of History*)一書，分上下二册，包羅古今，文筆縱横，議論之透闢，思想之精深，洵爲空前絶後之名著，然則威氏又爲歷史家矣。總之，氏之天才實溥大無極，特洩諸小説爲多，故小説遂層出不窮，一部有一部之特色，一部有一部之精神，非拉雜成章，動輒涉雷同之病者。總其平生，不下數十部，除上述二種外，如《無形之人》(*The Invisible Man*)、《毋羅博士之島》(*The Island of Dr. Moreau*)、《世界戰争》(*The War of the World*)、《月中之第一人》(*The First Man in the Moon*)、《空中戰争》(*The War in the Air*)等等，皆富於思想與藝術者也。去年，氏游俄歸，亦著評論多種，散見近日各雜志中。

（一九二一年七月十七日《申報·自由談》）

英國現代大小説家傳略

四、康拉特(Joseph Conrad)

康拉特，美術家、心理學家、亦道德家也。近時批評家摩爾（Edward Moore）曰：『康氏小説作品中含三性質，一美之愛，一目光直注人心，一人物之理合。』蓋亦現代英國現存小説家作品中之三特色焉。氏生於波蘭南部，時一千八百五十七年十二月初六日也。家固富有，門華亦清華，且世爲高貴，在波蘭僑民家族中殊爲傑出。其父親係革命黨，一千八百六十二年以事入獄，其家人皆大憂。康氏時年甚幼，但見其母日幾以眼淚洗面，本其天真之性發爲不悦耳之啼聲，或不悦容之顔色，而其母益爲之憔悴。又以無人援手，卒坐視其父鐵窗久困，酷受刑罰，至一千八百七十年遂死。母隨被放至西伯利亞，閲五年，亦遂棄世。時康氏年僅十二，孤丁零零，形單影隻，乃由其舅父撫養。氏甚聰慧，能得舅父歡，舅父特命之受良教師之教育，以爲入大學之預備。顧氏恒幻其童孩之理想，常思作海上遊，以爲波濤洶涌，海闊天空，爲美觀也。已而覺海上之遊亦甚狹小，遂思足跡遍世界，漫游塵寰。蓋氏於是時，其美術家文學家之胸襟業經開拓，特蘊於其中而未洩諸外，初在涵養想像力之功夫耳。不意十七歲時，竟得其舅父之允許，離開波蘭，而現實其海上生活矣。初入驚濤駭浪之鄉，在青年人殆無弗爲之膽怯，或竟驚顧失色，而在康氏亦似老於旅行者，則揚揚如平時。回顧煙雲四迷，水天一色，魚龍起伏，鯤鱗隱現，殊賞爲大觀，一時豪情逸興幾不可遏。自此凡二十多年，氏都於驚濤駭浪中討生活。故他日氏之文學作品，其最高手段即以描寫海、船、海客、生番爲能事。總而言之，即發舒其豐美奇美之調格，描寫海上生活之情狀，爲其最高之手段也。氏於一千八百七十八年至英倫，後遂成爲自然之英國民。閱六年，遂爲英船船主。又十年後，受熱帶熱客之影響，遂棄其海上生活矣，决意休息半年。居於倫敦，整理其海上暇時所著之《阿爾馬牙之愚事》(*Almayer's Folly*)之本稿。既畢，投某書局，竟録取是，爲氏之文學事業之始。該書於一千八百九十五年出版，以後氏之大著便蟬聯而出，於是《群島之逐客》(*The Outcast of the Islands*)不久即出世。書述一財瘋嘗藏財貨於婆羅洲之地下，後來屢赴島上，受異常嚴酷之復仇焉。其第三部書《那錫塞司之黑奴》(*The Nigger of Narcissus*)，乃描寫海上生活之專著，氏曾於此書自爲批評曰：『是書或者非小説家之著述乎？殆藝術家之勉力於最誠篤之叙述而已，我願我立足或失敗。』至於許多批評家對於此書之意見，則覺描寫手段之高，思想深刻之妙，調格變幻之美，在氏之著述中可謂首屈一指。第四部《齋姻貴族》(*Lord Jim*)則述一野蠻退化之故事，略諧謔之色彩，與三書之面目稍有出入。以上所述之四種，爲氏之第一期之著述，其描寫之範圍則僅限東方群島之生活焉。第二類小說甚少，僅《腦詩德羅麥》一部，亦極特色而非凡響。書中包含十二種故事，十二種人物，有成功與失敗，有愛國與自私，有愛與憎，有温良與暴虐，蓋亦一偉大之著作也。以後又出四種：一、《秘密代理人》（*The Secret Agent*），二、《在西方眼光下》（*Under Western Eyes*），三、《時機》（*Chance*），四、《勝利》（*Victory*）。《秘密代理人》述格林威治地方之爆烈故事，《在西方眼光下》則述俄國政治上之暗殺故事，事實皆想幻奇。若偵探小說然、其後。氏之著作不下數十種。舉其重要者，亦不可强述，如《承繼人》（*The Inheritors*），《海鏡》（*The Mirror of the Sea*），《潮中》（*Within the Tides*），《金箭》（*Arrow of Gold*），皆極著名。其描寫海上生活藝術力之偉力，在英國祇史蒂文生（Stevenson）可以與之并肩。氏蓋亦英國現存小說家中之傑出者也。

（一九二一年七月二十四日《申報·自由談》）

彭耐德（Arnold Bennett）

彭耐德在英國現代現存諸大小說家中，似不殆吉百齡（小傳見上）、哈弟（小傳見上）聲譽之隆，然氏之著述，亦不下五十多種，特瑜瑕互見，未能一律同工。然藝術與天才，氏亦不弱，故能以長掩其短，得爲世所稱焉。氏於一千八百六十七年五月二十七日，生於五鎮（The Five Towns）中亨利鎮東北之歇爾敦縣（The District of Shelton）。五鎮位司脱福特（Stafford）州之北部，乃世界著名陶器場之中心，附近之鐵廠、煤礦廠亦頗發達，是以煙突林立，空氣爲煤煙所籠罩。雖地爲鄉村，乃甚惡濁。然距此約幾里外，三五人家相聚成村，白髮黄童都怡然自樂，氏嘗是號之爲仙鄉，蓋亦氏之兒時遊釣之鄉也。此地有茂樹清水、小山峻嶺，風景極有致，村人悉具古風，其環境之印氏之腦也既深且刻，由是加以理會，遂一一從腦中反射而出，著之於書，便成佳構。蓋佳構無弗從觀察而來，觀察愈精，則著述愈入妙處，非偶然也。世之論者，輒偏於天才。天才固爲文學家所禀賦之特質，然全恃天才而捨觀察，其能走筆而無率爾操觚之弊者，吾恐十無一二。以文章作品不從觀察得來，則天才雖高，不過能作幾句聰明話，鮮能咄咄逼真，引人入勝也。氏亦嘗操此論，故其作品半屬浪漫，半屬寫實，而其優劣之判即在觀察力之精與不精也。氏不曾入大學，僅曾受倫敦大學之入學試驗而已。初卒業安都（Endowed）中學，即入其父事務所習法律。一千八百八十九年赴倫敦，受某律師之雇用，爲收公費票之事務員。且具有特異之材能，即能用速記術，於一分鐘中寫一百三十字，氏遂倚此得二百磅之進款。有時於進款前，爲新聞記者，亦能多所進益。後漸於文學事業增進趣味。初乃多多撰稿，投各著名之雜志，無弗獲録。於是《婦女雜志》之編輯、《大學雜志》之常期投稿員之頭銜，均加諸氏之身矣。氏於三十一歲時，乃出其傑作《北來之人》（*A Man from the North*）公諸世，大博世人之歡迎與獎許。已而於一千九百〇七年，其最佳之作《老妻之故事》（*The Old Wife's Tale*）尚未出版，英美人士已認爲名著。書述美女與醜婦事，文筆與結構，都俱無隙可與人以攻擊。在氏之初意，欲作此與莫泊三（MauPassant）之《女之一生》（*Une Vie*）比美，故能奏此功効。在《老妻之故事》未起草前，亦曾爲幾種短篇，殊平平無驚人，不過隨意舒寫，爲投稿之資料而已。《老妻之故事》即於翌年秋七月出版，由是名著甚多膾炙美人士之口焉。近著《美婦》（*Pretty Lady*）乃述歐戰開幕一兩年間事，頗有筆致，批評家多有嫌其弱者。然氏之著述，專喜在旋回結構，作細膩之筆，故犯實爲纖巧之病。氏嘗批評美國文豪亨利健姆司曰：『氏之著作，徒肆馳馬不羈之氣魄，而少薰人欲醉之神韻。』故世之批評家轉反其語而譏氏，亦的論也。括而言之，氏之著述嘗爲金錢與名譽心所驅使，嘗以商業性質，捨小説而撰劇本，角色每不能特色，蓋草率之病也。故讀氏之書者，多爲氏惜。

（一九二一年七月三十一日《申報·自由談》）

評民衆文學

文學的定義，是很複雜的。但在文學（Literature）加民衆（Folk）這個字就容易解釋，因爲民衆文學是專門替民衆——一切社會下級的朋友們——作不平之鳴的。世界上別論什麽國家，少不得的便是階級制度，而自古相傳，低階級往往是受制於高階級的。換言之，就是低階級仰高階級的鼻息，低階級做高階級的奴隸、牛馬。天生人都是一樣的，爲什麽有階級？這確是一件萬分不平的事。在古典和浪漫時代的文學，絶不曾和民衆生點愛情，他只做貴族的裝飾品，頌揚英雄美人、才子豪俠的異於超於民衆的地方，别論古今中外都是如此的。到了十九世初葉，自然主義和寫實主義起，民衆纔佔了歐洲文壇上的一席位置。然在當時，不過法國而已。可是數千年來匍匐在貴族下面的民衆社會的苦惱不幸黑暗的狀況，已慢慢地發現出來了。我們讀左拉(Emile Zola)《盧共馬加叢書》(*Les Rougon-Macquarts*)中所描寫下級民衆的狀况，覺得受了一種很尖利的刺激，刺激我們心坎的深處——這刺激是從來没有受過的。後來北歐諸國的文家接着法國這把火，如易卜生(Ibsen)、皮琴生(Bjornsen)、史特林堡(Strindberg)等諸人而已。後來，收到民衆文學的成績的，便是俄國了。可是我們細細觀察民衆文學到了現在，怎樣的光輝爛燦！譬如我國，近年來寫實的文學大興，小生意店的徒弟、拉黄包車的車夫，也居然被新文學家所寵愛，做他們作品——詩與小説——的重心了。其所以如此發達的，一則以自法蘭西革命而後，平民主義的思潮已深入人心，在政治上、經濟上既要求自由平等，在文學上自然也非民衆化不可了。所以托爾斯泰發表了一篇《藝術論》(*What is Art*)，主張藝術是人生的藝術，大博世界文壇的同情。再則以作者拿文學當作牢騷的發洩品，與讀者拿文學當作無聊的消遣品的觀念，都在寫實文學大盛的時候消失了。作者如欲做個文學家，都想拿科學的方法，分析人世間黑暗的玄處，於是民衆在文學上的勢力格外地澎漲起來。因爲現代文豪的作品，都是拿問題做重心的。勞動的問題，不是現代學者間的嘵嘵不休的嗎？那末，雖欲教現代文學與民衆不生干係，却不可得了。

我們試看看俄國近代的文學，俄國是民衆文學最熱鬧的地方。彼最負盛名者，要推高爾該(參觀本期《高爾該小傳》)與乞呵甫(Chekhov)二人。高爾該與乞呵甫都是出身寒微，他們一枝生花妙筆，一經描寫到民衆身上和周圍，無弗有聲有色，躍躍紙上。即如貴族出身的托爾斯泰與都介涅夫(Turgeneniev)，也都與民衆生了很濃厚的感情，我們讀都介涅夫的《獵人日記》(*A Sportsman's Sketchs*)是何等一部偉大的民衆文學書。書記作者到鄉下去行獵，認識了一位小地位，因此考見鄉間生活情形。全書没有一定的結構，也没有一定的意匠，但鄉民性情之質樸，風俗之簡直，都惟妙惟肖，而農民之亟待解放顯露於外。至若極短極小的篇幅，如乞呵甫的方卡(Vanka)把孤寒的孩子受鞋店老板虐待的苦狀，一一形容出來，誰讀了不動憐呢？所以民衆文學有二點偉大的特色，就是憐(*Pity*)和愛(*Love*)，把這憐和愛舒寫到篇幅上去，便覺纏綿悱惻，刺人以很尖鋭的情感。我們民衆文學的作品，好像聽莊嚴的牧師在而宣講聖經一般，此種情感在托爾斯泰之作品中最富，蓋托固主張原始基督教者也。又如法人巴比塞(Barbusse)，既於大戰後痛著非戰文學，以罵戰争的大背人道了。其短篇《錯誤》(*The Mistake*)一篇，描寫到禽獸的、悲慘的事實，真是教人惻然。所以民衆文學的色彩最濃的作品，所充滿憐和愛的情感愈厚，則所得讀者的同情亦愈深。

我國的民衆文學，近來已漸萌芽。本刊每期的小説，都算是竭力向『民衆』二個字上描寫的。可是憐和愛的情感，還未十分惻惻地刺激人，但徵諸未來，很可樂觀，中國的文壇或能大放異彩。惟讀者諸君所不可誤會的，就是『民衆』二個字，雖然含有不論什麽一切社會下級的朋友們的意思，但文學要替民衆作不平之鳴，必不必像現在中國流行的黑幕小説。這種黑幕小説，雖然譚到下級社會黑暗的地方，可是藝術的手段非常低弱，憐與愛的情感絲毫也没有，那裏能够動人呢？

（一九二一年八月七日《申報·自由談》）

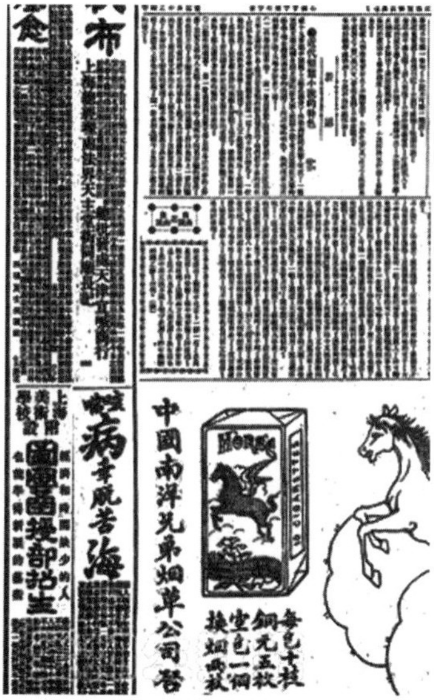

中國南洋兄弟烟草公司啓

每包十枝
銅元五枚
空包一個
換烟兩枝

俞牖雲

海上小説家漫評

鳳兮 撰

連載於一九二一年一月十六、二十三、三十日《申報·自由談·小説特刊》。作者鳳兮，疑爲魏金枝（一九〇〇—一九七二）。魏原名義雲，後改名爲金枝，筆名莫干、高山、鳳兮、鹿宿等。浙江嵊縣（今嵊州）人。時在浙江省立第一師範就學，一九二二年畢業，一九二四年發表短篇小説，一九二八年後陸續出版小説集。後加入左聯。長期在中心學校任教。一九五二年後轉入上海文聯，先後任《上海文學》、《收穫》副主編，作協上海分會書記處書記、副主席等。一九五九年起兼任上海師範大學中文系主任。本文就吴趼人起，歷評了當時活躍於上海文壇的小説家陳景韓、包天笑、李伯元、曾樸、陸士諤、錢静方、許指嚴、周作人、周樹人、廖旭人、惲鐵樵、林琴南、蘇曼殊、陳大鯤、陳蝶仙、陳小蝶、周瘦鵑、姚鵷雛、聞野鶴、朱鴛雛、吴雄倡、王鈍根、李東野、孫劍秋、劉鳳生、劉麟生、孫仲約、李髯、孫漱石、張春帆、李涵秋、楊塵因、向愷然、程瞻盧、海上説夢人、劉豁公、無可奈何齋主、張毅漢、陸聽鶴、王無爲、胡寄塵、馮叔鸞、張丹斧等，保存了一些資料，反映了當時的一種批評的眼光。

中國小説家，以上海爲集中點，故十年以來，風豁雲起，其造述迻譯之成績，吾人可得而言之。至其中有持戲作者態度，不能盡合社會人生之藝術者，亦無可諱。然助吾人之興味則一也。鳳兮雖瀏覽不廣，而嗜之亦頗有素，漫評之作，不免斷章取義，亦欲見微知著耳。而個人好惡從心，恐非定論。以其未嘗濫竽其間，故欲乞諸大作家所諒解者也。

溯海上小説家自吴趼人作，始知刻畫社會，同時冷、笑二氏，以著論餘暇，用平話譯西籍，豁達通透，頗爲一時弦誦。迨□冷氏棄置不作，而天笑生撰譯不窮，《梅花落》、《空谷蘭》等爲新戲永久劇本。而商務印書局所出教育小説，泰半從其手譯，有誠爲輔助兒童智德育者。以鳳兮見，其撰平話短篇，尤能曲寫半開化社會狀態，讀之無不發生感想者，如《小説畫報》中《富翁之車》、《鄰家之哭聲》等篇是。李南亭之《官場現形記》，實亦無甚宗旨；而東亞病夫之《孽海花》，寫作爲勝：兩書均足代表中國派之浪漫主義。撮散作整則有之,必欲據爲朝章國故,似可不必。且朝章國故,決不可與小説發生關係也。小説爲社會文學,焉能比起居注與縉紳録哉!東亞病夫所作不多,有作必佳,譯囂俄《九十三年》一書,純用健筆,有勝《孽海花》也。《海上繁華夢》之作者孫漱石,《九尾龜》之作者張春帆,均可站於浪漫主義之旗幟下。寫徵逐揮霍,頗迎合滬人心理,故其書竟再版至二十餘,此真可以又當别論以解矣。

陸士諤善爲舊式演義小説,暢消於工商界,而《清史演義》一書,洋洋至百萬餘言,其熟識有清十朝掌故,若《東華録》、《武聖記》等,竟能倒誦,其記憶力殆不可及,而聆其談吐,固一辯士也。《清史演義》有日人譯本,故彼邦多有執以爲中國清史者。惜其人不肯講文字,故修詞有欠耳。其填補東亞病夫《孽海花》之《孽海花續編》,經原人交涉,長揖始罷,故至今坊間之《孽海花》有陸著之别市。以掌故爲小説料者,陸氏之外,又有泖東一蟹及許指嚴二氏。一蟹爲青浦錢静方,作《小説叢考》後,作《鶼鰈姻緣》,述清初錢虞山等事,大致頗楚楚。許指嚴所作,近筆記體,因文生情,極能鋪張,其於廟廊封疆、山林草澤,無處搜求不到,故續續而出,有不盡之概,近亦少作矣。葉小鳳所作,别呈瑰麗,《古戍寒笳記》之言明遺民復國事,用筆流動,一收尤悠然無盡,較之指嚴,又覺不同。又如《壬癸風花夢》、《如此京華》、《蒙邊鳴築記》等,總另具一種小鳳之氣魄,誠無以名之。近以效力新文化,少作小説,然《新中國雜志》、《□牛》一篇,則代表中國勞工之聲也,亦即中國短篇小説之代表也。

周作人在文化運動中,實爲一員驍將,然吾人苟見其十年前與其弟樹人所刊之《域外小説集》,

則當驚詫不已，蓋譯小説而簡古樸茂至此，世所蔑有，林琴南視之，亦當退避三舍。雖然，周氏而已早作翻然改轍計，吾人知所適從矣。尤有廖旭人、惲鐵樵二人，譯文一脱林琴南《史》、《漢》陳例。惲鐵樵譯《蓬門畫眉録》，雖是文言，然極清順，頗如西籍原文，如用『有意栽花不發，無心插柳成陰』等語，則尤爲社會所適用也。王無爲盛稱文言小説爲特殊社會文學，又推林琴南、蘇曼殊二人，爲此種文學之首領，於林曰瑰瓌之姿，於蘇曰非佛非仙之閒人，并稱其文，曰野芳有情，水清可啜，殆不足狀其清雋。其實林之譯本，雖因時代潮流而簸動之，然自有存在之精神與價值。若譯却而司、迭更司、華盛頓歐文、司各得、哈葛德等長篇文字，足以回顧歐洲十九世紀之文藝於中籍中。而蘇之於林，是否偶同，尚不一概。曼殊之品類，雅近歐文，所作固如王無爲所云『寄靈感於小説之中』，然不能較歐文也。而《新青年》中之《碎簪記》，亦徒以一死爲哀情，無第二意思可索，胡適之亦嘗非之。

學閩縣林氏譯筆者，不止一家。陳大鯤譯托爾斯泰之《婀娜小傳》，原書譯本遍六七國，價值作法，一如我國之《紅樓夢》。而陳譯尚患板拙。他如陳蝶仙、陳小蝶、周瘦鵑、姚鵷雛、聞野鶴、朱鴛雛、吴雄倡等，分别論之。天虚我生以華貴公子，而至老於世故，難已。觀其作《淚珠緣》，而作《黄金祟》，可以觀其環境之變化。再退而與其子小蝶、其女小翠，及李常覺合譯小説，所成亦夥，筆墨跳脱可喜。小蝶自作，亦有父風。周瘦鵑自謂於哀情小説，結習難忘，比較的以哀情爲多也，小語精辟，往往凄人心脾。其譯各家偵案，雖非大艱，已爲人所不爲。而其瓣香毛柏霜，所譯毛之名作如《墓志銘》、《隱士》等篇，則駁斥社會罪惡者，至爲沉痛，足以介紹毛柏霜於中土矣。最近譯卜易生《社會柱石》一劇，尤爲現世紀之有數文章也。試回念十年前作《愛之花》劇本，當自覺不同矣。亞於瘦鵑者，有劉半儂、程小青二人。半儂譯書本認真，後見知於陳獨秀，以《寶花女郎》二十萬言之長篇，售作者資斧，往北大作教習去。不五年間，脱離賣小説生活，而列於新學者之林矣，不亦可敬哉！小青亦不同凡響，近年致力於中國偵探小説，所成如《倭刀記》等，函英國柯南道爾勛爵，而交換知識焉，亦可敬哉！尤有一人，曰徐卓呆，其人以體育家而爲演劇家、小説家。戲劇非本篇範圍所及，其小説則善用意思，於社會滑稽，皆臻上乘。好用白描，而不生厭，有時頗融化日本小説而成篇，此君誠一別才也。

在民國三、四年交，小説潮澎湃，作者附從者，一時千峰突起，至今指不勝屈。如王鈍根所編《禮拜六》一派，陳、周而外，又有李東野、孫劍秋諸人，各有表見。姚鵷雛好效其師林畏廬；聞野鶴、朱鴛雛又從之。姚之所造，短篇爲上，若《燕蹴箏弦録》、《風颭芙蓉記》，則不敢稱矣，惟《春聲雜志》中《檐曝餘聞録》之作，寫乾嘉文士之影，直欲上接吴氏之《儒林外史》，且以文言馳之，化腐爲奇處，幾同林譯迭更司之書矣。野鶴譯迭更司之《鬼史》，可亂林譯《賊史》之楮葉。鴛雛則於《自由談》所爲各記，頗能構思，終惜詞多於意耳。吴雄倡能直譯，而筆致頗雅，惜其人以細故入鐵窗，至今未出。鳳兮頗念之。尤有劉氏鳳生、麟生、延陵諸子，聞均高尚之學生也。所譯小説，亦調具高尚。當時有四六體一派小説，侈演情愛，一時頗爲青年男女所寶，始作俑者，當推徐枕亞之《玉梨魂》。承風扇焰，幾乎在世界之小説中，别創一格，不轉瞬而冷落矣。當時操觚而效者，無可勝算，亦奇事也。

鳳兮觀諸家中之氣魄洪大者，一爲沃丘仲子，一爲李髯。仲子姓孫氏名仲約，髯則名中一，又署小草者也，二人均爲極有作爲之政治家，退而爲小說者也。仲子文有史才，所作近代當代名人小傳，及《徐世昌》、《慈禧傳信録》等，進退一時人物，動中要害，即《段祺瑞》一書，口授而使許德鄰爲之者，亦頗發議論。近聞方爲愛儷園主人作古今情說部，須將中國字典中所有之字，一一嵌入，真爲創舉矣。李髯之《鐃吹》一篇，聲討袁氏淫威，其力量何等重大；而《同命鴛鴦》一篇，描寫蒙藏事實，爲他人所難能。兹二氏者，其貌偉然，復相同也。

更論爲長篇平話之章回體者，如前述孫漱石、張春帆、陸士諤外，有李涵秋、楊塵因、向愷然、程瞻廬、海上説夢人、劉豁公等。李涵秋所作特多，似《廣陵潮》中，插科打諢太多，恐非小說原理所許，然甚爲一般人所喜。因其文如瀉水瓶，順流而至，無頓挫之患也。楊塵因以《新華春夢記》鳴，此書篇幅甚長，不過盡記事之能。向愷然之《留東外史》，頗近寫實派，所謂實地試驗之作也。程瞻廬寫社會，當得起實情實理，惟言語有冗長處，如《茶寮小史》等，尚爲自然派，而非寫實派，而其文中自注一二語，則解頤而有寓意。海上説夢人之《歇浦潮》，專寫上海社會，一書刊報至五年之久，尚未完篇，意雖不高，而連絡貫穿，如鎖骨觀音然，已不易矣。《小說畫報》中有無可奈何齋主作《考工外史》，寫中國工人狀況，則誠創作也，我奈何不知其名耶。張毅漢與陸聽鶴，皆附包天笑，然陸不及張。王無爲撰《沙漠美人》等，頗有奇致；胡寄塵冷雋無雙；馮叔鸞尖刻可畏；張丹斧直以文爲戲矣。

凡兹所舉，不過敝腦所能及者，隨筆亂道，標曰漫評，可免開罪。若海上小説家，本不止此數，敢以滄海遺珠、在所不免之老話結吾篇。若有統系之批評，請俟異日。

二月初八日 （十四）

文苑

敬謝華興保險公司賠款

陳光弼律師代表中華製造公司通告

紅血輪 補藥總發行 特別優待

『自由談』小說話

黃厚生　撰

連載於《申報·自由談》一九二一年二月十三日至八月七日。作者黃厚生，能接觸中西文學，曾在《申報·自由談》、《晨報》、《半月》、《紫羅蘭》等報刊上發表不少小説、詩歌、雜文與理論文字，同時也在茅盾、鄭振鐸分別主編的《小説月報》、《文學旬刊》等雜志上發表文章。《小説月報》上發表的《讀〈小説新潮宣言〉的感想》認爲在引進西方文學時，必須注意『人家所是的，不必盡是於我家；人家所非的，不必盡非於我家』。『人家所謂寫實的自然的，是寫的人家的實，説的他家的自然，張冠李戴，恐怕有點不妥。』他在投給《文學旬刊》的《調和新舊文學譚》、《調和新舊文學進一解》中主張『調和新舊文學』，反對『新舊文學家』、『各走極端』,『舊文學家』要『新文學化』,搞『新文學』要知道『目的在給各民族保存國粹』。這些觀點曾遭到茅盾、鄭振鐸的批駁,因爲在他們看來,『新』、『舊』文學是『没有調和的餘地』,只有『極力攻擊』。這裏輯録的黄厚生在《申報·自由談》上發表的小説話,内容相當廣泛。他認爲小説是『活的文學』,因爲它有思想、富感情、美豐姿,它與戲劇在篇幅、編法、描寫等方面都具有不同的特點。他較細地分析了小説在傳播新的教育思想,確定新的教育方針,提高教師的執教興趣,擴大學生的知識面等方面也具有重要價值;指出了當前小説創作中存在著『描寫之失實』、『取材之不良』、『售價之高昂』、『措辭之非宜』等弊端,何異於『今日小説自殺』,希望今後必須從『命意上、結構上、取材上、事實上、加以研求,慎慎創作』,而不是追求外在的形式美。他在關心西方小説、介紹外國的『非戰小説』與諾貝爾獎獲得者的情況的同時,探討了中國傳統小説與筆記的關係。他認爲中國古代的『筆記』與現代由西方傳來的『小説』不同。但中國現代的小説與古代的筆記雖有差異而實同源:先有記實之筆記,『降及近代,遂漸流爲小説』,『小説之始,實脱蜕於筆記也』。他對『筆記』的解釋是:『夫筆者,筆之於書也(六朝人以散行文謂之筆)。記者,筆事之本末也。凡事之以往,平鋪直叙,而不加以附麗者皆是也。』而近代的小説,約可分爲兩類:『事之所有,不必文之所無;事之所無,忽爲文之所有。』實則分爲寫實與虚構兩種。而對於筆記,他認爲不應該如小説那樣另走蹈虚一路,『摛辭豔藻,曲盡摹寫』,而當追求『賅而博,精而確，簡而潔，詳而不繁』。針對時下『新派』文人强調翻譯，要『真心的先去模仿别人』，『從模仿中，蜕化出獨創的文學來』，黄厚生則認爲小説的獨創性首先要立足於本土。在《述小説之創作格》一文的開頭即説：『迻譯小説，雖爲今日之急務，然究屬他人之賢，異土之花，僅足供吾人之賞玩，資吾人之讚美而已，胡能表現我族之精神，發揮我人民之民性，安慰吾人之枯燥生活乎！』所以，他强調的是：『蓋吾人苟不欲致力於小説則已，苟欲焉，自不能不努力創作，高竪我國小説之旗幟，與世界各國以相抗衡，以相流通也。』與此相關的，對於新舊文學的衝突，他在這裏也有《新舊小説論》一文，面對當時『新』、『舊』兩派小説家『有若枘鑿之不能相容』，認爲將小説分新、舊，不論是從時間上看，還是從形式上看，都是錯誤的。他另在《良晨週報》的《評改制後的小説月報》一文中説：『我以爲，一篇作品，衹要問他是爲人生的，是大多數人的代表的，是有極細膩的描寫的，如果這作品内，是備有這幾種要件的，我們儘管把它叫做文學作品了，又何必分而别之曰：這是新文學，那是舊小説呢。』他從來就强調對新舊文學一視同仁，在本文中，就新舊兩派的小説創作的實際，舉例説明了他們是各有得失。他『深信調和爲可能的』。但這只是一種美好的願望。當初兩派假如真能『調和』，中國小説的發展可能會有一種完全不同的前景，但事實并非如此，『新派』很快掌握了話語權，『舊派』逐漸被邊緣化，這就使中國小説在現代化的過程中，總是顯得少了一點民族化的氣息。

非戰主義的小説

我前星期日看見牖雲的一篇《巴比塞的非戰小説》,陡然觸動我的舊觀念,我也就提起筆管,寫出我所曉得的《非戰主義小説》,用作狗尾之續,幸牖雲不要笑我呀。

俄國托爾斯泰(Tolstoy)是倡人道主義的首將。他的文名久已飛騰世界,他的小説我國人也介紹得不少,我讀他的小説總覺飲清涼散,爲小民伸冤。看那《高加索之囚》一篇,叙述敗北後爲囚之慘痛,與韃靼因戰而亡的苦楚,何等凄慘,何等蕭條,而一種非戰的意味可在旁面細玩而得。繼他而起的有迦爾洵(Garshio)。他著名著作,如《一棵棕櫚》(*Atlalea Pinceps*)、《紅花》(*Red Flower*)等短篇小説,可於當今小説界中揚眉吐氣了,然他非戰主義的小説如《旗》(*The Signal*)一篇中,『但是多謝上帝,槍彈没有觸着他。……充軍回頭,老父去世,稚子夭折,手足腫脹,不能從事耕種。……妻子出外傭工,自己劈木清掃……』諸語,完全是叙述戰争的罪孽,并且説戰争是必死的,其不死的完全出於僥倖。中間又述華西里司得班克的話之『狼還不會喫狼,可是人倒要歡喜喫人了』。迦氏的意思可知道,是極端不贊成戰鬥,如欲戰争,迦氏就説他是人喫人,就説他不如狼了。此外更有短篇小説喚做《四日》(*Four Days*)當中描寫一個下級軍官横卧曠野,呻吟呼籲,力疲神靡,簡直是無生理了,迨經過了四天之久,纔被人家救出調治。我們遥想這四日的慘痛,究竟怎樣,恐怕没有一個不毛髪竦然，况又經迦氏用叙事的手段將他細細引來，真是要人淚下千條，濕透襟衫了。

此次歐戰，法國的創痛實鉅，所以國人莫不引戰鬬爲詬病，如巴比賽（已見上星期牖雲君稿中）、羅曼羅南（Rompin Rolland），而尤以羅南的《超越戰鬥》（Above the Batlle）論説一篇爲最。篇中雖不切實説戰鬥的苦痛，然戰争的忉怛情形，已躍躍紙上。此外如Goorgcs Dnbanrel、Leon Werth、GulesRomains諸人的非戰著述，雖未必盡是小説，然未始非倡『非戰主義小説』的一助，所以我并述於此。

（一九二一年二月十三日《申報·自由談》）

短篇小説與筆記

上

或問於厚生曰：『筆記與小説，有以異乎？』曰：『有，無大異也。吾嘗考我國古籍，初無以筆記名篇者，自仲尼筆削《春秋》，朝野士子，莫不慨世事之多乖，人倫之斷喪，烽火之昌熾，恐墳典云亡，古之嘉言善狀，泯没無聞。故左邱《公羊》、《穀梁》，相并而出，編而爲傳，述而爲語。迨至西漢，最者益夥，長沙之賈誼《新書》（《漢志》謂五十篇，今存五十五篇。《朱子語録》中謂此書爲賈子之筆記稿)、劉向之《新序》(多載春秋、戰國、秦、漢間事)、《説苑》(係録遺文軼事之作)、《列女傳》(剌趙衛之屬,起微賤,逾禮節者)、周長生之《洞曆》(凡十篇,王充稱上自黄帝,下至漢世,鋒芒毛髮之事,莫不兼備)、應邵之《風俗通》(凡三十卷,辨物類之名號)、張華之《博物志》、稽含之《草木狀》、戴凱之《竹譜》,皆考據確切,事實可徵,絶非穿鑿附會,東涂西抹者可比。蓋筆記之實,已於是時備矣。延及有宋,子京(即宋郊,北宋也)廣搜軼事遺聞,逐一記載,名之《筆記》,而筆記之得名,自此始矣。闕後又名爲筆談(如沈括之《夢溪筆談》)、筆乘(明焦竑撰《筆乘》)、隨筆(如洪邁之《容齋隨筆》)、筆録(吕希哲之《楊公筆録》)、日記(如葉盛之《水東日記》)者,皆筆記類也。降及近代,遂漸流爲小説,湯臨川先生謂《夷堅》、《艷志》,小説之珍珠船也。是則小説之盛,不自今日始。小説之始,實脱蜕於筆記也。』

下

今者縱觀歐西各國諸名家小説,有崇尚自然主義(Naturalism)者,有趨向寫實(Realism)者,有專攻表象主義(Symbolism)者,有擅長浪漫主義(Romanticism)者,趣向不同,撰作各殊。然欲得其具體的概念,頗乎其難。然餘以爲近今之小説,頭緒雖屬紛繁,要不外事之所有,不必文之所無;事之所無,忽爲文之所有二派也。如托爾斯泰《高加索囚》一篇中,叙述囚人之出山麓凶遇,韃靼索賂,邂逅卓女,眷念祖國,星夜狼奔,官兵接應,情節幽深,結構纖巧,雖事實之所有,未必如是之符合也,故曰事之所有,不必文之所無也。又如迦爾洵之《一株棕樹》中,羅叙棕樹之怒發滋長,冲突居室,小草對答，主人自矜，霹靂駭衆，取斧伐木，鎖鎖説來，有聲有色，然未必符合事實也，故曰事之所無，忽爲文之所有也。若筆記則否。

夫筆者，筆之於書也（六朝人以散行文謂之筆）。記者，筆事之本末也。凡事之以往，平鋪直叙，而不加以附麗者皆是也。真西山（宋人）曰：『記以善叙事爲主。』陳後山曰：『退之作記，記其事耳。』是則筆記之體裁，首在賅而博，精而確，簡而潔，詳而不繁。今之作者不然，於筆記中，常雜以摛辭艷藻，曲盡摹寫，與筆記之本旨，漸形遠道背馳之勢矣。

（一九二一年二月二十七日、三月六日《申報·自由談》）

論小説於教育上之價值

上

小説於文學上佔重要之位置，此人人所曉者，無待吾贅述，然於教育上之價值，亦非淺鮮，敢爲吾同好一陳之。

一、小説能傳播教育新思潮。吾人試展讀法盧梭（Jean-Jacques Rousseau）之《愛彌爾》（*Emile*）小説中叙述愛彌爾自童而少自少而壯而結婚，洋洋灑灑，分撰五卷，純以自然法則維繫之，其幼年之教育，則主張天性（Nature）之發展，環境（Circumstance）之軟化，稍長，則以經驗（Experiments）爲兒童求智之基礎，於説明的講義（Explanatory Lectures）極端反對，常名之爲諺語的教育（Babbling Education）不足取也。 完婚後，則專論婦女教育之必需，養成賢妻賢母之良材，瑣瑣分析，數數陳辭，作者之個性，蓋呈於字裏行間，竟能於當時古典文學空氣中，獨標浪漫之旗幟，於嚴格教育主義威權下，獨開自動的自然主義之蹊徑，以保全兒童之人格，發展兒童之天能。 不以注入從事，不以摘出爲能，惟一觀察爲施教之始，經驗爲施教之方，發表爲施教之的，而以自然界之一切現象，爲教授之材料，問難磋磨，端賴乎學生之自勉，故後世裴斯托洛籍（Pestslsgge 1746—1824）氏出，亦謂教育之基礎，根於天性，倡爲陶冶道德，發達人心之説。 佛羅培爾（Rachel 1786—1836）尤主張發展兒童之本能，創蒙養園以遊戲保育爲則，是則《愛彌爾》小説之影響於歐西教育不小也。 或曰教育思潮之發表，著爲專論，發爲文章斯可矣，奚用小説爲。 不知講形式者，必先實質，讀邏輯者，必先實例，苟徒肆空言，漫説得失，讀之者猶墮五里雲霧中，不識誰之爲誰何，作之者猶用大力盤旋，勞力多而成功少，豈若寓思潮於小説之中，既惜鏡不遠，易於神會，又剖解晰，便於實施，且夫有興趣者易記憶，文淺顯者能行筆，一霎那間，吾之思潮如電掣雲飛，遐播於大千世界中。 矧教育更爲吾國今日之要務，其傳播教育思潮，雖有如電如光之速率，猶覺遲緩，苟以莊正出之，吾恐捨一二留心教育者知之，他無聞爲，不知殆哉？ 故予謂傳播教育思潮之利器，莫小説若。

二、小說能明示教育家施教之方針。實施教育者，首在拿定教育之方針，方針既定，萬緒皆理，社會風紀，因之轉移，人民習尚，因之改革，國家前途，以之策動，世界進化，以之驅使。考我國舊時教育方針，注重道德教育，次爲實利教育、軍國民教育，而以美感教育完成道德，邇者歐洲戰起，人民怨亂，小說作家，競獻非戰主義之説部，痛責野心家之喪心病狂，以人命若鴻毛，役萬物類芻狗。故吾國教育，於民國八年時，亦以養成健全人格，發展共和精神爲目的，非復異日之崇尚武藝，以造成人人皆兵之夢想矣，彼泰西各國亦感於托爾斯泰、迦爾詢、安得列夫、巴比塞般生等之著作，一變昔日殺敵致果，摧鋒陷陣之武裝，而爲人造的平等的趨向，各小學校於道德教育，尤三致意焉，更有進者，今日之教育聲浪最高者，非普及教育、職業教育、女子教育乎？然小説中對於男女平權、生計維艱，與夫貧嬰妻子之無衣無食、樵夫牧童之目不識丁，皆曲爲傳述，善爲描摹，使聞者鼻嚴，聞者動心，其入人也甚深，故其呼聲也彌高。是則小説也，實無異於暮之鼓，晨之鐘，叩之大則大鳴，叩之小則小鳴。嗚呼，吾國小説家，其可不慎重創作乎？

（一九二一年三月二十日《自由談·小説特刊》）

下

三、小説能增長教師之興趣。教育生涯，本屬冷淡，無大功業，足以震駭邦人之耳目，乏大利源足以聲動世人之心幕。聞鈴聲、入課堂、翻課本、授句讀，今日如是，明日亦如是，今年如是，明年亦如是，居之既久，興趣索然，消磨懷抱，與時俱進，教育前途，能不危哉？德儒消辨萬爾（Schopenhanen）曰，宇宙之根元在欲望，自我大宇宙之分身也，故自我之根本在欲望；渾特（Wonat）曰，自我之要素在感情；里頓曰，溶化愛情者爲欽仰。若彼興趣索然者，無欲望、無欽仰、對於感情，尤形薄弱，然欲陶冶其性情，增加其欲望，興起其欽仰，則捨小説不爲功。故世界各國諸小説家，恒力用感情，以增長人各個之情緒（Emotion），參之以弱女飄零，稚子受侮，使生道德的哀憐之同情，充之以毀家學，槐市談經，使興道德的欽仰之愛戀，愛戀既深，則景行仰止之心悠然起，或作願學之慨，或興捨我其誰之想，洞徹書中情事，可謀施救之方，詳審書中理論，取捨時勢之宜，扶長捨短，奮力孤詣，其於教育熱度，能偕時齊增，有如欲火中焚，亟求實行，教育前途，何可逆睹。是則小説之能鼓動小學教師有如此，誰云小説之能力，僅爲茶餘飯後之消遣品，九夏匆匆之破寂劑耶。（小説亦足以增進兒童之興趣，然兒童智力薄弱，血氣未定，神智未一，易於趨入歧途，故吾良不主張兒童之讀小説，如能由校中代講，關於德育上、體育上、智育上之説部，分借兒童，其收效當較課堂爲巨，特我國是類説部甚妙，惟某坊之童話，尚堪採用，然猶偏於神秘，採辨者不可不慎。）

四、小説能補狹義教育之窮。天地一學校也，萬物一教具也，人類一學生也，雜志説部，則大學校之絶妙教科書也。不觀夫賣漿之徒，擔糞之輩，吁吁呿呿，蠢如鹿豕，爲狹義教育所不能及者，宜乎嗤嗤茫茫，一無所知，苟言及貞操問題，彼亦知雪梅事；談及宦途風波，彼亦稱子春赴任，而目蓮救母、乾隆出遊諸事，尤爲彼等所樂道，彼等所崇拜。是以里巷之間，桑樸之墳，時聞禮義廉孝之風，烈勇互助之習者，皆小説感化之魔力也。噫！狹義教育之熏化，不過校裏，小説之功效，則廣袤於全球，舉空氣所至之處，靡非小説勢力所及之地，吾故曰，能補狹義教育之窮也。

小説於教育上之價值，既如右述，吾不能不免進一觴，以敬於我國諸小説家之前。竊以爲吾國小説極盛期，則在民國初年，彼一時之坊間出版者，與夫私人付印者，不下數百十種，然多駢言驪語，自此於宋豔班香之作，既不切於人世之現象，又常出於鉏魔槐下之綺語，觀者視作賦學大全之美海，作者聊以抒其八股對律之餘技。降及近代，故小説界漸形式微，久矣夫失却本身之價值，遑論其在教育上之價值乎？然則欲其價值之長存，則在吾人專心致志，默察社會之現象，自然之景物，得其具體的概念，然後把筆爲之，自覺揮灑自如，親切有味，動人情處，最是實事實物。嗚呼！吾國小説界，豈乏名乎，安能任彼莫泊三、易卜生輩，專美於前耶，其在好爲而已爾，其徒寫實力方面着手而已爾，既真善美，不特增高小説本身藝術之價值，而教育之受其影響，當亦匪淺也，勉旃勉旃。

（一九二一年三月二十七日《申報·自由談·小説特刊》）

美利堅匈牙利的非戰小説

牗雲君和我在本刊上面關於非戰的小説已算是説過一點，但是天心厭亂，人心願治，小説家非難戰争的呼籲很高，又因爲我們前幾次所介紹的都限於俄法二國，現今再把美利堅和匈牙利的非戰作品約略説説。

美國小説家康姆福退（W. L. Comfoti）著有《歌者周威道爾》一篇，叙述大隊臨陣的時會，正要陷陣衝鋒，忽有激昂吞吐的婉轉歌音塞滿了軍士的耳中：『牛羊覓食在緑田之中，母親提着了牛乳從紫霞光裏行走。』這一篇純粹是利用人生最高尚的感情，歷叙故鄉風景，大有江南草長，雜樹花開，聞故鄉之風情，感平生於疇日之概，所以一聞槍聲暴發，就衆兵心悸，一見飛彈如矢，就棄甲曳兵逃走了。像這周威道爾的歌音，在該小説中的效用，不過是淆亂軍心，而對於我們人們的殺伐野心，痛下針砭，可算是不朽之作了。

拉兹古（Amdren　Latzko）是匈牙利的大小説家。他本是匈牙利的一個軍官，他曾在意大利戰綫内受過重傷，所以他的非戰作品，較之其他小説家，恐怕還要懇切到十二分。他著有《去到戰場》、《火之洗禮》、《一個英雄的死》、《勝利者》、《復歸家來》等短篇，合攏起來，叫作《戰中的人》（Men-schnKriiey），一九一七年在瑞士出版的。這幾篇都是對於『屠殺人類』者加以控訴。作者的意思，以爲凡一命的受害，是人類的一人的痛苦，刺到我們人們心裏，比之群衆，還要强烈得多呢。據羅蘭（Rolland）批評説，他這戰中的人，從第一頁到最末的一頁，都是反抗戰争的聲浪。他最後一篇《復歸家來》，寫一個回家的軍士，殺死一個因戰争牟利的人，不啻是明示天下以非戰的主旨。羅氏又説，他的藝術是被德國、法國的赤血浸漬凝結而成的，較巴比塞的《在火綫内》恐怕還要勝一籌呢。只是非難的論調異常激烈，所以出版後，郵局裏不同他傳遞，但是銷路却很暢達，可見他的價值了。

（一九二一年四月十七日《申報・自由談》）

自殺説

飲鴆自戕，下愚不爲也，矧操刀而自殺乎？他事姑不言，爰就小説一項以論之。竊觀我國今日之小説界，雖較昔稍有起色，然小説社之破産者，先後踵接，推原其故，固由於外勢之侵入，他力之轉移，實則由於小説之自殺也，述如下：

一、描寫之失實。梅德林（Mae Erlinck）者，唯一新浪漫派（New Romanticism）之作家也，其著述常含有神秘之色彩，宜乎書中之事實，與現實界背道奔馳，然吾人讀其《蜂的生活》一篇，其生活、其習性、其描寫之精微、其命意之深刻，無一非自現實界探討而成者也。所以然者，蓋欲證明小説作品，爲藝術家思想之結晶，非技術家魔術之誘惑，藉以增進讀者之景仰。保持作品之威信，否則蘇州馬車達城內，杭州車站處城外（皆我國某小説所載），神乎昧乎？ 雖以極靈活之筆，寫極誠懇之情，寫極玄奧之理，讀者皆作爲蛇鬼神龍之《聊齋志異》，荒唐怪誕之《山海經》，存故妄讀之之想，此小説界自殺者一也。

二、取材之不良。 今亦有冒牌寫實主義之黑幕小説家焉，其主旨一味以揭破社會之黑幕，描寫人生之神秘，以致將社會間極不堪極醜陋之獸性的肉欲，和盤托出，猶自鳴得意，誇口於著作林中。不知所謂真正之寫實者，畢當經科學之洗禮、天性之陶冶、主觀之詳審，於醜化之深奧處，尋其潛伏之美，譬若畫家之取景，或取其色彩調和（優美），或取其遒勁蒼鬱（壯美），然後著筆，自覺妙趣横生，幽峭深長，今小説家竟昧於此，食現實而不化，此小説界自殺者二也。

三、售價之高昂。 夫小説所以傳播文化，改良風俗，負擔文學上之重任，發展各個人之個性，非藉以謀利，藉以巧騙也，迺今日坊間出版之小説，動輒數角或數圓，購之者煞費艱難，又以爲不急之務，遂做窶人環視之咨嗟，售之者猶減價出售，以廣招徠，孰知主顧寥寥，積壓不銷，一遭失敗，竟視發行小説爲畏途，此小説界自殺者之三也。

四、措辭之非宜。 意爲主，辭爲輔，古文宜然，小説尤甚，今之作家則否，惟斤斤焉於字句之間，或則黼藻摛辭，鋪陳滿幅，駢四驪六，貌爲六朝作品，雕琢精煉，艱澀難讀，詡爲秦漢文章，然讀者不克終卷，已奄奄欲睡，轉不若讀《紅樓》、《水滸》之百回不厭，此今日小説自殺者四也。

是則吾人今後之努力，自不能不從命意上、結構上、取材上、事實上，加以研求，慎慎創作，至於印刷方面，不必精益求精，要於校對如慧，帙頁大小，不必過事奢靡，要於取價低廉。蓋小説自有小説之價值，小説之潛美，不必徒事外表的形式美、表象美，以炫耀於主顧之前也。

（一九二一年五月八日《自由談·小説特刊》）

獲諾貝爾文學獎金的窮小説家韓生

文章憎命，學子寒心，詩窮益工，小説亦然。挪威小説家有韓生（Cout Hamsum）者，於一八六〇年生於洛謨（Lom），四歲時至挪威北海岸之島嶼，名羅福丹（Lofalen）。地瀕北極，氣候劇寒，家境奇窘，遂手任操作，歷二十年之久。一八八六年赴美之支加哥（Chicago），亦未得志，曾執耒荷耜，往來畎畝之中，一車兩馬，身充執鞭之役。然天性好學，把卷不釋，因以曠職見黜，遂流爲失業之游民。後歸挪威，以捕魚爲生，著有北美的文化生活，於美人之生活，殊有憤烈不平之餘思，蓋藉以稍抒胸中之傀儡耳。至於小説作品，其叙述理想家之貧困聊倒，淚灑窮途者，則有《餓者行於世》。其摹描男女間之戀愛，若即若離者，則有《Pan 傳》。於後劇本則有《國家的門》、《僧士文達》，詩集别有《野唱》（*The Wild Choir*）。西一九一三年出版之《當時的兒童》、一九一八年出版之《土著》兩小説，亦皆膾炙人口，宜乎於一九二〇年十二月十日承受一九二〇年諾貝爾文學獎金四萬八千金圓也。

韓氏今年才六十一，英諺云：『Knowledge is power.』學術其可忽乎哉！

（一九二一年五月八日《申報·自由談》）

活的文學——小說

人說文學生涯是極其冷淡，但是我對於文學的興趣却異常濃厚。我時常把他比做一個極穎慧、極玲瓏的小孩子。他的心靈是會瞭解人生一切的苦痛，知道人世一切的不平，他所以時常發出一種極可悅可喜而且嬌嫩的無聲之音來，和人們高高的呼籲，并且是時常播弄他的三寸慧舌，解釋人們一切難解的問題，比無論什麽人都聰明些、敏鋭些。你看像這般活潑潑地寗馨兒，怎能不教人心花開放，抱住他吻上幾吻呢。英國康剌特(Joseph Conrad)說：『對於同類的存在的强固的認知，自然的具備了想像的形質，比事實更要明瞭，這便是小說。』

由是可知他(指文學)的智慧比人們還要來得利害些。如今且把他所具的官能述如左：

（一）有思想。安奈德(Bennett)曾經說過他的功績道：『文學的功績在能擴大人們的喜悅、同情及思想的容量。』我們看他的感化功能如許之大，誰也不敢起來拔劍擊柱，和他争論。然而我們想想他的成功利器是怎麽呢？不是别個，就是他具有他極豐富的頭腦，極精密的思想征服而來的，所以他的領土異常之大，復有怎麽國界不國界，爾我不爾我。還有一件絶大的功能，就是他的武力不但在現實界裏耀武揚威，并且還能在神秘界未來之世界裏吐氣揚眉咧。我們試把安得列夫（Andreyov）的《薩頓（鬼名）的日記》、我威爾斯（H. G. Wells）的《宇宙戰争》，以及梭羅古勃（Soiognb）等家的作品，就可以看出他是具有獨到的處所了。

（二）富感情。海可枯，石可爛，惟有至情，雖千萬世也不得消滅。所以文學家常道，理有新舊（指哲學上、科學上的理），情無古今。在上古時怎樣，到近世紀他的情依然存在，除非人的内部官能有了改造，或是爲一個特異的反情動物，然後才可以覺得至情有些變化，但終不能把這個情字統統的抹殺地了。所以我敢説人間世之成功，純粹是由於感情結合起來的，不然各自爲各，我恐怕地球上的種種事項，都要歸於烏有之鄉。然而我們細細的推及這情之由來，與夫發榮滋長這情的方法，那就不可不愛到他了（同上指文學），因爲他是許許多多的智慧男女所寫下來的思想和感情（蒲羅克[Brcoke]説的），并且是人們一切感情的結晶（哀穆林[Emerson]講的），所以我們人們一看見了他好的面孔（即外象，詳下節）、大的頭腦，與夫和靄的顔色，而懇摯深情溢溢乎包圍了我們的四周，我們雖要拋棄他，離開他，但是總覺有些不忍，好像是被他軟化了一般。

（三）美豐姿。他的思想，他的感情，已足牽引着人，迷惑着人了，然他的豐姿，尤加美麗。你看他窈窕的蠻腰圓轉自如，鶯鶯的珠喉緩急合節，而鋪陳的脂粉，刷抹的膏沐，尤其濃淡均匀，不能有半點的增減（古典文學，以及舊浪漫的筆墨，差不多總是如此），珊珊的步驟，瞳瞳的眸子，更外流動活潑，順乎自然，我們看去又好像是一個十八九的佳麗人。哈哈，你想這樣一個甯馨兒，怎不教人開懷啦。

文學既具了右面幾種的要素，他不啻是已經喫了些怎麼仙丹，可以常生不老了。然而，我看見有些人竟把文學當做機械的、灰色的、死的、强勉的，把他情節、結構、次序，一一的劃分開來，不知人的思想感情是倏忽間千變萬化、摸捉不定的，人的面目是異狀奇形、人各不同的，所以文學作品也是這樣的各有各的面目，各有各的情節與次序，决不是拈幾個字做標題，硬把他歸納下去的。萬一能够被我們歸納下去了，那文學的價值簡直是千篇一律，没有半點了，還有怎麼人去愛那死的小孩子呢。

（一九二一年五月十五日《申報・自由談》）

小説與戲劇

『小説與戲劇』一題，吾同學牖雲所欲爲者也。詎奈彼事大忙，致力於翻譯，以致斯題高閣者垂月餘矣。余不揣謭陋，敢就吾之所知，借其題以發揮。至於所呈各節，或病簡略，或患失當，或吾之意見有與讀者不合處，尚乞詳加賜教焉。

當吾未入本題之先，吾首欲叩讀者諸君：曾聞小説改編劇本（Dramalization）、劇本改造小説（Novelization）二俗套語乎？苟聞焉，則吾人可閉目瞑思，若莎士比亞之採仿意大利故事及英吉利奇怪小說爲劇本，若查爾斯李德（CharlesRoade）之以鄧耐孫史詩編戲劇，若馬孟拖爾（Mermotel）之歡迎他人改編其所作之小說，若威爾肯士（Wilkins）取莎翁之劇本而爲小說，若拉斯治（LeSage）取西班牙名劇家而爲小說之材料與人物，而布里斯信利教授（Prof. Bliss Perry）於《散文小說之研究》中復有專論戲劇與小說之文章中有云：『小說與戲劇自記載事實方面觀之，必不能謂其迥不相同，然就表現之格式有不同處言之，則其所傳述之事實亦遂互異矣。』是則小說與戲劇雖可以互爲改造，或改編，然自形式上觀之，頗有類於飛鳥之與游魚，雖屬極自由、極活潑之生物（猶小說與戲劇同古文學上之位置），要皆異類也。即使雙方可交互而變換之，其結果亦不過成爲兩棲動物之飛魚，飛不高，游不遠，二者皆非其所長，是故羅司登（M. Rostand）、梅得林（M. Maetrlinck）、喬恩士（H. A. Joes）等戲劇家，只專心於戲劇，而不旁騖小說也。

竊嘗考小說與戲劇改編之風，何爲而興乎？曰：劇本小說之改編由來已久。當散文小說未興以前，即有取材於史詩之劇本發現，考其原因，實有共同生活之關係。蓋戲園欲廣其貿易，遂改造小說以廣招徠。小說爲欲增其價值，遂改編劇本以昭真實。故馬孟拖爾於《進德録》（*Moral Tales*）之序文中有言曰：『本書中已有一段故事爲人所改編，其餘各篇亦均有改編之價值與希望。』可知改編風之盛行，實緣互相爲用之故也。然就鄙意觀之，小說與戲劇非不可互爲改編或改造也。苟欲改造或改編焉，務必求其融洽與調和，而求融洽與調和，更不可不於小說與戲劇之不同處研究之。兹分述如左：

一、篇幅之不同。小説之篇幅，或長或短，或繁或略，惟因創作者創作力爲轉移，譬如大海行舟，任意所至。若戲劇則否，因戲劇之爲用，非如小説之可以藏諸箱笥，僅供各個私人之把玩，動各人之感興而已，必也所編之劇本，克堪大舞臺之採用，以實地表演爲的。若篇幅過長，則觀者興趣蕭索不耐尋味，篇幅過短則觀者豪興減殺，時覺惘惘，是故佳善之劇本，常長短適度，可於二三小時間以畢事（無形舞臺上之劇本，不在此限）。

二、編法之各異。同一情節材料也，其編纂之法宜相同矣，然編戲劇者常因舞臺上表演之關係，而被限於三一律（The law of three unities）。三一律維何？即時間、地點、做態三者是也。時間何爲欲限制乎？則以表演之時間異常短促，若劇中取材甲事與乙事相間十數年之久，即使年光增加速度，亦未易縮成十數分鐘之暫，此戲劇上所不得不嚴守者也。若夫地點亦然，蓋舞臺非可遷徙者也，如第一幕爲北京，第二幕苟爲上海，甯不使觀者疑雲肇自半空，詫爲怪異，不然十數分鐘竟能駛二千餘里乎。至於做態，則純爲表示劇本之主旨起見，恐觀者不明劇中之主要角色，故嚴定每劇中主角不宜過多，以防淆亂觀者之耳目，淹没劇中之中心點也。

談及編纂小説則否。小説之創作悉本乎作者意思之所嚮，想像之所及，時間可長可短，距離可遠可近，創鑄之角色，惟如其分，雖角色較多，亦易辨其重心之所在也。

三、描寫之有别。馬可利（Macaulay）曰：『悲劇因口辯而糜爛，喜劇因有智慧而減色。』夫所謂口辯者，即反覆申訴，吐語誇大之謂也。智慧之不利於喜劇者，以其易於虛飾，隱暗至情也。是以戲劇家之描寫，常避斯二者，小説家却無是禁忌焉。蓋小説家之智慧運用，口辯調劑，可於心理上描寫之，不必拘拘於對語也。而風景之描寫也，狀物之想像也，是又小説獨操之專利，劇本則無庸若是之描寫也。

此外不同之點，如小説之角色可多可少，而戲劇則須有限制；小説可静，戲劇須動；小説爲私人，戲劇爲表演。明乎此，始可與言戲劇與小説之改編及改造矣。

（一九二一年六月五日《申報·自由談》）

新舊小説論

吾與小説，素乏研究，惟總角時，與之訂忘年交，引爲畢生之知己，故月夕花晨，明窗净几之間，均不願分袂獨處，令吾作惘惘之感中。

吾之讀小説也，獨無陳見，既不判其中外，更無分乎新舊。周瘦鵑曰：『新崇其新，舊崇其舊。』西諦曰：『新與舊的攻擊乃是自然的現象，欲求避而不得的。』二君之言，皆含有新自維新，舊自守舊，有若枘鑿之不能相容。不知二君皆非也，今述其錯謬如左。

甲、時間之錯誤。余謂小説不當有新舊之分。蓋若人苟承認某種爲新小説，某種爲舊小説，姑無論新舊判案之確否，然且爲小説則一也，名之爲新小説，不必其身價百倍；命之曰舊小説，未必其價賤糞土，不過頭銜之不同耳。而今之人所津津爲區劃新舊者，乃據時間爲標準者乎？夫如是，其亦可謂托爾斯泰（於一八二八—一九一〇年），不如高爾基（於一八六八— ）之新乎？易卜生（生於一八二八—一九〇六年），較吉卜林（Kipling）（於一八六五— ）爲舊乎？識者能不□哭之耶？

乙、形式之錯誤。今之人更有一加新式標點符號與否爲新舊之標準，又以文言、白話爲新舊之目標。不知是種標準，皆不通之論，無味之争也。瘦鵑君曾亦土老着洋裝喻之，的是妙譬也。

凡此二項錯誤，故新舊小説家之筆鋒墨彈，互相交擊也，不下於百十回矣。然就吾之所見，良覺無味，不如早日鳴金收兵，聽吾作平心之論。

吾不才，夙蒙調和新舊小説之宏願，并深信調和爲可能的，而并非不可能者也。因文字（包含小説）之新舊，非如黑白之絶對不用同也，不過程序上、進行上稍有歧異耳。吾於《時事新報》、《文學旬刊》中曾有詳論之，讀者可一并看焉。

復次，請於新舊小説兩方面之得失一論焉。吾讀今之舊小説，其藝術雖不完善，理解雖不確切，然一種奮鬥精神，却不可泯没。其非難女校之體罰，攻擊『非教育的』學校制度之施行，則有鈍根《貧女之頰》；反對貧富階級，以人命爲牛馬之制度者，則有瘦鵑之《血》；痛責國人之徒騖虚聲，不求實際者，則有碧梧之《虚榮》；怨懟薄幸郎之心腸無定，而創爲極懇摯之多情人物者，則有牖雲之《黄土》，是則爲小説之取材，未始無足取者（舊小説非取材盡善，茲僅指吾所引出者而言）。若夫新小說，則藝術方面，雖較前有加，理解雖亦較昔有勝，情緒想象，雖較舊小說爲佳。然吾讀聖陶之《不快之感》，地山之《命命鳥》，冰心之《超人》，善則善矣，惜乎超論太高，似非民衆的文字（此民衆係閱讀者而言，閱者幸莫誤會），對於人生的供獻與安慰，似覺太少。而胡懷琛先生之《第一次戀愛》一篇，吾讀之再四，終莫得其主意。豈如空想詩人梭□古勃之作品乎？然梭氏之短篇小說《一堆口沫》、《那便怎麽樣》等篇，吾亦可了解於萬中，胡該篇竟若是之玄秘乎？吾誠無以名之，名之曰『胡家阿寶』，他人莫識也。

關於新舊小說之略評論，吾已告終結矣。兹更進一階，以論今後之□軌，竊以爲吾國今後致力於小說者，當本寫實之蹊徑，寓全付之精神，以舊小說家取材之眼光，潤新小說家之描寫，庶幾一篇跳出，刺人肺腑，既不失讀者之信仰心，又可收醫治懲創之大功能；社會麻木，此强烈之藥劑正起死回生之妙術也。至新浪漫派之倡導，在吾國尚未足以語此，讀者諸君，其亦以爲然乎？否乎？尚乞不吝賜教。

（一九二一年七月二十四日《申報·自由談》）

述小說之創作格

迻譯小說，雖爲今日之急務，然究屬他人之賢，異土之花，僅足供吾人之賞玩，資吾人之讚美而已，胡能表現我族之精神，發揮我人民之民性，安慰吾人之枯燥生活乎！　故枕緑君有『願吾國作者努力創作』之語（見特刊《新話》欄中），冰心女士有『文學家的造就』之作（見《時事新報・學燈》欄中），議論超卓，陳辭剴切，誠吾國小説壇之前驅使者也。　蓋吾人苟不欲致力於小説則已，苟欲焉，自不能不努力創作，高竪我國小説之旗幟，與世界各國以相抗衡，以相流通也。　然創作豈易言哉，必也得之天也厚，受之人也大。　換言之，即人力天才，務須雙方駢進，否則藝術不高，作品無光，如止水之不波，静山之無變矣。　故吾以爲是種人力天才之有無，實創作格之有無，是則創作格也，儼包有人力天才之兩方面。　今分述如下：

一、先代之遺傳。　自達爾文（Darwin）之『種源論』興，關於遺傳之學説大曄，歐西思想界莫不受其影響。　易卜生（Ibson）亦本其論以成《群鬼》一劇，如對於社會之組織，從根本上猛烈推翻，是則遺傳問題各人實不能不服膺達氏之宏論也。　今試以實例明之，莫泊三（G. D. Maupassant）者，世界短篇小説之王也。　考其家世，舅氏固一法國文壇之健將也，阿母對於文學亦頗饒興趣，以是名噪環球之小説家亦呱呱墮地矣。　吁，創作天才，豈非得自遺傳者乎。

二、沉静之頭腦。　欲創作小説者，非具有極沉静之頭腦，不能瞭解社會上之一切現象，詳察社會上之種種幽秘，更不能取唯物的客觀的態度，以不加絲毫之自私自利及熱烈的熱情之作品，供獻於世界之上也。　而想像之廣袤，理實之充滿，尤非頭腦熱烈者所能着筆也。

三、豐富之情緒。　吾讀愛情小説，常覺齒頰間有無量數之甜密（英國文學家王爾德［Wilde］謂愛情如甜密)，圍繞於珐琅質之四周。吾思作者作時之情緒，當更豐富，且多半爲情場中人。推是類也，則描寫農民之苦况者，其情緒必含有憫人之憐愛，叙述社會之黑暗者，其情緒必含有憎惡之怨憤，故其着筆也，自能深入顯出，鈎引讀者之同情於心靈底處也。

四、明鋭之眼光。小說家之洞察事物，若空氣之無微不至，弗論其鋒芒秋毫，皆博採兼收，然後發抒而出，自覺親切有味。試觀曹拉(Zola)等寫實名家之著作，幾無一非人間之瑣屑事也。妙哉莫氏之言曰：『世界之諸現象，良能輔吾人之思想。』是則不有明鋭之眼光，决不能明瞭世間之現象，更從何處收輔助思想之益乎。

五、閲讀之功夫。爲古文者，莫不首其呫嗶，作小説者亦當以閲讀爲入徑之門。蓋閲讀之小説多，則思想可逐漸擴充，藝術可日臻完善，而作者之感興亦可增加。(近今神秘派之大小説家梭羅古勃[Soiogub]曰：『吾人之著書作文，全恃一時之感興[Inspiration]。苟感興發生時，所成之文字不能使他人明瞭，及感興消失，幻象亦無，教從何處解釋得清楚也。』是則感興之發生，實作品之動機，烏可不培養之哉。)近人謂創作須有天才，不可閲讀小説，是誠欺人之讀也。不知人類一摹仿之動物也，苟當彼小兒呱呱墮地之時，即使之與環境脱離關係，其能免於盲魚之喪失其本能也鮮矣。故余謂，閲讀小説之功夫，實培養創作天才之唯一滋養品也。有志於創作小説者，其可不努力乎。之上所述，乃吾一時感想之所及，自不能畢其盡是，苟世界諸小説家有以教之，則更幸矣。此外，小説家更有當静養者，即病理學、哲學、社會學科學等是也。苟小説家能一一修養，并具有上列五者之資格，吾當廣集天下群儒於世界文壇之上，給與世界大小説家之畢業證書矣。有志於創作，其猛省諸。

（一九二一年八月七日《申報·自由談》）

小說叢談

寂莫徐生　撰

連載於一九二一年一月至八月《申報·自由談·小説特刊》。作者生平不詳。本文連載的跨度大，所談的問題雜，然較有見解。他認爲『小説本爲美文之一，使人娱樂心目，養成審美的觀念』，它『妙在海市蜃樓，事出意表，使人拍案叫絶：或至山窮水盡，忽而奇峰突起，柳暗花明，又是一村；或曲折離奇，使人疑信參半』；『其人其事，躍然紙上，栩栩欲活，能使讀者似身入其中，色飛眉舞不能自已也』。在充分肯定其虚實相間、情節曲折、人物生動，具有極强的藝術感染力的同時，很擔心當時大量的『不良小説』對社會所起的不良影響，故『再四』强調小説的『社會教育』作用。他對小説的分類雖與梁啓超、成之等相差不大，但能新提出『自叙體』與『他叙體』的不同，且對兩者的關係作了辨析。在分析每一類小説的特點時，能結合當時創作的實際情况，頗有自己的見解。他點到了不少作家作品，給予較高的評價，但其中不少已被歷史所遺忘。這種作家作品，可資小説史研究者參考。同時，他也述評論了早期的一些小説雜志。在對古典小説評價中，他摘録的邵月亭的《聊齋》評語，亦屬罕見。

不佞酷嗜小説，總角時，先祖母常於夏秋納凉之際，談故事數則，情節雋永，逸趣横生，余每樂而忘倦，强先大母多談數則，雖先母催睡不顧也。時祖母年已六十，幸精神矍鑠，且愛我殊甚，雅不欲拂我意，以是略有所知。後入學讀書，先生不以予爲頑鈍，許爲孺子可教，未始匪我先大母之力也。古者兒童，自初生以至九歲，皆賴門内之教，見於《内則》。亞利士多德曰：『教育根基，必在家庭。』先大母之所爲，其家庭教育之模範歟？余今將而立矣，自問百無一成，而日寢饋於説部之中，其何以對我至親至愛之先大母？先大母逝世將十年矣，生母則已二十年矣，回憶兒時情景，隱肘聽講，繞膝問字，天倫之樂油然。今至親至愛之人，既不我留，而至濃至甘之光陰，亦不我有，能不令人心碎乎！

説部浩如煙海，不可紀極，不學如予，欲洞其裹，談何容易！顧今日中國人心之澆薄奸猾，可謂至矣。而其最大潛勢力，實即不良之小說也。故今日欲言社會教育也，於小說再四注意，庶有豸乎！

小說者流，蓋出於稗官，街談巷語、道聽途說之所造也（《漢書・藝文志》）。稗官周代已有之，秦始皇好神仙，漢武帝亦僻於神仙，其他行軍遣使於域外者，漢唐之間亦甚繁。神仙記異聞瑣語，自此始矣，然此類小說，體例不與今同。今之小說，其殆出於宋天聖、嘉祐間乎？《七修類稿》言仁宗御宇，國家閒暇，朝臣日進一奇怪之事以娛之。裴硎所著，多奇異可傳世，故號傳奇（今之傳奇，則詞曲耳）。厥後作者漸多，蔚爲巨觀，在文學上佔一重大之位置。蓋小說家言，雖未必可信，然能增廣見聞，怡情悅性，寓莊於諧，棒喝癡頑，既資考證，復寓勸戒，其有功於世道人心，視高文典册，無多讓也。孔子所謂『雖小道必有可觀』者，不綦然哉！

至於歐美各國，對於小說，尤爲重視，故小說家，亦接踵而起。大率十六七世紀，神怪、貴族等思想之浪漫派小說盛行，十八九世紀以來，寫實派起而代之，至今則新新浪漫派又將崛起矣（詳見後節）。

據《四庫全書總目》，舊小說得分爲三派：一、叙述雜事；二、記録異聞；三、綴緝瑣語。新小說之別類如下：

（一）文學上之分類：一、文言體；二、白話體；三、韻文體。

（二）體制上之分類：一、筆記體；二、章回體；三、自叙體；四、他叙體。

（三）性質上之分類：一、勇武小說；二、社會小說；三、歷史小說；四、教育小說；五、言情小說；六、偵探小說；七、神怪小說；八、滑稽小說；九、理想小說；十、哲理小說；十一、倫理小說；十二、科學小說；十三、冒險小說；十四、寓言小說；十五、醒世小說。

文言體　此類小說，大概爲中流以上社會說法，於下等社會，無大勢力。近世著述中，若《聊齋志異》，則唐小說之代表也；若《閱微草堂筆記》，則宋小說之代表也。今之作者，或沉辭浮藻，有駢儷體；或古茂雄健，直逼秦漢；或雅潔馴正，嫵媚可愛。小說本爲美文之一，使人娛樂心目，養成審美的觀念，故此類小說，亦不可全非之，然欲言通俗逮下之功則遠矣。

白話體　此體通俗逮下之功極大，其妙在於描寫易於入微，形容不難盡致，不如文言體之常以詞害意也。今日通俗教育，言文一致之聲浪，可謂高矣，蒙以爲欲改良社會，莫善於從此類小說入手，新劇安足以語此！

韻文體　此體又可爲三種：一、傳奇；二、彈詞；三、秦腔。坊間所出之《燕山外史》，亦此類也。此體可與音樂聯合，感人尤深，詳見拙著《音樂與教育》。

筆記體　今之短篇小說，昔之《聊齋》、《虞初新志》、《搜神記》、《齊諧》、《酉陽雜俎》、《飛燕外傳》等屬之。自有新小說以來，此體之構造法，遂爲之一變。

章回體　小說體裁，以此爲最佳。篇幅既長，述事遂繁，多能將纖悉細故，描寫靡遺，興味較筆記體爲穠。分列章回，有書聯句者，《石頭記》、《三國志》、《水滸》、《儒林外史》、《品花寶鑑》、《九尾軀》、《孽海花》、《廣陵潮》等書是也；有只書第幾章第幾回者，林畏盧所譯各書是也。蒙嘗謂章下書明事迹者不如勿書者爲妙，常見内容甚好，筆墨極爲奇特，一個悶葫蘆，使人不能捉摸，及一檢回目，則事迹瞭然，不言已能自明。夫小説妙在海市蜃樓，事出意表，使人拍案叫絶：或至山窮水盡，忽而奇峰突起，柳暗花明，又是一村；或曲折離奇，使人疑信參半。蓋文人欲澆心中之塊壘，或托之於香草美人，不然，晨鐘木鐸，假小説以警癡頑，未必事事信而有徵也。然其人其事，躍然紙上，栩栩欲活，能使讀者似身入其中，色飛眉舞不能自已也。

小説自其組織上言之，可分爲自叙體、他叙體兩種。自叙者未必自叙，他叙者或即自叙也。文人狡獪，明眼人當不爲瞞過。狄更司之《塊肉餘生述》，想即狄氏自寫其身世，元稹之《會真記》、基鷺舒榮之《鷺蓮債券》、曇鸞之《絳紗記》等，皆此例也。惟文人筆墨，變幻莫測，令人迷離莫測。近人之考《紅樓夢》曰：『（上略）至謂《紅樓夢》一書，爲作者自道其生平者，其説本於第一回「竟不如我親見親聞的幾個女子」一語。』信如此説，則唐旦之《天國喜劇》，可謂無獨有偶者矣。然所謂親見親聞者，亦可自旁觀者之口言之，未必躬爲劇中之人物。如謂書中種種境界、種種人物，非劇中人不能道，則是《水滸傳》之作者，必爲大盜，《三國演義》之作者，必爲兵家，此又大不然之説也（見《静庵文集》）。以是故，作《紅樓》考證者，不下數十家，有謂女子指漢人，男子指滿人，此書屬政治小説者；有謂黛玉影朱竹垞（王夢生《紅樓夢索隱》謂影董小宛），寶釵影高士奇，妙玉影姜西溟者，蔡孑民《石頭記索隱》之説如是；有謂指納蘭容若事者。聚訟紛紛，予皆不敢贊同，以爲不過附會而已。蓋《紅樓》之主，決非著者，已可斷言，而謂此書完全空中樓閣，吾不承認也。何則？此書瑣屑入微，借曰意匠經營，其思想之縝密，大可警人，而必以可卿爲養女等不關緊要之事入之，毋亦畫蛇添足乎？可見此書未必全係捏造也（其説甚多，兹不暇贅）。大率小説家言，必有其因，始得着手撰著，未必能全書杜撰者，可斷言也。

武勇小説　燕趙多慷慨悲歌之士，緑林豪客、市井武夫，一言不合，白刃相讐，殺人越貨，恬不爲怪，此皆《施公案》、《七俠五義》、《緑牡丹》、《水滸傳》等書，爲之誘掖也（惜對外及海軍等著作絶少）。今日中國之民風，柔靡已極，長槍大戟，不足以奪其緩帶輕裘之故態，酣睡漏舟之中，痛飲積焚之上，可謂危矣。再不以此强健尚武之風振之，欲不爲雅典之續也幾希。故愚間嘗主張小學校當提倡童子軍，師範、中學校學生當應義務徵兵。歐戰雖已告終，吾國人不有武裝的準備，和平之幸福，不易享受也。小説家果欲戕賊青年以亡國也，則速輯《黑幕》等書可耳。如其不然，請即放下屠刀，急編軍事敵愾之小説，以懺前過而救累卵之中國，諸君其有意乎？吾見近年西人之小説，多從歐戰事着筆者，即言愛情，亦以愛國捍敵爲前提，而我國之著作家，值兹國事惆悵之日，興高采烈，再接再厲，大編誨淫誨盜之小説，吾誠不知其何心也。近今譯者，確合此類説部之宗旨者甚尠，如冷血之《俠客譚》、《生死權》、《催醒術》，林紓之《撒克遜劫後英雄略》、《技擊餘聞》，天笑蟠溪子之《大俠錦披客傳》，周瘦鵑之《絳衣女》，錢基博之《技擊餘聞補》等，皆甚有價值也。

言情小説　食、色，性也。故此類小説，頗爲社會所歡迎。其長處能涵養人之德性，使日趨於高尚，且能導人以貞操純潔之美風，未始於風俗無益。然其流弊亦甚大：沉湎肉欲，消磨豪氣，甚至逾墻窬穴，恬不爲耻。而社會風化之蒙其毒殃，實靡有底止。蓋吾人每於反面研究，不肯正面着想，所謂從惡如流是也。兹記一可笑之事，以見讀此類小説之害。杭州某富人女，明艷工詩，有酷嗜《紅樓夢》故，致成瘵疾，當綿啜時，父母怒是書貽禍，取投之火，女在床大哭曰：『奈何燒死我寶玉！』一慟而絶（見《唐閒翁筆記》）。又某報小説後有跋語曰：『余作《路娟傳》成，妹丈姚漱六見之曰：「此文誠佳，其如誨淫何？」余笑曰：「我此書是小説，非《大學》、《中庸》。寄語洛閩諸子弟，稗官原不入儒家。」此紀文達之詩，君未之見乎？」雖然，小説能害人，非小説能害人，人爲小説所害耳。嘗見親串一兒頗慧，及閱《石頭記》遂癡，繞室狂走曰：『我奈何不如寶玉！』余戲之曰：『君爲寶玉，誰爲黛玉者？吾非不欲君爲寶玉，恐無以處黛玉耳。』云云。天下事無獨有偶，不亦奇乎！夫小説有功於世道人心，已爲識者所共認，顧在不學無術者閲之，其流弊如斯。烏乎！見仁見智，是在善讀者耳。近今所出寫情小説，多屬哀情，其情節往往好事多磨，難以美滿，歷盡艱辛，哀感頑艷，則又可傳。不煩禿筆，表而出之，爲人悲也少，爲己悲也多。文人好弄狡獪，往往佚其姓氏，迷離惝怳，使人墮入五里霧中。作者固以毫濡淚而成，而閲者局外人，亦爲之賠淚不少，魔力可謂大矣。予所見而心折者，如《紅樓夢》、《碎琴樓》（何諏著）《雙雄較劍録》、《薄幸郎》、《紅礁畫槳録》、《茶花女遺事》（皆林紓譯）、《恨海》（吴趼人著）、《憶有情》（平情居士）、《豆蔻葩》、《黑衣娘》（惲鐵樵譯）等是也。

哲理小説 寓哲學思想於其内，而以小説體裁出之，吾人讀之，如參内典。不知不覺間，養成高尚之思路、純潔之志趣。如天笑之《鐵窗紅淚記六號實》、《冷血之心》，曼殊之《絳紗記》等，皆甚有價值者也。

偵探小説 此種多翻自歐西。吾國如折獄之類，惟散見於筆記等書，無單行本也。歐西此種小説，泰半亦文人架空構造。世之盛傳《福爾摩斯偵探案》者，係英人高能陶爾手筆，而托於華生筆記者也。它若《合歡草》、《奪嫡奇冤》、《八一三》、《三人影》、《百十三案》，雖事情未必盡實，然皆能令人心思縝密、眼光敏鋭，增益探測力不淺也。人每謂中國無此等小説，予雅不爲然，《施公案》、《包公案》中之屬於此類事者甚衆，推惟多不近於理，爲可惜耳。本吾國固有之材料，從事編纂，加以點綴，欲蔚爲一部偵探小説不難也，何必讓福爾摩斯專美哉！遁庵所著《血海孤星録》、商務書館出版之《中國女偵探》，非以吾國之事而演爲偵探小説乎？

科學小説 物質文明，遲滯不進，科學小説不發達之故也。讀科學書多枯澀無味，以小説體出之，則能使人愛不忍釋矣。余所見者，有《夢游二十一世紀》、《電世界》、《新飛艇》、《電術奇譚》、《潛水艇》、《洪荒鳥獸記》各書。理想小説，亦此類也。

冒險小説 我國民無勇敢進取心也久矣，亟當以此類小説藥之。《羅朋森漂流記》、《十二小豪傑》、《澳洲歷險記》、《蠻陬奮迹》、《煙水愁城録》等是也。

滑稽小説 現一一身，説一一法，東方滑稽，諧誹玩世，未必盡屬游戲，使人解頤絶倒，抑有心人别有懷抱也。吾人於悶懣之時，批閲此類小説，必能軒渠不置，破涕爲笑，祛煩滌悶，裨益心身，誠匪淺鮮。《化身奇譚》、《新法螺》、《支那旅行記》、《大除夕》等書，以滑稽家言，爲衆生説法，其功自不可没也。寓言諷世等小説屬之。

歷史小説　此類小説，可補史鑒之不及，廣搜某時代之遺聞軼事，而以小説體裁組織之，讀之增益歷史智識不淺。如《三國》、《列國》、《清宫二年記》、《二城譚》、《髯刺客傳》，有此種事實編小説者，中西人類優爲之也。

社會小説　有功於世道人心滋大。描寫社會種種腐敗情形爲主，使人知所警戒，於趣味之中，藴教訓之目的。若《官場現形記》（李伯元著）、《老殘游記》（江都百煉生）、《廣陵潮》（李涵秋）、《歇浦潮》（海上説夢人）、《儒林外史》、《滑稽外史》等皆甚佳也。

倫理小説　此種小説，長處在造成修身孝悌之德，必有心人爲之。迭更司之《孝女耐兒傳》，其最著也。家庭小説屬之。

神怪小説　此派小説，以迎合社會好奇心爲主義，專捏造荒誕支離不可究詰之事實，然或有所憑藉，非一味亂説者，如《西遊記》之類是也。其害能長人迷信。今人崇拜姜太公、觀音菩薩等種種人物，篤信天堂地獄之説，未始非此類小説養成之也。《三千年艷屍記》、《金塔剖屍記》、《天方夜譚》、《鬼山狼俠傳》等，言神怪有吴道子繪地獄之妙，不可謂非名著也。

教育小説　通俗教育、普及教育之聲浪高矣。演講也，幻燈也，苟有益於世道人心，得收改良社會、濬啓民智之效者，罔不亟宜提倡。蒙以爲效力之最大者，莫若此類之小説。前教育部贈甲乙等優狀於著此類小說家，非無意識之事也。邇來小學校教員，好閱小說，能取此類小說閱之，獲益當非淺鮮。宣講員等負有教育之責者亦然。包天笑之《埋石棄石記》、《孤雛感遇記》、《二青年》、《苦兒流浪記》等，文章造意，并皆佳妙，可傳之作也。

它山之石，可以攻玉。以佉盧橫行之書，譯爲侯岡直下之文，此種說部，實爲今日小說界之別開生面，亦將來文學史上一大紀念也。惟譯筆優劣不等，以余所見，文言以林畏廬之繹歐文《拊掌録》等、白話毋我冷血之《賽雪兒》爲最佳。若《游戲雜志》則民之《拿破侖之英靈》，與《小說月報》星如之《拿破侖之鬼》、惲鐵樵之《出山泉水》，《小說叢報》之《鐵刹殼村之情劇》，覺民之《耐寒花傳》（《婦女時報》）與趙開之《儷景》（《小說月報》）皆同一譯本也。而冷汰貽先之《清宫二年記》、則民之《清季宫闈秘史》皆本德菱原本。白話文言，各擅優長，洵佳構也。《小說月報》之《六尺地》，與《中華小說界》之《土饅頭餡》亦然。譯述小說，不厭其多，惟選材須三致意耳。

近代小說家，或謂無過於李伯元、吴趼人、林琴南三先生。李伯元即自署南亭亭長，著《官場現形》者；吴趼人自署我佛山人，著《恨海》等書。此兩君不幸皆死，使兩君至今猶存，目睹今日之世界，不知有何等之《現形記》以饗吾輩也。竊謂與金聖歎之未批《石頭記》同一憾事。

林琴南從事譯述，不下百餘種，大概以譯華盛頓·歐文、却爾司·迭更司及哈葛德三人之著作爲最佳，《新天方夜談》、《貝克偵探談》二書爲最劣。近日出版者，亦未見特色。想以面包問題，難顧名山著作之事耳（聞先生好賭，著作所入之酬金，皆由此而去）。其撰著之作頗少，予前於《秋星閣筆記》(吴門包天笑著)中,知先生有自著小説一種名《劍腥録》者,天笑極言其佳。最近出版之《巾幗陽秋》、《畏廬筆記》、《金陵秋》等書,識者允爲傑作。曩讀《畏廬文集》,中有《冷紅生傳》,竊疑爲夫子自道,今果然,自詡老眼無花矣。

三先生外,又有賣文海上之王先生。無生自號天僇生,所著有《海溢精衛記》、《恨海鵑聲譜》等,間有演爲新劇者,可見先生文字之價值矣。數年前,先生與章行嚴(秋桐)主《獨立周報》,未數期即停刊,先生亦逝世,小説界又弱一個矣!嗚呼!

章行嚴(士釗)號秋桐,又署爛柯山人,攻政治、名理等學,有小説名《雙枰記》,表情高尚,行文澹静,有唐人小説風,予極愛讀之。

小説報最先發行者,爲横濱《新小説》,梁啓超等主筆。厥後有上海之《綉像小説》、《新新小説》、《小説林》月報、《月月小説》等。革命以還,説報紛起,前僕後繼,霞蔚雲蒸,若《小説叢報》、《中華小説界》、《小説新報》、《禮拜六》、《雙星》、《游戲雜志》、《繁華雜志》、《上海灘》等,琳琅滿目,不遑枚舉。至於今日,泰半淘汰,所存者,惟《小説月報》、《小説大觀》、《小説畫報》、《小説季報》、《小説新報》、《新的小説》而已。

東亞病夫所著之《孽海花》,與《文明小史》、《老殘游記》、《恨海》,爲近來小説界中之四大傑作,而《孽海花》能包羅數十年中外事實爲一書,結構之縝密,有非三書所能及。故畏廬見之亦稱美不止。惟全豹未窺,閲者深引爲憾。數年前,東亞病夫譯囂俄《九十三年》刊於《時報》,《銀瓶怨》載於

《小説月報》，未幾，又見其廣告，爲青浦陸士諤續其《孽海花》，遂起交涉，則東亞病夫固無恙也，既不肯予人續貂，盍好自爲之，以惠我輩也。

《天方夜譚》又名《一千一夜》，乃阿刺伯之著名神怪小説，有奚若、金石之譯本，某文豪見而大爲獎許，謂新小説中之從未見過者，譯者於國學大可根抵，《漢書》尤熟，叙事之穩重簡練，遠匪林氏所能及，予讀之，信然。

小説之尾聲，往往含蓄未盡，不言究竟，使人神往，所謂餘音嫋嫋，不絶如縷也。

《吟邊燕語》，爲英人莎士比亞名著，實係西洋之戲考也。莎氏爲西方大詩家，文名之盛，舉世罕匹，疇昔百年紀念，英政府特發行莎氏紀念郵票，以所得資贈予莎氏之裔，西人之獎勵著作家也，可謂至矣。然予嘗於某雜志，見筆記一則，略謂莎氏之著作，盡出某爵手筆，旁證曲引，頗能自圓其説，誣之歟？抑毁之歟？安得起莎氏而一詢之！

《不可説小説》，上海時事新報館出版，署名小百姓，予頗以不審真姓名爲憾。蓋此書叙館人之黑幕，清庭之秘事，社會之種種怪現象，皆歷歷繪出，使魅魑無所逃形。書中人名，皆有所指，予已詳注其下，百餘年後，攻小説考據學者，得餘書其視爲瑰寶歟？亦鑑乎今之研究《紅樓》索隱者之聚訟紛紜故也。

《聊齋志異》一書，屈宋摘艷，班馬薰香，爲小説中有價值之作。而紀文達（紀昀，字曉嵐，著有《閱微草堂筆記》）謂爲才人之筆，非著書之筆。余則謂此書，名之曰『神怪小説』（Fairy Tales），毋寧名之曰寓言小説(Fable)。蓋蒲留仙侘傺不遇，乃發爲悲憤感慨之文章，以寫胸中之牢騷，故其自叙中一則曰：『遄飛逸興，狂固難辭；永托曠懷，癡而不諱。』又曰：『集腋爲裘，妄續幽冥之録；浮白載筆，僅成孤憤之書。寄托如此，亦足悲矣。』如《素秋》篇，明明夫子自道，續者當不爲瞞過。俞忱者，即余心之義也。它若《黄英》賦菊，《葛巾》賦牡丹，《續黄粱》諷明遺老之仕清者，《羅刹海市》醜詆滿人，《俠女》篇隱吕晚村先生事，作如是觀，思過半矣（上海有正書局出版《聊齋》原本，首篇即《續黄粱》也）。其後若《蘭苕史館外史》（一名《里乘》）《夜雨秋燈録》、《夜談隨録》等，皆不能望其項背也。

邵月亭先生，先大父之至友也。性穎悟，好《左傳》，多妙解，往來川楚之間，垂三十年，以擅花卉人物名，所至輒傾倒其座人，嘗讀《左氏傳》至『哀公元年，楚之圍蔡，里而栽，廣丈，高倍夫屯，晝夜九日』數語，以『夫』字斷句，謂吾游江陰，見所築壁壘，足證吾説之非謬。其穎悟有如此者，先生著有《讀聊齋偶評》數則，識者尤爲傑作。四年秋，予友辦説報於海上，承表兄小住爲佳室主人，録副遺我，吉光片羽，彌足珍貴，爰付剞劂，實我譚藪，嗣後説報以事停棄，頗有未窺全豹損書督促者，而小住爲佳室主人所謂發潛德之幽光，亦未能竟其志矣。年光如水，轉瞬亦易星霜，頓感舊事，悵觸萬端，偶翻篋衍，先生之文，斐然存也。盥誦一過，乃録以實《自由談》小説特刊號之譚叢，或竟能藉此區區，以傳先生，未可知也。

《**瑞雲**》　蔡媪無論矣。世之擇壻者，厭棄寒酸，亦復如是。使絶走之姿，遭逢不偶，固不僅勾欄中人。嗚呼！安得有仙人如和生者，爲之晦其光而保其璞，而使天下佳人無遇人不淑之嘆哉！

《**晚霞**》美人情重，釧贈珊瑚，蓮瓣勻鋪，夕陽爲候，一座水晶宫，沉溺其中者，豈復知有老母哉？迨至癡男癡女，力盡智窮，求死無從，回頭是岸，捨老母無可依歸矣。吾願游子天涯，柳條綰處，時念倚閭焉。

《**胡四姐**》騷胡固不可相匹，然悻悻者豈自忘其爲狐耶？世之以五十步而笑百步大類是，余嘗經夔府（按：即今四川之夔縣），赴友人招飲，有女校書王金鳳，頗具風格。座中有言及鼎鍋茶者，金鳳曰：『吃此茶便非好男子。』余初不解，蓋夔有臨河娼，率以數文錢酬一茶，聲價低，故金鳳薄之耳。同是賣笑人，覺宜於此，不宜於彼，愛郎耶？即自愛耶？四姐之風度可想。

《**靈官**》蟄隱無幾時，自謂垢濁已净，相率就福地，伊何人？是甲申之際，狐之曾伏闖中者（按此則蒙民黨偉人安福巨子衡陽何海鳴氏，選入某雜志中，又加以議論曰：『今由甲申而辛亥，由辛亥而至癸丑甲寅之交，邇中狐又添一輩，滿中國矣，以漏中狐而詆溷中狐，可嘆也夫』）。

《**鳳陽士人**》夢中所歷之境，皆未夢時所存之境也。汝有一麗人日往來於胸中乎？夫士人負笈遠游，風流自賞，埜田草露，邂逅清揚，假令有一美男子往來於胸中，夢喪回家，近窗而聽斷雲零雨之聲，則其妻翹盼曰歸，當不誤半年之約矣。

《**封三娘**》膝下有嬌女，未有不願其得佳偶者，才色門第，如十一娘，何慮無快婿，而乃以父母鍾愛之身，私許孟生。至於死生於女伴之手，而卒犯多露，其禍蓋始於水月寺盂蘭盆之一會。纖纖膜拜之中，如封女者，天下良多，自謂不破色戒，道成升天，吾必不信。

《**張鴻漸**》　一美婦賢婦娘，皆非易得，况美且賢哉！　天壤間能有幾人？　月老赤繩又未必繫著風雅士，鴻漸何幸而得方氏哉？　願好合期以百年，而人壽幾何？　即半之而何難遂，乃復厄之以逋逃，别離十五六載，曾不得終一宵歡會，造物之妬佳偶也如是哉！

《**兩錢**》　朋友通財之説，寒士視爲宜然，不知輕肥之故舊，此説久不欲聞矣。　夫共晨夕之文字交，一舉手而立可致，乞其小周給，亦即拂衣而去，然則圖永好者可輕言阿堵哉！

《**真生**》　居高位，擁厚資者，聲色貨利之念，無時無之，富然後貪，人不厭其貪耳。　且有願見顔色此不得者矣。　狐之走避賈子，正以其貧貪耳，不然，何以化砧爲金，既富而厚，而乃時至其家乎？

《**何仙**》　宜列一等而竟置四等，則必有宜置四等而竟列一等者，人見其一等也，莫不致敬曰：『此素負文名之朱文宗所拔士也。』然則見知於論文壇上之仙，究不若見知於乞食幕中之鬼。

《**薛慰娘**》，自有妾而天下之美女子死於是者，可勝道哉？　若慰娘所遭，則慘更甚矣。　平陽李翁，只身流寓三十年，不畜隨侍之雛姬，而撫無依之義女，且爲擇快婿而分金以嫁之，莫可謂非感德歟？　三子貴顯，歸骨故鄉，有以夫？

《**董生**》　狐以色媚人，或謂其得採補術，金丹之所由成也。　金丹成則狐而仙矣。　但求利己，遑顧勝人，殊不知損人利己之所獲，冥冥中必奪之。　金丹失後，且欲求狐而不可得，回首思之，當日之甘爲妾婦，多方以媚人者，何爲哉？

《巧娘》 外賢爲勢，天閼者何勢之有，一旦服華姑之丸，而白晝宣淫，其何勢妄爲？ 豈復知人間有羞耻事哉？ 夫微賤倖進豪門，初未嘗不自慚形穢，既而工狐之媚，旋即假虎之威，意氣揚揚，騙人自盡，誠有如傅生乍膺九錫者，可笑也夫。

《牛成章》 余少游西蜀，見吾鄉之坐賈於彼者，或八九年，或十餘年，未嘗言歸，亦未嘗一寄家書，經紀所入，日與其後妻衣帛食肉，而家中妻子，飢寒困迫，若或忘之，誠有如牛成章之在金陵者，在後妻視之，固儼然人也。 而不知其死已久矣。 一團黑氣，尚恐其未必果還鄉耳。

光緒季年，一二憂國之士，頗有以小説轉移風俗之志，於是有《小説林》、《月月小説》之刊。 此時冷血、天虛我生、天笑生該君，漸有著作問世，厥後説報中斷，冷血、天笑撰《時報》館小説，極有精彩。既而又發起《小説時報》，而王西神創《小説月報》於商務書館，此宣統二年事也。 清屋既屋，説報蜂起，然多蕪雜不可觀。 時惲鐵樵操《小説月報》選政，立矯當時堆砌之弊。 撰譯説部。 清絶滔滔，與從前之濃麗香艷，迥然兩派（惲譯《荳蔻葩》、《黑衣娘》、《波痕荑茵》等書，登於《小説時報》，意辭頗纖麗也）。 夫亦見黃鐘毀棄，瓦釜雷鳴，有以致歟？ 當時有詆惲之小説爲大説者，以予論之，若惲君者，實當時小説界之馬丁路德也。 今惲先生業醫矣，科南達利（Conan Doyle）由醫家而從事於小説，惲先生由小説家而從事於醫學，此亦中西人士思想之不同歟？

天虛我生，小説家也，今則殫心實業矣（實則天虛我生多才多藝人也。 長詞章，擅音樂，凡經史、實業、法律等學，無所不窺，安得願目之爲小説家哉）。 冷血、天笑，久不見其著作矣。 枯寂無味之文學苦工，Litcrary Hack 其不遠而避之者，有幾人哉？ 然吾聞霍桑（Nathanic Howthorre）之遺友人箋曰：『人生三十，理當執一業，以爲仰事俯蓄之資，而立功名之斯世。 願吾思之。 既不願爲醫，恃人之疾病以爲生，亦不願讀律，恃人之獄訟以爲生。 又不願任官，恃人之罪孽以爲生。 除此以外，茫茫世界，尚有何事，爲鰥身之托迹者乎？ 静言思之，其惟著書，幸生文明之世，破紙數束，結之五都之市，亦得與抱布貿絲之輩，以有易無，歲時伏臘，不慮匱乏，濁酒一斗，擊瓦缶而飲之。 以此得終其天年，詎匪幸事，書不盡言，惟望察。』云云。（此書見孫毓修《歐美小説叢談》）吾儕爲文學苦工者，蓋此不知作何感想也。 司各德（Waller Scott）英之歷史小説家也。 一千七百七十一年八月十五日，生於蘇格蘭之愛丁堡，其説部總名 *Warerley Noveino*，卷帙繁多，所記本英國七百年間之事實，而復加以杜撰，故後世稱之曰『妖怪之小説家』，然其一生所得之酬金，共計十四萬鎊之巨。 可謂豪已。 不知我國之小説家對之，其感想又何如？

吾以爲著小説，非無興味也。 明牕静幾，揮筆構思，不亦快哉。 月明如水，萬籟俱寂，吾之思想，似受月之吸力，汩汩而出，不亦快哉。 香夢乍轉，夢筆生花，不亦快哉。 濁酒澆愁，名花照眼，吾之思潮，自筆端縷縷而出，不亦快哉。 報國有志，照妖亡鏡，唯有三寸毛錐，使魍魎無所逃形，亦屠門大嚼之類耳，不亦快哉。

梁任公世人僅知爲政治家，不知亦一小説家也。 戊戌變後，在日本辦《新民叢報》外，又辦一説報，名曰《新新小説》，有《未來中國記》等篇，行文流麗，造意新穎，書中主人，名曰黄興，不料與後日革命偉人暗合，亦佳話也。梁先生文章，最動人目，即妙在有小説作法，如最近所著《歐游心影録》，非以小説體裁出之乎？烏乎！以先生之才之學，從事於吾小説界，必能發萬丈之光明，即爲先生晚年自娱計，亦得也。先生其有意乎？况先生之論小説價值，謂度世之不二法門，其重視小説可知矣。先生之言曰：『小説有不可思議之力四：曰熏，曰浸，曰刺，曰提。一曰熏，熏也者，如入雲煙中而爲其所烘，如近墨朱處而爲其所染，《楞伽經》所謂迷智爲識，轉識成智者，皆恃此力。人之讀一小説也，不知不覺之間，而眼識爲之迷漾。而腦筋爲之摇颺，而神經爲之營注。今日變一二焉，明日變一二焉，刹那刹那，相蜕相繼，久之而此小説界之境界，遂入其靈臺而據之，成爲一特别原質之種子。有此種子，故他日又更有所觸所受者，旦旦而熏之，種子愈盛，而又以之熏他人，故此種子，遂可以遍世界，一切人間世有情無情之所以成，所以住，皆此爲因緣也。而小説則巍巍焉具此威法，以操縱衆生者也。二曰浸。熏以空間言，故其力之大小，存其界之廣狹；浸以時間言，故其力之大小，存其界之長短。浸也者，入而與之俱化者也。人之讀一小説，往往既終卷後，或數日或數旬而終不能釋然。讀《紅樓》竟者，必有餘戀，有餘悲；讀《水滸》竟者，必有餘快，有餘怒。何也？浸之力使然也。等是佳作也，而其卷葉愈繁，事實愈多者，則其浸人也亦愈甚。如酒焉，作十日飲，則作百日醉，我佛從菩提樹下起，便説偌大一部《華嚴》，正以此也。三曰刺，刺也者，刺激之義也。熏浸之力利用漸，刺之力利用頓；熏浸之力在使感受者不覺，刺之力在使感受者驟覺，刺也者則使人於一刹那頃，忽起異感而不能自制者也。我本藹然和也，乃讀林冲雪天三限，武松飛雲浦厄，何以忽然發指；我本愉然樂也，乃讀晴雯出大觀園，黛玉死瀟湘館，何以忽然淚流；我本肅然莊也，乃讀實甫之《琴心》、《酬簡》，東塘之《眠香》、《訪翠》，何以忽然情動。若是者，所謂刺激也，大抵腦筋愈敏之人，則其受刺激力則愈速且劇。而要之必以其書所含刺激力之大小爲比例，禪宗之一棒一喝，皆利用此刺激力以度人者也。此力之爲用也，文字不如語言，然語言之所被，不能廣，不能久也。於是不得不乞靈於文字，在文字中，則文言不如其俗語，莊論不如其寓言，故具此力最大者，非小説末出。四曰提。前三者之方，自外而灌之使入。提之力自内而脱之使出，實佛法之最上乘也。凡讀小説者，必常若自化其身焉。入於書中而爲其書之主人翁。讀《野叟曝言》者，必自擬文素臣；讀《石頭記》者，必自擬賈寶玉；讀《花月痕》者，必自擬韓荷生若韋癡珠；讀《梁山泊》者，必自擬黑旋風若花和尚，雖讀者自辨其無是心焉，吾不信也。夫既化其身以入書中矣，則當其讀此書時，此身已非我有，截然去此界以入於彼界，所謂華嚴樓閣，帝網重重，一毛孔中，萬億蓮花，一彈指頃，百千浩劫，文字移人，至此而極。然則吾意中主人翁而華盛頓，則讀者將化身爲華盛頓，主人翁而拿破侖，則讀者將化身爲拿破侖，主人翁而釋迦、孔子，則讀者將化身爲釋迦、孔子，有斷然也，度世之不二法門，豈有過此。」

洪都百練生，即劉鐵雲，著有《老殘游記》兩卷，與《文明小史》、《孽海花》爲當時三大傑作之一。著中有『北拳南革』云云，説者稱之曰『預言家』。實則作者滿腹經綸，對於治河，尤具卓見。其自序中，有『棋局已殘，吾人將老』，老殘云者，初以爲作者自况，不知其指黄河言也。書中寫大明湖風景，較讀林畏廬《明湖泛雨記》，尤爲雋永。又如桃花山之虎，與施耐庵景陽岡之虎，可謂工力悉敵。而記玉大人誣盗等事，多補史乘之不及，不僅文章優美而已（玉大人，名賢，撫山西時，虐待教士，令兵丁污女教士。庚子之役，卒死於難。其守曹州，大得賢聲，則爲世人所不知，幸賴《老殘游記》爲之傳出耳）。其叙言中有云：『吾人生今之時，有身世之感情，有家國之感情，有社會之感情，有種教之感情，其感情愈深者，其哭泣愈痛，此洪都百鍊生所以有《老殘游記》之作也。』其懷抱可知矣，今坊間有《老殘游記續編》，内容拙劣，定係詭本，而以老殘爲預言家，事雖欺人，而淺之乎視老殘矣。

文章每與世運爲轉移，獨孤常州承六朝靡麗之後，而出以和平温厚，歐陽於五季擾亂之餘，亦以和平出之，皆足以挽回頽俗者也。即如歐美之文家，有俄羅斯之黑暗，人道主義之小説家托爾斯泰於以産生；有窮兵黷武之野心家，而非戰小説家若安得列甫等（安氏爲俄之大小説家，著有《紅笑》一文，描寫戰争之慘，深刻入微，周瘦鵑君曾譯登《游戲雜志》）先後輩出。則小説家固以挽救世運爲已任者也。方今國事蜩螗，人欲横流，欲救累卵之中國，小説家亦負有重大之責任，安得誨淫誨盗日以伐賊青年爲邪。

今日亦有紹介歐美最近思潮之小説者矣。而俄人（如柴霍甫、高爾格等）、印人（如泰谷爾）之作爲尤多。以中國人之思想言之，藥以此類作品，用意誠佳，然吾讀其文，大都佶屈聱牙，如周誥殷盤，令人費解，時間腦力，俱不經濟。夫文章自有作法，故能動人，如六一與尹師魯書，真如道家常。若不先有一番琢鍊，何以能如此古雅？ 又如畏廬老人所譯之歐美小説，雄厚、沉着，㒚奇、情婉，無美不備，故吾人讀之，如啖諫果，極有餘味。 試較以笨伯所譯者，當知有霄壤之判矣。 佛經之所以爲文人學士所稱道者，以其譯者之非笨伯也。《新》、《舊約》之所以不足齒數者，以其譯事之拙劣也。 然則今之繙譯小説者，可以悟矣。

英人科南達利（Conan Dolye）以著《福爾摩斯偵探案》著名於世，其傑作《潛艇制勝記》出版後，英之軍備，爲之改變方針，其價值可知矣。 近讀合肥李薇香君所譯《洪荒鳥獸記》，係科學小説而兼冒險性質者，寫夏蘭奇博士之戇態，不讓施耐庵之寫李大哥，然行文嫵媚，名論雋語，觸目皆是。 如學問家之舉止，每類小兒，其一例也。 然科南達利此作，似有所本，通篇結構，似與哈葛德（Ride Haggaid）之《三千年艷屍記》（林琴南譯，商務印書館出版）相仿佛，惟能别造新意，不肯落其窠臼，不能以有藍本病之也。 雲間姚鵷雛、朱鴛雛合刊《二雛餘墨》，余讀其文，旖旎風流，嫵媚澹定，擊節不置，而鵷雛謅托譯述，文字力效其師林琴南先生之所爲，清俊逸麗。 又如新大陸之歐文，予之心儀其人已久矣。 今聞朱鴛雛作李長吉之赴玉樓，小説界又弱一個，當不僅鵷雛聞之而哀慟靡已者也。而鵷雛擇木而棲（出《莊子》），流水行雲，亦未審其行蹤也。

某君之言曰： 世界以愛情爲原質者也。 日月其面目，雨露其淚珠，花香鳥語，其精神也。 故吾人既生於世，即不翅游情海而浴愛河，其必無自拔之日矣。 此言情小説之所以佔小説界中之重要位置者也。 言情小説中，哀情多而愛情少，如《小説月報》中之儷景（即《婦女時報》之《耐寒花傳》）以及

《小說時報》之《鏡臺寫影》、《小學教師之妻》、《蚊》等篇，讀之，可以填平恨海，補滿情天。

（一九二一年一月九、十六、三十日，二月十三、二十日，三月十三、二十七日，四月十、十七、二十四日，五月一、八、十五日，六月五、十二、十九、二十六日，七月十七日，八月七日《申報·自由談·小說特刊》）

自由談小說特刊